NATTSKÄRRAN

Av Kjell Eriksson har tidigare utkommit:

Knäppgöken (1993)
Frihetsgrisen (1995)
Efter statarna – en ny tid (1995)
Den upplysta stigen (1999)
Jorden må rämna (2000)
Stenkistan (2001)
Prinsessan av Burundi (2002)

KJELL ERIKSSON
NATTSKÄRRAN

ORDFRONT FÖRLAG
STOCKHOLM 2003

Kjell Eriksson: Nattskärran
Ordfront förlag, Box 17506, 118 91 Stockholm
www.ordfront.se forlaget@ordfront.se

© Kjell Eriksson 2003
Omslag: Jan Cervin
Omslagsbild: Bulls/Photonica
Satt med Janson av Ytterlids i Falkenberg
Tryck: ScandBook, Smedjebacken 2003
ISBN: 91-7324-987-4

KAPITEL I

Lördag 10 maj, kl. 01.26

Om jag hade kommit några sekunder tidigare, hade det kanske inte hänt. Allt hade varit som vanligt. Inte bra, men som vanligt. Ingen kommer ifrån sitt öde, brukade morfar säga. Var det så? Skulle det ha hänt ändå, någon annanstans, vid en annan tidpunkt? Var det bestämt att den där killen skulle dö? För han var väl död? Ingen kan överleva sådana sår.

Ali skulle för alltid vara fästad vid brottet, vid den svepande rörelsen med stolen, träffen mot huvudet och blodet som skvätte över inredningen. Han var med, delaktig i det stora som rymde det lilla, som blev det fasansfulla.

Om jag hade kommit några sekunder tidigare. Då hade allt varit som vanligt. Inte bra, men som vanligt. Det var en tanke som ständigt återkom.

Stolen låg bredvid kroppen. En stol. Ali tyckte att det såg hånfullt ut på något sätt, att ett så vardagligt föremål kunde innebära döden.

Han tyckte sig känna det första slaget som om det vore riktat mot hans eget huvud, förnam smärtan. Sedan kom det andra, kanske ännu mer kraftfullt, och Ali hukade sig omedvetet. Ett tredje slag och allt var över. Kroppen var redan livlös men ryckte till inför den fruktansvärda kraften mot pannan. Så föreställde han sig att det hela gått till.

Därefter sprang han. Som alla de andra som tjöt av upphetsning. I fjärran hörde han rop och skrik, kanske också ljudet av sirener. Alla sprang. Jublande, euforiska, rädda. Ali grät. Glas krasade under hans fötter, han snubblade, for upp, kände inte smärtan i handen där skärvan trängt in men såg blodet droppa, och han kräktes.

Han sprang ifrån sin delaktighet, men den var för evigt fästad vid honom som hans ögon var inrymda i sina hålor. Ögon som sett för mycket.

Vi lever alla nära döden, brukade morfar säga. Han borde veta, han som sett så mycket. Ali visste att han tänkte på sina två söner, Alis morbröder. Varje dag. Morfadern talade tyst, bad mumlande, grät utan tårar och skrattade med ögonen fyllda av sorg.

»Var aldrig rädd för döden«, sa han. »Det är vårt öde att dö.«

Men Ali förstod att morfadern ljög. Till en början hade han låtit sig luras och orden blev till en saga om ett land Ali aldrig upplevt, om en släkt så fylld av döda att han tyckte det var underligt att morfadern levde, ja, att han själv levde. Rädd var han också, för om alla dog så tätt efter varandra, så unga, så mitt uppe i allt, då levde han själv på nåder.

Ju äldre han blev, desto mer genomskådade han den gamle. Morfadern sa ett och visade med hela sitt väsen något annat. Kroppen kunde inte ljuga. De små rörelserna avslöjade honom.

Ali fylldes inte av förakt för lögnen, tvärtom, han tog den till sig som sagan om familjen, den stolta familjen som trots allt stod emot döden. Han slöt sig närmare morfadern, fast besluten att leva för att göra honom stolt och lindra hans plågor. Innerst inne närde han också förhoppningen att det var han, Ali, som skulle bryta mönstret. Ali skulle vara den i sagan, sin släkts stolthet men också förbannelse, som stod upp mot ödet, trotsade det. »Jag ska visa dem«, brukade han mumla för sig själv. »Du ska få se, morfar, ni alla döda som betraktar mig, ni ska få se.«

När han vände sig om var allt över. Gatan var tom. Någon skrek nere vid bron, en krigares röst, en annan gestikulerade, men Ali ville inte höra, inte se.

Mopeden stod där han lämnat den och på något sätt blev han förvånad. Den gamla vanliga mopeden. Då, när han låste fast den vid stolpen, hade ingenting hänt.

Han slog några slag i luften, en serie, två serier, några snabba slag mot kroppen och sedan, när armarna föll, en vänster mot hakan. Så skulle han ha gjort om han kommit en halv minut tidigare. Han hade en bra vänster, det sa alla. En serie till.

Han kickade igång mopeden och även ljudet gjorde honom förvånad. Annars var allt tyst. En morgon i maj och morfar skulle idag börja sina resor, det hade han sagt kvällen innan. Han skulle gå upp, dricka sitt te, dra på sig rocken, ta käppen och efter att ha bytt några ord med Ali och önskat honom en god dag, återvända till slätterna utanför Lar, men i form av landsbygden utanför Uppsala.

»Jag vill hem«, mumlade Ali på persiska.

Plötsligt blev han tveksam. Tänk om killen lever? Visserligen såg han död ut, men kanske han bara var medvetslös? Ali fick tanken att springa tillbaka till affären. »Mopeden kan jag inte ta, då förstörs däcken.« Han ställde ifrån sig mopeden och illamåendet kom igen som en konvulsion i hans darrande kropp. Han kräktes, sura uppstötningar bestående av chips och cola. Till slut fanns inget kvar, bara en grön sörja som brände som eld i svalget.

KAPITEL 2

Lördag 10 maj, kl. 06.45

Tidningsbudet blev stående med sin vagn och stirrade häpet på för-
ödelsen. Han återkallade i minnet ljudet av spårvagnar och trafik-
polisens maniska visslande på Marskalk Tito-gatan. Den våldsamma
skottlossningen vid busstationen som bröt ut omedelbart efter det att
bussen stannat. Ljudet av glas som splittrades. Den gamla kasernens
mörknade väggar som perforerades av salvorna från fiender eller vän-
ner, ingen visste längre var skotten kom ifrån. Glaset som yrde likt kon-
fetti, människornas skrik och rop efter sina kära, en shoppingvagn som
vält och den gula löken som rullade på gatan. Det var hans minne: skri-
ken och den gula löken, ständigt rullande över de nötta gatstenarna.

Martin Nilsson, vars dotter varit en hårsmån från att ha dödats i
bombdådet på Bali, tvärstannade strax före Nybron. När han såg för-
ödelsen på Drottninggatan återkom känslan från den där morgonen
i oktober året innan som ett knytnävsslag i magen.

– Lina, viskade han. Hon lever. Hon sover i sin säng. Snart ska jag åka hem och väcka henne.

Poliserna utanför banken såg rådvilla ut. Martin Nilsson steg ur bilen. En av poliserna såg upp.

– Vad har hänt?

– Det ser du väl, sa polisen avvisande.

– Är det en bomb?

– Stick nu, sa polisen.

Martin Nilsson skakade på huvudet. Han dröjde sig kvar några sekunder innan han steg in i bilen igen. På radion hörde han hur någon ville ha en taxi till Trädgårdsgatan. Han skulle kunna vara där inom en halv minut men svarade inte på anropet. Oktoberkänslan ville inte släppa. Han hade haft tanken att berätta för poliserna om Lina, hur nära det hade varit, men polismannens vresighet fick honom att kväva impulsen och vartefter han rullade vidare på gatan växte sig bilden av en våldtagen stad allt starkare. På bron låg ett par koner.

Ett tidningsbud stod utanför Bergmans klädaffär, vars skyltfönster var krossade. Några kostymer hade dragits ut på den smutsiga trottoaren och en skyltdocka låg omkullvräkt. Tidningsbudet hukade sig ner och grep dockan och Martin fick intrycket att mannen kramade den gräddvita varelsen som om det vore en levande människa av kött och blod. Dockan stirrade med sina oseende ögon över mannens axel på Martin.

Han borde stanna bilen, kanske gå ut och trösta tidningsbudet, men körde sakta vidare. »Det här är inte sant«, tänkte han, men ljudet av krossat glas under hans bil vittnade om att det inte var fantasier. Allt var sönderslaget, inget var sparat. En plötslig vrede grep honom. »Det är min stad«, tänkte han, »våldtagen och skändad. Krig, krig«, mumlade han.

Han grep mikrofonen och tog körningen på Trädgårdsgatan. I Ekocaféets fönster hade någon slängt in en trafikskylt. »Här är min tandläkarmottagning«, tänkte Martin, och stirrade på porten som om det vore första gången han såg den och plötsligt kände han lukten av tandhygienistens handskar i näsborrarna.

Körningen var en medelålders man. Martin Nilsson tvekade, såg på klockan.

– Det är bråttom, sa mannen.

Han bar en vidbrättad hatt tillstukad så att Nilsson hade svårt att se hans ansikte.

– Jag visste inte att körningen gällde Arlanda, sa han. Jag går av snart.

– Jag har brådis, upprepade mannen.

Martin Nilsson tyckte det var något i rösten han kände igen.

– Jag ropar på en annan bil, sa han. Det tar en minut. När går ditt flyg?

– Det har du inte med att göra. Jag har beställt en taxi och du är här, det är inte mycket att diskutera.

– Är det problem? sa Agnes i andra änden.

– Nej, men jag slutar snart. Det är en Arlandakörning. Jag måste hem. Till Lina.

– Skandal, röt mannen på gatan.

Martin betraktade honom. Han drog in luft som för att samla sig till ett svar men gjorde bara en avfärdande rörelse med handen.

Mannen på trottoaren stirrade på honom som om han var en utomjording. Martin stängde sidorutan och rullade iväg. Han slog på radion och Solomon Burkes röst strömmade genom kupén.

Vid konditori Fågelsångens gavel stod en pojke hängande över sin moped och spydde. Han såg hastigt upp när Martin passerade och blicken påminde om skyltdockans utanför klädaffären. Tomheten som skräck. Innan han svängde vänster såg han i ögonvrån hur pojken slog med händerna mot husfasaden.

Han tog kurvan vid Svandammen alldeles för fort och bilen krängde till. På Islandsbron stod en man lutad över broräcket och stirrade ner i det brusande vattnet. Det var någonting i mannens hopsjunkna gestalt som fick honom att bromsa in. Det såg ut som om han tappat något i ån och nu sökte med blicken i de framforsande vattenmassorna. Pojken, för nu såg Martin att han inte kunde vara så gammal, skakade på huvudet och rörde på läpparna. Han talade till vattnet, svor och rätade hastigt på ryggen, som om han drabbats av en stöt, och hans blick sökte sig ut över ån, vände sig mot himlen, för att sedan återigen oseende betrakta vattnet.

Martin steg ur bilen, tveksam om han skulle tilltala ynglingen och i så fall hur. »Det är inte din sak«, tänkte han, men visste att han inte skulle kunna åka därifrån utan att säga något.

– Hur är det?

Ynglingen vände sig sakta om, såg på Martin och nickade. Han hade gråtit.

– Vill du ha skjuts?

– Jag har inga pengar.

– Det är fritt, sa Martin och ångrade sig omedelbart. Varför skulle han engagera sig? Kanske få en lång, sorglig historia berättad för sig, kanske få bilen nersölad, även om pojken inte såg berusad ut, men man visste ju aldrig.

– Var bor du?

– Svartbäcken, sa pojken.

– Hoppa in, sa Martin. Jag har slutat men ska åt det hållet.

Pojken såg osäkert på honom några ögonblick innan han steg in i bilen.

– Bussigt, sa han bara.

Han var i tjugoårsåldern, bar en stickad mössa med öronlappar och luktade svett. Han hade bara en T-shirt på sig men satt med en jacka i knät. Martin sneglade på honom.

– Har du sett hur det ser ut i stan?

– Vadå?

– Det är några idioter som har slagit sönder en massa skyltfönster. Det ser ut som om en bomb har slagit ner.

– Jag kommer från en tjej.

– Trevligt, sa Martin.

– Hon gjorde slut.

– Det var fan.

– Det kanske var lika bra. Vi passade inte ihop.

– Är det hennes ord?

Ynglingen log för första gången, men det fanns ingen glädje i hans blick.

– Vad heter du?

– Sebastian, nej, jag menar Marcus.

– Du är inte säker på vad du heter?

– Marcus.

– Hade ni varit ihop länge?

Det dröjde ända till Kungsgatan innan han svarade.

– Tre år.

– Det är tufft, sa Martin.

Marcus blev plötsligt ivrig och vände sig mot taxichauffören, samtidigt som han la upp handen på panelen.

– Först sa hon bara att hon inte ville längre. Att hon ville ta ett break. Att hon älskade mej men ville tänka.

– Det är väl ett skäl så gott som något, sa Martin.

Han ogillade att Marcus fingrade på hans bil, men kände sig samtidigt upplivad av att få prata med någon.

– Men du, hon älskar mej, det vet jag.

– Man vill gärna tro det, sa Martin obarmhärtigt och såg på den unge mannen med en min som skulle föreställa godmodig. Pojken sjönk tillbaka på sätet och suckade.

– Hon kanske verkligen behöver ta sej en funderare, försökte Martin samtidigt som de passerade Luthagsleden.

– Det är det enda hon gör, tänker.

– Jag är också ensam, sa Martin, fast jag har ju Lina, min dotter. Hon är arton.

– Det värsta är att hon har en annan på gång. Jag fattade det först i natt.

– Hon är väl osäker, sa Martin.

– Det vore skönt att fortsätta, sa Marcus, att bara fly, dra E4:an norrut.

– Själv skulle jag vilja söderut, sa Martin.

– Det vore skönt att bara dra vidare, upprepade Marcus.

– Var bor du?

– Efter korsningen.

Martin Nilsson sneglade i backspegeln och bromsade in bilen.

– Vi kan ta en fika om du vill, sa han. Jag sitter alltid uppe en stund efter nattkörningen. Jag bor bara några kvarter bort. Det är i alla fall en liten bit norrut.

Marcus gav taxichauffören en snabb blick.

– Jag är inte bög, sa Martin och skrattade.

– Det trodde jag inte heller, sa han. OK, en fika.

KAPITEL 3

Lördag 10 maj, kl. 07.50

Det knackade på dörren och Riis kikade in.

– Det är karneval på stan. Har ni hört?

Ottosson nickade.

– Vadå? undrade Ann Lindell.

– Det är ett gäng som krossat varenda fönster i centrum, sa Haver tyst.

– Hur vet vi att det är ett gäng? frågade Sammy.

– Jag har svårt att tro att en enda person slår sönder hundra skyltfönster, sa Haver.

– Ska vi ta en kopp, sa Ottosson, innan vi sätter igång.

– Vi åker ner, sa Lindell och såg på Haver. Berglund och Fredriksson, ni kan åka i egen bil.

Hon gav Ottosson en blick. Han såg förvirrad ut. Han hade sett fram mot lite stillsam samvaro och en kopp kaffe med wienerbröd, som han köpt på morgonen. Egentligen var det inte ett jobb för krim i det här läget och Ottosson kunde mycket väl uppfatta Lindells iver som ett försök att fly från den gemensamma kaffestunden.

– Vi tar en fika sen, sa Ann Lindell och tog om hans breda rygg.

Rotelchefen nickade.

– Det var ju ett elände att dan skulle börja så här, klagade han.

– Det är precis vad vi längtat efter, eller hur Ann? sa Berglund.

Lördagen den 10 maj. Polishuset i Uppsala, landets fjärde stad. Tio wienerbröd. Sju kriminalpoliser. Några ögonblick var det helt stilla i det lilla samlingsrummet. Man kunde känna en svag doft av kaffe.

Två minuter senare var rummet tomt. Fredriksson gick först. Han tänkte på en dokumentär om Kamtjatka. Han hade bara sett halva programmet och skulle missa reprisen på eftermiddagen. »Vi är inte stolta, men vi tror på sanningen, vi ljuger inte«, hade en gammal man sagt.

Ottosson sörjde den stilla stunden de kunnat få tillsammans. Han hade bestämt sig. Han skulle gå i förtid. Stugan ute i Jumkil väntade. Han hade tänkt berätta det under kaffet.

Ann Lindell kände en sällsam spänning. Det här var det första allvarliga som hänt sedan hon återvänt från barnledigheten. »Skulle det vara så märkvärdigt«, hade hennes mamma sagt, när Ann berättade hur glad hon var att äntligen få återvända till jobbet, »det är ju bara elände.«

Elände, visst, men också så mycket mer. Hon hade verkligen funderat på sitt arbete under de gångna två åren. Varför drogs hon till eländet? Hon hade kommit fram till att det kanske inte var de högtidliga orden om rättvisa och anständighet utan snarare en obotlig nyfikenhet som fick henne att längta tillbaka till polishuset. Till kollegerna också, men här hade hennes perspektiv förskjutits. Tidigare hade hon stimulerats av de yngre, jämnåriga kollegerna, men nu framstod Berglund och Fredriksson, och Ottosson så klart, som dem hon uppskattade mest.

Kanske hade hon påverkats av sin tillfälliga svaghet när hon och Ola Haver mötts i en passionerad men förtvivlad kyss i hennes kök i vintras? Hon ville inte ha den typen av spänning på jobbet. Sammy Nilsson och de övriga männen i hennes egen ålder påminde henne om att hon levde ensam. Med Berglund och Fredriksson kom aldrig sådana tankar.

– Ska jag köra? frågade Haver och avbröt hennes funderingar.

– Nej, jag kör, sa hon och tog nycklarna ur hans hand.

Han sneglade på henne. De hade inte pratat om kyssen och vad den stått för.»Säg ingenting«, tänkte Lindell. Hon var ändå inte särskilt orolig. Han skulle aldrig låta den episoden påverka deras arbetsförhållanden.

– Kul att vara igång igen, sa hon i en lätt ton, kanske med mer värme i rösten än vad hon avsett.

De såg på varandra för ett kort ögonblick över biltaket. När de sedan satt i bilen var deras blickar annorlunda.

– Drottninggatan, konstaterade Lindell.

– Du tog kommandot direkt, sa Haver.

– Vadå?

– Där uppe i rummet. Du bestämde direkt vilka som skulle iväg.

– Jaha, det tänkte jag aldrig på.

– Man får väl vara glad att man kom ifråga, sa Haver och såg på henne med en svårtydd min.

– Är det besvärande?

– Nej, nej, det var inte så jag menade.

– Är du sur?

Haver gjorde en avvärjande gest. Lindell kände hur ilskan växte. Hon hade inte kommit tillbaka för att mötas av en massa skit och antydningar. Samtidigt ville hon hålla igen.

– Nu tar vi det här, sa hon och koncentrerade sig på trafiken.

KAPITEL 4

Marcus blick var fästad på kaffemuggen. Han hade inte rört den och inte heller skorporna som Martin ställt fram.

– Du kanske är hungrig?

Marcus såg förvånat upp, skakade på huvudet och försökte prestera ett leende.

– Är hon mörk eller blond?

– Mörk.

– Dom är luriga, sa Martin. Drick lite kaffe.

Marcus lydde mekaniskt. Hans korta hår stod rätt upp, pannan var fläckad av rödlätta områden omgivna av små vita punkter. Martin kom att tänka på ett äpple vars fina skal utsatts för solen. När Marcus förde koppen till munnen framträdde ett par skarpa streck på kinderna och han såg plötsligt mycket äldre ut.

– Du kanske vill ha en macka?

– Nej tack.

17

– Vad gör du annars?

– Pluggar. En mediakurs.

– Lina går på GUC, läser foto och annat sånt där.

Pojken visade inget intresse. Martin kände tröttheten komma. Han borde väcka Lina, prata med henne en kvart medan hon åt frukost och sedan lägga sig några timmar, men oron som han fått när han var ute på stan hade inte släppt.

– Innan jag plockade upp dej fick jag en körning som jag nobbade, sa han.

– Brukar man göra det?

– Nej, det är sällan. Det är om nån verkar stökig.

– Var han packad?

– Nej, sa Martin, inte direkt. Det var en gammal kompis kan man väl säga. Vi gick i plugget samtidigt, hängde ihop under många år.

– Och du ville inte köra honom?

– Magnus hette han, ja, det gör han väl än. Jag tror inte att han kände igen mej. Eller så låtsades han bara.

– Varför skulle han låtsas? Är ni ovänner?

För första gången under morgonen visade Marcus ett intresse. Han drack en mun kaffe och tog en skorpa.

– Jag kanske måste väcka Lina, sa Martin.

– Jag ska väl knalla hemåt och kasta mej i slagglådan, sa pojken och använde ett uttryck som Martins far hade nyttjat.

Martin reste sig men blev stående vid bordet.

– Vi blev ovänner, sa han tyst och tog kaffekoppen och ställde den på diskbänken. Han blev så jävla skitviktig. Vi gick på Brantan. Hans farsa hade en leksaksaffär, men tog livet av sej. Morsan gifte om sej med en krogägare men han gjorde konkan och försvann från stan.

– Blir man skitviktig av det?

– Nej, inte direkt. Nu är han politiker eller nåt på kommunen. Jag brukar se'n i teve.

Martin snurrade koppen på bänken. Varför berättade han det här?

– Så lite man vet när man går i småskolan, fortsatte han. Då är allting fritt på nåt sätt. Alla möjligheter finns där. Men ändå inte, korrigerade han sig själv.

– Man är ju barn, menade Marcus snusförnuftigt.

– Dom flesta blir väl vettigt folk.

– Alla kan ju inte bli politiker, sa Marcus. Det kan inte ha varit roligt med en farsa som tog livet av sej.

– Han sköt sej i skallen. Nu måste jag väcka Lina, men sitt kvar du, la han till när Marcus gjorde en ansats att resa sig.

»Om jag hade tagit körningen till Arlanda så hade jag inte träffat den här grabben«, tänkte han.

Lina var mörkhårig som sin far. När hon nymornad steg in i köket var Marcus omedelbara tanke att det var Ulrika som stod där. Den nötta morgonrocken, den lite förvirrade sömnigheten i ansiktet och de loja rörelserna, allt tillsammans gjorde att han instinktivt var på väg att resa sig från stolen, sträcka fram sin hand och dra henne intill sig. Det var hans Ulrika men ändå inte.

Trots sin trötthet måste Lina ha märkt hans reaktion, för hon stannade upp och såg på honom med förvåning och kanske också rädsla.

– Vem är du?

– Marcus. Jag hängde med din farsa.

– Jaha, konstaterade hon, som om det var vanligt att det satt främmande människor i köket tidigt på morgonen. Men hon iakttog Marcus med nyfiket intresse medan hon plockade fram fil och flingor.

Sedan slog hon sig ner mitt emot honom. Martin kom tillbaka och satte på radion.

– Dom kanske säger nåt, sa han.

Fönsterkrossningen var förstanyhet i Radio Uppland. Efter en kort sammanfattning från studion gick ordet till en journalist som rapporterade direkt från Drottninggatan. Förödelsen var så gott som total från Nybron upp till Carolinabacken. Radiorösten beskrev nästan lyriskt anblicken av det krossade glaset på trottoarer och gata och jämförde med syner från ett land i krig. Polisen hade spärrat av hela gatan för biltrafik, bara bussar tilläts passera mitt i gatan, där glaset nödtorftigt sopats bort.

Nyfikna hade samlats och några intervjuades. En ung kvinna trodde att det var en bomb som exploderat och en man skyllde på berusade invandrargäng. En talesman från polisen beskrev på ett knastertorrt och tillgjort byråkratiskt sätt förödelsen och att de arbetade förutsättningslöst.

Journalisten hade nu mjölkat ur det mesta av historien och började avrunda inslaget men tystnade mitt i meningen.

Enbart hans ansträngda andning hördes. Martin böjde sig fram och höjde volymen.

– Vad fan är det frågan om, sa han.

– Vi fortsätter, återkom radiorösten upphetsat och de förstod att det var en uppmaning till studion att låta honom ligga kvar i sändning.

Plötsligt hördes ett genomträngande skri. I tusentals hem och på hundratals arbetsplatser i Uppsala ljöd en kvinnas förtvivlade skrik.

– Det händer nåt här, sa radiomannen med en stämma som vittnade om stor upphetsning.

– Ja, det fattar vi väl, fräste Martin.

– En kvinna står utanför en av dom demolerade butikerna på Drottninggatan, fortsatte rösten i radion. Uppenbarligen har nåt skrämmande inträffat. Polismän springer fram till kvinnan. Jag flyttar mej närmare.

Hans snabba fotsteg blandades med upprörda röster.

– Det ligger en död pojke i affären, hördes en kvinnoröst säga rakt ut i etern.

– Det var själva den, sa Martin och såg på Marcus. Hörde du?

– Gå härifrån! röt någon, men journalisten var för rutinerad för att låta sig avspisas.

Han beskrev hur kvinnan pekade in genom den sönderslagna dörren och att det inne i affären, bland omkringslängda böcker, skymtade ett par fötter som stack fram bakom disken. Radiorösten beskrev hur en uniformerad polisman gick in och lutade sig över kroppen.

Sändningen avbröts tillfälligt då radiomannen, under protester, handfast fördes iväg.

– För en murvel är ingenting heligt, muttrade Martin.

– Är det en bomb? frågade Lina, som dittills suttit helt tyst.

Hennes röst var svag och Martin såg på henne, sträckte ut handen och grep tag i hennes arm.

– Det är ingen fara, gumman, sa han.

– Vem är det som har dött?

– Vi vet inte. Dom hittade honom just nu.

– Kan det vara ett terrordåd?

– Det tror jag inte, sa hennes far, vad skulle det vara för slags terrorister?

Marcus satt tyst och iakttog far och dotter och såg hur nära de stod varandra och han undrade var Linas mor fanns. Kanske var hon död, kanske hade Lina valt att bo med fadern, eller växlade hon bostad mellan föräldrarna?

– Vi åker ner, sa Lina plötsligt.

– Du måste plugga, sa pappan.

– Det kan jag göra sen.

– Hör på den, sa Martin och såg kärleksfullt på sin dotter.»Hon lever«, tänkte han igen. Kanske är det bra att hon får se förödelsen på stan. De hade pratat om Bali men inte tillräckligt mycket. Hon bar säkert på många tankar som borde få komma fram.

– Du får se det som ett led i utbildningen. Hänger du med, sa Lina och vände sig till Marcus.

Han såg uttröttad ut och skakade på huvudet. Martin klappade honom uppmuntrande på axeln. Han ville inte släppa pojken ur sikte eftersom han fortfarande verkade bortkopplad på något sätt. Han svarade på tilltal men rösten var livlös. Inte ens inför Lina, som annars alltid brukade få unga män att skärpa sig, visade han något intresse.

De sorgsna ögonen såg ut att ha stannat kvar vid ån. Vad hade han sett i det brusande vattnet? Var det så att han övervägt att hoppa i? Martin blev alltmer övertygad om att det var så och greps av en stor ömhet när han såg pojkens vilsna blick.

– Häng med, sa Lina.

Marcus såg på henne med en svårtydd min och nickade till slut.

Martin parkerade på Fyristorg. En ansenlig mängd nyfikna var samlade runt Nybron. Polisen hade spärrat av gatan med band som löpte från Upsala Nyas citykontor till Bergmans klädaffär. Skyltdockan låg kvar.

Det låg en elektrisk, förväntansfull stämning över folkmassan, som om de kommit för att se på en parad eller en hemvändande idrottsman eller kändis. De som inte passerat på väg till sina arbeten och nyfiket blivit kvar, hade lockats dit av radiosändningen. Allas blickar var riktade mot en bil som kom körande. Två uniformerade poliser lyfte avspärrningsbandet och bilen passerade under. Martin fick intrycket att poliserna skulle lyfta den lediga handen till en honnör.

Ur bilen steg tre män och en kvinna.

– Det är Lindell, sa Martin. Henne har jag kört.

Kvartetten poliser stod mitt i gatan. De samtalade med en ordningspolis, som Martin också kände igen.

– Han är gammal brottare, sa han.

Martin gav Marcus en blick. Pojken stirrade fascinerat, liksom de övriga nyfikna. Hans drag hade förvandlats. De förut trötta ögonen lyste nu av spänd förväntan. Martin sneglade på Lina och deras blickar möttes. Han anade att hon uppfylldes av samma känsla som han, vämjelse blandad med den hyenelika nyfikenheten som förkroppsligades av massans tystnad och sträckta halsar. Där inne i butiken, ett hundratal meter bort, låg en död människa.

Radioreportern befann sig fortfarande på plats, men var förvisad utanför avspärrningen. Han gick runt med sändningsapparaturen på ryggen och talade oavbrutet i sin mikrofon.

En av poliserna försökte förgäves förmå de nyfikna att skingra sig, men det var ett kraftlöst initiativ, för även hans uppmärksamhet var riktad mot affären.

– Vad är det för slags affär? undrade någon.

– Det är en barnbokhandel, sa en kvinna som stod bredvid honom. Jag brukar gå dit, sa hon och fick det att låta som om hon hade speciella kunskaper.

– En bokhandel?

Kvinnan nickade.

– Det är visst en invandrare som har den, tror jag. Han är mörk i alla fall, men pratar bra svenska. Kan det vara han som ...

Hon såg plötsligt skräckslagen ut.

– Han som var så vänlig, sa hon och såg på Martin med tårfyllda ögon. Visst är det hemskt, sa hon och banade sig väg närmare avspärrningen.

– Är det en invandrare som slagits ihjäl? frågade en man i närheten.

– Jag vet inte, sa Martin.

Strax fortplantade sig de lösryckta fraserna i folkmassan.

– Vi kanske ska sticka, sa Martin till Lina.

– Vi väntar lite till. Jag vill se den där kvinnliga polisen igen.

– Det dröjer nog, sa Martin, men dottern riktade hela sin uppmärksamhet mot butiken och hörde inte vad han sa.

– Det är en ung pojke där inne, hörde han någon säga. Han vände sig om.

– Det var nån som pratat med en av snutarna, fortsatte mannen som omedelbart fick uppmärksamhet.

– Det är en jugoslav, sa en annan. Det var nån knarkuppgörelse.

– Knark?

Mannen nickade.

– Det är så mycket skitsnack, sa någon. Så mycket bluff.

– Varför skulle jag bluffa? sa informatören stött.

– Det finns så många hyenor.

– Du står ju själv här!

– Jag är glasmästare, sa mannen och log.

Kriminalpoliserna väntade på Eskil Ryde. Otåligt stod de utanför affären, som om det vore realisation och de angelägna hängde på låset. Sammy stirrade in, försökte urskilja något, kommenterade vad han såg men ingen tycktes lyssna.

Teknikerna kom efter fjorton minuter. Ann Lindell såg Ryde och Oskarsson skynda uppför gatan. Eskil Ryde med en mer ilsken min än vanligt. Lindell gissade att det hängde samman med att han tvingats bana sig fram genom de nyfikna människomassorna vid Nybron.

De bytte några ord, men Ryde var som en spårhund som när han väl fått vittring inte lät sig distraheras av ovidkommande ting och prat. Han krängde på sig den blå överdragsklädseln på gatan, drog på sig handskarna och klev ordlöst in genom dörren. Oskarsson följde i hans spår, kånkande på utrustningen. Ryde bar sällan något, det var hans privilegium som ålderman, men det var också den enda favör han tillät sig.

Ann Lindell hade på tungan att fråga hur lång tid det skulle ta, men insåg det meningslösa i en sådan undran och höll igen. Hon skymtade Rydes och Oskarssons ryggar. De stod vid disken. Ryde sa något till kollegan som nickade. Sedan började jakten på fibrer, avtryck från fötter och händer, främmande föremål, abnormiteter som de kunde misstänka hade med brottet att göra. Antalet frågor var oändligt i en brottsutredning.

Efter tjugofem minuter, Lindell roade sig med att ta tiden, var de klara. Då hade de säkrat en liten del av affären, så mycket att kollegerna skulle kunna komma in för en första titt. Teknikerna skulle sedan fortsätta att arbeta, säkert hela dagen.

– Jag har ringt till Lyksell, sa Ryde.

Rättsläkare Lyksell, som för tre, fyra år sedan hade stött på Lindell, men därefter i snabb takt gift sig och blivit far till ett flicka, var den läkare som de samarbetade mest med.

– När kommer han? undrade Lindell.

– Hur ska jag veta det? fräste Ryde.

Ann Lindell böjde sig över kroppen. Haver, Riis och Sammy Nilsson stod i en halvcirkel bakom henne. En ung pojke, tänkte hon förbittrat och såg på sina kolleger. Haver verkade bedrövad, Riis såg mer hämndlysten ut medan Sammy studerade den massakrerade med en sorgsen blick.

– En grabb, sa han bara.

Det var tyst i den trånga affären. Svaga röster hördes från gatan. Lindell läste på pojkens T-shirt:»Dreamland.« Gula bokstäver fläckade av blod.

– Vem är han? undrade Haver.

– Johansson kikade efter en plånbok eller nåt, men han tycks vara ren.

– Har konstapel Johansson varit här och petat, sa Riis. Då kan vi lägga ner utredningen.

Lindell såg på honom men sa ingenting, utan riktade åter sin uppmärksamhet mot offret. Att han var mördad rådde det inget tvivel om. Han hade fått ta emot ett stort antal kraftiga slag, framförallt mot huvudet, troligen med den stol som låg strax intill kroppen. Pojkens pannben var intryckt. Det ena örat var svårt sargat och troligen hade han krossår i bakhuvudet, men det skulle dröja innan de kunde vända på kroppen.

Blodpölen på det stensatta golvet omfattade minst en kvadratmeter. Pojken hade varit ljus men det mesta av det kortklippta håret var nu mörkfärgat av blod. Strax ovanför hans huvud fanns en hylla med mjukisdjur. En Alfons-figur hade ramlat ner och låg tätt intill hans kropp.

»Hur gammal är han?« tänkte Lindell. Sjutton, arton. Lite tunna drag, såg definitivt inte ut som någon slagskämpe. Han var klädd i T-shirt, en kort sommarjacka, ett par ljusa byxor som var nersölade, troligen av urin. Inga ringar eller smycken. På fötterna sandaler. Händerna var små med välskötta naglar. »En väluppfostrad mammas pojke«, tänkte hon och reste sig upp.

– Fy fan, sa hon. När kommer Lyksell?

Omgivningen hade märkt hur Lindell blivit mer otålig sedan hon kommit tillbaka från mammaledigheten. Sammy och Haver gav varandra ett ögonkast.

– Stackars pojksate, sa Riis oväntat.

– Identifieringen, sa Sammy.

– När hände allt detta? frågade Haver.

– Larm om skadegörelse kom 01.21, sa Sammy. Då handlade det om att sopa, säkra eventuella spår, kontakta fastighetsägare och butiksinnehavare.

– Det finns inget klottrat?

– Inte vad vi sett.

– Hur fan kan man slå sönder en hel gata och sen försvinna? undrade Riis, som återgått till sin koleriska ton.

– Fråga »Prinsessan«, sa Sammy tonlöst, han har säkert en teori.

»Prinsessan« var hans nya öknamn på polismästaren. Det hade myntats under Lindells bortovaro och hon hade aldrig kommit sig för att fråga hur det uppkommit.

– Det är väl dräggen från dom multikulturella områdena, sa Riis.

Lindell såg sig omkring. Det fanns inga tecken på förstörelse eller strid, förutom några böcker på golvet.

– Vem äger affären? frågade hon.

– En karl som heter Fridell, men det var inte han som hittade pojken. Det var en kvinna som jobbar här. Hon sitter i Beas bil.

– Är Bea här?

– Hon åkte direkt. Jag tror vakthavande ringde, sa Haver i en undvikande ton.

– Till henne?

– Ja, dom är visst släkt.

– Släkt? upprepade Lindell fånigt.

– Ta in tanten, fortsatte hon.

– Hon är bra nog chockad, sa Haver.

– Kanske känner hon igen pojken.

– Hon sa att hon inte gjorde det, invände Haver.

– Men hon kanske inte tittade så noga, sa Lindell.

Birgitta Lundeberg, rödflammig i ansiktet, fördes in i butiken av Beatrice Andersson. Lindell sa någonting om chock och att de var tacksamma för att hon var så modig. Kvinnan stirrade på henne som om Lindell vore ett främmande djur.

– Kan det vara Thomas, sa hon tyst.

Lindell gick närmare.

– Vilken Thomas?

– Min systerson. Han brukar hjälpa till här.

– Hur gammal är han?

– Nitton i höst. Han fyller den 23 september.

– Ni såg inte det tidigare?

– Nej, jag såg bara benen, sa kvinnan.

Haver sneglade på Lindell, som nickade.

– Om ni orkar vore vi tacksamma om ni kunde titta, sa hon.

Birgitta Lundeberg såg upp mot Johansson som reste sig likt ett berg intill hennes magra gestalt. Han nickade uppmuntrande och hon tog några steg in i affären. Haver såg att hon trampade på en pekbok för de allra minsta. Han hade köpt en likadan för några år sedan.

– Är han skadad? frågade hon.

»Han är död«, tänkte Sammy säga, men höll igen.

– Han har skador, sa Lindell, men det vore mycket bra om du kunde hjälpa oss.

Lundeberg tog ett par vacklande steg och såg med skräckfylld min ner på den mördade pojken, drog efter andan och ramlade nästan baklänges. Johansson stod tätt intill henne, beredd att stötta.

Poliserna stirrade på henne.

– Det är inte Thomas, sa hon slutligen.

– Säker?

Kvinnan nickade.

– Är hans ansikte bekant?

– Det är ingen jag känner, viskade Lundeberg, likblek i ansiktet.

– Tack, sa Lindell, det var modigt av er.

– Modigt, upprepade kvinnan medan hon lotsades ut av Johansson. Jag är så trött på all död, hörde de henne säga, när hon steg ut på gatan.

– Vad menade hon? undrade Haver.

Ann Lindell fick en association till Östergötland när hon hörde Lundeberg tala. Fanns det ett stråk av östgötska eller var det talet om död som gjorde att hon kom att tänka på sina föräldrar? Ett stående tema i deras samtal var pratet om sjukdomar och föräldrarnas jämnåriga som i en strid ström föll ifrån. Ann fick känslan av att modern enbart tog upp ämnet för att påminna dottern om hur skröpliga hon och fadern var, att de när som helst kunde dö. Underförstått att Ann inte brydde sig om dem.

Hon återkallades till verkligheten av Ryde.

– Om ni har tittat klart kan ni lämna lokalen, sa teknikern.

Kvartetten från våldet troppade av. Lindell var glad att komma ut i friska luften. Efter fyndet i bokhandeln hade hon beordrat att alla butiker skulle genomsökas. Hon såg hur några kolleger från ordningen stod utanför Ekocaféet och diskuterade med en man, som frenetiskt gestikulerade med armarna.

En kvinna, som Lindell påminde sig ha sett i ett tidningsreportage, stod på trottoaren några meter längre bort. Hon grät stilla.

– Vi får kolla om vi har några anmälningar om försvunna personer, sa Lindell. Det kan ju tänkas att grabben finns med.

– Han ser för ung ut för att vara student, sa Sammy.

– Han har nog familj i stan, instämde Haver.

Lindell gick undan en bit. Bea skymtade i hörnet till Trädgårdsgatan. Klockan var kvart i tio.

KAPITEL 5
Lördag 10 maj, kl. 08.10

Den gamla hade tacklat av under vintern. De magra axlarna hade blivit allt tunnare. Hon liknade alltmer en skrika, som hon själv sa. Vad är en skrika, hade han undrat. Viola hade då sett på honom med en okynnig blick, den lämnade henne aldrig trots det tilltagande klagandet över skröpligheten, och sagt: »Det är som ett magert kreatur eller en måsskit, det är bara att välja.«

– Jaså, du ska fara? frågade hon.

– Fjorton dar, sa Edvard.

– Vad finns i det landet då?

– Sol och hav.

Hon snodde runt, kvickheten i köket hade hon också kvar, och drog av kaffepannan som visslade intensivt. Edvard såg ut genom fönstret.

– Ska jag hissa flaggan?

– Varför det?

29

– För att det är vår. Vi firar och fikar ute.

– Aldrig, avgjorde Viola. Lunginflammation får man ändå.

– Det är redan tretton grader. Mot vedbon är det säkert skönt.

Han såg på henne, hennes ryggtavla, ostyriga hår, den beniga handen som plockade fram koppar.

– Kanske Viktor och jag kan rycka lite strömming. Det vore väl gott?

Hon vred på huvudet och mötte hans blick.

– Det skulle han nog tycka om, sa hon.

Edvard satt lojt vid bordet, kände sig för första gången på mycket länge helt slut i kroppen. I en månad hade han och Gottfrid arbetat i Gimo, på en villa som skulle ha varit inflyttningsklar redan i mitten av april, men blivit färdig först för några dagar sedan. Det hade varit slitigt och lite irriterat mellan honom och Gotte. Dessutom hade villaägarens ständiga tjat förpestat de sista veckornas arbete. Gotte kunde egentligen inte skyllas för förseningen, men hade fått klä skott för leverantörernas saktfärdighet. De hade åkt därifrån med en känsla av stor befrielse.

– Man ska inte bygga åt såna där jävlar, sa Gotte, men Edvard visste att han räknat på tre villor till i Östhammar.

Sedan hade Edvard sagt att han ville ha lite ledigt. Gotte hade inte kommenterat saken och det tolkade Edvard som ett jakande svar.

– Vi ses, var allt han sa när han släppte av Edvard vid torget i Öregrund.

Dagen därpå hade han ringt och sagt åt Edvard att köpa en speciell sorts whisky när han ändå skulle ut och resa, detta trots att Edvard inte sagt ett ord om att han funderade på att ta en sista-minuten-resa till ett varmare land.

– Visst, sa Edvard och gladdes åt det korta samtalet.

De två hade ett märkligt förhållande. Arbetena kom och gick. Gotte var duktig och efterfrågad. De sa inte mycket till varandra. Det passade Edvard bra. Byggmästaren kunde ringa och säga: »Forsmark, ett par veckor«, eller »ett kök i Norrskedika« och så bestämde de tid och plats.

Gotte hade aldrig besökt Edvard på Gräsö och Edvard hade aldrig varit hemma hos Gotte, bara hämtat upp honom utanför kåken i Öregrunds utkant.

Viola och han drack sitt kaffe under tystnad. Två smörgåsar låg på en assiett.

– Det finns här med, sa hon.

– Vadå?

– Sol.

– Jo.

– Och havet ligger där nere.

– Det är klart.

– Som det alltid har gjort, sa Viola och började duka undan.

– Vill du följa med?

– Du är tokig!

– Jag tror att jag åker in till Uppsala i alla fall. Det kostar inget att fråga. Jag kan ju handla samtidigt.

– Finns det ormar där?

Viola hade skärgårdsbons medfödda skräck för reptiler.

– Det gör det säkert.

– Du har alltid pratat om havet, det var därför du kom hit.

Hon höll upp, men Edvard visste att det skulle komma en fortsättning.

– Du stod här på bron och sa att du längtade efter havet, minns du det? Jag såg att du var ledsen och hungrig som en skabbig räv.

– Såg jag så jävlig ut?

– En räv som inte fått nåt på länge.

– Jag kan inte minnas att jag var speciellt hungrig.

– Inte så, fräste Viola otåligt.

Edvard reste sig.

– Nu duger inte det här havet, sa Viola med ryggen mot honom.

– Det duger gott, sa han, rörd men också lite trött på hennes oro. Du vet att jag kommer tillbaka.

Hon vände sig om.

– Viktor vill nog säga adjö.

– Jag har ju inte åkt än.
– Han kommer förbi. Han ska hjälpa mej med ve'n.
– Det är ju redan fixat.
– Jaja, nånting var det.
– Men jag far in. Ska jag handla nåt?

Han hade kommit en sen kväll och knackat på hos Viola, bett om att få hyra ett rum. Den verksamheten hade hon avvecklat flera år tidigare, men hon bevekades av hans trötthet och uppgivna blick. Då ville han bara få en tillfällig asyl. Nu var han Gräsöbo och skulle troligen så förbli. Redan för ett par år sedan hade Viola berättat att hon skulle testamentera huset till honom. Han förstod att det delvis var för att hålla honom kvar. Hon var nu mer beroende av honom än han av henne. Inte för att han vantrivdes i huset eller med hennes sällskap, men sedan han och Ann Lindell brutit kontakten hade han blivit alltmer isolerad. Han satt på sin ö, i köket med Viola, ibland kom Viktor förbi, han arbetade tillsammans med Gottfrid. Sällan eller aldrig åkte han in till Uppsala. Det var i så fall för att storhandla eller för att besöka Fredrik, hans gamla vän från fackföreningstiden.

Emellanåt kom Fredrik ut till ön. Förr kunde han stanna en vecka eller två, men nu var besöken alltmer sällsynta. Han hade flyttat ihop med en kvinna och kontakterna med Edvard brukade inskränka sig till några telefonsamtal i månaden.

Gräsöborna hade accepterat honom. Han bodde hos en infödd, betedde sig som folk och arbetade med Gottfrid, och det räckte en bit för de motsträviga öborna.

Han hade lärt sig skärgården, var ofta ute och fiskade, ibland tillsammans med Viktor, men oftast ensam. De boende kring fjärden kunde se honom i Viktors båt, i ruffen som en skugga, eller på fördäck när han plockade med näten eller bara stod och synade horisonten och betraktade några havsörnar som seglade i skyn.

Faktum var att han genom sin livsstil och sin brist på kontakter med yttervärlden framstod som en mer genuin skärkarl än många av de infödda. Edvard förstod att det pratades en hel del om honom i stugorna. Han var enslingen som delade hus med en annan ensling.

Ensamheten lyste kring Edvard även när han var bland folk. Inte för att han var asocial, men något i hans väsen andades solitärens avvisande hållning. De flesta trodde att det berodde på olycklig kärlek. Den där polisen som han hängt ihop med ett par år hade bedragit honom, blivit på smällen med en annan och lämnat Edvard åt sin sorg. Så gick tongångarna och i stort stämde det. Edvard bar på en stor sorg. Efter Ann, efter ett liv som han visste var möjligt.

Nu var han nöjd om han kunde hålla tankarna på Ann på avstånd. Han sa till sig själv att han opererat bort henne ur sin kropp, men visste, när kvällarna blev långa och arbetströttheten inte räckte, att hon fanns där, vilande som ett ömtåligt smärtsamt minne. Det visste också Viola, som aldrig nämnde Ann, inte ens i indirekt prat, en teknik som hon upphöjt till en särskild konstform.

Ändå var han inte olycklig. Den senaste tiden hade en sällsam optimism vuxit sig stark hos honom. Kanske var det en anpassning till omständigheterna, men det var också något annat. Frimodigheten och en slags försiktig livsglädje hade alltmer vunnit insteg i hans sinne. Inte för att det avsatte några mer handgripliga spår, förutom besök i Öregrund och en kortare historia med en kvinna han lärt känna där, men han log lite oftare och kunde till och med komma på sig själv med att planera sitt liv.

Han stannade på gårdsplanen en stund. De nya fågelholkarna hade redan gäster. Det blåste en ljum vind som förde med sig ett löfte om vår. Gräsö låg en vecka eller två efter fastlandet, men det var vårbrukets tid. Bara för ett par år sedan hade han känt oron, den gamla förväntansfulla ivern vid den här tiden, i brytningen, då jorden doftade. Nu var han mer avspänd. Han måste inte, han kanske inte ens ville, känna efter, det var hans tysta avtal med sig själv. Han behövde inte ut för att harva och så. Ändå gick han iväg mot skiftet som Lundström brukade. Mest för att se efter hur det såg ut och prata lite med sig själv, kanske byta några ord med Lundström om de råkades.

»Jag är inte längre lantarbetare«, tänkte han, »inte längre träl under jorden. Nu kan jag glädjas med den utomståendes sinnen.«

Han tyckte att det var ett under att han förmått bryta sig ur sitt tidigare liv. Att han inte längre deltog i generationernas makliga vandring. Priset fick han betala, för visst fanns det ett pris. Men han var den förste i släkten Risberg som brutit de månghundraåriga banden med jorden och då måste det väl kosta?

Jorden låg grå framför hans fötter. Stenig, fortfarande för kall, men visst, det var nära nu. Det handlade om timmar, om dagar. Han gick ner på huk, som han gjort tusentals gånger. Med handen på jorden försökte han tänka på Lundström, på stenarna, på vinden runt hans gestalt, på att Lundström borde röja sly, på allt annat. Men det var Ann han tänkte på. Jorden var hennes hud. Bilden var så stark att den blev en fysisk förnimmelse. Han hade varit lycklig, vilande nära henne. Han hade blandat samman markerna och hennes varma hud, sett landskap över hennes kropps linjer och rundningar, ljusa fjun och hårbuske. Allt var ett – dofterna, hennes och deras, glädjen, stegen i skogen, i åkerkanten, till och med maskinhallens tunga lukt av oljor och fett.

»Jag var lycklig«, tänkte han och reste sig upp. Han log nu. Det var också en del av avtalet.

Även hans två söner hade betalat ett pris. I början, direkt efter sin flykt till Gräsö, kunde Edvard fyllas av sentimentalitet när han tänkte på sina barn, nu på väg ut i livet. Med tiden hade förhållandena normaliserats och de började komma ut till ön, till en början tveksamt, med blyghet och återhållen vrede. Han rördes av deras lojalitet och sakta men säkert hade de byggt upp någon form av förhållande som fungerade.

Under vintern hade han sporadiskt gått på föreläsarföreningens arrangemang i Öregrund, lyssnat på alpinister, författare och äventyrare som gjort resor till Grönland och Sibirien, sett bilder och ibland sagt sig själv: »Dit borde jag åka.«

Nu skulle han resa, men till skillnad från äventyrarna ville han söderut. Det senaste samtalet med Fredrik hade handlat om stränder, havet och fiskarna.

Under vårvintern hade tanken på en resa grott. Fredrik hade nämnt en ö som hette Koh Lanta och dit ville Edvard. Han hade köpt en guidebok som i stort verifierade Fredriks utsagor.

Han skulle i alla fall gå in på en resebyrå i Uppsala. Han log för sig själv och gick tillbaka. Den korta stunden vid Lundströms skifte hade upprört honom, men det faktum att han lugnat sig visade att avtalet höll.

KAPITEL 6

Lördag 10 maj, kl. 10.05

Hon såg honom märkligt nog först, trots att han var en i en stor mängd människor som församlats vid Nybron, en slags böljande massa som upplöstes, återsamlades, tappades av på nytt och förnyades.

Han stod i främsta ledet, bara skymd av ett par barn. Ann tyckte sig känna igen den slitna skjortan han bar. Han var som vanligt brunbränd. Det klack till i henne, eller snarare fick hon en kraftig stöt och magen drogs samman som i kramp. Det var en oväntad känsla, men inte obehaglig. Hon var förvirrad, om än inte så förvånad, någon gång måste hon ju få syn på honom. Nu stod han där, sextio meter bort. Hur lång tid tar det att gå sextio meter, att springa sextio meter? Han var Edvard, den man som hon älskat så innerligt, som hon åtrått och sedan slarvat bort.

Hon såg att han pratade med en kvinna vid sin sida. Hon var yngre än han, blond med en lång kappa. Var det hans nya? Kunde han vara

36

tillsammans med en kvinna i en sådan kappa? Hon gick, han såg efter henne. Han var sig lik. Samme Edvard hon inte sett på nästan två år.

Haver sa någonting hon inte uppfattade.

– Va?

– Jag sa just att kollegerna säkrat blodspår på gatan.

– Prata med Ryde, sa hon kort.

– Hur är det? Du ser blek ut.

– Edvard, sa hon bara.

– Är han här?

Hon nickade åt bron till och Ola Haver sökte med blicken.

– Det var fan, sa han när han upptäckte honom. Ska du prata med honom?

I det ögonblicket upptäckte Edvard henne. Han tog omedvetet ett steg framåt, men hejdades av avspärrningen. Han satte upp handen till en hälsning. Hon svarade med att vinka lite försiktigt.

De såg på varandra under en kort stund, sedan gick han, sjönk tillbaka in i folkmassan, försvann.

– Nej, sa hon och gjorde en tafatt gest med händerna.

Haver såg hur hennes förvirring övergick i förtvivlan, hur axlarna sjönk ihop och händerna sänktes och blev slappt hängande vid sidorna.

– Han gick, konstaterade hon.

– Han gjorde det. Han kanske blev lika chockad som du.

Ann Lindell sa ingenting utan vände på klacken. Åsynen av den vandaliserade gatan var som en bild av hennes egen tillvaro, krossat glas i hennes väg. När hon nu äntligen lyckats tränga undan Edvard, pressat honom och hans förbannade ögon och händer långt, långt in i skrymslena, där han vilat likt en hård gummiboll, dyker han plötsligt upp. Och försvinner lika fort. Som en illusion. Men det var han. Han satte upp handen. Han ville ge sig tillkänna, men inte något mer, ingen kontakt, inga ord. Fan också, han kunde väl ha frågat hur jag har det, sagt några meningslösa fraser så att jag fått se på honom, höra hans röst under några ögonblick. Brun var han också. Hon var blek. Han såg frisk ut. Den där skjortan, så typiskt Edvard. När han för en gångs skull åker in till stan sätter han på sig det sämsta han kan hitta i garderoben.

Hon sneglade bakåt. Där stod Haver och såg olycklig ut. Han gjorde en rörelse med handen och plötsligt hatade hon sin kollega. Han som lockat henne med en kram och en kyss, mer än en kamratlig gest, som sett på henne, inte som en kollega och vän, utan som en kvinna, men som sedan räddhågset skenade tillbaka till sin Rebecka. Hon hade återkallat hans besök i minnet åtskilliga gånger, mitt i försöket till julstök. Eriks första jul, dessutom med mormor och morfar på besök.

Stå där och se mild ut. »Far åt helvete«, mumlade hon sammanbitet, »far åt helvete allesammans.«

Kollegerna plockade bland glassplittret och sökte efter föremål som kunde leda utredningen framåt. De liknade mest vilsna bärplockare som rafsade i det glesa riset, på fåfäng jakt efter bär. Lindell iakttog dem med likgiltig blick. Hon anade att de inte skulle hitta så mycket mer än gamla glasspapper, fimpar och annat skräp, men det måste göras.

Hon visste att hon måste ta sig samman. Vad fanns det för alternativ? Rasa samman på gatan och böla? Hon var väl tränad i bortträngandets konst och skulle klara det den här gången också.

Mobiltelefonen ringde och hon slet upp den med en irriterad rörelse, men stelnade till när hon såg numret på displayen. »Hon har fortfarande hans nummer inlagt«, tänkte Haver, som inte hade släppt henne med blicken. Hon trummade med den lediga handen mot låret, så där som hon brukade göra när hon blev nervös.

»Svara då«, tänkte Ola Haver. »Svara inte, ge fan i den där bonnläppen«, var hans nästa tanke, »han ställer bara till jävelskap.« Hon stirrade fortfarande på telefonen, men svarade till slut. Det blev inget långt samtal. Anns spända rygg slappnade av och hon stoppade tankfullt ner telefonen, medan hon spanade längs gatan. Hon stod stilla några ögonblick, Haver tyckte att det såg ut som om hon övervägde att springa mot bron, men hon gick med energiska steg fram till Ryde. De växlade några ord. Lindell pekade upp mot Carolinabacken. Ryde såg avvisande ut, men det betydde ingenting, han var inget charmtroll. Haver trodde att han trots sin buttra attityd gillade Ann.

Annars tillhörde Ryde den gamla stammen, »deadwood«, som en australisk kollega på besök hade kallat stötarna inom kåren, de som ogillade kvinnor i uniform, och i än högre grad som utredare på krim. Haver hade introducerat termen från antipoden och den hade tacksamt anammats av de kvinnliga kollegerna, inte minst av Bea Andersson, som var den som fick mest skit av sina machokolleger. Bea stack ut mer än Ann, tog strid oftare, var skarpare i sin kritik.

Haver bedömde väl striden som i huvudsak vunnen, men fortfarande fanns det en hel del »dött trä« kvar. Om han frågade Bea skulle han få en annan analys.

Haver iakttog med vilken iver Lindell pratade med Ryde. De lutade sig över trottoaren ett tiotal meter från affären. Blod, tänkte Haver, det kan ju komma från vem som helst, och det sa han också till Sammy, som ställt sig bredvid honom.

– Men det är nog fattigt på fynd, sa Sammy, så vi är tacksamma för allt. Det finns ingen anmäld saknad, la han till.

– Jag tror det är en Uppsalakille, fortsatte han, eller vad tror du?

– Svårt att säga, sa Haver, som fortfarande såg på Ann Lindell.

Edvards plötsliga uppdykande och hans telefonsamtal, för det måste ha varit han, hade väckt minnet av episoden i Anns kök till liv igen. Det ansträngda förhållandet till Rebecka, som utlöst hans »attack«, hade normaliserats. De hade under en kortare period upplevt något av en nytändning, inte minst när de tillsammans kunde åka till London ett par dagar. Barnfria hade de gått på museer, ätit gott och älskat på hotellrummet med en intensitet som påminde om deras första tid tillsammans.

Men det var fortfarande skört. Den gamla känslan, rusningen i kroppen på väg från jobbet när han visste att Rebecka var hemma, kom inte så ofta längre. De älskade pliktskyldigt någon gång då och då men det kändes inte speciellt angeläget eller bra.

En sak hade Haver bestämt sig för, att aldrig mer inlåta sig på något äventyr med Ann. Deras vänskap var viktigare än ett desperat ligg i hemlighet, men ibland stack den gamla känslan fram och han föreställde sig hur de råknullade, ofta på de mest obskyra platser, som över hennes skrivbord eller i den nernötta soffan i samlingsrummet, när alla gått hem för dagen och bara de två fanns kvar.

Tankarna fanns där och hade fått förnyad kraft när hon återkommit efter barnledigheten. Ann hade blivit mer attraktiv sedan hon fått barn. Hennes kropp var inte lika spinkig längre. Det var som om barnafödandet gav en signal till Haver. Den tidigare rätt så avsexualiserade känslan gentemot Ann hade ersatts av en dunkel upplevelse av fysisk intimitet. Han kämpade emot och lät aldrig undslippa sig något som kunde tolkas som en flirt eller ett försök till repris av händelsen i hennes kök.

Många gånger kände han svartsjuka gentemot Ottosson, rotelchefen. Ann och han kunde kramas, ge varandra blickar som vittnade om stor förtrolighet och det hände att Ann pussade honom på kinden och sa något skämtsamt flirtigt. Ingen trodde att Ottosson stötte på henne, allra minst hon själv.

I sina ärligaste stunder kunde Haver ana att det fanns något annat och djupare bakom hans känslor. Han kunde ibland uppleva att han måste bli godkänd av henne. Hon var formellt sett hans överordnade, den som under Ottossons ledning var satt att leda utredningsarbetet på våldet. Fast det formella var inte så viktigt. Hon var överordnad i kraft av sitt kunnande, det var det numera ingen som ifrågasatte. Kritiken mot Ann Lindell hade tystnat. Men ändå fanns den där, känslan av att vara underlägsen. Var det en fråga om makt? Hon var kvinna, han man. Kunde han i något avseende avväpna henne genom att knulla henne?

Han ville inte rota efter orsakerna till dessa dolda strömmar i hans inre, men han lekte med orden, smakade tyst på dem, orden som fanns där när de stod tätt inpå varandra, i hissen, på väg någonstans, i en rörelse eller i anblicken av hennes kropp. »Vad futtigt«, tänkte han, »jag är inte ett dugg bättre än Riis med sina snaskiga kommentarer och sitt skroderande i fikarummet.«

Ändå såg han på hennes bröst, som vuxit sedan hon blivit mamma, hennes rundade bakdel, och kunde föreställa sig hur han slet av henne kläderna.

Ibland undrade han om Ann kände av detta. Hon hade aldrig sagt något, aldrig visat en irriterad min, var nästan alltid vänlig mot honom, och även det kändes som ett nederlag.

Ibland kunde han skratta åt sig själv, men insåg sedan att han var ett offer för djupt liggande strukturer. Han gillade i själva verket tanken på att han var ett offer, snarare än någon utstuderad mansgris. Allt var dubbelt. Han ville ha henne men ändå inte.

När han älskade med Rebecka kunde han se Anns kropp framför sig.

Hon kände hans blick. Hon visste att han visste vem som hade ringt. Ann önskade att han inte hade uppmärksammat samtalet och den förändring inom henne själv som hon förstod kunde avläsas tydligt.

Hon upplevde dessa känslor som ett svek mot Ola, trots att hon egentligen inte hade något med honom att göra.

Hon märkte att han förändrades när de promenerade tillsammans eller av en slump berörde varandra. Han blev spänd. Han fick ett speciellt uttryck i ansiktet, på samma gång arrogant och blygt förvirrat, blev slängigare i kroppen, utvecklade en särskild gångart. Hon tyckte inte om det, men kunde inte bli speciellt upprörd över hans problem med henne. Han var ju trots allt i det stora hela sympatisk.

Det hade funnits ögonblick då hon velat ha honom. Det var framförallt i tider av stor anspänning och stress, då utredningarna var inne i ett avgörande skede, då vänskapen till en kollega var så viktig. Stunder av stor närhet som drog med sig en känsla av attraktion. Då ville hon ta i honom, känna en arm runt sig, dra in en känd doft.

Alla skapade rutiner för att orka med sitt arbete och då var känslan av närhet och kärlek den faktor som ägde mest tyngd. Ann hade inte den replipunkten. Hon for många gånger hem, vilsen och utlämnad till sina egna tankar, fast i utredningarnas våld, utan möjlighet till sällskap. Hon tyckte det var ett löjligt ord, sällskap, men det var det hon behövde. »Jag behöver sällskap«, hörde hon sig själv säga till lägenhetens väggar.

Hon hade Erik och det räckte långt, men det var inte tillräckligt. Han var ett barn, gav mycket men krävde också mycket.

Ann brukade ibland drömma om Ola Haver på ett sätt som fick henne att vakna insnärjd i svettiga lakan och fylld av skam och äckel. På nätterna blev Haver vild av kåthet, ibland elak. Ordlöst tog han henne på alla möjliga sätt. På jobbet, hemma och i prång hon aldrig hade besökt, märkliga ställen fyllda av skräp och stinkande av orenhet. Det var som om de skabbiga miljöerna förstärkte hans åtrå. Det luktade surt av sopor och doftade av klibbigt hett kön.

Hon kunde se skräcken i hans ögon, de svarta pupillerna som kastades runt i ögonvitornas lysande tavlor. Hans saliv fuktade hennes bröst och hon kunde ibland vakna skrikande i en blandning av vällust och äckel.

En gång, efter en sådan mardrömsnatt, då hon fortfarande tyckte sig öm och slak i kroppen, hade hon stigit in i ett rum där Haver satt tillsammans med en grupp kolleger. Deras skratt hade hastigt tystnat och alla hade stirrat på henne. Aldrig hade hon känt sig så naken som då, inför denna hop av män. Hat var det hon kände. Fy fan för dessa män med sina kukar och sina håriga, muskulösa neandertalfysionomier.

Mer sällan drömde hon om Edvard, men då var det betydligt stillsammare och mera efterlängtat. Då flöt hon upp till halvt medvetande och smekte sig själv i gränslandet mellan sömn och vakenhet. I drömmarna påminde han om en tonåring, blyg, ivrig och återhållsam på samma gång.

Nu hade han ringt. Efter en så lång tid av tystnad hade han sett henne men gått undan, och sedan efter stor tvekan knappat in hennes mobilnummer. I stunder av trygghet kunde han vara impulsiv och hon förstod att hans samtal och framkastade förslag var ett uttryck för denna så sällsynt förekommande egenskap hos honom. Hon hade sett det tidigare, mest då på Gräsö, vid havet, då han kunde bli omväxlande lekfull och eftertänksam, drabbande henne med de mest oväntade infall, kärleksfull och snabb i kroppen som en pojke.

Då kunde han ta tag i hennes hår, fästa upp det med en repstump han funnit på stranden, makligt och oblygt lätta på sina egna kläder och därefter på hennes, ta henne vid handen och vandra ut i havet. Hon hatade kalla bad och Ålands hav blev sällan riktigt behagligt, men hon följde honom. Han dök frustande som en säl, kom upp, log, blev plötsligt generad, dök igen och kom upp långt borta.

Hon pratade med Ryde och såg till att han säkrade glasbitarna med blod. Han hade sina överdragskläder på sig och hon tyckte att han liknade en jättebaby. Någon gång hade hon brustit ut i skratt och nämnt något om hur gullig han såg ut och fått en förintande blick till svar.

– Vi är snart klara, sa han. Pojken dog inte omedelbart, det är min teori, men vi får se vad läkaren säger.

– Dråp, sa Lindell.

– Mord, sa Ryde och såg på plastburken där han samlat glaset.

– Syns det spår av strid?

– Han försökte försvara sej. Han har avvärjningsskador på båda armarna, men var säkert chanslös mot en galning med en stol i händerna.

Han stod helt nära henne. Det var dessa stunder med teknikern som hon uppskattade allra mest. När han talade lågt och förtroendefullt med henne.

– Inga spår av vapen?

– Nej, inga stickskador, men vi får väl avvakta obduktionen, sa en ovanligt blid Ryde.

– Han ser inte ut som nån som krossar fönster på nätterna, sa Ann.

– Nej, tvärtom. Han ser prydlig ut, sa Ryde och det var en komplimang från hans sida. Var man propert klädd och hade en någorlunda konventionell frisyr så visade man gott omdöme.

– Vad tror du? frågade Ann Lindell.

Ryde såg på henne några sekunder innan han svarade.

– Jag tror att grabben kom förbi, blev indragen i nåt skit, tog skydd i butiken och blev ihjälslagen.

– Det var min tanke också, sa Lindell.

Hon ville le mot Ryde, men det var ingen dag för leenden på Drottninggatan.

– Nu är det din tur, sa teknikern och vände på klacken. För övrigt, la han till när han gått ett par meter, så hoppas jag att det här var mitt sista lik.

– Va?

– Du hörde vad jag sa. Jag har rotat färdigt bland döingar.

– Men du är ju inte pensionär än, invände Ann Lindell.

– Man kan sluta ändå, sa Ryde och log.

– När?

– Till hösten. Men du behöver inte gapa om det.

Ann Lindell, Ola Haver, Sammy Nilsson och Bea Andersson dröjde sig kvar en stund, men egentligen fanns inte mycket mer för dem att göra. Bea hade organiserat dörrknackning. Det låg mest kontor och affärer längs gatan, men rimligen borde väl någon av de få boende ha observerat något.

Hon hade själv pratat med ett äldre par som brutalt väckts av ljudet av skrik och krossat glas. De var i och för sig vana med »skrän«, men nattens upplevelser hade varit något utöver det vanliga.

– Konstigt att vi inte fått in fler anmälningar, sa Sammy Nilsson.

– Vi får kolla det, sa Lindell tankspritt, det finns säkert en del.

– Det viktiga är väl identifieringen, sa Haver.

Han kikade på Lindell, som nickade.

– Det blir tungt, sa Sammy, och alla förstod att det var budskapet till de anhöriga han avsåg.

– Det är väl nån som gör en anmälan snart, fortsatte han.

– Jag tar det inte, sa Lindell.

Det var sällan hon uttryckte sig så kategoriskt.

– Sammy, du som har lite pejl, det måste väl vara ett gäng ungdomar som dragit ner på stan?

Sammy Nilsson hade under en tid arbetat med ungdomsfrågor i en speciell arbetsgrupp innan den lades ner.

– Ja, inte är det en busslast från PRO, sa Sammy i en arrogant ton som han visste skulle reta Haver, och mycket riktigt reagerade denne.

– Kom med några förslag istället för att vara fyndig, sa han oväntat häftigt. Du som har jobbat med frågorna, la han överslätande till när han märkte kollegernas blickar.

Sammy såg på honom men svarade inte.

– Fan vad med gamar, sa Bea, men ni hörde väl att det gick ut i direktsändning på Upplandsradion?

– Vi kanske ska ta inträde, föreslog Haver.

– Ann kan riva biljetter, sa Sammy. Hon tycks vara mest intresserad av att frottera sej med folket på gatan.

Lindell hade lämnat gruppen och gick ensam längs gatan, på väg mot Nybron.

– Hon löper visst, fortsatte Sammy.

– Nu är du för jävlig, sa Haver.

Bea sa ingenting.

KAPITEL 7

Ali hade lyckats smita in på sitt rum innan mammans väckarklocka ringde. Hon hade förmodligen inte hört honom eftersom hon sov som djupast tidigt på morgonen, alldeles innan hon skulle gå upp för att åka till jobbet på Arlanda. Då var det värre på kvällarna, när hon var trött men inte fick ro och istället för att lägga sig pysslade med allt möjligt ända tills kroppen sa ifrån och hon nära nog fick släpa sig in i sovrummet.

Hennes mani att det skulle vara rent och att alla saker skulle ligga på sin plats var ett arv efter hennes mor, sa morfar, bekymrad men ändå road.

– Kvinnorna måste ha kontroll, sa han, det är det enda sättet för dem att bemästra livet.»Och för dig att få rena och pressade byxor«, tänkte Ali, men sa ingenting.

Han var glad att han slapp prata med henne, för Mitras oro för honom tilltog ju äldre han blev. Frågorna var många och ibland rent obegripliga eller åtminstone svåra att besvara.

– Din mor är moralisk, sa morfar. Hon vill att livet ska förstås och förklaras utifrån vissa principer. Vari dessa principer bestod utredde han aldrig, men Ali anade att det låg ett visst mått av skepsis i hans yttrande. Fast han kritiserade sällan eller aldrig sin dotter öppet. I själva verket var han mycket stolt över henne och hennes principer. Han hade sett henne växa upp till en stark kvinna. Hon var liten till växten, det var alla i hennes släkt, och hon nådde bara Ali till axlarna, men drevs av en inre motor som fick morfaderns eventuella kritik att stanna vid halvkvädna visor och smått roade leenden. Ibland fick Ali för sig att morfadern var rädd för sin dotter.

Bränslet till denna intensivt arbetande motor fick hon från vissa levnadsregler som hon ställde upp framför Ali, som andra ställer upp foton på vördade avlidna släktingar. Det var så Ali upplevde det. Hon pekade på en princip, berättade en historia, ett levnadsöde, och manade honom att vårda minnet av den döde, leva i enlighet med rättesnöret, i den bortgångnes namn.

Det fanns så många döda, så många principer.

Han slog sig ner på sängen, satt stilla under några minuter innan han föll baklänges över det prydligt utslätade överkastet. Det var en av principerna, att vårda sängkläderna. Tröttheten gjorde att hans tankar kom och gick i en enda förvirrad röra. Intrycken från kvällen och natten blandades. Han försökte tänka på hela förloppet, steg för steg, men oupphörligen återkom synen vid affären. Om och om igen spelades episoden upp som i en film. Men det här var inget trivialt våldsinslag i en videorulle, det var verkligheten som gick i repris.

Han försökte tänka bort det som hänt, han visste att han skulle bli tvungen till det. Om han skulle kunna leva vidare så måste han bli som morfar. Han som hade upplevt och sett så mycket hemskt men ändå förmådde att leva, prata, äta, sova och till och med skratta ibland.

Skulle han någonsin kunna berätta det för någon? Nej, det skulle krossa hans släkt. Om sedan tystnaden skulle krossa honom själv visste han inte.

Han vred på huvudet och såg klockan. För sex timmar sedan.

Nästa morgon drygt ett dygn. Till sommaren kanske tusen timmar. Till vintern hur många som helst. Om tio år en oändlig rad av timmar. Kanske allt nöttes bort med tiden?

Nej, inte för morfar, han mindes allt. Möjligen framstod saker och ting i en annan dager, men det raderades aldrig någonsin ut. Ali funderade ibland på vad morfadern tänkte på när han såg så där fundersam, nästan försvunnen ut i blicken. Han frågade ibland men fick inga egentliga svar. Någon gång hade han sagt: »Jag tänker på en speciell bagge vi hade en gång.« »En bagge?« Ali hade skrattat, men tystnat inför morfaderns blick.

Var det hans minnen? Baggar? Får som han vallat, sålt eller slaktat? Ibland vallade han får i minnet och blev tårögd. Då reste han sig med stöd av käppen, gick fram till fönstret och såg ut, stod så en stund, rak i ryggen och med hakan som en utskjutande klippa. Höger hand knuten kring käppen, omedvetet trummande med pekfingret. Ibland sa han någonting ohörbart. Hans dotter blev alltid stillsam vid dessa tillfällen, försvann ut i köket och stökade ljudlöst. Hon behövde aldrig förmana Ali att inte störa sin morfar.

Han såg åter på klockan, sträckte fram handen och slog på datorn, men låg kvar på sängen. Den sura smaken av spyor äcklade honom och så snart morfadern hade gått skulle han resa sig, gå ut i badrummet, borsta tänderna och duscha. Nu var det som om han låg i ett väntrum. Än hade han inte börjat ljuga, men så fort han lämnade sitt rum skulle han stiga in i lögnens tid.

Hadi hade bestämt sig dagen innan, om vädret höll i sig skulle han ge sig iväg ut från stan. Han visste vilken buss han skulle ta. Han hade bett Mitra se efter i tidtabellen. Han klädde sig varmt, för trots att det var maj kunde det bli ruggigt. Han frös så lätt numera. »Det har med blodcirkulationen att göra, det blir så när man är gammal«, hade Mitra sagt. Som om hon kände till sådana saker. Själv var han övertygad om att det var det nya landet som var kallt på ett sätt som han aldrig upplevt i Iran, även om det där blåste hårda vindar från bergen och snön föll i stora mängder.

Nej, det var kylan i Sverige det var fel på, inte på hans blod. Det hade han känt redan den första dagen. Det var i den södra delen av landet, en ort han glömt namnet på, en av alla de stationer som han passerat. Och där skulle det vara varmt, sa de. »Jag har samma blod som alltid«, hade Hadi avslutat diskussionen med dottern. Mitra hade skrattat. Hon var lik sin mor, envis men samtidigt villig att avsluta ett resonemang när det skulle göras. Inga långkok. Han kände hennes kärlek och respekt. Hon var en god dotter.

Hadi tvättade sig omsorgsfullt, klädde sig sakta och borstade håret noggrant. Det kändes lite högtidligt. Det var den första vårdagen och han skulle resa ut till sina djur. Så var det, de var hans och när han talade till dem svarade de på persiska, eller på djurens språk som var detsamma över hela världen. Han hade försökt förklara det för Ali, men han hade knappt lyssnat, än mindre förstått.

Hadi stannade till ett ögonblick utanför Alis rum, lutade huvudet mot den stängda dörren och tyckte sig höra djupa andetag. Han kunde se sitt barnbarn framför sig, liggande i sängen, hopkrupen med ansiktet mot väggen. När han var liten var han rädd att stiga ner på golvet på morgonen. Ibland var skräcken så stor att Hadi eller Mitra fick bära honom till toaletten. Det hade blivit betydligt bättre med åren, men fortfarande sov Ali så nära väggen han kunde och ibland låste fortfarande den gamla rädslan honom i ett järnhårt grepp.

Hadi anade att det hade med luften att göra. Sverige var ett bra land, det var rent på gatorna, men luften gjorde människorna tunga i fötterna och sinnet. Luften var för modern. Det doftade aldrig, jo, kanske på våren när gräset började spira, men alltför sällan som i Hadis barndom: spillning från djuren, fuktig päls, rök från öppna eldar och bakugnar, doften av bröd och den virvlande snön.

Den gamle lämnade dörren men dröjde sig kvar i hallen. Han strök sin mustasch, knackade försiktigt några gånger med käppen i golvet och såg sin egen bild i spegeln och nickade. Skulle inte Ali gå i skolan? Hadi blev aldrig klok på hans skolgång, ibland hade de ledigt halva dagen. Då kunde Ali sova till långt in på förmiddagen. Andra dagar kom han hem klockan tolv och sa någonting om att det inte fanns lärare. Inga lärare, vilken skola. Så kom han på att det var lördag och då var det ingen skola i det nya landet.

Luften på landet skulle göra Ali gott, tänkte Hadi och knackade lite lätt med käppen igen och avvaktade en stund. Sedan drog han på sig kepsen med en suck, lämnade lägenheten och steg ut i majsolen.

Genast blev han på bättre humör. Bussen som var fullsatt, han kände igen några landsmaninnor och hälsade artigt på dem, tog honom in till stan. Där bytte han buss. Han skulle ha velat säga något till någon, vad som helst, men kanske framförallt något om våren.

Busschauffören kastade en blick i backspegeln. »Han är säkert turk«, tänkte Hadi och såg hur stad övergick till land. Alla övriga hade stigit av och han var ensam passagerare. Det tyckte han om. Han fick för sig att turken var hans privatchaufför och log för sig själv. Nu började landskapet förändras. De lämnade skogen och kom ut i kuperade betesmarker. Han såg med glädje hur diket längs vägen var vattenfyllt.

Plötsligt reste han sig och höjde käppen. Turken bromsade in, trots att det inte var någon hållplats. Hadi gick fram till dörren och klev sedan ut i bekanta marker. »Du kan gott undra«, tänkte han, men lyfte ändå käppen till en hälsning åt chauffören.

– Nu är du ensam, din turk, sa han högt och spanade ut över landskapet. Han hade stigit av vid en upphöjning och hade god överblick över dalen. Ett par gårdar på en höjd tronade i full sol och de faluröda ladorna såg feta och välmående ut. En silo avtecknade sig mot himlen som en rymdfarkost.

I en av gårdarna på höjden kikade en äldre kvinna ut genom fönstret. Hennes man dröjde ovanligt länge. Hon hade under vintern blivit alltmer orolig att han skulle ramla och fördärva sig i ladugården. I och för sig var det bättre nu, när isen försvunnit från gårdsplanen, men hon oroade sig ändå. Han var inte lika stark som förr.

Hon fick syn på Hadi på körvägen, hur han stannade till vid röset, petade med käppen bland stenarna, fortsatte som om han letade efter något. Det var samme man som förra året, det såg hon direkt. Den gången hade hon ringt efter Greger som bodde ett stycke bort.

– Det är väl nån som letar efter svamp. Du vet hur dom är, hade han sagt.

– Men han var svartmuskig.

– Svartmuskig?

– Han såg ut som en riktig tavring.

Sedan blev det inte mer sagt. På eftermiddagen hade hon berättat för Arnold.

– Folk går så mycket, hade hans enda kommentar varit.

Nu gick tavringen där igen. Hon såg på väggklockan. Greger var på jobbet. Hon svepte om sig koftan och gick ut på plan. I samma stund kom Arnold ut från ladugården.

– Vi måste nog ringa, sa han.

Beata Olsson sa ingenting utan pekade bortåt skiftet mot skogen.

– Vad är det om?

– Tavringen är här igen, sa hon, du vet han som strök omkring här i höstas.

Arnold såg mot skogskanten men där fanns inget ovanligt.

– Du tog nog miste, sa han och gick mot huset.

Beata blev kvar någon minut. Olustkänslan ville inte släppa. Det var samme man, det var hon övertygad om, och nu fanns definitivt ingen svamp att plocka. Karl-Åke hade ju haft påhälsning häromsistens och blivit av med både diesel och verktyg.

Hadi kände doften innan han fick syn på dem. Han stannade upp för att dra ut på ögonblicket, drog ett djupt andetag och log för sig själv.

En av de yngsta kvigorna ruskade på huvudet och råmade försiktigt. De såg välnärda och fina ut. Det måste man i alla fall säga om det här landet, djuren kunde de ta hand om. Några av kvigorna hade tappat intresset för nykomlingen och rev åt sig lite gräs och örter, medan de yngre stirrade oavbrutet på honom. Han höjde käppen till en hälsning och en av dem tog ett språng åt sidan.

Hadi bredde ut den lilla duken och slog sig ovigt ner på marken, sträckte ut benen och masserade sakta det högra låret.

Kvigorna malde med sina mular, släppte emellanåt en komocka och stirrade ibland till. Hadi trevade med handen vid sin sida som om han sökte efter ett knyte med bröd och kanske några dadlar. Solen vandrade över himlen, kvigorna betade, liksom Hadi nöjda över sakernas tillstånd, men med en skillnad. Djuren var fullkomligt tillfreds med det saftiga gräset, medan Hadi drömde om andra marker. Han såg ut över den magra backen, ett stycke vresig Upplandsnatur, och erinrade sig blockterrängen vid de kalla källorna, där byns kvinnor ibland hämtade friskt vatten, och där han själv hade en så fantastisk utsikt över dalen. Han kunde skymta grannbyn i soldiset och när någon närmade sig på vägen brukade han roa sig med att gissa vem det var. Någon gång kom en bil, men det var mycket ovanligt i den avlägsna trakt där han växt upp. Bilar förde oftast inget gott med sig, det hade han lärt sig.

Ett fiskgjusepar seglade lättjefullt över dalen, drog sig ner mot Mälaren och försvann som två små prickar vid horisonten. I fjärran hördes ljudet från en traktor. Åkrarna var besådda, några stod mörkt gröna med höstsådd vete. Blommorna vid hans fötter sköt upp styva stjälkar ur sina bladrosetter. Han tyckte mycket om dem, deras varmt gula färg och doft, men kände inte till deras namn.

Han sjöng en stump från förr, enstaka ord, utbrutna ur sitt sammanhang. Kvigorna tyckte om det. De lystrade vid de främmande tonerna och tyckte att maj var en fantastisk månad.

Så satt han en timme, kanske mer, och reste sig sedan med viss svårighet. Han hade blivit stel och lite kall och var tvungen att ta käppen till hjälp för att komma upp. Sakta gick han tillbaka, kastade en blick på fläcken där han suttit. Han hade satt av ett spår.

Han såg de nerrivna trådarna innan han upptäckte gruppen av djur. De stod samlade på vägen, stirrade fånigt och osäkert, tog några kliv på asfalten. Hadi gick närmare och ett par ungdjur skuttade bort några meter.

– Jaja, jaja, skrek han och hötte med käppen.

Han såg sig omkring medan han försiktigt närmade sig flocken. Han ville inte skrämma iväg dem.

När han rundat djuren och skulle driva dem framåt mot öppningen i taggtråden hörde han bussen från motsatta sidan av kullen. Så snabbt hans ben förmådde sprang han den till mötes. Den kom farande över krönet i god fart. Hadi viftade med käppen. Chauffören ställde sig på bromsen och bussen kanade åt sidan men höll sig på vägen och stannade alldeles framför gruppen av djur.

Det var turken. Han stirrade först enfaldigt men log sedan. Hadi pekade med käppen och ropade något på persiska.

– Är du herde? frågade chauffören och log ännu bredare. Jag är kurd, fortsatte han när han såg gamlingens min, och Hadi kände igen den persiska dialekten från de norra delarna av Iran.

Hadi betraktade honom ett ögonblick, pekade sedan med käppen igen.

– Ställ dej där, så motar jag fram djuren. Du får inte släppa förbi dom. Förstår du?

Chauffören nickade och log.

– Det står en buss på vägen, sa Beata, ser du? Kan det vara djuren?

Arnold såg upp från tidningen.

– En slusk?

– Nej, en buss, sa hans fru högre.

Arnold reste sig och gick fram till fönstret.

– Och tavringen är där också, utbrast Beata.

– Vad fan, sa Arnold och drog på sig jackan.

– Det är två svarta, sa Beata.

Arnold skyndade sig ut.

– Ska jag ringa Greger, skrek Beata efter honom, men då var mannen redan ute på gårdsplanen.

Han halvsprang över betesmarken och det var en osannolik syn som mötte honom när han kom tillräckligt nära för att urskilja detaljerna. En svartskalle, utrustad med keps och käpp, motade hans djur på vägen, medan den andre gestikulerade vid stängslet. Han hörde rop på ett främmande språk och djurens stillsamma bröl.

Väl framme förstod han vad som hänt. Busschauffören, Arnold

såg nu att det var han, förklarade och pekade på gamlingen, som var i färd med att naja samman två trådändar.

– Det var han som räddade dina djur, sa chauffören, och dessutom min buss.

– Vem är han?

Han tänkte på Beatas ord om stölder i granngårdarna.

– Han är perser, det är det enda jag vet. Han åkte med mej hit för ett par timmar sen.

De gick fram till Hadi, som tog av sig kepsen och sträckte fram handen och skakade hand med den förbluffade bonden. Chauffören sa någonting och den gamle mumlade något till svar. Kurden ställde ytterligare en fråga och den här gången blev svaret betydligt utförligare.

– Vad säger han?

I backen skymtade Beata. Arnold vinkade åt henne.

– Han säger att han är en gammal herde, att han arbetat med djur i hela sitt liv. För att kunna leva i Sverige måste han träffa djur ibland.

– Träffa djur? sa Arnold fåraktigt och stirrade på Hadi som med en allvarlig min betraktade honom.

– Han pratar med djuren, la chauffören till.

– Pratar han ingen svenska?

– Det är nog dåligt.

– Du gör ju det.

– Jag har bott i Sverige i tjugo år, sa chauffören och såg på sin klocka.

– Ska du med? sa han till Hadi som nickade och satte på sig kepsen.

Nu hade Beata hunnit fram och Arnold förklarade vad som hänt.

– Ska herden med?

Chauffören nickade.

– Säg åt honom att komma hit i morgon så kan vi titta på fåren, sa Arnold. Idag passar det inte så bra. Veterinären kommer snart.

När Hadi fått översättningen, tog han återigen av sig kepsen och tog Beata i hand.

– Tack så mycket, sa han.
– Han kan ju svenska, sa Beata.
– Lite, sa Hadi och log, mycket lite.

Köttdjuren såg efter bussen som brummade iväg. Bondparet stod kvar.
– Det var Greger som stängde här, sa Arnold.
– Ni var väl två? Såg du att han tog av sej kepsen innan han tog i hand.
– Det hade blivit en jäkla smäll, sa Arnold.
– Han hade vackert hår, sa Beata och såg bussen försvinna i fjärran.
– Jag kände igen chaufförn. Han kör som en galning.
– Men djuren ska väl inte vara på vägen, sa Beata.

KAPITEL 8

Edvard betraktade sin bild i spegeln. Bilden av honom själv, men inte bilden han såg varje morgon och kväll när han borstade tänderna, utan snarare den Edvard som han trodde att andra såg.

»Märkligt«, tänkte han, »här står jag, ser mig själv som om det vore första gången jag stöter ihop med Edvard Risberg, medelålders, diversearbetande man bosatt på Gräsö.« Han fick impulsen att sträcka fram handen, men kvävde den genom att skratta till. En kvinna som just stigit in på resebyrån gav honom en undrande blick.

»Ann, är jag Edvard, den Edvard som du en gång älskade? Ser han ut så där? Du var dig lik, kanske lite rundare. Så länge sedan.«

Varför sätter de upp en spegel på en resebyrå? Är det för att man ska se hur blek man är, hann Edvard tänka innan det blev hans tur vid disken. Han gav nummerlappen till kvinnan och mumlade något om att han ville avvakta, och tog en ny lapp.

Nu var inte Edvard blek. Det såg i själva verket ut som om han just återvänt från en resa till solen. Hans grova hud utsattes för väder och vind året om. Så hade det varit hela livet. Den mörka huden spände över kindknotorna, ett drag alla Risbergare hade. Marita, hans förra fru, hade en teori om att det fanns finländskt blod i hans ådror. Han hade frågat sin farfar Albert hur deras anor såg ut. Albert hade avfärdat det hela som trams. »Vi är upplänningar sedan trälarnas tid«, sa han. »När landet steg upp ur havet stod vi där på hällarna och började slava direkt för någon jävel som lagt beslag på varenda torva. Det man kan beskylla Risbergarna för, är att vi var saktmodiga. Vi tog inte för oss utan lät andra bestämma. Så är det«, avgjorde patriarken, och Edvard gjorde det till sin egen uppfattning.

Han såg sig själv som den gubbe han var: rynkorna vid ögonen och runt munnen, förstärkta av åratal av kisande. Håret var fortfarande tjockt och kraftfullt men hade en så alldaglig nyans att det framstod som glanslöst. Om ögonen var själens spegel så var han en drömmare. Ann sa någon gång att hon tyckte att han såg spännande ut, vad nu det betydde. Spänd möjligen, i alla fall i främmande miljöer och i lag med främmande människor. Nu stod han i begrepp att resa till ett fjärran land han skulle ha svårt att placera på kartan.

Två unga killar diskuterade vid disken. Edvard tjuvlyssnade.

– Finns det pool?

– Ja, fast den ligger på andra sidan gatan, det är cirka hundrafemtio meter, sa kvinnan bakom disken.

– Det var långt, sa den ene. Då måste man ju gå.

– Ja, ungefär hundrafemtio meter, sa kvinnan och log.

»Det är vad jag har till bryggan«, tänkte Edvard.

– Man kan väl bada i havet, sa den andre mannen.

– Jag gillar inte maneter och sånt skit, sa den förste.

Kvinnan gav ifrån sig en suck.

– Ni kanske ska fundera, sa hon vänligt.

– Är det varmt i vattnet?

– Omkring tjugofem grader.

– Inte mer, jag har hört tjugoåtta.

– Vi brukar säga omkring tjugofem.

– Det låter fint, sa den mer välvilligt inställde.

De unga killarna drog sig tillbaka. De var redan oense. Det blev Edvards tur igen. Han la fram sina önskemål. Kvinnan ställde några frågor medan hon knappade in uppgifterna på sin dator.

– Det spelar ingen roll, svarade Edvard på de flesta av frågorna. Han betalade och fick resehandlingarna. Det hela var över på fem minuter.

– Finns det fler platser? undrade han.

– Ja, sa kvinnan med ett leende, men dom försvinner snabbt.

Han steg ut på gatan några tusenlappar fattigare. Han hade bestämt sig för att inte grubbla så mycket. Han litade på Fredriks ord om den fantastiska ön. Avresa den 12 maj. Om två dagar. Han måste prata med Gottfrid, men Edvard hade jobbat så intensivt hela vintern och våren, så Gottfrid kunde inte säga så mycket. Värre var det med Viola. Nu väntade ett par dagar av oroliga frågor. Han hade tagit med sig en packe broschyrer som han skulle visa henne, så att hon kunde se att det var ett civiliserat land han reste till, inte någon djungel med rovdjur och tropisk feber som Viola inbillade sig. »Hur ska du få mat«, hade hon undrat. »Jag går väl på restaurang«, hade han sagt. Viola hade bara fnyst, skakad av hans stora okunnighet.

KAPITEL 9

Lördag 10 maj, kl. 10.05

Ali hörde hur morfadern lämnade lägenheten. Han slumrade till för att vakna med ett ryck en halvtimme senare. Han hade ropat i sömnen. Det var något bekant, men han kunde inte erinra sig vad han i förtvivlan hade ropat ut. Det kanske var något som hade med boxningen att göra? Eller det han borde ha skrikit utanför affären? Då hade han ordlöst iakttagit, oförmögen att få ett enda ord över läpparna.

Konrad brukade skrika på honom: »Garden, för helvete, garden!«

Ali snyftade till. Han ville stiga upp men tvekade. Han hade ingenstans att gå. Golvets yta skulle koka hans fötter och klor gripa tag om hans anklar, det var den gamla mardrömmen. Utlagda mattor hjälpte inte. Morfaderns händer lyfte honom aldrig mer.

Han kunde inte heller ligga kvar, för då skulle sömnen komma. Men inte den rogivande, aldrig mer den rogivande. Hur skulle han någonsin mer kunna somna lugn?

Han låg kvar och kämpade. Jobba, jobba! Han försökte tänka på

59

Konrad. På Massoud, andretränaren, som gjort Alis kusin Mehrdad till en så skicklig boxare, innan han började missköta sig och blev avstängd. Han såg på päronbollen vid garderoben och läste för hundrade gången namnet »Elite«.

Strax före elva ringde det på dörren. Flera signaler, med någon minut emellan. Därefter blev det tyst en lång stund och så en lång signal som fyllde hela lägenheten. Ali skyddade sina öron med kudden. När den klingat av smög han sig upp och hoppade fram till fönstret. Han började omedelbart att frysa, T-shirten var fastklibbad mot kroppen. Det drog kallt från fönstret trots att det var maj månad. Han svepte gardinen om sig och spanade ut mot gatan. Ingen han kände fanns där. En svenne kollade papperskorgar. Fascinerat såg Ali hur mannen rotade i soporna och fick fram en flaska. Ali tyckte sig se hur mannen triumferande stoppade ner den i en papperskasse, fällde ner locket över papperskorgen och gick vidare. Han var en lycklig människa. Ali hade sett honom tidigare, uppe vid centrum. Det pratades om att han var en gammal knarkare som blivit frälst.

Dörrklockan ringde igen. Ali spratt till, drog gardinen tätare omkring sig. I hörnet bakom sängen stod basebollträt. I köket fanns knivar. »Garden, Ali! Jobba, jobba!«

Med en känsla av att han inte kunde kontrollera sina lemmar, att golvet skrek till honom, hoppade han ut ur rummet, in i hallen och tassade ljudlöst fram till dörren. Det var fortfarande någon där utanför. Hörde han inte svaga ljud? Varför var inte morfar hemma? Han skulle fylla upp hela hallen, i hans ansikte skulle beslutsamheten synas som djupa streck och han skulle lyfta sin käpp.

Ali försökte andas så ljudlöst han kunde och bara släppa ut lite luft genom den öppna munnen. En ny signal. Varför slutar det inte? Gå, gå, gå, Ali formade orden mellan sina tunna, blodfattiga läppar. Hjärtat pumpade som efter ett hårt pass med Konrad som pådrivare.

Brevlådan öppnades med en smäll. Ali hoppade undan.

– Jag vet att du är hemma, sa rösten.

Ali stod som paralyserad. Han registrerade att lukten från trapphuset sipprade in som en dödlig gas. Det doftade mat.

– Du är död om du säger nåt.

Rösten var lugn. Ali kände sig redan död. Luckan smällde igen och Ali registrerade hur hissdörren öppnades och stängdes, hur hissen försvann ner.

Ali snyftade, drog in snor i näsan. Varför var inte morfar hemma? Han som brukade sitta i fåtöljen mest varje dag.

»Garden, Ali! Jobba, jobba!« Han sprang tillbaka till sitt rum, slängde igen dörren efter sig. Golvet brann inte längre. Han slog. Päronbollen darrade under attackerna. Han andades tungt, svetten började tränga fram. Han slog, han slogs för sitt liv, så kändes det.

Vad hade Konrad sagt åt honom? »Håll dig borta från trubbel, och du vet vad som är trubbel, eller hur?« Konrad hade ett sätt att betrakta Ali som gjorde att han blev både rädd och uppmärksam. Det märktes, hela kroppen märkte det, att Konrad talade till en, att orden var nödvändiga. I skolan var det annorlunda, lärarna sa ord men de betydde ingenting, för de trodde inte att man fattade eller ville fatta. Konrads ord bet sig fast. Var man inte tillräckligt skärpt fick man en snyting så att man for in i repen. »Garden, för helvete, Ali, garden! Upp med tassarna, jobba, jobba! Fötterna! Bra, bra! Fortsätt så!«

Rädslan inför Konrad försvann alltmer och ersattes med en känsla av förväntan. Konrad snackade inte skit. Konrads ord lovade någonting. Ali hade aldrig lyssnat så noggrant i hela sitt korta liv.

Nu hade han svikit Konrad. Han hade tydligen inte lyssnat tillräckligt bra. Han hade inte hållit sig borta från trubbel.

»Det går inte att boxas om man är skraj«, brukade han säga, »men man ska respektera sin motståndare. Vet du vad respektera är? Men var aldrig rädd. Se på honom, mät hans förmåga och använd dina kunskaper. Boxning är som livet. Hur går det i plugget?«

Det gick inte så bra. Svenskan och matten var värst. Han försökte lyssna, som han gjorde på lokalen. Ali hade en egenhet att dra upp överläppen till ett fånigt flin då han blev osäker, vilket gjorde att han såg korkad ut. Än värre, han verkade rädd. Lärarna avskydde muskulösa, korkade och rädda elever. Deras blickar flydde från hans ansikte.

Konrad hade boxarens uppmärksamhet och blick. Han såg också den fåniga läppen. »Garden, Ali! Se på mig! Det är bra!«

Konrad brukade ställa sig bakom Alis rygg, fatta hans magra handleder och visa honom hur han skulle parera, finta och attackera. Han förde Alis armar som i en långsam dans. Ali vred på huvudet och mötte Konrads blå ögon. Konrad log. »Fattar du?« En nick från Ali. »Bra! Visa mig!« Han släppte taget, drog sig tillbaka några meter och Ali kände tränarens närvaro som om han fortfarande höll i Alis handleder. »Tanke och kropp är ett«, sa Konrad. »Jobba! Åt sidan! Glid undan!«

Han höll upp handen och lät Ali slå, slå, slå. Han drog den åt sidan, gled själv undan, och hetsade Ali med sitt kroppsspråk och sin blick. Blicken sa: »Läs, läs din motståndare, kom igen, tröttna inte. Fem minuter till. Jobba! Jobba!«

Ali höll upp. Svetten rann om hans kropp. Kunde han berätta för Konrad? Nej, då skulle han förstå att Ali var så korkad som hans läpp såg ut, att han inte hade förstånd att undvika trubbel. Alis förklaringar skulle inte räcka till, det visste han. Konrad var omutlig. Ali hade sett det med egna ögon så många gånger. Killar, en del kompisar till honom, några mycket lovande, hade inte längre varit välkomna till lokalen när de inte skötte sig på stan eller i skolan. Mehrdad som ett tag förutspåddes en lysande framtid, det pratades om JSM och landslaget, hade körts på porten efter att han bråkat på stan. Så var reglerna.

Konrad skulle kanske förstå men han skulle inte lägga fingrarna emellan. Även om Ali fick fortsätta så var förtroendet brutet, magin borta.

Fanns det ord för vad som hänt? Ali trodde det, men var inte säker på om han skulle hitta dem. Kanske inte ens på persiska. Morfar hade ord för det mesta, men sa sällan någonting. »Jag har sett så mycket«, brukade han säga, men det var sällan han berättade något om allt det han hade sett. Det var när Mitra kunde locka honom, den där stunden på kvällen när de tre ätit middag och satt i vardagsrummet. Mitra kunde fråga om fadern mindes det eller det. »Vilken dum fråga«, tänkte Ali, morfadern mindes allt, mycket mer än modern.

Som den där historien om när Hadi var en pojke, kanske inte mer än tolv år, då han rymt hemifrån, lockad av en kringresande försäljare av kopparkärl. Han behövde en medhjälpare och Hadi hade fått ett löfte om att han skulle få en slant för varje by de passerade. »Vet du hur många byar det finns«, hade försäljaren frågat. Hadi hade ruskat på huvudet. Här brukade morfadern stanna upp i berättelsen och visa hur han förundrad försökt förstå hur många byar det fanns i landet. Han kände igen en handfull i grannskapet, men anade att det fanns så många fler.

Han följde köpmannen, som mannen föredrog att kalla sig, till nästa by, fick mycket riktigt en slant och efter en dag fortsatte de sin vandring. När de kom till nästa by, där Hadi hade varit med sin far och som han tyckte påminde om hembyn, började han känna hemlängtan. Han försökte lämna tillbaka de två mynten han fått, men köpmannen, som nu skällde och såg ut som en ilsken byracka, vägrade släppa pojken. Hadi fick rymma en andra gång, nu hem, tillbaka samma väg han vandrat bort.

Hans far satt vid dörren då Hadi kom hem, utmattad, smutsig och skamsen. Han gav inte pojken en blick, men Hadi gick fram och ställde sig helt nära fadern och sa: »Förlåt, fader, jag kommer aldrig att lämna byn.«

Här log morfadern och såg på Ali. »Jag lovade att aldrig lämna byn och mina föräldrar, men som ni vet kunde jag inte hålla mitt löfte.«

Det var en historia som vände sig till Ali. Mitra tyckte inte om den. Ali förstod varför. Det var Mitra som tvingat familjen att fly, eller snarare hennes »idéer«, som morfadern kallade det. I ordet låg en del kritik, men kanske mest för att hon var en kvinna som hade »idéer«. Att hans två söner hade omfattat samma övertygelse och fått plikta med sina liv för dem berörde han aldrig. Hadi brukade säga att Reza och Farhad var män som en far kunde vara stolt över. Innerst inne var han också stolt över sin dotter, det märkte Ali. Morfadern höjde sällan rösten mot Mitra, men när han gjorde det stötte han med käppen och drog upp ögonbrynen så att han såg ut som en rovfågel.

Ali skulle vilja koka te åt sin morfar och sedan kunde de sitta tillsammans vid köksbordet. Hadi var fåordig men det bekom inte Ali. Mitra pratade desto mer. Hon hade så många frågor och förmaningar. »Ali, gör det, gör det, har du gjort dina läxor, har ni aldrig några läxor«, kunde hon utbrista, »Ali, har du städat ditt rum?«

Hadi, som inte kunde läsa eller skriva mer än sitt namn, frågade inte så mycket om skolan, men ibland brukade han säga att Ali borde läsa mycket för att bli advokat. En riktig advokat, sa han, inte en som ljuger och lurar av människorna pengar. Det finns bra advokater, påstod han. Han hade träffat åtminstone en. Det var i Kazeron. Alla advokater är tjuvar, sa Mitra. Du har inte varit i Kazeron, sa morfadern.

»Varför är du inte här?« Ali gick i runt i lägenheten, fingrade på saker, utmattad i kroppen av sömnbrist. Han ställde sig vid fönstret men var rädd att bli sedd och drog sig tillbaka, blev hungrig, bredde sig en smörgås, men åt bara ett par tuggor.

Det ringde igen. Ali gick fram till telefonen, la handen på luren men lyfte den inte. Strax därefter ringde hans mobiltelefon. Han kände inte igen numret på displayen.

Han drev som ett bytesdjur i lägenheten, vädrade faran, visste att den fanns där ute, i trapphuset, på gården, nere vid centrum. Han stod bakom gardinen och slogs av tanken att han borde ha ett vapen. Han såg sig själv sikta mot en figur som kom gående över parkeringsplatsen och förvandlade sig från byte till jägare. Skulle han trycka av? Fingret krökte sig. Nej, inte den här gången, men han hade figuren på kornet. Han skulle kunna. Ali slöt ögonen och försökte föreställa sig hur det skulle vara. Han måste leka med tanken. Han måste tänka ut något, inte passivt vänta på att bli inringad, fälld. Han förstod att Mehrdad hade tankarna på honom. Ångrade han sig? Det spelade egentligen ingen roll. Nu var det gjort och Ali var det enda hotet mot kusinens sinnesfrid. De var för alltid naglade vid varandra, som liv och död, och deras öden var sammanflätade.

Han återvände till sitt rum, drog på sig handskarna och slog och slog, ettriga serier som fick honom att andas hastigt. Han gjorde ett uppehåll och fortsatte med en kraft och intensitet som skulle ha gjort Konrad lycklig.

KAPITEL 10

Lördag 10 maj, kl. 13.20

Ottosson gav Ann Lindell en blick innan han fortsatte.

– Varför i hela fridens namn är man beredd att slå sönder en hel gata?

– Ilska, sa Fredriksson.

– Hämnd, sa Ola Haver.

– OK, om det varit *en* affär, då hade jag kunnat köpa hämndmotivet, men varför hämnas på Drottninggatan?

– Det kanske började med en butik och sen var det så roligt att dom fortsatte av bara farten, sa Haver.

– När började det? undrade Riis.

– Vi vet inte säkert, sa Haver, men nån gång vid ettsnåret.

– Fanns det inga kolleger ute?

– Lägenhetsbråk i Eriksberg, bråk vid Flustret, som sen flyttades till Godtemplarfiket, sa Fredriksson, som i en del avseenden levde kvar i sextiotalet.

– »Birger Jarl«, menar du, sa Haver.

Fredriksson såg på honom och log.

– Jag sa ju det, sa Fredriksson och fortsatte: Dessutom hade vi upprepade försök till mordbrand i Svartbäcken, nån idiot som försökte tutta eld på flera bensinstationer och avslutade det hela på Stiernhielmsgatan med en snygg kase på ett garage.

– Du milde tid, sa Ottosson.

Haver log och gav Lindell en blick, som för att säga: »Kom igång nu.«

– Dessutom hade vi en misshandelshistoria i Gottsunda, vidtog Fredriksson sin trista uppräkning. Så det var fullt snejs.

– Jouren var där, la han till. Det var Rosa med saxen.

– Jaha, sa Ottosson, det var alltså soprent på stan?

– Vi hade lite som rullade, sa Fredriksson. En bil som passerade strax före midnatt. En incident vid Fredmans drog till sej två patruller.

– Vad gällde det?

– Det gamla vanliga, sa Fredriksson, fylla och bråk, men det blev inget omhändertagande.

– Kan det ha spridit sej? undrade Sammy.

– Tveksamt. Jag kollade. Det var ett basketlag som bråkade utanför Fredmans. Tydligen nån historia om svartsjuka som blossade upp efter några öl. Dom försonades sen och fortsatte att supa.

– No hard feelings, sa Riis, en kommentar som fick de flesta att le.

– Ingen såg eller hörde nåt med andra ord, sa Ottosson uppgivet.

– Sen kom larmet 01.21. Det var boende på gatan. Tre samtal i princip samtidigt. Strax därefter ringde fyra till.

– När var vi där?

– Vi hade ingen bil i närheten.

– Typiskt, sa Ottosson.

– Lund och Surahammar-Andersson kom dit 01.28.

Ottosson nickade. Det var två äldre kolleger.

– Då var det tvärlugnt. Inte en käft på gatan.

– Lund ropade 01.30 och begärde mer folk som kunde täcka av

stan. Rimligen var ju gärningsmännen i närheten. Det var i alla fall hans uppfattning.

– Den delar vi, sa Ottosson.

– Vi hade som sagt tunt med folk, upprepade Fredriksson.

– Det har vi jämt, muttrade Riis.

– Så ingen håvades in i vårt grovmaskiga nät? sa rotelchefen, men visste redan svaret.

I samma ögonblick steg Ryde in genom dörren. Han slog sig ner och tecknade åt Ottosson att fortsätta.

– Ett snabbt förlopp, troligen ett helt gäng, och så en död pojke, som upptäcks flera timmar senare, och som vi inte vet vem det är, sammanfattade Ottosson och såg sig omkring.

– Eskil, vad har du? sa Lindell, som yttrade sig för första gången.

Ryde slog upp sin pärm med »preliminär rapport dödsfall« som första blad. Han var mer dröjande i rörelserna än vanligt, tänkte Lindell. Om det nu var hans sista lik, som han påstod, kanske han ville utföra sitt jobb lite mer eftertänksamt, så att han i framtiden kan minnas varje detalj, varje skede, i utredningen? Trams, tänkte hon genast, medan Ryde föredrog vad som dittills hade framkommit. Han började med att påpeka att en hel del arbete och bearbetningar återstod, som om någon tvivlade på det.

– Pojken dog vid ett, plus minus en timme. Det påstår doc Lyksell. Jag är överens. Han dog troligen på grund av upprepade slag mot huvudet. Obduktionen utförs i morgon men man torde kunna anse att våld mot huvudet, orsakande omfattande frakturer och en avsevärd blodförlust, är dödsorsaken.

»När Ryde slutar har vi ingen som uttrycker sig som han«, tänkte Lindell.

– Offret fick också ta emot slag mot armar och händer. Avvärjningsskador. Mordvapnet är en stol. Den hittades ett par meter från den döde. Inga fingeravtryck.

– Du menar att den är avtorkad? undrade Ottosson.

Ryde nickade.

– Det var en kallblodig jävel. Så det fanns ingenting? sa Ottosson.

– Stolen är avtorkad, avgjorde Ryde.

– Har ni hittat nåt som tyder på att offret också hade nåt slags tillhygge? frågade Lindell.

– Nej, blev det koncisa svaret.

– Fotavtryck, sa Riis, jag tänkte ...

– Nej! Pojken var en och åttio lång, normalt byggd, inga ärr, tatueringar eller andra speciella kännetecken. Han är slät som en barnrumpa i händerna, med andra ord troligen en studerande eller med ett icke-manuellt yrke. Han var propert klädd men bar inga speciellt dyra kläder. En vanlig grabb helt enkelt. Vi vet inte om han druckit alkohol, det får vi reda på i morgon, sa Ryde och tittade på klockan.

– Inga tillhörigheter på sej?

– Nej, ingenting, varken plånbok, mobil eller klocka, bara en ensam nyckel på en kal nyckelring.

– Rånmord, sa Riis med avsmak.

– Jag tror att pojken blev vittne till fönsterkrossningen, kanske försökte han förhindra den, eller kanske kommenterade han det hela, blev injagad eller tog skydd i butiken, sa Haver och upprepade morgonens teori.

– Vi får inte utesluta att offer och gärningsman kände varann sen tidigare, sa Lindell, men kollegernas uppsyn visade att ingen ansåg att det var särskilt troligt.

– Du menar att grabben var med i krossargänget? undrade Ottosson.

Lindell gjorde en knyck med huvudet som kunde tydas som ett ja, kanske.

– Inte den pojken, sa Ryde. Han såg för prydlig ut.

– I dom lugnaste vattnen, sa Ottosson.

– Hur gör vi? sa Lindell och alla förstod att hon menade den viktigaste frågan av alla, identifieringen. Ska vi köra ut nåt och i så fall vad?

– Liselott skulle komma ner, sa Ottosson.

– Jag tar ett snack med henne, sa Lindell, så får vi se.

Mötet rullade på. De beslöt att fortsätta dörrknackningen och höra alla affärsinnehavare och personal längs gatan om det förekommit någon skadegörelse nyligen, om någon hade tagit emot hot eller om det hade inträffat något anmärkningsvärt den senaste tiden som kunde förklara denna fönstermassaker.

Ann Lindell försvann in på sitt rum innan Ottosson eller någon annan hann hugga tag i henne. Edvards samtal hade legat och lurat hela dagen. Nu behövde hon några minuter för sig själv för att tänka. Det som förvånade henne mest var inte att han ringde, även om det var sensationellt och omtumlande nog, utan hans röst. Den hade i och för sig varit sig lik, men det fanns något i tonfallet som var obekant. Han lät helt enkelt gladare, inte återhållsam och tvekande som hon hade förväntat sig, utan snarare offensiv och med en självklarhet han annars bara visade när de tagit lillbåten ut över fjärden. Då kunde han prata obekymrat och fritt. Det hade alltid förundrat henne, hur en människa kunde förändras så kapitalt. Det var i lillbåten hon blivit klar över hur mycket hon älskade honom.

Han hade inte frågat om Erik, bara sagt att hon väl kunde följa med. Andlöst hade hon hört honom pladdra på, själv oförmögen att tänka klart och än mer att säga något vettigt. Är han full, hade det slagit henne för ett kort ögonblick.

– Vi får se, hade hon till slut klämt ur sig.

– Vi får väl det, hade han svarat och skrattat.

Hon visste ju att det var omöjligt och det av flera skäl. Hon hade nyligen kommit tillbaka från ledigheten och personalsituationen var minst sagt ansträngd. Även om Ottosson var välvilligt inställd till henne skulle han aldrig ge henne ledigt, allrahelst inte med två dagars varsel. Ann anade också att han, även om han aldrig skulle säga det, ogillade att hon återupptog kontakten med »enslingen på skäret«, som han kallade Edvard.

Så hade hon ju Erik. Visst skulle han kunna följa med. Ann hade hört om småbarnsföräldrar som släpade sina ungar jorden runt, men ändå. Trevande tänkte hon på Edvard och Erik tillsammans, försökte se den bilden framför sig. Nej. Erik var muren mellan henne och Edvard.

Det som definitivt avgjorde det hela var dock att de fått ett nytt mord på halsen. Hon kunde inte åka utomlands och lämna sina kolleger i sticket.

Ann bestämde sig, men redan innan hon hunnit fram till dörren reste hon flera invändningar mot beslutet. Hon visste att hon skulle brottas med frågan ända tills han åkte och därefter ångra sitt beslut. Kanske mycket länge.

Hon samlade ihop sig, öppnade dörren och gick mot Liselotts rum.

Johannes Kurcic hade besökt polisstationen i Uppsala en gång tidigare. Det var för att ansöka om pass. Nu var ärendet helt annorlunda. Han stannade obeslutsamt framför informationsdisken, tog ett steg närmare men backade igen då en äldre man trängde sig fram. Han klagade på något, men Johannes hörde inte vad.

En siffra växlade på en tavla och han förstod att han måste ta en nummerlapp. En kvinna iförd en blåröd klänning och en huvudbonad i samma färg skyndade fram.

Han såg sig om, obehaglig till mods. Gjorde han sig löjlig? Dessutom hade han en bror som varit med vid Göteborgsdemonstrationerna, ingen av de svartklädda och maskerade, men aktiv och lite smågapig. Johannes kunde se honom framför sig på Avenyn och på Schillerska gymnasiet. Brodern hade föreläst om polisbrutaliteten och rättslösheten, om de skandalösa domarna mot demonstranterna och de friande domarna mot poliserna. Han hade blivit gripen och förhörd, men inte åtalad, men självklart fanns han med i deras register. Nu skulle Johannes namn antecknas och de skulle snabbt se att Paulus var hans bror.

När hans siffra kom upp stod han osäker kvar. Kvinnan bakom disken såg frågande på honom.

– Är det din tur?

– Jag undrar..., sa Johannes och gick närmare.

– Det gör alla här, sa kvinnan otåligt.

– Min kompis är försvunnen och jag undrar vem ...

Receptionisten hade varit anställd i sjutton år på polismyndigheten och var en av de rappaste som någonsin hade bemannat disken.

– Vad heter du?

– Spelar det nån roll?

Kvinnan såg trött på honom.

– Johannes Kurcic.

– Bokstavera efternamnet.

Han rabblade snabbt och vant bokstäverna.

– Du har en kompis som försvunnit?

– Ja, jag vet ju inte, men det är lite underligt, för vi skulle till Stockholm, det är en konsert i kväll som Sebastian aldrig skulle missa och vi hade bestämt att ses och nu …

– OK, du ska få prata med en kollega. Dröj här så kommer nån ner.

Doris Starkman hade redan handen på telefonen.

Johannes Kurcic togs om hand av en kvinnlig polis. Hon såg vass ut på något sätt, tyckte han. Hon var inte uniformerad, vilket gladde Johannes.

– Du heter Johannes, konstaterade kvinnan, själv heter jag Beatrice Andersson. Kalla mej Bea.

Hon sträckte fram handen. Paulus hade berättat om en kvinnlig polis på skolgården i Göteborg som kallat honom »kommunistsvin«. Han slussades in i hissen. Beatrice sa ingenting förrän de satt på varsin sida om hennes skrivbord.

Nu kände han sig ännu mer korkad. Det blev större än han tänkt sig.

– Det är löjligt det här, inledde han, det kanske inte är nåt, men min kompis kom inte till stationen och han svarar inte på mobilen.

Han tystnade. Beatrice såg på honom. Hon nickade.

– Och så hörde jag av morsan om den där killen som … ja, du vet, han i affären.

– Du menar på Drottninggatan?

Johannes nickade.

– Ni skulle träffas?

– Klockan två på stationen. Vi skulle ha åkt till Stockholm. Vi tänkte först shoppa lite och sen gå på en konsert med Moder Jords Massiva. Det är ett band som ...

– Jag känner till dom, sa Beatrice och log.

– Gör du? sa Johannes förvånad, övertygad om att hon ljög.

– Vad heter han mer än Sebastian?

– Holmberg.

– När såg du honom senast?

– I onsdags. Vi fikade på Storken.

– Kan du beskriva honom?

– Lång som jag ungefär ...

– Och du är?

– En och åttiotvå. Seb är ljus och ... Tror du att det är han?

– Jag vet inte, sa Beatrice.

– Jag har ett kort med mej.

Ur bröstfickan på skjortan tog han upp ett amatörmässigt foto på ett halvdussin unga grabbar, hopträngda under ett parasoll.

– Seb är tvåa från vänster, sa Johannes och lutade sig fram. Beatrice doftade gott, hann han tänka innan han såg på hennes ansikte.

– Har du sett Macahan på teve? fortsatte han. Han kan gå som Zeb i den serien. Det är en grej han har för sej.

– När är det taget, frågade hon, redan övertygad om att den mördade nu var identifierad.

– Förra sommaren.

– Bor Sebastian i Uppsala?

Nu förstod Johannes och han förmådde inte svara utan nickade stumt och stirrade på Beatrice för att få henne att trots allt säga att det inte var Sebastian.

– Jag är rädd för att det är din vän, sa hon och sträckte sig fram för att lägga sin hand på hans, men Johannes ryggade tillbaka.

– Jag är ledsen, men det är nog så. Bor han hos sina föräldrar?

En ny nick.

– Har du pratat med dom?

72

– Han bor hos sin mamma och jag ville inte oroa henne, sa han med en röst som var knappt hörbar.

– Har han syskon?

Johannes ruskade på huvudet och sedan kom tårarna. Beatrice reste sig, rundade skrivbordet och la sin arm runt hans axlar. Hon försökte säga något men fann att hon snyftade till. Hon tänkte på att Sebastian var det enda barnet. Johannes borrade in sitt ansikte i hennes överarm med sådan kraft att det gjorde ont.

Han släppte taget något och såg på henne.

– Vi skulle bara softa runt lite i Stockholm, sa han och hans ögon fylldes med förundran.

– Vad bra att ni kom! Och så snabbt.

Kvinnan slog upp dörren på vid gavel och log. Beatrice Andersson bedömde hennes ålder till fyrtiofem. »För sent att skaffa fler barn«, tänkte hon. Hon var klädd i en turkos dress med en för stor jacka och pösiga byxor. Håret var uppknutet med en snodd. Hon var rödkindad.

– Jag kommer från träningen. Jag trodde inte att ni skulle komma så snart. Det skulle kunna vänta men man vet ju aldrig. Det kan explodera eller nåt, inte vet jag?

Hon tystnade och granskade de båda i dörren.

– Ni är inte arbetsklädda precis, men ni kanske bara ska kika, det är väl så det går till.

– Fru Holmberg, sa Fredriksson formellt, vi kommer från polisen.

Kvinnan tvärstannade i hallen, vände sig om och stirrade på dem.

– Polisen? Jag trodde ni kom från Uppsalahem. Ni skulle fixa elementet, sa hon och gjorde en vag gest in mot lägenheten.

– Nej, vi har ett annat ärende.

Kvinnans ögon drogs samman. Hon log osäkert, som om det inledande leendet inte riktigt ville vika undan.

– Sebastian, flämtade hon sedan. Är det min son?

»Att folk jämt tror det värsta«, tänkte Beatrice.

– Det gäller din son. Kan vi slå oss ner?

De såg att hon genast anade vad det rörde sig om. De gick in i köket. Lisbet Holmberg stirrade oavbrutet på Beatrice, som noterade ett foto på kylskåpsdörren. Mor och son, leende mot varandra och inte mot kameran.

– Jag är ledsen, inledde Beatrice, och det kändes som om en svart figur fäktade i hennes inre, slogs, härjade och skrek ordlöst för att komma ut. Vi tror att er son är död.

Klockan var halv fyra en strålande majeftermiddag, egentligen den första vårdagen, en sådan där dag då människor lättar på kläderna, drar in andan djupt och återfår något av tron på livet.

För Lisbet Holmberg fanns inget att tillägga när det rörde livet. Allt var ovidkommande, viktigt kanske för andra, för samhället, tidningsläsarna, polisens utredare, domstolarna, men inte för kvinnan vid köksbordet. Meningen med solen försvann, med det omsorgsfullt ordnade hemmet, med musiken som strömmade ut från en anläggning någonstans i lägenheten, meningen med livet självt. Några få ord, ett ögonblicks verk, så var allt över. Ingen vårvind, hur ljum och lovande den än var, kunde lindra.

Lisbet Holmberg hade inte många dagar kvar att leva, om det nu var att leva att begrava sin ende son. Beatrice och Fredriksson såg hennes liv gå i kvav. Hon grep tag i bordsskivan så att knogarna vitnade. Den tidigare så friska färgen vek från kinderna och munnen öppnades som i en stum protest.

Nu hade de ett »fullständigt lik«, som Riis uttryckte det på kvällen den 10 maj. »Skitstövel«, tänkte Ottosson, men sa ingenting. Haver stod lutad mot väggen, trots att han kände sig helt slut och borde sätta sig. Sammy Nilsson skrev på någonting, »Gud vet vad«, tänkte Ottosson. »Vad finns det att skriva?« Lindell läste en rapport från dörrknackningen.

Alla övriga var ute på stan, besökte krogar, biografer och kiosker, ställen Sebastian möjligen kunde ha besökt kvällen innan.

Efter att Sebastians far kontaktats, släpptes uppgifter om den mördade under en hastigt sammankallad presskonferens. Liselott

Rask hade ensam skött den detaljen och det var alla på roteln mycket tacksamma för.

Redaktionerna på TV4 Uppland och ABC-nytt hade förklarat att mordet skulle toppa deras kvällssändningar. Polisens tipstelefon stod öppen för samtal. Sammy var den som skulle bedöma det inkommande materialet.

– Men chansen att dom tittar på dom lokala tevenyheterna är väl små, hade Haver invänt.

»Fan vad Ola är sur jämt«, tänkte Sammy. I det här skedet av utredningen gick alla som på nålar. Minsta ord som i andra sammanhang skulle negligeras eller bemötas skämtsamt, kunde nu utlösa irriterade ordväxlingar.

KAPITEL 11

Lördag 10 maj, kl. 21.10

Påringningen var en av många men Allan Franzén hörde omedelbart att det här samtalet var helt annorlunda. Dittills hade han fått ta emot den sedvanliga skörden av tips och synpunkter. Påfallande många hade varit aggressiva och skällt på »svartskallarna« som förstör »vårt land«.

Fönsterkrossningen upprörde många och att det sedan funnits en mördad svensk yngling i spillrorna gjorde tonläget än högre.

– Är det Sebastian ni …, sa en tunn, mycket svag röst.

Allan Franzén, som fick samtalet på grund av att Sammy satt upptagen på en annan linje, hörde att kvinnan fick anstränga sig för att överhuvudtaget kunna prata och han väntade på en fortsättning.

– Har du några upplysningar eller iakttagelser, sa han av bara farten och förbannade direkt sin formella ton.

Han kunde se henne framför sig, kanske nersjunken i en soffa med teven fortfarande på. Vad visade de nu? Något lekprogram, en debatt eller såpa? För kvinnan kvittade det lika. Hon såg den inte, var inte medveten om vad som hände runt henne. Det var knappt att hon förmått sig att lyfta luren, trodde Franzén.

– Det är han, va?

Franzén avvaktade några sekunder. Polismannen skulle senare berätta för Sammy Nilsson att den där korta tidsrymden kändes som ett sekel, han hörde när kvinnans läppar sakta skildes åt och hur tungan tycktes tveka att forma ljuden till ord, sammansatta av bokstäver som hämtade ur en skrift ingen egentligen ville läsa.

– Jag älskade honom.

Franzén svalde.

– Han älskade mej, sa kvinnan nästan ohörbart, viskande mot den fortfarande varma vårkvällen.

– Vad heter du? sa polisen så stillsamt han förmådde.

»Så ung«, tänkte han. »Så orättvist det är.«

– Ulrika.

– Mer?

– Blomberg.

– Var Sebastian din pojkvän?

Omedvetet använde Allan Franzén imperfektum.

En ny snyftning hördes. I bakgrunden teveljudet. »Stäng av den«, tänkte han.

– Ja, han var väl det.

– Är du ensam? Vi hämtar upp dej så får vi prata.

Sammy Nilsson gäspade. All anspänning, allt prat, alla överväganden, alla dessa funderingar, egna och andras, som stormat mot honom sedan förmiddagen, hade fått honom mer matt än vanligt. Dessutom kände han av en förkylning.

Han ansträngde sig för att inte gäspa en gång till. Den unga kvinnan framför honom påminde honom om en droppe som strax skulle till att falla. En tusendels milliliter till och hon skulle inte kunna hålla sig kvar vid stupets yttersta kant.

Han hade frågat varför hon trott att det var Sebastian som var mördad. I media hade man inte sagt mer än att det var en tjugoårig ung man från de västra stadsdelarna. Hon hade sagt att det bara kändes att det var han.

Han ville stödja henne, det var hans jobb, men också få ut så mycket information som möjligt innan hon föll.

– Jag förstår att det är oerhört smärtsamt, inledde han, men berätta om Sebastian och hur du kände honom.

Hon rörde vid sitt mörka hår, strök det än en gång bakom det högra örat. Hennes fingrar var smala och nagellacket lyste blekt rosa.

– Vi träffades i vintras, sa hon och Sammy hörde att hon kom från Värmland. Vi gick på en kurs tillsammans.

– Vad var det för kurs? frågade Sammy efter en stund.

– Om globaliseringen, sa hon och kastade en blick på polismannen.

Sammy nickade uppmuntrande och hon fortsatte.

– Han var så kul att prata med. Han hade så mycket idéer. Varför dödade dom Sebastian?

– Vilka »dom«?

– Dom som slog sönder gatan, så klart.

– Vi vet inte så mycket än, sa Sammy, men berätta hur länge ni har varit tillsammans?

– Vi hann inte, snyftade Ulrika till, med en röst så fylld av förtvivlan att Sammy hade svårt att uppfatta vad hon sa.

– Hann?

– Jag var tillsammans med en annan, men jag älskade Seb.

– När tog det slut?

– I natt, sa Ulrika. Seb skulle komma till mej.

Ulrika Blomberg bröt samman. Sammy satt helt handfallen innan han kom sig för att ringa efter Bea, som han visste var kvar i huset. Hon kom efter någon minut. Visst skulle han ha kunnat försöka trösta Ulrika, men Bea var bättre. Hon kunde ta om henne, prata tyst med sin mun nära hennes öra, utan att Ulrika Blomberg skulle känna sig obekväm.

Efter tio minuter var hon så pass lugn att hon kunde fortsätta sin berättelse. Hon hade gjort klart för sin pojkvän, Marcus Ålander, att hon ville göra slut. De hade varit tillsammans i tre år och Ulrika hade, alltsedan hon träffat Sebastian i januari, känt att det inte var så bra mellan henne och Marcus. De pratade så sällan, så där som de gjorde i början. Marcus hade lämnat hennes lägenhet på Östra Ågatan och kort därefter hade hon ringt till Sebastian. Det var efter midnatt, framåt halv ett på natten. Han hade lovat att han skulle komma hem till Ulrika men dök aldrig upp. Ulrika väntade förgäves och somnade sedan.

– Han hörde inte av sej mer?

Ulrika skakade på huvudet.

– Ringde du till hans mobil?

– Han svarade inte.

– Vi hittade inte hans mobil. Du kan hans nummer förstås, sa Sammy.

Ulrika rabblade tonlöst siffrorna och Sammy slog in numret på sin telefon. Inget svar.

– Killen du gjorde slut med, kände han till Sebastians existens? undrade Beatrice.

– Nej. Han kanske anade nåt, men jag hade inte sagt nånting.

– Han gick efter midnatt, sa du. Vet du vart?

– Han gick väl hem.

Ulrika lyfte sakta huvudet och såg på Sammy.

– Nej, inte Marcus, sa hon. Inte Marcus.

– Var bor han?

– På Svartbäcksgatan.

Det knackade på dörren och Lundin stack in huvudet. »Jobbar han?« tänkte Sammy förvånat.

– Kan du komma ett tag? sa Lundin.

Sammy tittade på Bea som nickade. Sammy reste sig och lämnade rummet.

– Vi har fått ett tips, sa Lundin.

Han hade ett sätt som emellanåt retade Sammy. Vad det var hade han aldrig kommit underfund med. Han ville inte tro att det hängde samman med Lundins bacillskräck.

– En kille har ringt. Dom kopplade det till mej, för dom visste ju att du var upptagen.

– Vad gäller det?

– Vi har ett vittne, en ung grabb, till ett slagsmål på Västra Ågatan. Tidpunkten stämmer någorlunda.

Sammy log mot Lundin, inte så mycket för att uppmuntra honom, utan mer för att han visste att nu började det lossna. Det där ögonblicket i en utredning då saker började falla på plats.

– Två stycken som slogs på Västra Ågatan, inte långt från Kaniken. Tidpunkten är lite svävande, men det var runt ett.

»Var fan ligger Kaniken?« tänkte Sammy.

– Vid Filmstaden, la Lundin till som såg Sammys min. Dom fajtades, stod där och gapade en stund. Sen fick den ene en rejäl snyting och for i gatan. Vittnet stod på andra sidan gatan. Han hörde om att nån hade blivit mördad så då kopplade han ihop det med slagsmålet.

– Vad hände mer?

– Den ene sjappade, han som fick smällen. Den andre stod kvar och skrek efter honom.

Lundin tystnade.

– Det var allt, la han till.

– Var dom ...

– Svenskar, sa Lundin.

»Nu har vi dej«, tänkte Sammy, och boxade till Lundin på armen och log.

– Yes, sa han triumfatoriskt.

Lundin drog sig undan något.

– Kan du kontakta killen? Kanske vi kan höra honom redan nu. Förresten, Lundin, Sebastians tjej tipsade om sitt ex. Han stack ifrån henne strax efter midnatt. Hon bor några hundra meter från Filmstaden.

– Och stötte ihop med Sebastian, menar du?

Sammy nickade. Lundin nickade. Sammy log. Det var första gången på flera år som de två pratat med varandra så länge. Sammy såg på klockan.

– Vittnet är på väg hit, sa Lundin.

– Det var fan, sa Sammy och log ännu bredare. Bra jobbat, Ludde.

– Ska vi ringa Lindell?

– Nej, det skiter vi i, sa Sammy.

Lundin såg på honom och log.

– Hon ammar säkert, sa han.

Sammy Nilsson återvände till Bea och Ulrika Blomberg. Bea gav honom en blick. Han nickade, slog sig ner och betraktade Ulrika. Det var något hos honom som avslöjade att någonting betydelsefullt skett.

– Har du ett foto på Marcus?

Ulrika såg uttryckslöst på Sammy. »Hon förlorar honom också«, tänkte Bea. Ulrika nickade.

– Hemma, sa hon.

– Kan du dröja här en stund, sa han till henne. Bea och Sammy lämnade rummet och han berättade vad Lundin hade sagt.

– Vi tar in den där Marcus omedelbart, sa han, så tar vi en line-up.

– Vi kanske ska ringa Ann, sa Bea.

– Det skiter vi i, sa Sammy.

– Vi får inte ihop ett gäng till en konfrontation nu, invände Bea. Klockan är för mycket. Vi spar det till i morgon. Vi hör vittnet och ber honom komma tillbaka i morgon förmiddag. Sen suger vi in Marcus, hör honom och så kan han svettas här lite i natt.

Sammy insåg att Bea hade rätt och nickade.

– Jag ringer Ann, sa Bea.

Sammy flinade.

– Nej, jag gör det, sa han.

KAPITEL 12

Lördag 10 maj, kl. 21.15

Ola Haver sköt undan tallriken.
– Är du mätt?
– Jodå.
Var det inte han som börjat prata om mat så fort han steg innanför dörren? Att han inte ätit på hela dagen. Rebecka slängde genast på ett par biffar i stekpannan och stekte upp potatis.

Nu var aptiten som bortblåst. Eller snarare, han orkade inte äta, han ville inte, ville överhuvudtaget inte sitta kvar vid bordet.

Han iakttog Rebecka som fortfarande målmedvetet tuggade i sig sallad och potatis, hennes mun som öppnades till ett gap, munhålan som fylldes med mat, tungan som fångade upp lite sås på läppen, och han såg bort. Han äcklades av hennes sätt att angripa köttstycket, spetsa det på gaffeln och föra det mot munnen.

Han såg bort, på samma gång ilsken och skamsen. Ilsken över hennes oavbrutna tuggande och sväljande. Skamfylld inför sina egna tankar. »Vad är det som händer? Kan jag inte se henne äta längre«, tänkte han, »utan att önska mig långt bort?«

Han tog en klunk av ölen, försökte fästa blicken någon annanstans, tänka på något annat, men oupphörligt drogs hans blick till hennes mun. »Är det så här slutet på ett äktenskap ser ut?«

– Sätter du på kaffe?

Han nickade, på ett märkligt sätt upprörd över hennes oskyldiga och naturliga fråga. Så måste hon ha sagt tusentals gånger, men just nu framstod det som en skymf, en bekräftelse på hans egen förbittring. Han ville inte ha vardagen, med biff och kaffe. Han ville inte ha hennes malande käkar, de gjorde henne ful. Han ville resa sig och gå, nej, han önskade sopa undan tallrikarna, karotterna och glasen, göra rent hus och skrika ut sin leda.

Var det hat han kände? Hur var det möjligt? Hans fru, Rebecka, med de vackra ögonen, hon som fött hans älskade barn.

Han sköt tillbaka stolen men förblev sittande.

– Ät lite till, sa hon.

»Far åt helvete, du ska inte bestämma över mig«, tänkte han och reste sig.

– Jag måste ringa, sa han.

– Klockan är över nio, sa hon.

Han hann uppfatta hennes blick innan han lämnade köket och det fick honom att skämmas ännu mer.

Han tog den bärbara telefonen från hallbordet och fick impulsen att ringa Ann, men han hade inget att säga henne, ingenting som rörde utredningen i alla fall och i övrigt fanns det inget att tala om. Han såg på tangenterna som om han hade svårt att välja vilka siffror han skulle trycka in. Det räckte med några stycken så skulle han kopplas till någon, men vem skulle det vara? Hans syster i Degerfors skulle bara prata jobb, eller snarare bristen på arbete, om det lönsamma bruket som skulle lägga ner och göra henne arbetslös. Eller så skulle hon prata om sin tråkiga man som pendlade till ett tråkigt arbete i Karlstad.

Ola Haver la sakta tillbaka telefonen på bordet. Han visste att Rebecka lyssnade. Ljudet av bestickens skramlande mot tallriken hade upphört. Lägenheten låg helt tyst. Hon satt säkert och såg ut genom fönstret, avvaktande liksom han, ruvande på deras gemensamma kollaps.

Han gick hastigt tillbaka in i köket, såg hennes rädsla men lät sig inte hejdas. Han berättade allt. Han stod upp, mitt i köket, såg inte på henne. Det var som om han ville tala för att sedan gå.

Plötsligt tystnade han. Rebecka satt helt stilla, såg ner i bordet. All den fulhet han sett bara några minuter tidigare var som bortblåst. Hennes hud liknade vax inramat av det mörka, sträva håret. Händerna vilade passivt mot bordsskivan.

»Jag har krossat henne«, tänkte han ångerfull, men när hon började tala insåg han att han grundligt tagit miste. Hennes röst var som stål och ögonen lyste av beslutsamhet.

– Tror du att jag är döv och blind?

Han skakade på huvudet, bedövad av det oväntade motståndet. Han sänkte blicken, oförmögen att möta hennes.

– Tror du det? upprepade hon. Tror du det är så roligt att gå här med en zombie som bara blir upplivad när han pratar tjuv och polis? Du lever ju inte.

Han gjorde en ansats att gå.

– Stanna kvar, väste Rebecka.

Han tog ett steg mot dörren.

– Stick till den där Ann då! Gör det. Så kan ni prata mord på nätterna också.

– Jag vill inte, sa han, jag försökte ju förklara. Det var bara en gång och inget mer. Vi kysstes en gång, jag sa ju det, sa han misslynt.

Rebecka grep tallriken och slängde den mot honom. Han duckade och den träffade köksskåpet och splittrades över golvet.

– Vad i helvete, sa han och stirrade på henne.

Hon tog även hans tallrik och skickade med en nonchalant rörelse ner den på golvet framför hans fötter.

– En gång och inget mer, sa hon med förakt i rösten, men du vägrar älska med mej.

– Du är för fan inte slug, sa han med en styrka som inte motsvarade hans inre.

Han böjde sig ner och började samla ihop skärvorna. Han stirrade ner i golvet, blev helt stilla och porslinet gled ur hans händer. Han reste sig och lämnade köket, kom tillbaka och ställde sig framför bordet.

– Jag vill inte lämna dej.

– Du lämnar mej varje dag, sa Rebecka.

Det var inte bara orden och dess innebörd som berörde Ola Haver, utan också den smärtfyllda och vemodiga ton med vilken hon uttalade dem.

– Är det så illa, sa han.

Hon nickade.

– Du lämnar mej för jobbet, varje dag går du.

– Är du svartsjuk på jobbet?

Hon skakade på huvudet, gned ögonen så där som hon brukade göra när hon jobbade natt och kom hem alldeles groggy på morgonen, försvarslös på något sätt. Då ville han ta om henne, leda henne till sängen, stoppa om henne och med sina händer och vackra ord ta bort nattens upplevelser. Hon arbetade på intensiven då och var fortfarande på morgonen påverkad av det hon sett och hört. In i döden trött men ändå uppspeedad.

– Är det Ann?

– Vad fan tror du? Du ropar hennes namn i sömnen!

Skammen att bli avklädd, ertappad, fick honom att krympa samman. Han vände sig om med känslan av att aldrig mer kunna se Rebecka i ögonen.

– Du trycker dej mot mej, jag känner din kropp, men du skriker hennes namn.

Hon talade mot hans rygg. »Detta är slutet«, tänkte han, och blev oresonligt arg på hennes föräldrar som erbjudit sig att vara barnvakt, ta ungarna över helgen, så att han och Rebecka skulle få lite vila, en stund för sig själva. »Det är deras jävla fel!«

Och mitt i detta ett mord. Han borde vara på jobbet men hade åkt hem för att han visste att hon satt ensam och hade bespetsat sig på en mysig kväll. Han såg upp mot taket och skrattade till.

– Varför skrattar du?!

Han vände sig sakta om. »Jag måste se på henne«, tänkte han, »jag måste möta hennes blick«, men hon hade böjt huvudet som i bön.

– Av förtvivlan, antar jag.

Han kände hur futtigt det lät, men hade inte längre några ord att ge henne.

– Älskar du mej, frågade hon tyst.

»Varför så många frågor? Ska jag nu rannsakas?« Spillrorna av porslinet skramlade när han tog ett steg. Hans halvvätna biff påminde om en hundskit. Han svarade inte utan började berätta om jobbet, hur han lät sig påverkas av allt som hände, hur trött han blivit inför anblicken av de krossade fönstren.

– Det är som om vi alla våldtagits, sa han och försökte förmå henne att höja blicken.

Och sedan den mördade pojken i bokhandeln. »Vi är inte byggda för det här«, hade någon kollega sagt, var det Fredriksson, en gång när de stått framför en sönderstucken kropp.

– Skyll inte på jobbet, sa hon, nu lite högre. Jag ser döden varje dag.

– Men inte våldet.

– Döden är sällan vacker, sa hon.

Tystnaden i köket hotade att kväva Ola Haver. Han trampade obeslutsamt i det inferno som deras förhållande blivit. »Varför säger hon inget mer?« tänkte han. »Hon måste prata, jag måste prata.« Han längtade plötsligt efter barnen. Om ändå en radio stått på. Varje sekund av tystnad var som tortyr. Rebecka skalv till. Bara hon inte börjar gråta. Han petade äcklat till köttbiten med foten. Helst skulle han vilja stampa ner den i golvet. Reflexen att störta ut ur lägenheten, kasta sig i bilen och åka ner till polishuset fick honom att hastigt dra in luft i lungorna. Han fick inte sticka nu, det visste han. Då skulle allt vara över.

Bilden av hans far kom för honom, hur han föll samman över bordet den där underskönt vackra sommarkvällen, stungen av ett bi, hur han med de grova byggnadsarbetarhänderna krafsade över bordsytan. De där minuterna av kamp, sekunderna därefter när vissheten kom att fadern aldrig mer skulle resa sig upp, hur klockan i rummet slog halv nio. En stilla efterklang dröjde kvar och tycktes aldrig tystna. Det var så varmt den där kvällen. Så vackert. De hade ätit något lätt. Genom det öppna fönstret hade han stirrat på klockan.

Döden är sällan vacker. Han längtade efter sin fars röst, förtroligheten i hans ord och små rörelser. Han hade varit en kraftigt byggd man, men de små, nätta rörelserna behärskade han. De behärskade honom.

– Älskar du mej?

Frågan vilade några ögonblick i köket. »Aldrig mer ska vi ha det så här«, tänkte han och totalt oväntat kom tårarna.

– Ola, vi älskar varann, visst?

Han grät, oförmögen att tänka en enda klar tanke. Han såg Drottninggatan framför sig och Sebastian Holmbergs sönderslagna ansikte.

– Tänk så mycket vi förlorar, snyftade han.

»Stackars pojke.« Var det Riis som sagt så? Han förmådde inte älska sin fru som han borde. Det var bara samhörigheten med kollegerna som betydde något. Var det så? Hade han förlorat förmågan till ett vanligt liv?

– Vem kan om inte vi? sa Rebecka.

»Håll käften«, tänkte han, återigen med ilskan som en uppblossande storm. »Håll käften, det handlar inte om oss. Fel, fel, det handlar om dig och mig. Kära Rebecka, visst älskar jag dig. Våra barn.« Hans kropp drogs samman som i kramp. »Svara henne! Hon behöver dig, hon litar på dig. Hon har givit dig allt som du har. Hon plågades i tjugo timmar för att föda vårt första barn och fick sys med mängder av stygn.«

Han fylldes av ett marterande självförakt som gjorde honom ursinnig. »Det är inte mitt fel!« Telefonen ringde. Haver såg på klockan. Fem signaler gick fram innan den tystnade.

KAPITEL 13

Lördag 10 maj, kl. 22.20

Fyra män lutar sig ivrigt över bordet. Det är glädje de känner. De ser på varandra och ler. Den äldste av dem, Ulf Jakobsson, lägger handen på den yngstes axel.

– Bra gjort, Jonas, säger han. Mycket snyggt.

Jonas skrattar till lite generat och ger de två övriga en blick som för att säga: »Där ser ni, jag är med.«

– Om vi sprider det här i tvåtusen exemplar så läser sjuttiofem procent av mottagarna rubriken, sa Ulf Jakobsson. Det finns statistik på det. Femtio procent läser rubbet.

– Hur många håller med?

– Har man läst, h-håller man med, sa Rickard Molin.

– Det är jävligt bra, sa den fjärde mannen, men hur fan har du gjort?

– Datorn, sa Jonas anspråkslöst.

– Men bilden på Sebastian? Med årtal och allt.

– Enkelt, sa Jonas.

– Ska vi inte uppmana till lite action?

– Det ska vara precis så här i tonen, sorgligt, inte alltför aggro. Folk ska dra sina egna slutsatser. Sen när saker och ting börjar hända så blir det action. Flygbladet fungerar som bränsle. Ni kan vara övertygade om att folk kommer att upprepa våra argument ordagrant, även om dom inte tänker på det så kommer dom att använda våra ord.

Molin såg på Ulf Jakobsson. Det tillbakastrukna håret hade fått gråa stänk, men profilen var lika kraftfull som alltid. Det var den han först sett, örnprofilen, på mötet hos cellen i Haninge. Ulf Jakobsson hade varit inbjuden att tala, och som han talade. Det fanns de som jämförde honom med Adolf Hitler.

Han tittade återigen på flygbladet.

– Hur ska vi trycka det?

– Jag har nycklar till jobbet, sa Jonas.

Han lutade sig bakåt i soffan, tog ölen och drack en klunk.

– Hur ska vi gå vidare?

Ulf Jakobsson tittade på honom. Rickard Molin såg genast att det var något hos Ulf som inte kändes rätt.

– Det fixar sej nog, sa Ulf Jakobsson. Om du trycker bladen så ordnar vi en fortsättning.

– Vad då? sa Jonas. Ska vi sitta på röven och vänta?

Jakobsson log men sa ingenting.

KAPITEL 14

Söndag 11 maj, kl. 06.40

Ann Lindell vaknade av Eriks gny. Hon sträckte ut handen och genast grep han den. Hon öppnade ögonen och mötte hans. Deras sängar stod bara dryga metern från varandra. Han log mot henne. Hon log tillbaka. Han sa »gupp« vilket betydde att han tyckte det var dags att stiga upp. Hon skrattade till. Detta säregna lilla ord, »gupp«, som väckt henne så många gånger, var för Ann en sammanfattning av pojkens envisa målmedvetenhet, inte minst på morgonen.

Hon hade mer än en gång känt tacksamhet för att han var så lätt att ha att göra med. Vem hon borde tacka var oklart. Hon hade inte, tyckte hon själv, ansträngt sig över hövan. Erik var godmodig, envis, ibland på gränsen till stridslysten, men sällan eller aldrig direkt svår eller kinkig. Fick han bara »gupp« när han ville, och det var ofta mycket tidigt, och fick sina mål med mat någorlunda regelbundet, så var han nöjd.

Förskolepersonalen sa detsamma. Ann solade sig i glansen av sonens jämna och goda humör. Han hade fått kompisar, han var populär bland de andra barnen, uppfinningsrik och aktiv, men ändå följsam och uppmärksam på både de vuxnas och de övriga barnens signaler.

Ann suckade av glädje. Hans varmsvettiga hand i hennes. Pojkens »gupp« som upprepades med monoton regelbundenhet, egentligen i onödan, för han visste ju att med det leendet på läpparna behövde inte Ann någon vidare övertalning.

Hon slog undan täcket, reste sig och tog Erik ur sängen, allt nästan i en och samma rörelse.

– Huj, sa hon och lyfte pojken på raka armar.

– Huj, sa Erik.

Ann läste Dagens Nyheter. Förstörelsen på Drottninggatan och mordet på Sebastian hade fått stora rubriker. Till och med några insändare hade flutit in. Folk hade ringt till tidningen, upprörda och bestörta. Det var inte bara glas som krossats, påpekade någon i en av insändarna, utan även många förhoppningar. En annan ansåg att den »ohejdade invandringen« var orsaken.

Ledarsidan menade att man i nuläget omöjligen kunde säga vem eller vilka som låg bakom gårdagsnattens händelser, men skulle det visa sig att invandrarungdom var inblandad så fick det inte leda till främlingsfientlighet. Ansträngningarna till integrering måste intensifieras, avslutade skribenten.

Ann Lindell sköt tidningen ifrån sig. Hon visste inte vad hon skulle tro, men integreringen som det talades om hade de från polisens sida inte sett mycket av. Kommunen och samhället i stort stod handfallna och inom poliskåren var det inte många som hade invandrarbakgrund. Dessutom använde en del av kollegerna en jargong som definitivt inte vittnade om någon djupare förståelse om invandrarnas villkor. Själv kände hon knappt några invandrare, än mindre umgicks hon med några. På dagis brukade hon prata med en bosnisk mamma och en pappa från Turkiet, det var all kontakt hon hade med andra kulturer. På Eriks avdelning fanns det väl barn från ett halvdussin olika länder. Hon hade inte märkt av någon rasism bland barnen. »Kanske det måste gå en generation«, tänkte hon för sig själv, »kanske är det barnen som kan fixa en integrering värd namnet.«

Hon såg på Erik som hade proppat munnen full med banan och nu ägnade hela sin uppmärksamhet åt att banka in skalet i bordsskivan.

Den inledande morgonoptimismen hade försvunnit i och med tidningsläsandet. Hon hoppades att gårdagens gripande av en svensk pojke skulle leda till något. Innerst inne hoppades hon att han var den skyldige till mordet. Det skulle underlätta, tänkte hon, och skämdes för sig själv, men inte mer än att hon delade Sammys entusiasm från igår kväll.

Det fanns också en annan orsak till hennes förhoppning om en snabb lösning av fallet, en tanke hon inte ville släppa fram helt, men som låg där och lurade alltsedan Sammys sena påringning. Det sista hon tänkte på innan hon somnade var Edvard och hans oväntade samtal.

KAPITEL 15

Med stor försiktighet och total koncentration steg Viktor i båten. På fötterna på durken kunde han kosta på sig ett leende och en blick ut över fjärden.

– Det lugnar sej, sa han när han tagit plats på den upp och nervända drickabacken i fören.

Edvard satt en stund på relingen. Hinken med strömmingspilkarna stod vid hans fötter. Vitfåglarna skrek på skäret. De visste vad som var på gång. Det kluckade under båten. Den nya bryggan doftade nytjärad. Trots att det var tryckt virke envisades Viktor med att stryka den varje vår och höst.

– Vad säger Viola då?

De hade under promenaden ner till sjön talat om Edvards förestående resa. Som vanligt dröjde det ett tag innan Viktor reagerade. Det kunde ta en timme eller två innan den gamle kom med en kommentar eller följdfråga. I början av deras bekantskap var det förvirrande och

Viktor hade ibland sett på Edvard som om han vore senil då han inte omedelbart kunde koppla ihop ett yttrande med ett resonemang som förts långt tidigare. Nu hade han lärt sig. Gubbens tystnad behövde inte betyda att han var ointresserad. Tids nog kom fortsättningen.

– Hon oroar sej, sa Edvard.

– Hon har aldrig varit längre än till Stockholm, sa Viktor.

– Du då?

– Estland, men det var före kriget. Jag följde med farsan.

– Smuggel, sa Edvard.

– Styckegods, sa Viktor och log. Det var bättre väder före kriget, fortsatte han efter en stund. Ska vi ge oss av?

Edvard gjorde loss tamparna och gick in i akterruffen. De tuffade ut på fjärden i maklig fart. Fåglarna lyfte och la sig i formation efter båten.

Den gamle satt alldeles stilla. Varje gång de gick ut tänkte Edvard att det kanske var sista gången för Viktor. Han hade, liksom Viola, tacklat av under vintern. Det var som om gamlingarna följdes åt. Å andra sidan hade Edvard tyckt detsamma förra året. Vintern innebar en tillbakagång. När våren kom återhämtade de sig, men i år tycktes varken Viola eller Viktor komma tillbaka till sin gamla nivå.

Viktor pekade. Lundström var på väg in. Han var som alltid tidigt ute. Viktor saluterade med pilken. Lundström vinkade.

»Det behöver inte vara svårare än så här«, tänkte Edvard, rörd av Viktors godmodiga leende när han med blicken följde grannens hemgång.

– Du skulle vara med, Ann, sa han tyst.

Som så ofta pratade han med henne, ibland under arbetet men framförallt ute på ön. Han var osäker på vad det betydde. Var det bara en gammal vana, att han tog till hennes namn i brist på andra?

Han hade gripits av stolthet när han såg henne på stan. Hon var en bra polis, det hade han alltid tyckt, men när han från Nybron kunde iaktta henne bland sina arbetskamrater såg han henne med delvis nya ögon. »Folk lyssnar till Ann«, tänkte han, »hon betyder något, precis som gamlingarna betyder något för den här ön. Gräsö skulle vara fattigare utan de två. Uppsalapolisen skulle vara fattigare utan Ann.«

Man skulle betyda något, det var farfar Alberts påverkan. Inte att man var uppburen men att man hade en plats. Albert hävdade alltid att värdigheten inte kom sig av rikedom eller positionen i samhället. »Det är de högsta som är de värsta«, brukade han säga.

Farfar Alberts idé hade varit att man ingick i ett sammanhang som betydde något för de många. Han arbetade fackligt under femtio år för att lyfta lantarbetarna ur fattigdom och kulturellt armod. Som för att visa omvärlden att allt var möjligt hade svinskötaren Albert Risberg lärt sig sex språk från talskivor och band.

Edvard hade sett Anns sammanhang. Att det var en annan Ann än den som delat hans liv som särbo under ett par år, det förstod han, men en del av hans kärlek var just det som Albert hade pratat om, nämligen att Ann var bra för andra.

Trots olikheterna var de två samma typ av människa, oroliga inför livet, att inte kunna leva nära andra utan att ge upp sig själva. De försökte leva, duktiga på var sitt håll, med en längtan efter kärlek i ett sammanhang av värdighet och förtrolighet.

Hon hade bedragit honom, blivit med barn och valt att föda det. Den första tiden reste han hatet som en sköld. Fredrik Stark, en av de få vännerna från förr, hade kommit med de vanliga klyschorna för att bagatellisera och trösta och Edvard hade hatat även honom.

När det gått ett tag ställde han sitt eget liv bredvid Anns. Han hade rymt från sitt hem, övergivit Marita och pojkarna, så egentligen hade han inte mycket att förebrå Ann för. De snubblade på, var och en på sitt vis.

Han älskade henne fortfarande. Det hade han förstått på bron. Plötsligt blev han otålig, dels inför Viktors gammelmansrörelser, dels för att han överhuvudtaget befann sig på Gräsö.

De närmade sig gattet och Viktor började rota i backarna. Edvard ströp gasen. Viktor fumlade med draggen. Edvard avvaktade. Den gamles händer skakade, men han fick i ankaret och rätade på ryggen. Sedan log han mot Edvard som för att säga: än håller gubben ihop.

KAPITEL 16

Söndag 11 maj, kl. 08.15

Det var ett nästan uppsluppet gäng som samlades på morgonen söndagen den 11 maj. Lundin och Fredriksson som var bakjour hade dykt upp. Att Lindell skulle vara på plats tog alla för givet. Ottosson undrade var hon deponerat Erik. Han blev aldrig riktigt klok på hur hon lyckades sy ihop arbetet med tillsynen av sonen. Han gick på dagis, det visste han självfallet, men det var så mycket annan tid som hon tillbringade på polishuset. Han ville inte fråga, rädd för att väcka Anns dåliga samvete över att hon försummade pojken.

– OK, operation Marcus, inledde han ovanligt frejdigt.

Sammy och Haver såg förvånat på rotelchefen. När det gällde upplösningen av mordfall brukade inte Ottosson vara så uppåt. Nu var det inte säkert att Marcus Ålander var den skyldige, men mycket talade emot honom, inte minst efter den husrannsakan som genomförts tidigt på morgonen. Dessutom var Ottosson alltid eftertänksam när det gällde ett frihetsberövande, inte minst av ungdomar. Trots att det var hans jobb att se till att brottslingar kunde spåras och lag-föras så blev han, när det började närma sig upplösningen, nästan all-tid sorgsen på ett sätt som förvånade omgivningen. Det kunde tydas som en svaghet, att han tvekade att medverka till att fälla någon. Ottosson brukade tala väl om brottslingen när andra nöjt konstatera-de att deras idoga arbete resulterat i att ytterligare en buse satt på häktet. Där övriga såg triumf blev Ottosson nedstämd. När några pratade om »självrensning bland buset« talade Ottosson om »det sorgsna i livet«.

Men nu var han nästan uppspelt. Han äskade tystnad och berömde dem. Han såg mot Lundin, som likt en villrådig och besvärad gäst alltid höll till nära dörren, och nickade. Han log mot Lindell och sat-te upp tummen.

– Vi har Marcus Ålander och han är ordentligt nervös. Mycket bra att ni hämtade in honom redan igår, det behöver jag väl inte påpeka. Sammy och Bea har lyckats trumma ihop ett gäng ungdomar till en line-up, hur vete katten, som vårt vittne från Västra Ågatan ska få kika på. Ungdomarna kommer vid tio. Kan vittnet peka ut Ålander har vi knutit honom till den mördade.

– Han kanske är för nervös, sa Beatrice, så att han avviker alltför mycket.

– Vi får säga åt hela gänget att se nervösa ut, sa Sammy. Lätt som en plätt.

– Hur hittade ni dom? undrade en aspirant, vars namn ingen kom ihåg utom Ottosson.

– Det är beväringar från regementet, sa Sammy.

– Beväringar?

– Värnpliktiga, mer eller mindre röt Ryde, som just steg in genom dörren. Har ni ingen svenskundervisning på Polishögskolan?

– Krajovic har nog ord för det mesta, sa Ottosson och log, kanske till och med ord som du inte har en susning om vad dom betyder, Eskil. Hur många språk talar du?

– Fyra, sa aspiranten trumpet.

– Vad säger Ulrika, flickvännen? undrade Lindell.

– Hon är lite osammanhängande, så klart, sa Beatrice, men hon tror inte ett ögonblick att Marcus kan ha slagit ihjäl Sebastian.

– Inga våldstendenser tidigare?

Beatrice Andersson skakade på huvudet.

– Vi har inget på honom och Ulrika Blomberg säger att Marcus är en fredlig figur.

– Har han familj i stan?

Lindell kände ett behov av att komma ikapp sina kolleger.

– Föräldrarna är skilda, mamman bor i nåt träsk norröver och pappan jobbar i Saudiarabien, han är byggnadsingenjör, sa Sammy. Grabben pluggar, verkar vara lite vänsternisse med tanke på vad vi hittade hemma hos honom.

– Sen har vi jackan, det har inte du hört, avbröt Ottosson och vände sig mot Lindell. Vi hittade en fläckig jacka och ett par nersölade byxor i Marcus hem. Kristiansson, som testade kläderna hastigt i morse, trodde att det var blodfläckar, men självfallet kan vi inte vara säkra.

– Vad säger Marcus om det?

– Han vet inte om att vi har varit hemma hos honom, sa Sammy.

Ann Lindell nickade. Sämre läge hade de haft. Sebastian mördades natten mellan fredag och lördag och idag söndag morgon hade de kanske en mördare. Det vore nytt distriktsrekord. Hon förstod att den relativt uppsluppna stämningen delvis berodde på detta, men kanske också på att den trolige gärningsmannen var svensk.

– Vad säger Fritte?

– Han avvaktar konfrontationen. Om vi får ett positivt besked så blir det ett anhållande, sa Ottosson.

Åtta unga män fördes in i salen. Lindell tyckte att de såg förvillande lika ut, några klädda i jeans, andra i chinos och ett par i mörka, välpressade byxor. På överkroppen dominerade T-shirts och rakt skurna skjortor med enklare fritidsjackor ovanpå. Lindell tittade på deras fötter. Vid en konfrontation för några år sedan hade den misstänkte fortfarande haft på sig sandalerna från häktet, men den här gången hade alla vanliga skor. Hon försökte gissa sig till vem som var Marcus utifrån ansiktsuttrycken och hållningen, men Sammys instruktioner att samtliga skulle se lite skärrade ut hade tydligen gått hem. Alla åtta såg sig ängsligt omkring, ett par skrattade nervöst när de intog sina platser.

Det var Kristiansson från tekniska som ordnade paraden och såg till att de stod vända mot spegeln, alla med en nummerlapp i höger hand. Belysningen fick dem att se bleka ut. Lindell betraktade dem. Alla hade sannolikt gjort sig skyldiga till någon form av brott, men i de flesta fall rörde det sig säkert om bagatellartade förseelser.

Konfrontationen ägde rum i ateljén hos teknikerna. Lampor och skärmar hade flyttats undan och ett draperi hade dragits ut för att skapa en lugn fond. Vittnet underhölls av en av fotograferna men så fort linjen var på plats fördes han in i ett litet rum som gränsade till ateljén. Han såg sig nervöst omkring, hälsade på Lindell och åklagare Fritzén med tafatta handslag och upprepade att han inte var säker, det hade ju varit så mörkt. Sammy sa åt honom att ta det lugnt, det var ingen fara, konfrontationen var bara en koll. Ottosson steg in, rummet blev fullt. Rotelchefen hostade. Fritzén såg sig nervöst och irriterat omkring. Spänningen mellan honom och Ottosson hade inte släppt efter trätan under utredningen av mordet på Lille John.

Sammy placerade vittnet framför spegelväggen, gav honom några instruktioner, alla med budskapet att han skulle studera paraden i lugn och ro. Draperiet drogs bort och vittnet ryggade nästan tillbaka när han fick se de åtta männen uppradade, så nära men ändå så långt borta.

Han flackade med blicken. Lindell försökte återigen lista ut vem Marcus Ålander var, men gav upp och studerade istället vittnet, som sakta vred på huvudet och granskade de unga männen, gjorde en ansats att yttra något men hejdades av Sammy.

– Säg inget än, sa han.

Efter en halv minut instruerade Kristiansson de åtta att vrida sig ett kvarts varv, därefter fick de gå runt i den minimala lokalen. Lindell fick en association till en dagislek.

– Det är nummer sex, sa vittnet.

– Säker?

– Ja, sa han. Är han en mördare?

– Du identifierar en man som deltagit i ett slagsmål, ingenting annat, sa åklagaren.

– Det är nummer sex, upprepade vittnet.

– Tänk på att det var mörkt, sa Ottosson. Det kanske var mycket folk i rörelse.

Vittnet nickade. Lindell såg på nummer sex. Han såg kanske blekare ut än de övriga, men annars var det ingenting i hans uppenbarelse som avvek från de andra.

Ingen sa något. Vittnet svalde högljutt. Han strök med handen över ansiktet.

– Nummer sex, sa han.

– Du vet att du kan försätta personen ifråga i ett utsatt läge? sa åklagaren.

Vittnet nickade och svalde igen.

– Det är han.

De återsamlades. Ryde satt för sig själv och småmuttrade. Lindell läste en bakgrundsteckning av Sebastian Holmberg. Den var tunn. Han var inte tillräckligt gammal för att ha dragit på sig så många uppgifter i myndighetsregistren. Han hade aldrig betalat skatt, hade ingen förmögenhet, aldrig varit i klammeri med rättvisan eller kronofogden, han hade mönstrat men inte gjort lumpen, tagit ut pass 1992, förlorat det och fått ett nytt 1999. Han hade inget körkort. Ann Lindell slog igen pärmen.

– Vad är det? frågade hon Ryde som just slängt på telefonluren.

– Det är SKL. Jag sa att vi budar ner jackan i morron men det tar ändå minst en vecka. Har vi tur får vi svaret måndagen därpå. Tur! Nu sitter dom väl och rotar i nån hundskit som en pensionär hittat i en park medan en mördarjacka läggs på lagret.

Lindell flinade. Hon visste bättre, och det gjorde väl Ryde också, men de blev lika frustrerade varje gång de hade med SKL att göra, och det var teknikerna som fick ta skiten. Hur många gånger i veckan ringde inte utredarna och tjatade på tekniska om något provsvar eller utlåtande?

– Vad fan gör Lundin här? undrade Ryde plötsligt.

– Han har bakjouren, sa Lindell.

– Han brukar väl inte dyka upp frivilligt?

– Nej, men han är kanske intresserad.

– Var det Otto som ringde in honom?

– Det tror jag inte, sa Lindell.

– Vad fan har hänt? Han tvättar ju inte händerna lika ofta heller.

– Jag vet inte, sa Lindell.

Hon visste att Lundin gick i terapi. Hans sjukliga fixering vid renlighet hade nått en gräns för det uthärdliga och Ottosson hade tvingat Lundin att söka hjälp. Kanske det hjälpte med psykologsnack, för även Lindell hade registrerat Lundins metamorfos. Han var mer tillgänglig och fysiskt närvarande under längre perioder och också öppnare. Häromdagen hade han till och med dragit en vits. Alla hade skrattat hjärtligt, inte så mycket åt historien utan mer åt Lundins barnsliga förtjusning när han upptäckte kollegernas intresserade miner, att han förmådde och fick tala till punkt.

– Han har i alla fall blivit jävligt konstig, sa Ryde.

Lindell började skratta. Ryde såg upp, såg till en början bister ut men log sedan.

Ola Haver och Ann Lindell steg in i förhörsrummet, båda med målsättningen att få fram ett erkännande från Marcus Ålander, nu när han blivit identifierad av ett vittne. Det låg i luften. Marcus hade enligt arrestvakten sovit dåligt och ätit en minimal frukost, en halv smörgås och ett glas mjölk.

Han satt framåtlutad över bordet. Det okammade håret var blankt av fett. En ilsket röd finne hade slagit upp på hakan och lyste som en fyr i hans bleka ansikte.

De båda poliserna slog sig ner utan att säga något. Haver ordnade med bandspelaren och talade lågmält in förhörsuppgifterna. Han frågade om Marcus fortfarande inte ville ha någon advokat till sin hjälp. Den misstänkte skakade på huvudet.

Lindell bläddrade i sitt block. Så slog hon igen blocket och såg på Marcus.

– Kände du Sebastian Holmberg?

– Ja.

– Hur?

– Vi stötte ihop ibland.

– Var?

– Förr spelade vi bangolf båda två och sen sågs vi nån gång.

– Hej, Marcus, sa Ola Haver. Det är jobbigt det här, men vi ska försöka ta det så snabbt som möjligt. Har du käkat nåt?

Ynglingen nickade och sneglade på Lindell.

– Du kände ju Seb, sa Haver och såg Marcus rakt i ögonen. Vad pratade ni om när ni träffades i förrgår kväll?

– Vem har sagt att vi träffades?

– Det vet vi, sa Lindell snävt och otåligt.

– Ni stötte ihop och det blev lite snack, sa Haver. Vad pratade ni om? Bangolf eller att ni skulle ta en öl?

Marcus Ålander satt tyst med blicken i bordsskivan.

– Pratade ni om Ulrika? sa Lindell.

Marcus såg snabbt upp.

– Ulrika, sa han bara.

– Hon hade gjort slut, du drev omkring på stan och stötte ihop med Sebastian, eller hur? Ni började gräla, du slog honom och han sprang iväg.

Ola Haver lät sorgsen när han rekapitulerade fredagskvällens scenario.

– Vi sågs, OK, är ni nöjda?

– Nej, sa Lindell. Jag vill veta varför du slog honom.

Marcus tycktes överlägga med sig själv. Det var i alla fall vad Lindell och Haver intalade sig.

– Jag slog honom inte, sa han till slut, han bara stack.

– Skitsnack, spottade Lindell fram.

– Var det för att Sebastian berättade om Ulrika, att dom var kära i varann?

Marcus såg på Lindell. Hon mötte hans blick. »Pojkvasker«, tänkte hon.

– Det är ingen höjdare att bli dumpad av sin tjej, sa Haver, det fattar jag. Jag fattar till och med att man kan klappa till nån.

– Jag slog honom inte.

– Hur förklarar du fläckarna på din jacka? Vi är övertygade om att det är blod och snart får vi veta om det är Sebastians blod, sa Lindell, så kom loss nu.

– Vadå jacka?

– Vi hittade en jacka hemma hos dej, sa Ola Haver. Vi måste analysera fläckarna. DNA, du vet, det är tvärsäkert.

– Har ni snokat hemma hos mej?!

– Du behöver inte bli så upprörd, du fattar varför, sa Lindell.

Marcus fingrade på sin finne.

– OK, jag slog till honom, en gång bara och sen stack han.

– Och vad gjorde du?

– Jag stod kvar. Jag ångrade mej direkt.

– Och sen då?

– Jag gick omkring, tänkte gå tillbaka till Ulrika, men det blev inte så.

– Skulle du spöa henne också? sa Lindell.

Marcus sa ingenting men den blick han gav henne var talande nog.

– Vi har uppgifter som säger att du förföljde Sebastian, fortsatte Lindell och bläddrade samtidigt i sitt block.

– Det är lögn!

– Jaså, sa Lindell torrt. Så du sprang inte efter honom upp på Drottninggatan? Du var förbannad, han hade ju snott din tjej. Det måste ha känts taskigt. Du älskar ju Ulrika.

– Sluta för helvete, skrek Marcus. Jag var aldrig inne i den där jävla bokhandeln.

– Hur vet du att det var en bokhandel?

– Jag såg det, sa Marcus tyst.

– Vadå, såg du Sebastian i bokhandeln?

Marcus skakade på huvudet.

– Berätta, sa Haver.

– Jag var där på morronen och kikade.

Stötvis kom historien om hur han plockats upp av taxichauffören och hur de tillsammans hade åkt ner på stan.

– Vad heter taxikillen?

– Martin nånting.

– Var du nyfiken? undrade Lindell.

– Jag ville inte egentligen, men jag kände mej helt borta. Jag ville ha lite sällskap.

– Vad gjorde du på Islandsbron?

– Ingenting.

Marcus blick vittnade om den vilsenhet och förvirring som kunde avläsas i hela hans gestalt. Han tycktes krympa inför poliserna, sjunka samman och inåt.

– Tänkte du hoppa i?

Lindell uttalade frågan med en lätt ironisk ton. Marcus svarade inte utan gav ett ögonkast som kunde tydas som en vädjan.

– Du var ledsen, förbannad och efter att du hade slagit ihjäl din kompis så ville du bara dö, var det så?

Haver sneglade på Lindell medan hon pratade. Hon satt tillbakalutad med pennan som stack upp mellan händerna som hon höll knäppta över magen.

Marcus skakade på huvudet. »När bryter han samman?« tänkte Haver.

– Det räckte inte med att slå sönder Sebastians ansikte till en blodig klump, du snodde hans plånbok, klocka och mobil också. Var finns dom grejerna? ångade Lindell på.

Haver hostade till.

– Det är rånmord och det är äckligt, sa Lindell med eftertryck. Hon slängde upp pennan på bordet.

– Fundera över din situation, så går vi och dricker kaffe, sa hon och reste sig. Du kan stanna här i sällskap med en kollega. När vi kommer tillbaka vill vi ha en fullständig redogörelse för vad du gjorde igår natt. Inget skitsnack, fakta rakt igenom.

Haver såg på Lindell och gjorde en ansats att slå av bandspelaren men drog tillbaka handen.

– Jag blir kvar, sa han och såg lugnt på Lindell. Jag är inte sugen, jo, förresten ta med en kopp sen. Och en muffins. Vill du ha nåt, Marcus?

Marcus skakade på huvudet. Lindell lämnade rummet. Haver och Marcus satt tysta. Haver lutade sig fram, tog Lindells penna och snurrade den i handen.

– Berätta nu, skit i henne, berätta för mej. Det känns bättre då, det lovar jag. Jag tror inte att du snodde hans plånbok. Min kollega avskyr rånmord och det var därför hon blev så förbannad. Du vet ju att gatan blev sönderslagen. Det var säkert nån annan som plockade på sej hans grejer.

– Jag har inte gjort det, viskade Marcus. Jag slog honom en gång och sen sprang han. Det måste ha varit nån som såg det. Har ni kollat? Det var ju folk utanför Filmstaden. Han sprang. Jag blev kvar. Jag lovar!

Haver satt tyst, iakttog Marcus.

– Berätta om Ulrika, sa Haver efter en stund. Hur länge har ni varit tillsammans? Det verkar vara en fin tjej.

Haver såg på klockan och konstaterade att det tagit exakt en timme, förklarade förhöret avslutat och slog av bandspelaren.

Lindell hade inte återkommit. Han funderade över hennes agerande. Det var inte speciellt trevligt och frågan var om det var effektivt? De hade inte pratat igenom hur de skulle lägga upp det första, viktiga förhöret, men nu hade han automatiskt fått den snälles roll, medan Lindell framstod som den hetsiga och känslokalla.

Han visste inte vad han skulle tycka men Lindell hade onekligen visat en ny sida. Var det någonting hos den gripne som retat henne?

Han kikade på sina spridda anteckningar. Marcus gick och deppade längs ån, stötte ihop med Sebastian och berättade att hans tjej just gjort slut. »För mig är det precis tvärtom«, hade Sebastian förklarat, »jag är på väg till en tjej jag träffade för några månader sedan, Ulrika.« Haver kunde se Sebastian framför sig: nyförälskad och oförmögen att hålla tillbaka sin glädje. Marcus frågade var hon bodde, Sebastian pekade och Marcus slog till direkt.

– Det gick sönder inom mej, förklarade Marcus för Haver. Jag slog utan att tänka mej för.

Haver plockade ur bandet och förde Marcus tillbaka till häktet. På väg till sitt rum mötte han ett par kolleger från span som gratulerade. Haver sa att han ville avvakta med hurraropen. Spanarna betecknade det hela som klappat och klart. »Tillfälle, motiv och medel«, hade den ene hojtat. Haver sa ingenting mer, han ville helst lyssna igenom bandet en gång till. Klart var att Marcus gjort sig skyldig till misshandel, men det återstod att kunna binda honom vid mordet.

Lindell såg han inte röken av. Kanske hade hon gått på lunch eller så satt hon och häckade på rummet. Som ett direkt svar på hans funderingar kom Ann Lindell gående i korridoren. Hon hade gråtit, det såg han direkt.

– Jag avslutade, sa Haver.

– Jag förstod det, sa Lindell kort.

– Jag har bandet ifall du vill lyssna.

– Vad sa han?

– Han erkänner att han slog till Sebastian men inget mer.

– OK, var det enda Lindell sa.

De stod mitt emot varandra. I taket surrade armaturen. En dörr slog igen.

– Hur är det?

– Det är OK, sa Lindell.

– Vi har väl inga vittnen som såg Marcus springa efter Sebastian? Lindell skakade på huvudet.

– Det var en chansning, sa hon. Kanske inte så lyckat, men ändå …

– Du gillar inte Marcus, va?

– Gillar och gillar. Han är för sorgsen.

– Det är klart att han deppar när han fått sitta inspärrad.

Lindell gjorde en otålig rörelse med händerna.

– Och så har hans tjej gjort slut, la Haver till.

– Det är väl det, sa Lindell och Haver förstod plötsligt vad hennes svårmod bottnade i.

– Du, Ola, jag tar bandet sen. Jag har lite annat att göra först, sa Lindell innan hon gick in på sitt rum.

KAPITEL 17

– Idag ska vi åka ut på landet, sa Hadi.

   – Idag igen? sa Mitra.

   – Jag är bjuden på kaffe, sa Hadi. Svenskt kaffe.

   Mitra vände sig om och såg på sin far.

   – Av vem då?

   – Svenskt kaffe, upprepade Hadi.

   – Morfar träffade en bonde igår, sa Ali. Han räddade en hel flock med kor.

   – Det var köttdjur, sa Hadi.

   – Berätta, sa Mitra med ett leende, och hon fick gårdagens eskapad omständligt redogjord för sig.

   – Så dom ska bjuda på kaffe?

   Hadi nickade belåtet.

   – Ali ska följa med, sa han.

   – Jag har inte tid!

– Du ska tolka, sa morfadern.

– Men ...

– Inga men, avbröt Mitra. Gör som morfar säger.

Hon såg intensivt på Ali. Pojken nickade till slut. Han visste att frågan var avgjord. Det fanns ingen anledning att streta emot, han skulle ändå förlora striden.

De kom iväg strax före tio. Ali såg sig noggrant omkring på gården. Morfadern pratade på, slog käppen mot staket och papperskorgar de passerade, nickade nådigt när de mötte en kvinna som bodde på granngården. Vädret var strålande. Ali spanade längs gatan och upp mot skogsbrynet. Bakom de glesa granarna och lärkarna bodde han, han som ville tysta Ali. Från busshållplatsen kunde man skymta huset.

– Hör du vad jag säger?!

– Javisst, sa Ali.

En motorcykel närmade sig. Ali visste att Mehrdad fanns här någonstans. Han kände det på sig. Bland dessa hus, skymd bland träden, bakom garagen eller sopstationerna, smög han fram med en enda tanke i huvudet: att få Ali tyst.

Ali backade in under busskurens tak. Två äldre kvinnor kom gående. Några yngre män likaså. Snart var ett tiotal personer samlade och Ali kände sig något tryggare. Han kikade på morfadern. Skulle han förstå?

Hans tankar avbröts av att bussen kom. Morfadern höjde käppen och beredde sig plats, steg på först, hälsade på chauffören och tog ur rockfickan fram en skrynklig sedel. Ali fick känslan av att något stort hände, att de var på väg, han och morfadern.

– Mitt barnbarn, sa Hadi på persiska till den svenske chauffören, och pekade på Ali.

Chauffören nickade som om han förstod.

– Det är min morfar, sa Ali.

Chauffören gav honom en road blick.

– Han är min morfar, upprepade Ali tyst för sig själv och följde den breda ryggtavlan in i bussen.

»Något stort händer«, tänkte han, men när han slog sig ner på sätet och tittade ut genom fönstret, upptäckte han Mehrdad på andra sidan gatan. Han hade den svarta hjälmen med eldstrimmor på men visiret uppfällt. För första gången såg de varandra sedan den där sekundsnabba ögonkontakten genom det krossade skyltfönstret. Ali sjönk samman. Morfadern sa någonting. Alla passagerarna hade kommit ombord och bussen rullade iväg mot stan. Ali visste att de hade sällskap, att han hade en skugga.

– Dom har får, sa morfadern och Ali förstod att han menade familjen de skulle besöka. Annars hade den gamle varit knapphändig med informationen om vad som skulle möta dem. Hadi hade varit både uppspelt och nervös på morgonen. Han kanske inte visste själv vad som väntade. Men att det skulle finnas får hade han förstått och det räckte långt.

Det hade tagit honom nästan en timme att klä sig, borsta mustasch och hår och polera skorna. Han hade till och med torkat av käppen. Ali kikade på morfadern. Han var ståtlig där han satt, rak i ryggen, med en bestämd min och händerna vilande på käppen. Ali tyckte att han såg ut som en hövding. En man som visste mycket, som var van att bestämma, som kunde möta farorna med huvudet upprätt.

Han ville säga något till morfadern men fann sig själv sneglande bakåt. Han såg ingenting av trafiken bakom bussen. När den stannade vid hållplatserna de passerade tittade han ut genom fönstret men kusinen syntes inte till. De var inte riktiga kusiner, men de kallade varandra så. De var släkt, så mycket visste de. Det var väl bara morfadern som kunde reda ut hur.

Ali förstod inte hur morfadern kunde sitta med den tjocka rocken knäppt ända upp till halsen. Dessutom med en stickad tröja under. Själv var han varm och ville komma ut i friska luften. Han måddde lite illa, det hände att han gjorde det när han åkte buss. I bil var det ännu värre. Nu var det länge sedan han åkte bil. Det kanske blev några gånger om året och då var det oftast Konrad eller någon annan från klubben som körde. Mitra hade inte ens körkort och morfadern kunde bara hantera en åsna, kanske en häst. Han hade visst haft en häst i sin ungdom. En svart. Ali försökte minnas namnet. Det var ett sto, så mycket kom han ihåg. Han ville inte fråga morfadern för då skulle han få en lång föreläsning till svar.

Ali hade haft en klasskamrat som red. Camilla hette hon och i femman och sexan hade han varit olyckligt kär i henne. De pratade sällan med varandra och nu gick hon i en annan skola och de sågs aldrig. Ali brukade tänka på henne ibland. En gång hade hon frågat Ali om något, det rörde skolarbetet, och han kunde inte svara. Jo, han kunde svaret, men blev så förstummad av att bli tilltalad av Camilla, att han bara stammade. Hon hade sett på honom, vänt sig om och sedan skrattat. Därefter hade de aldrig mer pratat med varandra.

Hon hade en egen häst och hade hållit föredrag i klassen om hästar och hur man skötte dem. Camilla var ljus och gick lite inåt med benen. Hon var den ljusaste av dem alla. Den skola hon gick i nu kanske låg långt bort, Ali visste inte. När han någon gång såg hästar tänkte han på henne och hennes vackra hår.

– Här ska vi av, avbröt morfadern hans tankar.

– Har dom hästar på gården?

– Det tror jag säkert, sa morfadern, det är en stor gård vi ska till. De gick mot busstationen.

– Det måste dom väl ha, sa Hadi och log mot Ali, hästar.

Det första Ali tänkte på när de steg in i paret Olssons hem, var hur stort köket var. Det var som att komma in på ett museum. Gamla ting var uppblandade med moderna köksmaskiner. En stor pannmur dominerade den ena väggen, där spiskåpan sköt ut som en vit fläskläpp. Det hängde bunkar och tallrikar på väggarna, bänkar och bord var dekorerade med små vita dukar och vaser med vårblommor. Brun panel klädde väggarna men köket var ändå ljust tack vare de många och stora fönstren. Det doftade gott av blommorna och från ugnen.

Det enda slitna var golvet och då främst framför vedspisen. Där stod en korg med vedträn som trängdes med en gråmurrig katt. Köksbordet var anpassat till en stor familj men Ali anade att det äldre paret bodde ensamma i huset.

De tog i hand. Kvinnan verkade lite reserverad.

– Pajen är inte riktigt klar, sa hon, men det tar inte många minuter.
Ali nickade.

– Är du barnbarn?

– Ja, Hadi är min morfar. Han kan just ingen svenska, så jag fick
följa med.

– Ni är välkomna, sa Arnold. Du kan väl översätta det, att ni är väl-
komna.

Ali rabblade snabbt en ramsa på persiska. Bondparet lyssnade fasci-
nerat på.

– Vad pratar ni för språk? sa Beata.

– Persiska.

– Det låter så snabbt, sa Arnold.

Morfadern började prata. Ali försökte hänga med. Ur rockfickan
tog Hadi ett litet platt paket. Det hade han inte sagt något om. Han
överlämnade det till Beata Olsson, som genast såg lite skygg ut. Hon
torkade av händerna mot förklädet och tog tvekande emot paketet.
Morfadern hade själv slagit in det, det syntes, han hade använt jul-
papper och gul tejp från kökslådan, och Ali skämdes.

– Inte ska ni …, började Beata, men avbröts av Arnold.

– Det kanske är en fårsax!

Han skrattade. Morfadern skrattade.

– Han säger att vi är tacksamma för er vänlighet, översatte Ali, att
det är en ära.

För Ali var orden lite främmande. »Det här är det stora som hän-
der«, tänkte han. Beata vecklade försiktigt av pappret. Ali kunde
nästan inte bärga sig av nyfikenhet. Så fick hon syn på vad det var
men fortfarande skymde pappret innehållet för Ali.

– Säg att det är min syster som gjort den, sa Hadi bestämt och Ali
hörde på hans röst att det var viktigt, så han översatte direkt. Ali hade
aldrig träffat henne, men visst hade han hört talas om henne. Den
vackra systern, hon som dränkt sig, eller drunknat.

Arnold tog pappret ur sin hustrus händer och Ali såg vad det var,
den lilla tavlan som hängt i morfaderns rum. Den broderade tavlan
med hjorten och källan.

– Vad vackert, sa Beata och höll upp tavlan med raka armar som för att betrakta den på lite avstånd. Så förde hon den nära ansiktet för att betrakta de små stygnen. Hadi nickade belåtet när han såg hennes ansiktsuttryck.

»Det här är det stora«, tänkte Ali igen och det gick bara inte att hejda tårarna. Hadi la sin hand på hans axel och genom tårarna såg Ali hur morfaderns min förändrades till något Ali aldrig sett tidigare. Det bestämda var borta, ögonen blev ljusare och Ali tyckte sig i den gamles drag skymta hur Hadi sett ut som ung.

– Men lilla vän, sa Beata, inte ska du gråta.

»Han ger bort tavlan«, tänkte Ali. »Tavlan.«

– Vilket pillgöra, sa Arnold. Det är bestämt en hjort. Säg till din morfar att vi aldrig sett en tavla från Persien.

– Ni hade inte behövt, sa Beata, och såg på Hadi som stod som en klippa mitt i köket, än mer lik en rövarhövding.

– Min syster, sa han.

De slog sig ner vid bordet. Ali fick ett styvt jobb att översätta. Efter den första förlägenheten visade sig Arnold och Beata vara pratsamma, hoppande från ämne till ämne, avbrytande varandra, rättande den andre, ett sätt att samtala som förvirrade morfadern. Han log mest och strök sina mustascher, till synes nöjd med att sitta vid bordet och lyssna på de främmande orden. Vartefter tystnade lantbrukarparet och såg på Hadi och Ali, som om de förväntade sig något av dem. Ali visste inte riktigt vad han skulle säga, men han ville ha något att komma med.

– Morfar tycker om djur, sa han till slut.

– Vi såg det, sa Arnold.

– Han har haft får, sa Ali. Han brukar prata om dom.

– I Persien då?

– Det heter Iran nu, sa Ali.

– Säger du det? sa Beata. Jaså, det är Iran, ja, man har ju undrat. Shahen kommer man ju ihåg och Farah Diba, men henne minns väl inte du?

Morfadern hade lystrat vid de kända namnen och nickade.

– Farah Diba, sa han.

Samtalet stannade av men det var ingen besvärande tystnad. Hadi kunde vara tyst i dagar, så honom bekom det säkert inte.

– Din morfar är som nattskärran, sa Arnold. Han kommer med våren, när vi släpper ut djuren. Jag hörde henne i natt. Nattskärran är en fågel, la han till när han såg Alis frågande min.

Ali översatte, att Hadi var som en fågel som kom på våren.

– Vad är det för fågel?

Ali frågade Arnold för att vara säker på namnet.

– Hur ser den ut? frågade morfadern vidare och Ali tyckte att han kunde nöja sig med att vara en fågel, det spelade väl ingen roll hur den såg ut.

Arnold förklarade och Ali försökte översätta, men Hadi skakade på huvudet. Arnold formade munnen till en cirkel och fyllde köket med ett spinnande ljud. Hadi började genast skratta.

– Den känner jag igen, sa han. Dom finns även hemma.

– Vet han vilken det är? undrade Arnold.

– Ja, sa Ali, den finns i Iran också.

– Det var märkvärdigt, sa Arnold.

– Nattskärran, sa Beata, och Ali kunde ana ett stråk av kritik i hennes röst. Inte kan du likna en ståtlig man vid en nattskärra.

– Hon tycker du är ståtlig, sa Ali på persiska.

Han var osäker på vad »ståtlig« var och hur han skulle översätta det, men han drog till med »vacker« och såg att morfadern blev glad. I det ögonblicket fylldes han av en stolthet som trängde bort all den pinsamhet som han ibland kunde känna inför andra när morfadern gick på om sitt.

– Jag såg den sent igår kväll, upprepade Arnold, och det är ovanligt tidigt. Jag skriver alltid upp när den kommer. Vi har haft häckande nattskärror här så länge jag kan minnas. Det är en ovanlig fågel, förklarade han för Ali. Den bor här uppe i skogen, på hällmarkerna.

– Han är ute och skenar på nätterna, sa Beata.

– Det var min pappa som började, sa Arnold, oberörd av hustruns inpass. Alla trodde att den betydde olycka, men inte farsan inte, han såg den som en fin vårfågel.

– Snart slår du ikull över nån sten, sa Beata.

– Farsan sa att nattskärran betydde lycka för gården.

– Han skulle ju alltid vara tvärtom, sa Beata. Det är ju ingen fågel, anskrämlig ser den ut och skrämmer folk.

Arnold log brett och blinkade åt Ali.

– Den snor mjölk, sa folk, men det var gårdsfolket som drack upp den och så skyllde dom på skärran.

Arnold fortsatte att berätta om nattskärran, vad folk sedan gammalt trott och tänkt. »Det är märkligt«, tänkte Ali, »att man kan prata så länge om en fågel.«

Hadi hade betraktat bondparet och såg sedan frågande på Ali.

– Dom pratar om fågeln, sa han bara och gubben nickade.

– Ser man den fågeln har man sett döden, sa Hadi. Så sa man i min barndom.

Han såg ut att vilja fortsätta men hejdade sig plötsligt. Ali valde att inte översätta.

Arnold plockade fram två nytvättade overaller till Hadi och Ali som de drog på sig ovanpå kläderna. Morfadern såg lustig ut i den kycklinggula dressen, men han bara log.

De gick ut. Hadi och Arnold såg mot himlen. Ali spanade ut över fälten. Overallen gjorde dock att han kände sig bättre till mods, säkrare på något sätt, som om den skulle skydda honom mot Mehrdads blickar och onda tankar.

Först kom de till mjölkrummet med en jättelik rostfri tank. Det var svalt och det luktade lite unket, tyckte Ali. Hadi såg sig intresserat omkring som om han vore spekulant på stället. Arnold pratade och Ali översatte. Beata fyllde på ett fat med mjölk och genast dök en katt upp, böjde sig över fatet och lapade. De stod tysta och iakttog kattan.

– Vi har fem stycken, sa Arnold och sköt upp dörren till lagårn.

Där luktade det ännu mer. Ett fridsamt, lite vemodigt bröl mötte dem. En ko stod uppbunden, men annars var det tomt.

– Hon har lite problem, sa Arnold och vände sig till Ali. Det måste du förklara för din morfar.

– Har ni bara en ko? undrade Ali.

– Nej, du, skrattade Beata. Vi har tjugosex mjölkande just nu. Dom andra är ute, men hon där måste vi hålla lite koll på. Veterinären var här igår. Sen har vi ju kalvarna och kvigorna och så en del köttdjur.

Ali nös. En katt sprang förbi. Kon brölade igen och Arnold och Hadi gick fram till henne. Hadi ställde sig nära, drog med handen över hennes rygg. Kon riste på huvudet. Hadi gick mödosamt ner på huk.

»Gör inget dumt nu«, tänkte Ali och i samma stund la Hadi huvudet mot kons sida och kände på juvret. Så gick några sekunder. Arnold såg på Hadi med en svårtydd min. Det var som om han inte riktigt kunde bestämma sig för vad han skulle tycka.

– Hon är öm, sa Hadi.

Arnold tittade på Ali, som översatte.

– Nog är hon öm alltid, sa Arnold och log.

Den gamle rätade på kroppen, klappade återigen kon som om han ville säga till henne: »Det ordnar sig«, vände sig mot bonden och nickade.

När de kom ut på gårdsplanen hade molnen skingrats. Solen värmde. Det tycktes jäsa om jorden. Fåglar kvittrade i träden med envetna, återkommande slingor. Ljudet från en motorcykel hördes som ett avlägset brummande. Ett halvdussin svartfåglar lyfte från en ask, flög skränande över gården och försvann lika hastigt som de dykt upp.

Arnold Olsson log brett när han såg Hadi spana ut över fälten, hur han följde horisontlinjen, som om han sökte av landskapet.

– Ska vi gå in till fåren, sa han och vände sig mot Ali, som dröjde i dörrhålet till lagården.

Denne såg ut som om han sett en vålnad. Motorcykelljudet kom allt närmare. Pojken såg med en vädjande min på Arnold, som gick fram till honom.

– Är det nåt speciellt?

Ali skakade på huvudet. Bondens ansikte var helt nära hans. Arnold hade en speciell doft, stark men inte oangenäm. Hans skarpa drag förstärktes av djupa fåror i den grova huden. Det borstliknande håret stod på ända. När han öppnade munnen skymtade Ali ett par guldtänder.

– Du ser så beklämd ut, sa han vänligt. Är det inte roligt här?

– Jovisst, försäkrade Ali.

– Din morfar är en fin man, sa Arnold, men det vet du. Det är så sällan det kommer folk hit numera. Förr var det mer liv.

Arnold höll upp och såg på Hadi, som gått iväg en bit. Käppen nerborrad i gruset, den ena handen bakom den raka ryggen och blicken långt borta.

– Tror du att han är hemma i Iran nu? sa Arnold.

– Han är nästan jämt där, sa Ali.

– Varför åkte ni hit?

– För mammas skull.

Bonden nöjde sig med det knapphändiga svaret.

– Nu kikar vi på fåren, sa han, det finns lamm också.

– Jag väntar här, sa Ali, eller går omkring lite, la han till när han såg Arnolds reaktion.

Där fanns kanske både misstänksamhet och besvikelse. Ali kunde inte tyda hans min, men kände att han svek på något sätt.

– Morfar, fåren, skrek han, för att dölja sin förvirring.

Ali gick längs vägkanten. Det kändes som om han gick mot döden. Mehrdad fanns där men Ali kände sig osårbar i den gula overallen. Han såg uppmärksamt ner mot gruset och örterna som trängdes i diket. Han lät blicken fara över de nysådda fälten, stannade upp vid en liten röd stuga med en jättelik skorsten. Stugan var nymålad, röda färgstänk syntes i gräset och på en mossig sten. Bredvid stenen stod en plåtburk med en pensel kvarlämnad som om målaren tagit paus men sedan inte återvänt. Ali gick fram till burken. Färgen hade stelnat till en mörkröd hinna. Han sparkade till burken så att den for omkull, men ångrade sig omedelbart och reste upp burken. Han fick för sig att någon viskade »tack« och log för sig själv.

Han återvände till vägen. Några bruna bollar låg i gruset. Han förstod att det var hästskit och trampade försiktigt på en av dem. Kanske var det Camilla som ridit förbi? Spillningen föll sönder. Ali hade aldrig tidigare gått på en uppländsk grusväg på landet. Visst hade han sett små röda stugor, men han hade aldrig stått intill en stugas röda vägg och känt doften av färg. Visst hade han sett hästskit någon gång, men aldrig trampat på det.

Det kändes högtidligt, som om han var på semester. Om det inte vore för Mehrdad. Ali visste att han fanns i närheten. Det verkade i och för sig vansinnigt av Mehrdad att följa efter honom och morfadern men Ali kände kusinens envishet. Han släppte aldrig taget.

Vägen passerade ett snår och svängde något. Efter kurvan satt Mehrdad på en liten gräsbevuxen kulle.

Han såg helt malplacerad ut i den lantliga miljön. Allt det gröna som omgav honom och doften som steg från den solbelysta marken krympte kusinen, blekte honom till en vilsen pojke. Deras ögon möttes. Ali gick fram och ställde sig vid motorcykeln som stod vid dikeskanten.

– Hur känner du dom där? sa Mehrdad till slut och knyckte med huvudet åt gården till.

– Det är goda vänner, sa Ali.

Kusinen lät höra ett fnysande ljud.

– Goda vänner, sa han föraktfullt.

– Vi känner dom, typ. Vi har druckit kaffe och tittat på djuren.

– Vad fan har du på dej?

Ali såg ner på overallen.

– Min skyddsdräkt, sa han.

För ett ögonblick kändes det som om det vore en vanlig munhuggning.

– Är du rädd?

Ali skakade på huvudet.

– Skulle jag ha gått hit då? sa han.

– Du håller käften, sa Mehrdad. Du vet vad som händer om du snackar med nån.

– Vem skulle det vara?

Det var alldeles stilla i backen. Fågellåten hade upphört och vinden förmådde knappt röra gräsaxen och de späda örterna vid Mehrdads fötter. Ljudet från en motorsåg skar plötsligt genom tystnaden. Ali vände på huvudet och såg upp mot skogen.

– Varför svarar du inte i telefon?

– Jag vill inte.

– Vi är kusiner, sa Mehrdad.

Ali skakade på huvudet igen. »Jag vill inte vara kusin med en mördare«, tänkte han och blev plötsligt nöjd med sig själv.

– Jag dödar dej om du tjallar.

– En kusin? sa Ali.

Mehrdad såg på honom en lång stund.

– Varför slog du ihjäl den där svennen?

– Lämna mej ifred, skrek Mehrdad.

– OK, då säger vi det, sa Ali och vände sig om och började gå tillbaka.

– Du, skrek Mehrdad, men Ali fortsatte vägen fram.

Mehrdad for upp, sprang ifatt honom och ställde sig i vägen. De var lika långa, men Mehrdad var kraftigare. En gång hade han slagit ut juniormästaren i weltervikt.

– Jag dödar dej!

Ali såg vansinnet i kusinens ögon och först nu insåg han det idiotiska i att lämna gården. Det var som om han frivilligt sökt upp faran. Konrads ord om att inte vara rädd för sin motståndare, att förutse nästa drag kom för honom, men för Mehrdad fanns inga regler som i boxningsringen.

– Jag dödar dej! Fattar du?! Dödar!

Ali tog ett steg åt sidan, men Mehrdad flyttade sig lika snabbt. Ali sköt honom ifrån sig. Han svettades i den tjocka overallen. Han kände sig klumpig och orörlig. Den gula färgen gjorde honom på något sätt mer åtkomlig. Känslan av skydd hade försvunnit.

Mehrdad tog tag i Alis lösa bröststycke och drog honom till sig så att deras ansikten kom helt nära varandra. Ali kände hans andedräkt. »Ska jag knäa honom«, tänkte han, men stod helt passiv, totalt inriktad på att inte vika undan med blicken.

Attacken kom lika oväntat för Mehrdad som för Ali, som om Ali inte själv bestämde att han skulle skalla kusinen. Smärtan i pannan fick det att svindla till för ett ögonblick men effekten på Mehrdad blev ännu kraftfullare. Ali hade träffat det ena ögonbrynet som omedelbart slogs upp och blodet började rinna nerför kinden. Ali såg smärtan och förvåningen. Ena halvan av ansiktet blev omedelbart täckt med blod.

Ali följde upp med en vänster, hans bästa vapen, som träffade den andra kinden. Mehrdad vacklade till, försökte hålla balansen men for ner i diket.

Allt skedde på några sekunder. Ali gav Mehrdad en sista blick och sprang sedan med adrenalinet pumpande, upprymd men samtidigt med en känsla av panik som växte sig allt starkare. Det var inte skräcken för Mehrdad, som Ali visste var slagen för stunden, utan vetskapen om att han handlat så våldsamt och instinktivt. Mehrdad skulle aldrig hinna ifatt honom. Inte nu, inte idag, men det skulle komma andra dagar.

Han svängde in på gårdsplanen, knappt förmögen att röra benen framåt. Han kände kusinens vrede, såg hans ögon framför sig, men framförallt blodet som forsade över Mehrdads kind.

Det värkte i pannan. Han såg ner på sin högra hand. En bit av skinnet på knogen hade slitits bort av slaget. Det var en bra träff, det kändes långt upp i armen och axeln. Konrad skulle ha uppskattat den. Eller kanske inte ändå, då slaget kom av rädsla, sådant såg tränaren.

Mehrdad var kapabel till vad som helst, det visste Ali. Han hade sett honom i aktion tidigare. Det var något som saknades hos Mehrdad, vreden hade förgiftat honom. Allt han gjorde, gjorde han i ilska, i vanmäktiga konvulsioner av hat och våld. Så hade han alltid varit.

Mehrdad var tre år äldre än Ali. Tidigare hade kusinen varit något av en hjälte, någon att se upp till, men det senaste året hade Ali undvikit honom, men det var som om Mehrdad slog sig fram till alla. Ingen gick oberörd förbi, ingen kom undan.

Nu hade Ali blivit likadan, en som lät våldet tala. »Jag kanske också kan mörda«, tänkte han.

Morfadern nickade till när de återvände till stan. Ali såg på hans avslappnade ansikte och anade att den gångna dagen skulle framstå som den dittills trevligaste under morfaderns tid i Sverige. Han hade skrattat, rört sig mycket ledigare och till och med berättat vitsar på vägen till hållplatsen. Nu var han utmattad och huvudet for fram och tillbaka i takt med bussens rörelser.

Ali tänkte på vad Mitra hade sagt, att Mehrdad var som en vulkan, att han när som helst kunde explodera i ett regn av eld, gnistor och svart sot. Hans pappa Mustafa hade varit en »kamrat«, uppfostrad i ett djupt religiöst hem men under studietiden i Teheran alltmer radikaliserad. Han fördes bort av polisen när Mehrdad just fyllt fem år. Mamman bröt samman, oförmögen att ta hand om sig själv, än mindre om Mehrdad.

– Mustafa blev ett begrepp, hade Mitra förklarat. Han stod för det kloka i vår kamp. När vi andra rusade iväg satt Mustafa kvar. Han log ofta.

Mitra brukade få tårar i ögonen när hon pratade om Mehrdads far. Sedan var han borta och ingenting var sig likt. Gruppen där han och Mitra ingick upplöstes alltmer, några flydde, andra passiviserades eller arresterades. Mitra var en av dem som regimen lyckades fånga in.

– Jag satt med Mehrdads mor. Ni barn sov och vi satt uppe sent på natten och planerade hur vi skulle kunna ta oss ut ur landet. Eller det var mest jag som pratade, försökte hitta på nåt att tro på. När vi inte längre kunde tro på seger för vår sak måste vi kunna tro på flykten. Det var för er skull, sa Mitra och såg på Ali på det där outhärdliga sättet som han aldrig kunde vänja sig vid.

– Dom tog oss, två kvinnor utan män, men med barn.

Här brukade Mitra börja gråta, men inte mer än att hon kunde fortsätta sin berättelse. Det var som om hon var tvungen att upprepa den. Ali hade hört historien många gånger men något var nytt varje gång, någon liten detalj, som Mitra kanske utelämnat eller glömt bort.

Hon var gravid i sjätte månaden när Nahid och hon arresterades. I fängelset i Shiraz fick hon missfall.

– Du skulle ha haft en bror, avslöjade hon den senaste gången hon berättade om inledningen till den långa flykten till Sverige.

– Hur vet du att det var en bror?

– Jag såg efter, sa Mitra, innan han fördes bort. Till och med dom dödfödda tog dom. Jag skulle så gärna ha velat hålla honom några minuter.

Hon berättade aldrig om det var av misshandeln hon förlorade sitt barn. Ali försökte föreställa sig en bror. Hur stort är ett sex månaders foster? Han ville veta men kunde inte förmå sig att fråga.

Efter den dagen hade Ali börjat prata med sin bror, inte högt, men han fyllde på sina tankar, broderade lite grann så att det skulle räcka till en lillebror.

Nahid, Mehrdads mamma, blev djupt deprimerad i fängelset. Mitra och de övriga kvinnorna försökte vårda henne och hennes barn men Nahid försvann alltmer in i vad Mitra trodde skulle utvecklas till en kronisk depression.

Så frigavs de. Helt oväntat fördes de från fängelset och slängdes ut på gatan. Två kvinnor med sina barn.

Hadi hämtade dem. Han fick hjälp av en bekant som hade en lastbil. De for till Hadis hemby, bara för att finna att Hadis syster hade dött några dagar innan.

– Det var som om hela världen var emot oss. Vi skulle ju ha bott hos min faster så länge, men nu ville mina kusiner sälja huset. Få tordes prata med oss, ännu färre vågade hjälpa oss.

Ali hade inte sett till Mehrdad något mer och trodde att han åkt tillbaka till stan efter deras korta möte, men han visste att han för alltid skulle finnas där i bakgrunden.

KAPITEL 18

Hon la korten i ordning. De första var från BB. Sebastian var en kraftfull baby. Nästan fem kilo och fjällig över hela kroppen. Han tog bröstet bra, aldrig att han vägrade och hon hade alltid gott om mjölk.

Sedan följde en hel radda foton från hans första två år, därefter ett uppehåll innan hon skaffade en egen kamera. Karl-Gunnar hade stuckit och tagit så gott som allt med sig, även kameran. Lisbet tyckte nästan att Sebastian såg gladare ut på de kort hon tagit själv.

Första egentliga semestern fanns representerad med två foton. Mormor var med på det ena. Lisbet suckade. Det var som om saknaden efter sonen växte sig allt starkare för var minut som gick. Hon erinrade sig hans röst, hans skratt och de varma händerna. Själv frös hon alltid. Han var så varm.

Hon bläddrade vidare, la ut bilderna som om det vore en patiens. Tonårstiden. Det var den svåraste. När han började åttan var det kaos, prat med psykolog och lärare.

Sebastian var självmedveten, visste vad han ville. Det var inte ofta han gav efter. Efteråt hade hon beundrat Sebastian för hans viljestyrka, men då var det ett elände med alla konflikter och dörrar som slogs igen med skarpa smällar.

De sista korten var från i julas. Han hade fått en enda julklapp. Det hade tagit henne ett halvt år att spara ihop till ljudanläggningen. Han hade visserligen en, men den var för dålig, sa han. Det var Johannes som tipsade om vilket märke det skulle vara och han hade också hjälpt till att köpa den och bära hem den. Hemlighetsmakeriet hade varit så glädjefyllt. I en hel månad hade hon full av förväntan längtat efter julaftonen, nästan så att hon önskade att det skulle dröja ytterligare några veckor.

Hans min var obetalbar. »Morsan«, var det enda han fick fram, sedan hade han tårögt kramat henne. Sebastian kunde kramas.

Nu föll hennes tårar över bilder på en ung människa vars liv släckts. Hon kunde inte förstå. Hon stirrade på hans ansikte. Han levde ju alldeles nyligen. Han hade så många planer.

I ett ögonblick av klarsyn undrade hon varför hon plågade sig själv med denna fotoparad, men hon visste varför. Det var smärtan och sorgen som skulle bära henne hem.

Hon hörde nyckeln i ytterdörren och rafsade snabbt ihop korten, med en första reaktion av skam som snabbt fick vika för ilskan.

Han stod i köksdörren.

– Vad gör du? Tittar på kort?

Hans röst var mjuk och han gick fram till bordet, tog upp ett foto och såg på det, la tillbaka det utan att säga något. Så la han sin hand på hennes axel. »Det är ingen idé«, tänkte hon.

– Det var en fin pojk, sa han, och tog bort handen. Lisbet kände det som om kroppen stelnat. Hon förmådde inte röra sig, säga något eller ens flytta blicken.

– Jag sätter på lite kaffe, sa han.

– Du, sa hon plötsligt, jag tror inte vi kan fortsätta.

Mannen sa ingenting utan hällde vatten i bryggaren, tog fram ett filter och fyllde på kaffe. Först därefter vände han sig om och såg på henne.

– Jag förstår att du är ledsen och jag hatar att säga det, det låter så platt, men du måste orka vidare. Jag vill inte tränga mej på, men jag finns här.

Lisbet skakade på huvudet. Hon visste vad han skulle säga.

– Låt mej hjälpa dej, sa han och hon var rädd för att han skulle röra henne igen.

– Jag vill inte att du sover här, sa hon.

– OK, jag förstår, sa han. Du vill vara ifred och tänka på Seb i lugn och ro.

– Sebastian, sa hon tyst.

Han vände sig mot kaffebryggaren och hans axlar spändes när han lutade båda händerna mot köksbänken. Det var alldeles tyst förutom bryggarens astmatiska väsande. Det hade blivit så tyst, tyckte hon. Till och med koltrasten i den gamla linden på gården hade upphört med sin kvittrande sång. Grannarna en trappa ner, som brukade spela musik långt in på nätterna, tycktes ha flyttat.

– Kan du förstå att jag är orolig?

Han vände sig hastigt om.

– Jag älskar dej, sa han med en intensitet som fick henne att backa. Det var första gången han sa det i dagsljus, annars brukade han bara mumla de tre orden i mörkret när de älskade, och han såg närmast generad ut över sitt utbrott.

– Jag vet, viskade hon, men visste ingenting.

– Jag kan vänta, det vet du, sa han. Vi kanske kan åka nånstans i sommar. Ta en charter till värmen. Bara du och jag.

Hon ryckte till inför orden. »Jag vill inte«, tänkte hon. »Sebastian och jag ska resa. Ingen annan vill jag ha med mig.«

– Ska vi ta en kopp?

Hon nickade. Helst skulle hon vilja säga åt honom att lämna tillbaka nyckeln till lägenheten och gå för att aldrig mer återkomma. På ett sätt tyckte hon om honom. Han kunde vara riktigt trevlig och avspänd. Sebastian hade aldrig tyckt om honom, men hon hade försvarat Jöns.

– Han har en sån jävla dialekt, hade Sebastian sagt, efter att Jöns och han träffats första gången. Det hade han återkommit till flera gånger medan Lisbet invänt att sin dialekt kunde man inte rå för. Själv pratade hon halländska.

– Men det är vackert, hade Sebastian sagt och skrattat.

Han skrattade så härligt. Sedan han fick den där tanden ordnad så lyste det om hans leende. Hon ville ta fram fotona igen, se på honom, men Jöns hade skjutit ihop dem och dukat för kaffe.

– Jag köpte några bullar, sa han, öppnade en påse från Landings och ordnade fyra kringlor på ett fat. Lisbet stirrade på dem.

– Pärlsocker, sa hon tyst och föll i gråt.

Han gjorde en ansats att resa sig men sjönk tillbaka på stolen när han såg hennes blick.

– Jag vet att du vill vara snäll men jag orkar inte mer. Jag vill ... jag vill inte att du har nyckel hit.

Han stirrade på henne som om hon spottat honom i ansiktet.

– Jag menar, just nu vill jag att ingen kommer.

– Är det slut, sa han hest.

Då hon inte svarade sköt han in koppen så att kaffet skvalpade över på fatet, tog upp nyckelknippan ur fickan, hakade av en nyckel och slängde den på bordet, alltmedan han stirrade på henne som för att tvinga henne att lyfta blicken.

– Jag är inte bara nån som råkar ha en nyckel, sa han, jag är den man som du är tillsammans med. Betyder det ingenting?

Han höjde rösten och Lisbet bet ihop käkarna och försökte med ren och tyst viljekraft få honom att försvinna.

Han reste sig sakta som för att ge henne en möjlighet att ångra sitt beslut, förmå henne att säga något, men hon satt som förstummad.

– Jag förstår att du är helt slut, sa han med en lugnare röst. Jag kommer att hjälpa dej om du vill, det vet du. Jag går nu, men vi hörs av i kväll eller kanske i morron. OK?

Hon nickade.

– Jag älskar dej, viskade han.

KAPITEL 19

Söndag 11 maj, kl. 16.10

Tre vittnen hade sett Marcus Ålander på Västra Ågatan. Tre unga män, arton, tjugotre och tjugofyra år gamla. Ola Haver samlade deras utsagor i en prydlig liten hög. Några A4-ark som sköt Marcus Ålanders historieskrivning i sank.

Beatrice Andersson drack te. En svag citrondoft spred sig i rummet. Haver iakttog i smyg sin kollega. Han anade vad hon tänkte på. Hon hade nämnt något som Sebastian Holmbergs mamma talat om, hur Sebastian levde för andra. Gång på gång hade mamman återkommit till detta, utan att förklara vad hon egentligen menat. Bea hade frågat men inte fått något svar. Däremot hade hon förstått att förhållandet mellan mor och son aldrig hade varit speciellt innerligt. Det var sällan Sebastian anförtrott sig till sin mor.

Så hade något skett under den senaste hösten och vintern. Han dröjde sig kvar hemma lite längre på kvällarna, när han tidigare störtat iväg så fort han någonsin kunnat. Vid ett par tillfällen hade de gått ner på Pub 19 och tagit en öl, pratat som aldrig förr och sedan tillsammans vandrat hemåt.

– Plötsligt såg han mej, hade mamman sagt till Ola och Bea, inte som en tjatig morsa, utan som en jämlike.

Bea hade fällt någon kommentar om mamman och hennes förhållande till Sebastian, utan att fullfölja sitt resonemang, men Ola förstod att mammans berättelse hade berört Bea. Nu stod hon mitt i rummet med tekoppen i handen och förde den sakta till munnen med regelbundna rörelser, tog en klunk, eftertänksam med blicken någonstans där Ola inte kunde fånga den.

De hade genomfört förhören med de tre vittnena som sett Marcus. Bilden var densamma. Vittnesmålen pekade i en riktning. Någon konfrontation hade inte genomförts, men två av vittnena hade utan större tvekan pekat ut Marcus i det fotoalbum som teknikerna iordningställt. Det tredje vittnet hade tvekat mellan två foton, varav det ena föreställde Marcus.

Samstämmigt hade de beskrivit händelseförloppet. Sebastian hade slagits till marken, rest sig och sprungit i riktning mot Drottninggatan. Marcus Ålander hade under några sekunder stått kvar, skrikit något efter den flyende och sedan tagit upp jakten.

Ola och Bea hade tillsammans värderat vittnesmålen och kommit fram till att de föreföll trovärdiga. Tre personer som uppgav sig ha varit nyktra, eller nästan nyktra, hade oberoende av varandra uppgivit ett så gott som identiskt händelseförlopp. Marcus Ålander hade förföljt Sebastian Holmberg över Västra Ågatan och sprungit upp på Drottninggatan. Ett av vittnena hade sett Marcus runda gathörnet men ingen av de tre hade följt efter för att se hur det hela utvecklades.

– Det händer så mycket på stan, hade ett av vittnena sagt, man kan inte kolla in alla bråk.

Bea ställde ifrån sig tekoppen och såg på Haver. Det tankfulla dröjde kvar i hennes drag och rörelser, men Haver såg att hon försökte återföra sig själv till nuet.

– Att Marcus nekar till att han sprungit efter Sebastian verkar ju löjligt, sa hon mot bättre vetande. De visste båda att det inte fanns någon logik i en misstänkts utsagor. Många kunde trassla in sig i motsägelsefulla resonemang men ändå hävda sina ståndpunkter med stor frenesi.

– Det kommer nog, sa Haver. Han fattar ju att vi vet.

– Har han inte fått duscha?

– Det har han säkert, men du vet hur det är, sa Haver. Dom blir nervösa och börjar lukta.

– Även om han erkänner att han sprang efter Sebastian så räcker det inte, sa Beatrice.

Haver höll hummande med.

– Inte ens om blodet på jackan stämmer, fortsatte Bea. Han har ju erkänt att han slog till Sebastian, men så länge vi inte kan binda honom till bokhandeln …

– … är det inte ställt utom varje tvivel, fyllde Haver i.

De resonerade fram och tillbaka, vände och vred på händelserna under de ödesdigra minuterna längs ån. Det var självklarheter de uttalade, inte ämnade att övertyga den andre om någonting, utan mer för att få igång pratet och skapa bilder i deras inre.

Bea återvände till tekoppen, drack ur det sista med en snabb rörelse och gjorde en grimas.

– Idag skulle vi ha åkt till Stockholm, sa hon. Vi brukar ta en vårdag, strosa runt och äta lite gott.

»Vad skulle Rebecka och jag ha gjort?« tänkte Haver. Kvällen innan hade gått i tystnadens tecken. De hade somnat med ryggarna mot varandra och vaknat med en mental baksmälla som fick dem att fly åt varsitt håll. Ola hade kastat i sig en bristfällig frukost, ropat ett kort hej och lämnat lägenheten med blandade känslor av skuld och lättnad.

Tanken på hans och Rebeckas förhållande sved som en själslig halsbränna när Bea med en längtansfull röst beskrev vad hon och Patrik skulle ha kunnat göra om inte Uppsala drabbats av mord och vandalisering.

Ola betraktade kollegan med ett annat intresse än tidigare, som om hennes vardagliga, men också oväntat varma, röst skulle ge vägledning om hur han kunde reparera sitt eget kollapsade förhållande.

Bea tystnade och såg på Ola Haver.

– Så var det med det, sa hon och log, men nu är jag här, full av energi och goda idéer.

Hon ställde ner koppen med en smäll på ett arkivskåp och försökte se kavat ut med en min som påminde Haver om en scen ur en fyrtiotalsfilm.

Bea kom på att hon glömt fråga Haver om han lyckats spåra den chaufför som enligt Marcus plockat upp honom på Islandsbron.

– Fick du tag i taxikillen?

– Det var inga problem, jag ringde runt till dom olika bolagen och fick napp nästan direkt. Det var en trevlig kille, han heter Martin Nilsson och mindes Marcus mycket väl. Han hade tagit hem honom på fika och sen hade dom mycket riktigt åkt ner på stan, så där stämmer Marcus berättelse.

– Hur var Marcus?

– Tyst, enligt Martin Nilsson, lite förvirrad. Han såg ut som en självmordskandidat. Det var därför han stannade.

– Och bjöd hem Marcus?

– Jag vet inte, han tyckte väl att han såg deppig ut och chaffisen brukade ta en fika på morronen, så då fick Marcus hänga med. Han kanske bara var sällskapssjuk. Efter att vi hade pratat ringde han upp igen. Han kom på att Marcus först hade presenterat sej som Sebastian, men ändrat sej direkt.

Bea höjde på ögonbrynen.

– Va, sa hon, kallade han sej Sebastian? Det må jag säga.

– Lite knepigt är det, sa Haver, jag vet inte hur man ska tolka det. En sak till, fortsatte han, Marcus hade ringt till Martin Nilssons dotter på kvällen. Det måste ha varit strax innan vi tog in honom.

– Varför det?

– Enligt dottern bara för att prata. Han tog inga initiativ till att dom skulle träffas eller så. Dom pratade en kvart, tjugo minuter. Han hade låtit ledsen men inte alldeles knäckt.

– Vad hade dom pratat om?

– Mordet, sa Haver, eller snarare att Marcus hade dåligt samvete för att han varit en hyena, att han hängt med ner till stan och kikat. Så hade dom snackat om foto, som intresserar dom båda.

– Märklig grabb, sa Bea. Var det han som föreslog att dom skulle åka ner på stan?

– Nej, enligt taxichauffören var det dottern som kläckte idén, sa Haver. Han skämdes, det hördes och han kunde inte förklara varför han gått med på att åka ner mer än att han inte ville göra dottern besviken.

– Besviken, upprepade Bea.

– Du vet hur folk är.

Beatrice slog sig ner i Havers besöksstol.

– Tortyr, sa hon, ska vi ta till tortyr?

– Hur menar du?

– Nej, det var bara en tanke. Jag tänkte på lidandet.

Hon tvekade om hur hon skulle fortsätta.

– Jag tänkte på Sebastians mamma som förlorat sitt enda barn. Om vi skulle låta henne bestämma vad som ska hända?

Haver kände sig trött och kanske också lite ohågad. Det här hade de pratat om tidigare utan att komma vidare.

– Jag vet inte, sa han, fast han visste mycket väl.

»Fokus«, tänkte han. »Vi måste fokusera«, upprepade han tyst för sig själv som ett mantra, ovillig att dras med i Beatrices eftertänksamma utflykter om skuld och rätt, ovillig att släppa livet utanför polishuset så nära inpå sig. Det var inte Sebastians mamma han såg om han lämnade de strikt yrkesmässiga resonemangen, det var Rebecka.

I Beatrices resonemang fanns något som låg bortom den direkta utredningen, ett Ottossonskt försök till filosoferande som alltmer framstod som ett hinder i deras arbete.

– Vi har inte riktigt den tiden, sa han.

Beatrice såg på honom som om han spottat på henne.

– Tiden, fräste hon.

– Du fattar vad jag menar.

– Ja, alltför väl, sa Beatrice.

»Varför ska du hålla på så här?« tänkte han förbittrat. Det kändes som ett gräl med Rebecka, lika destruktivt och tröttande.

– Du vet lika väl som jag att vi inte kan och faktiskt inte har tid att grubbla för mycket. Varje sekund, varje dag, måste vi hålla skiten ifrån oss. Vi kan ju inte omvandla hela huset till en diskussionsklubb om moral och samhälle. Det kanske går bra på nån kurs eller i en teve-panel, men vi har ett väldigt konkret mord att lösa. Visst är det synd om alla som drabbas, men vi måste ha styrkan att lägga det åt sidan.

Haver hade under sitt tal rest sig från stolen, men sjönk sedan tillbaka som om all energi plötsligt tog slut.

– Annars går vi under, la han till. Han tog upp en penna, men slängde den lika hastigt tillbaka in bland pappren som tornade upp sig på skrivbordet.

Beatrice betraktade honom.

– Vi har gått under, sa hon.

Ola erinrade sig något Rebecka hade sagt en kväll, något om den förtvivlan som tycktes råda på hennes jobb, som om en smygande gas gradvis förändrade allas tankar. De föll inte samman i kramper och dog direkt, men de upplöstes gradvis, desperat försvarande livet, väl medvetna om att gasen skulle om inte döda, så förvrida dem alla till oigenkännlighet och omänsklighet, ett ovärdigt icke-liv.

Han hade inte fullt ut förstått vad hon menat men han försökte föreställa sig den där gasen, hur den luktade och verkade.

– Jag förstår vad du menar men orkar inte, sa han. Det är som om gasen tagit mej också.

– Gasen?

Haver log i ett försök att släta över sitt uttalande.

– Det var Rebecka som pratade om en osynlig gas som ... ja, det är en lång historia, en slags bild av hur vi lever, eller hur vi pressas att leva.

– Det var djupt, sa Beatrice och ansträngde sig för att prestera ett leende.

Haver förstod att hon försökte hjälpa honom att ta sig ur resone-manget.

– Det är lite bökigt just nu, sa han.

– Jag har förstått det, sa Beatrice. Ursäkta att jag »dorgade på«, som Otto säger.

Haver reste sig och ställde sig vid fönstret med ryggen åt kollegan.

– Det fixar sej, sa han efter en stund.

KAPITEL 20

Måndag 12 maj, kl. 04.58

Det värkte fortfarande. Det var bara med stor svårighet han förmådde resa sig. Han svor till när en av käpparna gled ner på golvet. »De där slaktarna«, tänkte han.

Gustav Erikssons fru hade förutspått att det skulle sluta på det här sättet men fick ändå fel och det gladde den gamle åkaren. I årtionden hade hon tjatat om hans rygg men det var höfterna som tog slut först.

Gustav lyckades fiska upp käppen och tog några försiktiga steg. Hans fru sov tungt. Han kunde skymta henne likt en oformlig skugga i sängen som stod vid den motsatta väggen. Han hörde inte längre hennes djupa andetag men han visste att hon fanns där, ovetande om hans nattliga plågor. Han stapplade ut i köket. Köksklockans tickande och att den slog fem flämtande slag hörde han heller inte, men han såg sekundvisaren envist förflytta sig framåt. Den behövde inga käppar.

Han var både glad och förbittrad över att hon sov. Om hon vaknade skulle hon, full av oro, stötta honom till toaletten, föreslå att han tog en värktablett eller fråga om hon skulle hämta ett glas vatten. Nu sov hon och han slapp hennes omsorger, och kanske var det lika bra. Det var som om han inte längre kunde fördra hennes omtanke, samtidigt som en känsla av övergivenhet kom över honom under de långa vaknätterna.

Han hasade sig försiktigt ut till toaletten men ställde sig inte vid toalettstolen utan kissade i badkaret, som vanligt en löjligt liten skvätt. Han hakade ner duschhandtaget och spolade rent. Den skarpa urindoften äcklade honom, liksom åsynen av de magra, bleka benen.

– Det ska fan bli gammal, muttrade han.

Efter att ha hissat upp pyjamasbyxorna stapplade han tillbaka in i köket. Köksfönstret låg mot öster och golvets linoleummatta lyste brandgul i morgonljuset. Han såg ner på de knotiga tårna, lät dem värmas, innan han ställde sig vid fönstret, obeslutsam om han skulle brygga kaffe eller återvända till sängen. I schersminbusken utanför fönstret var fåglarna redan ivrigt igång. Det som grämde honom mest var att han inte kunde hämta in morgontidningen. Säkert hade någon bekant dött eller en trafikolycka inträffat. Det fanns alltid något i blaskan som kunde få värken att mildras.

Explosionen fick sparvarna att lyfta. Gustav Eriksson mer kände än hörde hur huset mitt över gatan tycktes lyfta några centimeter för att sedan sjunka samman. Eldkvastarna sköt som svetslågor ur de urblåsta fönsterhålen. Förstummad såg han hur glaset yrde över granntomten och for som ett glittrande regn över gräsmattan och den grusade uppfarten. En gardin fattade eld och fladdrade till under några sekunder.

– Ragni, skrek han för att väcka sin fru, men det behövdes inte. Hon hade vaknat av den kraftiga smällen och stod redan yrvaken i köksdörren.

– Är det pannan?

Gustav njöt på något sätt av situationen. Äntligen hände det något och han satt på första parkett.

– Nej, du, sa han, det är fyrverkeri hos svartingarna.

Plötsligt kom han att tänka på att deras eget hus kanske var hotat. Elden spred sig snabbt över grannhusets väggar och gnistregnet for som en jättelik svärm av eldflugor mellan äppelträden och över det gamla vedskjulet.

– Ring efter brandkåren, skrek han.

Ragni Eriksson sprang fram till fönstret, såg ut över skådespelet och återvände lika fort till hallen.

Lågorna slickade husets gavelspets, mörkfärgade den i ett ögonblick för att sedan få fäste och ivrigt löpa över den gistna träpanelen. »Övertänd«, tänkte Gustav, förfärad och fascinerad över det snabba förloppet.

Ragni återvände till köksfönstret.

– Det var fan, sa Gustav.

– Agnes, utbrast Ragni och störtade tillbaka till telefonen.

– Du måste flytta på bilen, ropade Gustav efter henne, det blir en massa sot och skit. Inte ens bilen förmådde han flytta, tänkte han förbittrat. Nu var det Ragni som ersatt honom som chaufför. Han som hade mer än femtio år bakom ratten. Ibland brukade han roa sig med att försöka räkna ut hur många lass han kört, hur många gånger han tutat och föreställa sig hur hög traven med livets alla följesedlar och lappar från vågen skulle bli. Det var meningslösa uträkningar som inte intresserade någon, men Gustav ville ha mått. Det räckte inte med år. Vissa år hade han haft två tusen timmar på LBC, han var nästan alltid i topp. Nu kunde han inte ens flytta sin egen bil utan var beroende av Ragni, som han ansåg körde lika uruselt som alla kvinnor gjorde.

Agnes Falkenhjelm var utbildad skridskoprinsessa. Det var i alla fall vad hon skämtsamt brukade svara när hon fick frågan om sin bakgrund. Faktum var att hon i de tidiga tonåren betraktats som ett av landets främsta löften på isen. Hon erövrade tre JSM-guld och deltog även i internationella tävlingar. Hennes tränare, en vitryss, hade goda kontakter i Europa och fick in henne på skridskoskolan i Budapest. Där blev hon gravid, sjutton år gammal. Så slutade hennes karriär. Hon valde att föda barnet, trots påtryckningar från skolan, tränaren Konstantin och föräldrar. Fadern till barnet var även han skridskoåkare och kom sedermera att ta VM-guld. Agnes kunde se honom på teve och tyckte att det var ett lagom avstånd. Hon saknade honom inte. Han hade för dålig andedräkt, brukade hon skämta när folk frågade om Jespers pappa.

Nu var hon tjugo kilo tyngre men åkte fortfarande skridskor, mest vid Fjällnora och ute vid kusten, där hon och hennes man hade en stuga.

Hon steg ur taxibilen och efter att ha tagit några stapplande steg mot det halvt nerbrunna huset sjönk hon ihop på gatan. De nyfikna sträckte på halsarna. Det var som en teaterscen med ständigt nya aktörer. Där fanns redan brandförsvaret och polisen och nu gjorde denna kvinna en storslaget dramatisk entré.

Kriminalassistent Lundin, tätt följd av Kristiansson, teknikern, störtade fram. Agnes Falkenhjelm var vid medvetande men förmådde inte svara när Lundin frågade hur det gick, utan såg på honom med oförstående ögon och med en chockartad skräck ristad i det fylliga ansiktet.

Teknikern hjälpte henne upp. Lundin ställde frågor men fick inga svar.

– Vi tar henne till ambulansen, fräste teknikern, hugg i nu.

Lundin tog ett tveksamt tag i kvinnans arm och gemensamt ledde de henne mot ambulansen men hejdades av en gammal kvinnas rop.

– Ta in henne till mej, sa kvinnan.

Hon gick fram till Agnes.

– Kära hjärtanes, viskade hon, skuffade undan Lundin och övertog hans plats, och satte kurs på villan mitt emot brandplatsen.

– Jävla gamar, sa Lundin och stirrade ilsket på hopen av nyfikna bakom de fladdrande avspärrningsbanden.

Rättsläkaren Lyksell var en känslig person. Det visste Ryde sedan tidigare, men han förvånades ändå över läkarens starka reaktion.

Alla såg på läkaren. Ett gäng tekniker i sina blå overaller, en handfull kriminalpoliser och Munke, yttre befäl från ordningen, som oväntat nog hade dykt upp.

August Lyksell återtog snabbt sin roll som betraktare och bedömare, men för någon sekund hade han fallit ur sin professionella roll. Eskil Ryde gick intill honom.

– August, jag vet, sa han tyst. Jag hatar det lika mycket.

De såg på varandra och sedan på de tre svarta kropparna. Armarna på en av dem var helt förbrända, bara ett par stumpar återstod. På en annan av kropparna satt otroligt nog ett stycke kött kvar på huvudet, en bit svål, med några av värme hopkrullade hårstrån som skonats av lågorna.

– Det har gått snabbt, sa Ryde.

– Vi får hoppas att rökgaserna tog dom, sa Lyksell.

– Vad vet man, sa Ryde.

Han gick ner på huk, studerade vad han trodde var ett manslik.

– En rätt så kort kille, sa han. Det andra är en kvinna, va?

– Troligen, sa läkaren.

– Och deras barn, konstaterade Ryde.

Barnkroppen var dryga metern lång och låg mellan de vuxna kropparna.

– Jag tror det är mordbrand, fortsatte teknikern.

– Fyra lik på två dagar, sa Lyksell.

– Brand är det värsta, sa Ryde, som visste att tekniska skulle få tillbringa minst ett par dagar med att gräva i resterna. Det var tungt, skitigt och deprimerande. Det var egentligen bara Fälth som tyckte det var spännande och han var sjukskriven.

En av fotograferna från tekniska klev försiktigt runt med en kamera. En annan videofilmade. Det var tyst över brandplatsen. Ryde hade upplevt det förut, hur alla sänkte sina röster, rörde sig långsammare, som om de inte ville störa de döda.

Krim hade inte mycket att göra på plats. Sammy Nilsson hade organiserat dörrknackning i de få bostadshus som fanns i närheten. Beatrice Andersson, Lundin, Fredriksson, Berglund och aspiranten dröjde sig kvar. De drack kaffe på stående fot. Fredriksson hade tagit med termos och muggar.

De sa inte mycket utan betraktade de svarta stockarna, flagorna som for i luften och resterna av huset som mest liknade ett svart sår. En förvriden takplåt vibrerade lätt i vinden. En tygtrasa hade fastnat i ett av äppelträden. Ett par brandmän stod och resonerade, den ene pekade, den andre såg uppmärksamt på sin kollega och nickade sedan.

»Teorier«, tänkte Berglund, »alla har vi idéer om hur och varför.« Också de nyfikna som samlats en bit bort. Liksom poliserna stod de bara rakt upp och ner och stirrade, lockade av det skrämmande och hemska, ovilliga att gå vidare, som om de trodde sig kunna få svar på sina frågor bara genom att stå där.

Berglund visste att brottsplatser gav upphov till så många funderingar och då inte bara kring det uppenbara brottet, utan också kring betraktarens egen situation. »Det kunde ha varit mitt hus, tänk om min familj skulle brinna inne?« funderade de nyfikna och tackade sin lyckliga stjärna att inte de själva drabbats.

– Kan det vara samma typ som tände på i fredags natt i Svartbäcken? undrade Beatrice utan att vända sig till någon speciell.

– Det är väl troligt, sa Lundin, nån som har kommit loss ordentligt.

– Vad var det för hus? sa aspiranten.

– Det är kommunens, sa Lundin. Det är ett slags dagcenter för invandrare, vad jag förstår, där dom kan träffa andra, få hjälp med blanketter, att söka jobb och så där.

– Kan det vara rasister? undrade aspiranten.

Berglund gav honom ett ögonkast. Ingen svarade på frågan.

– Ett skinnskallegäng som är förbannade på att kommunen slänger ut pengar på blattarna, fortsatte han.

»Undrar hur gammal han är?« tänkte Berglund.

– Det är väl inte omöjligt, sa han, och drack upp den sista skvätten kaffe. Ska vi röra på påkarna?

– Det är tre innebrända, sa Beatrice Andersson. Vet vi nånting om vilka dom kan tänkas vara?

– Nix, men kvinnan som vi ledde in i huset, sa Lundin och nickade mot Erikssons hus, vet kanske. Hon jobbar här. Sammy pratar med henne. Jag tror jag också går dit.

– Vi drar väl, sa Beatrice.

– Det säger vi, avgjorde Berglund, som var ålderman i sällskapet.

Dogan paketerade penséerna i en låda, gula och blå, tolv av varje färg.

– Svenska flaggan, sa han och log mot kvinnan.

Hon log tillbaka.

– Tungt, sa han sedan.

– Nej, jag har bärare med mej, sa hon och pekade på en man ett tiotal meter bort.

Han tog betalt och kvinnan vinkade till sig mannen. »Varför är svenska män motståndare till blommor?« tänkte Dogan. »De står alltid en bit bort, till synes ointresserade.«

Han hade redan spanat in nästa kund, men något bland lobeliorna fick honom att reagera. Det lyste vitt i det blå. Han trodde först att det var en följesedel som han lagt där men såg sedan att det inte liknade Grossistens blekrosa kuvert. Han tog upp det och läste: »Till alla svartingar«.

Han beredde sig på den gamla vanliga visan, några okvädingsord om att han borde åka hem till Afrika, fast denna gång i skriftlig form. Han suckade och slet upp det omsorgsfullt förseglade kuvertet och såg samtidigt hur den potentiella kunden gick vidare och saktade in vid Abdullahs.

»Kom inte hit och förstör vår stad. Det var lugnt innan ni kom. Nästa gång brinner det ordentligt i gettot.«

Ingen underskrift. Dogan kom på sig med att räkna orden. Tjugo stycken. Han förstod dem alla. Brevet var handskrivet.

Han såg mot Abdullahs. Kunden hade köpt några tagetes. »Det var inte så mycket att missa«, tänkte Dogan. Han gick över till sin kollega och räckte honom brevet.

– Vad tror du? sa han på arabiska, ett språk som inte var hans modersmål men som han behärskade.

Abdullah kikade på brevet men skakade omedelbart på huvudet.

– Vad står det? Jag kan inte läsa den stilen, sa han.

Dogan läste högt. Omar, som kallades för »mullan«, hade anslutit sig till de två blomsterhandlarna.

– Vad menas? sa Abdullah. Har du fått det?

Dogan förklarade hur det kommit i hans händer.

– Nån rasistidiot antar jag, sa han, men vad menar han med att det ska brinna?

– Jag hörde i morse, sa mulla Omar, ett hus har brunnit, ni vet det där invandrarcentret.

– Där dom har skinksmörgåsar? flinade Abdullah.

Mulla Omar nickade.

– Tre stycken dog, ett barn också, sa han.

Abdullahs flin stelnade.

– Du måste gå till polisen, sa han till kurden.

Dogan vek ihop pappret och stoppade tillbaka det i kuvertet.

– Ta det du, sa han och gav brevet till Abdullah. Jag har så svårt med poliser, du vet.

Araben nickade. Han kände Dogans historia.

De samlades informellt i det lilla biblioteket ovanför cafeterian. Lundin hade just redogjort för vad de fått ut av den chockade Agnes Falkenhjelm. Hon arbetade sedan ett år tillbaka på invandrarmottagningen. Hennes uppgift var att bistå invandrare, de som hade uppehållstillstånd men även asylsökande, med råd och dåd. Det kunde röra sig om att få hjälp att kontakta myndigheter, fylla i blanketter och söka jobb. Det hela var en försöksverksamhet som efter en trög inledning hade slagit väl ut. Mottagningen hade i genomsnitt trettiofem besök om dagen.

Det bedrevs också en del aktiviteter utöver de av kommunen beslutade. En teatergrupp hade bildats av ett gäng somaliska flyktingar och en kvinnogrupp hade utkristalliserats efter ett diskussionsmöte om invandrarkvinnornas situation.

Agnes Falkenhjelm var eldsjälen. Hon tillbringade mycket tid i huset, mer än vad hon fick betalt för. Till hennes hjälp fanns en socialarbetare och en yngre man som var där med stöd av arbetsmarknadspolitiska åtgärder. Han skötte fastigheten och det lilla fiket.

Det var den yttre bilden. Vad som inte var officiellt var Agnes Falkenhjelms verksamhet som flyktinggömmare. Hon medgav i samtalet med Sammy Nilsson och Lundin att hon fungerat som gömmare i några års tid. Hon hade haft några utvisningshotade västafrikaner boende i sin bostad i Åkerlänna. En av dem hade sedermera fått uppehållstillstånd medan den andre gripits och utvisats till ett okänt öde.

De tre innebrända kom från Bangladesh. Tanken var att de skulle gömmas i avvaktan på att deras överklagande prövades. Nya fakta hade tagits fram av familjens advokat. Lundin nämnde hans namn och flera kände till honom. Riis suckade medan Sammy Nilsson log, kanske mest åt kollegan.

Agnes hade kvällen innan installerat familjen på mottagningen och iordningställt ett provisoriskt nattläger. Dagen därpå skulle de transporteras vidare till en familj i norra Uppland. Nu var de döda.

– Vad var det för människor? undrade Ottosson.

Han såg trött ut och hade för Ann Lindell klagat på att han hade svårt att hänga med i svängarna. Det gamla vanliga buset, tjuvarna, misshandlarna och mördarna, kunde han förhålla sig till, han kände igen mekanismerna. Men nu upplevde han det som om han stod främmande inför de nya namnen och språken. Han kunde inte läsa beteendena längre, hade han sagt och sett på Lindell med en blick som om hon skulle kunna upplysa honom om hur Sverige såg ut. Lindell visste att rotelchefen i grunden tyckte om folk. Han kunde förvåna omgivningen med sina utläggningar om förmildrande drag även hos den mest förhärdade brottsling och Lindell var övertygad om att Ottosson försökte förstå »de nya svenskarna« som han kallade invandrarna, men att hans bristande erfarenhet gjorde det svårt. Han blev rådvill, men för den skull inte cynisk och fördomsfull som en del andra kolleger, utan snarare förvirrad. Ann Lindell tyckte synd om sin chef. Han ville så väl, ville förstå så mycket, men här gick han bet.

– Mannen i familjen hade varit fackligt aktiv i sitt hemland och det var tydligen inte populärt, sa Lundin. Han blev fängslad och misshandlad, flydde i samband med ett fängelseuppror i Dacca och lyckades sen ta sej ut ur landet. Via Malaysia kom han till Europa och Sverige. Familjen kom några månader senare.

Lundin tystnade.

– Dacca, sa Ottosson.

– Vad jobbade han med? undrade Sammy Nilsson, som var ledamot i det lokala polisfackets styrelse.

– Han var stuvare, sa Lundin, som förvånansvärt nog tycktes ha svar på alla frågor. Han lastade båtar, la han till när han såg Lindells frågande min.

– Stuvare, upprepade Ottosson som en papegoja.

– Vi har en kille som bär ombord Bangladeshs rikedomar på en båt, vad det nu är, han är missnöjd med lönen, åker i kurran, flyr och kommer till tryggheten i Sverige, där han dör. För säkerhets skull tar man livet av hans fru och barn också, sa Sammy Nilsson.

– Vad då tar livet av? sa Ola Haver. Menar du att stuveribolaget i Dacca skickar hit en torped för att bränna upp en obekväm medarbetare?

Haver visste mycket väl att Sammy Nilsson inte för ett ögonblick trodde att det hade gått till på det sättet, men Haver retade upp sig på kollegans lättvindiga ton.

– Nu var frun minst lika mycket i hetluften, återtog Lundin, och Sammy gjorde en grimas åt den mindre lyckade bilden, men Lundin märkte inget utan fortsatte.

– Hon Falkenhjelm snackade en hel del, hon var ju självklart förvirrad, men tydligen hade kvinnan också dragit på sej lite fiender. Hon organiserade unga tjejer inom industrin. Jag fick inte så stor ordning på det, men …

Lundin tystnade plötsligt, såg nästan hjälplös ut där han stod i centrum för allas uppmärksamhet.

– Textilindustrin, sa han till slut och tystnade definitivt.

– Namn, sa Ottosson. Vi måste få ordning på det här. Vad heter dom omkomna?

Lundin konsulterade sin anteckningsbok.

– Killen heter Mesbahul Hossian och kvinnan Nasrin, barnet Dalil.

– Är det en pojke? OK, Riis tar fram alla uppgifter som finns om deras asylärende. Lundin tar över dörrknackningen, skriv en läslig rapport den här gången, sa Ottosson. Sammy, du fortsätter med Falkenhjelm. Vilket jävla namn för övrigt, är det taget?

– Rasister eller bara en vanlig pyroman, sa Lindell, det är frågan.

– Vi får väl köra den vanliga svängen, sa Ottosson. Tar du det, Berglund? Snacka med Fredriksson som utreder mordbrännaren i Svartbäcken.

– Ann, kommer du in till mej sen. Ring Ryde och Kristiansson först. Det är mordbrand, va?

– Det verkar solklart, sa Sammy.

– Vi kör ett idiotrace idag. Vi får ju inte släppa Drottninggatan. Ola och Bea fortsätter att snacka med, vad hette han? Marcus.

Ottosson tystnade, såg sig omkring. Det var tydligen något mer som han ville få sagt men gruppen kriminalpoliser väntade förgäves.

– Jaja, sa han bara, kommer du in, Ann?

När Ann Lindell steg in hos Ottosson stod han framåtlutad över bordet och bläddrade i en kartbok. Han såg upp och Lindell tyckte sig kunna se ett generat uttryck i hans ansikte.

– Man måste ju orientera sej, sa han och slog igen atlasen.

– Jag vet inte heller var det ligger, sa Lindell och log.

Ottosson slog upp det bastanta verket, som han troligen snappat åt sig på biblioteket, igen och fick fram ett uppslag med Indien och Bangladesh. Han följde med fingret den rödmarkerade gränsen som om han ville läsa in landets utsträckning.

– Det är många platser, sa han. Vilka namn, dom går ju knappt att uttala.

Han var förvirrad, världens alla kartblad trängde sig på. Det fanns många sidor i en atlas och Ottosson kände till väldigt få. Den svenska geografin kunde han, och han brukade reta upp sig på att de unga kollegerna inte kunde placera Arbrå, Sorsele eller Tranemo, men när det kom till länder utanför Norden var han vilse.

Världen störtade in över Ottosons skrivbord och dataskärm medan han mentalt patrullerade buset i centrala stan, där han kände varenda käft, framförallt »de som brukar slinta«, som han uttryckte det. Det fanns inget fördömande i denna fras utan bara ett konstaterande.

– Slå dej ner, sa han och tog själv säte bakom skrivbordet.

»Jaha«, tänkte Lindell, »dags för Ottos lilla prat- och myshörna.« Men hon bedrog sig.

– Finns det ett samband?

Frågan kom blixtsnabbt så fort hon satt sig till rätta i Ottossons besöksstol som var den bekvämaste i hela huset.

– Antingen finns det ett samband mellan pyromandåden i fredags och nattens brand eller mellan mordet och branden i natt, fortsatte Ottosson när Lindell tvekade.

– Eller mellan alla bränder och mordet, sa Lindell.

– Tveksamt, va?

– Långsökt, OK, men om aktionerna i fredags var samordnade, först lite brasa i Svartbäcken för att inga radiobilar skulle rulla i centrum så att man i lugn och ro kunde slå ihjäl Sebastian Holmberg …

– Med glaskrossningen som avledning? avbröt Ottosson. Nej, nej, nån måtta får det vara. Att Sebastian rörde sej på stan just då var väl ett sammanträffande, han fick napp hos bruden på Östra Ågatan, träffade på Marcus av en slump och så retirerade han upp på Drottninggatan, blev ihjälslagen, alternativt jagad av Marcus och tagen av daga av densamme. Vad tror du om honom?

– Jag vet inte. Han ser inte ut som en mördare direkt, men vi har misstagit oss tidigare. Det är nåt sjukt med killen, men det kanske bara är det att han … jag vet inte, mumlade Lindell som avslutning.

– Och så detta med Bangladesh, sa Ottosson, som grädde på moset. Visste mordbrännaren att flyktingarna fanns där, eller ville han bara bränna ner kåken?

Lindell lutade sig bakåt i stolen.

– Varför tyckte du att Ola och Bea skulle fortsätta med Marcus? Skötte jag mej inte?

Lindell hade blicken fäst i sitt knä. Hon ville egentligen inte bry sig och frågan kom oväntat, även för henne själv.

– Inte så, sa Ottosson, och det vet du.

– Har Ola snackat med dej?

– Det har han, men det var inte det som fick mej att låta Bea ta över. Jag vill helt enkelt inte att du ska jobba så mycket operativt.

– Operativt, utbrast Lindell.

Ottosson log men Lindell såg att han inte var road.

– Vad ska jag göra då?

– Övergripande, sa Ottosson, vi har pratat om det tidigare. Du har för lätt att skena iväg och bränner allt och alla i din väg, framförallt dej själv.

Detta var en av få gånger Ottosson ingripit mer direkt i en utredning. Att släppa ett förhör för en utredare var inte brukligt. Började någon nysta i en ände skulle han eller hon fortsätta, det var kutym. Här gällde det också ett mord och ingen ringa misshandel utanför krogen.

Ann Lindell satt tyst, förbluffad men kanske mest förlägen, med en känsla av att ha blivit ertappad.

– Apropå kurs, sa Ottosson. Alfredsson på Rikskrim ringde. Han hade en fundering på KKV.

– För vem?

– Dej, sa Ottosson och log.

– Nej, lägg av, Otto, inte kan jag åka på kurs.

– Alfredsson tyckte ...

– Du vet vad jag tycker om ..., började Lindell.

– Ja, jag vet, han har sina sidor.

– Stora sidor framförallt, sa Lindell syrligt, men ångrade sig omedelbart. Ottosson och Alfredsson hade bildat ett legendariskt par för trettiofem år sedan, bladat runt i centrala stan. Det fanns mängder av historier om parets eskapader.

Edgar Alfredsson var numera så tjock, för att inte säga oformligt fet, att han tvekade att lyfta sig från stolen för att gå på toaletten.

– Du kan tänka på det, sa Ottosson.

– Hur lång är kursen?

– Sex veckor i Stockholm.

Ann Lindell stängde omsorgsfullt dörren till Ottossons rum. Hon kunde inte vara missnöjd. KKV-kursen var ett fall framåt, det förstod hon, och kollegerna skulle gratulera, men åtminstone Sammy Nilsson och kanske även Ola Haver skulle säkert också känna ett visst mått av avund. Kursen var en uppmuntran, ett kliv på en karriärstege som Lindell inte funderat så mycket på. Samtidigt kände hon sig på något oklart sätt undanskuffad. Ottossons prat om att hon borde inrikta sig på en mer samordnande och övergripande funktion i utredningsarbetet kunde tas positivt men också uppfattas som en försiktig kritik, att hon inte fungerade som förhörsledare. Nej, hon hade inte gillat Marcus, men det var väl inte så märkvärdigt? Det hände allt som oftast, och att hon sedan lämnat förhöret efter att så tydligt ha markerat sitt missnöje och ilska, det var väl inte någonting att springa till Ottosson om?

När hon steg in på sitt rum hade hon beslutat sig för att ta rotelchefens synpunkt från den positiva sidan. Hon tänkte inte låta sig påverkas av skitsnack, allra minst från Ola.

Hon slog sig ner bakom skrivbordet, såg ut över rummet. »Min borg«, tänkte hon och log för sig själv, men kände ingen ro. Hon visste att Sammy Nilsson hade fått besök av kvinnan från invandrarmottagningen och funderade på om hon skulle vara med när hon hördes, men slog det ur hågen. »Övergripande funktion«, mumlade hon. Hon borde gå igenom Säks rapport som låg på bordet. De hade reagerat ovanligt snabbt. Lindell hade direkt förstått att de haft mottagningen under uppsikt. Friberg hade antytt att huset varit ett centrum för några suspekta figurer.

– Har ni haft nån anledning att ingripa? hade Ann oskyldigt undrat.

Friberg hade antagit en smått komiskt konspirerande min, som om han inte förstått ett smul av Ann Lindells väl kända syn på Säks verksamhet.

– Nej, inte direkt, sa han kort.

– OK, sa Lindell, men kunde inte förhindra en tung suck.

– Men vi har fått en hel del info, hade Friberg lagt till, när han märkte att hennes intresse svalnat så snabbt.

– Jaha, sa Ann Lindell i en frågande ton, men Friberg hade bara smilat.

Nu låg hans rapport på bordet. Hon borde åtminstone kika i den.

Sammy Nilsson blev inte klok på kvinnan. Hon var kraftfull och uttryckte sig med starkt laddade ord, men med en så behaglig röst att Sammy fann sig själv njuta av samtalet, även om det handlade om mordbrand och stor sorg.

Han hade tagit upp kaffe men Agnes Falkenhjelm drack mineralvatten. Hon hade redan tömt en flaska och öppnade en andra. Sammy iakttog fascinerat de knubbiga händerna med långa naglar och en handfull ringar.

– Jag var ju inte direkt ovan att resa i främmande länder, fortsatte Agnes efter att ha tagit en klunk vatten, jag hade rest med skridskorna och sen som turist.

– Ursäkta, sa Sammy, som trodde sig ha hört fel.

– Jag tävlade i konståkning, sa Agnes. Då var jag ung och lätt. När jag var fjorton kom jag faktiskt fyra under mästerskapet i Bologna. Hade inte öststaterna röstat på varann hade jag hamnat på pallen.

Sammy kunde inte undgå att märka stoltheten i hennes röst och undrade hur hon kunde vara så lugn.

– Tagit medalj, förtydligade hon.

– Jag förstår, sa Sammy med ett leende.

– Men det här var nåt helt annat, återtog Agnes. Armodet som mötte oss var monumentalt. Det första jag såg när vi steg ur minibussen var en kvinna som saknade fötter. Du förstår, fötter, jag var ju konståkerska, det var fötterna som fört mej runt hela världen.

– Varför åkte du dit?

– Nyfikenhet, svarade Agnes direkt. Jag deltog i en grupp ... ja, du vet.

Sammy Nilsson visste inte, men nickade.

– Från början var det ett fackligt initiativ, Industrifacket, men intresset var kanske inte på topp därifrån. Det fanns ju entusiaster men det är en tungfotad rörelse. Vi var några stycken som ville ha snabb aktion, så vi bildade en fristående grupp. Men vi har stor nytta av facket, det måste jag säga. Dom ...

– Ni bildade en grupp, avbröt Sammy.

– Just det, vi samlade material, fotade och filmade och gjorde intervjuer. Vi kom också i kontakt med en amerikansk organisation som arbetade med »workers and human rights«.

Agnes Falkenhjelm tystnade och såg på Sammy med en forskande blick som om hon ville utröna hur aktivt han lyssnade. Sammy fick för sig att kvinnan var så inriktad på effektivitet att om hans uppmärksamhet sviktade så skulle hon tystna eller kraftigt förkorta sin historia.

– Vi trodde att vi var ordentligt förberedda, men Dacca var mer än vad jag kunde föreställa mej. Har du varit i tredje världen?

– Malaysia, sa Sammy hastigt, log ett snett leende och blev förbannad på sig själv för att han så snabbt kände sig underlägsen denna viljebomb till kvinna. Han hoppades att hon inte skulle fråga vad han gjort där.

– Den enorma fattigdomen är ju det första som slår en, alla tiggare, soporna och inte minst lukten, först tror man att det är människorna tills man inser att det är förtrycket som stinker. Dom vi träffade, även dom som bodde i den värsta slummen, hade rena kläder. Jag fattar inte hur, men dom kom ut ur skjulen i en bländande vit skjorta eller en nystruken klänning. Vilken värdighet.

Sammy Nilsson erinrade sig anläggningen på Lankawi där han bott, små grupper av bungalows omgivna av frodig växtlighet och pooler. Personalen kom glidande på små eldrivna transportfordon fullastade med frukt, fräscha handdukar och påfyllning till minibaren.

– Ja, klibbigt varmt är det, sa han.

Agnes såg värderande på honom. När han mötte hennes blick förstod han varför hon varit så framgångsrik på isen. »Vad fel man kan ta«, tänkte han och kände rodnaden stiga på kinderna. Bakom detta hårburr, hennes skramlande smycken och lila skynken till kläder, de ordrika meningarna och den ivriga missionerande tonen, såg han övertygelse, patos och inte minst kunskap. Han tyckte plötsligt om henne, allvaret och drivet. Han log. Hon såg ner på sina händer som vilade på knäna, log ett svårtytt leende och vände sig sedan mot Sammy igen.

– Du vill höra?

Sammy nickade.

– Jag trodde inte det, sa Agnes Falkenhjelm, men du ska få material om textilarbeterskorna i Bangladesh. Läs det, så förstår du vad jag pratar om, OK?

– Helt OK, sa Sammy.

– Nasrin hade en syster som dog, sa Agnes och helt oväntat började tårar rinna nerför hennes kinder. Hon brändes inne på en fabrik 1997. Många dog och ännu fler skadades. Efter den massakern blev Nasrin aktiv, för en massaker var det. Dom kunde inte ta sej ut eftersom portarna var låsta utifrån.

Sammy tog fram en pappersnäsduk ur skrivbordslådan, sträckte över den mot Agnes som tog emot den utan att se på honom.

– Jag fattar inte, jag fattar väl inte riktigt än, sa Agnes och drack ytterligare en klunk vatten.

– Har du tagit nåt lugnande? undrade Sammy och sneglade på den andra flaskan som också var tom.

– Jag var tvungen, annars hade jag gått sönder.

– Ta inte för mycket, sa Sammy.

– Nu ska jag berätta allt, sa hon. Eller nästan allt, du kommer inte att få reda på hur vi arbetar.

– Vilka vi?

– Vi som bryr oss om människorna som kommer hit, dom som flytt från Disneyland.

– Vad menar du?

– Läs så förstår du, sa Agnes, och tog upp en tjock pappersbunt ur väskan vid sina fötter. Hon la traven på bordet och rättade till den på ett omständligt, prudentligt sätt som irriterade Sammy. Han betraktade Agnes. »Har jag misstagit mig«, tänkte han, »är hon en knäppländare?«

– Berätta så mycket du vill och kan, sa han till slut.

Agnes Falkenhjelm strök med båda händerna i en samfälld rörelse håret bakåt och inledde i samma ögonblick sin berättelse om flyktingmottagandet, om kvoter och ändrad policy från myndigheternas sida och om hur flyktingströmmen satte fart i början av åttiotalet. Hon avslutade med att berätta hur hon själv blev aktiv flyktinggömmare i slutet av nittiotalet.

Sammy Nilsson erinrade sig bröderna Mendoza från Peru och insektsforskaren Rosander som gömt dem. Det var Edvard Risberg som hittat Enrico, mördad och gömd under en gran. Edvard som kom att bli Ann Lindells särbo. Brodern Ricardo hade hoppat från ett fönster när han skulle gripas av polisen.

– Känner du Rosander? Han är flyktinggömmare, eller var i alla fall. Agnes log.

– Jag vet vem han är, sa hon.

Kände hon till historien? Var Rosander fortfarande i branschen? Agnes tog ny sats med en liknande handrörelse för att befria ansiktet från håret och fortsatte.

Hennes informationer var inte speciellt sensationella, det anade Sammy. Ändå kunde han märka en vilja hos henne att vara till lags, eller var det kanske en strävan att vinna över honom på sin sida? Var hon agitatorn som inte ens inför en utredande polis kunde låta bli att sprida sitt evangelium?

– Får du sparken från kommunen nu? bytte han rutinerat ämne.

– Jag vet inte, sa hon till synes överraskad av frågan. Det spelar ingen roll, fortsatte hon, men utan att övertyga.

– Jag skulle ju kunna springa till Säk, SÄPO, med det här. Dom är säkert väldigt intresserade.

– Det tror jag inte att du gör, sa Agnes och sneglade på pappersbunten framför Sammy. Dessutom har dom nog koll ändå.

– OK, vi går vidare, vem mer än du visste att familjen Hossain befann sej på mottagningen?

– En person till, sa Agnes.

– Vad heter han?

– Han? Det kan väl lika bra vara en hon?

– Hon då, sa Sammy med ett leende.

– Jag vet att den personen inte har tänt på eller pratat bredvid mun.

– Har det förekommit hot mot mottagningen?

– Vi har fått några brev.

– Hur många och var finns dom?

– Tre uppbrända, sa Agnes. Sen är det ju en del människor som ringt och gapat.

– Vad stod det i breven?

– Samma gamla vanliga, att vi inte ska slänga ut pengar, att det finns annat att satsa på än arbetsskygga svartingar och ... horor. Det är väl jag det.

– Tror du att det var samma avsändare?

– Det tror jag faktiskt, även om två av breven var utskrivna från en dator och ett handskrivet. Det första kom i mars, samma dag Irakkriget bröt ut, dom två andra i förra veckan.

– Ni kontaktade inte polisen?

Agnes skakade på huvudet.

– Ni har inte känt er bevakade?

– Nej, inte alls. Grannarna var väl lite nyfikna i början, men dom lugnade sej. Vi bjöd in alla på kaffe efter ett par veckor. Vi har faktiskt en dam som kommer in med sockerkakor titt som tätt.

– Nu är det slut på sötebrödsdagarna, sa Sammy och fick en ilsken blick av Agnes.

– Tre personer dog, sa hon.

– Ursäkta, det var korkat, sa Sammy spakt, men återtog det snabba frågandet direkt.

– Hur och när kom familjen till huset?

– Igår kväll, i bil med den okände han eller hon. Jag fanns där och tog emot.

– Varifrån?

– Stockholmsområdet.

– Enligt vad jag förstått så var det du som hämtade dom i Järfälla.

– Va, har jag sagt det? Det stämmer inte. Jag var på jobbet hela dan.

– Det är lugnt, sa Sammy. Stack den andra personen direkt?

– Ja.

– Familjen sa ingenting om att dom kände sej hotade eller förföljda, eller …

– Bara av den svenska polisen, avbröt Agnes.

– OK, sa Sammy, som kände sig alltmer tillplattad av Agnes.

– Nej, det var ingenting konstigt igår kväll, sa hon, vi bara kramades, grät och var lyckliga att träffas igen.

– Du kände familjen?

– Jag hade intervjuat Nasrin i Dacca och sen hade vi träffats i Stockholm.

– Och när åkte du hem?

– Jag kom hem halv tolv, så jag måste ha åkt runt elva. Vi skulle ju upp tidigt. Familjen skulle vidare.

– Så den övriga personalen visste ingenting?

– Nej, sa Agnes, men Sammy var inte övertygad om att hon talade sanning.

– Vad gör du nu?

– Jag vet inte, sa Agnes efter en stunds eftertanke, jag känner mej så skyldig, som om jag orsakat deras död.

Hon tystnade, såg frågande på Sammy, men slog ner ögonen när deras blickar möttes.

– Jag förstår, sa han, osäker på hur han skulle kunna vara till någon tröst. Du får kämpa, sa han till slut.

Agnes tittade förvånat upp.

– Vad är du för slags polis?

Sammy skrattade till.

– Ingen ridande polis i alla fall, sa han.

»Varifrån kommer allt«, tänkte han, glad över att samtalet halkat in på andra banor.

– Vad menar du?

– Jag tror att man måste våga spränga gränser, sa Sammy Nilsson, förbluffad över sina egna ord.

Agnes log och sträckte ut sin hand över skrivbordet. Sammy tvekade en tiondels sekund innan han fattade den. »Hoppas ingen kommer instormande«, tänkte han, plötsligt mycket generad.

– Du är bra att prata med, sa Agnes och släppte hans hand, reste sig och drog i några av tygmassorna som utgjorde hennes kläder.

– Läs, sa hon med en nick åt papperstraven och lämnade förhörsrummet.

Sammy pustade ut. En svag doft av parfym låg kvar i rummet. Han tittade på pappren Agnes lämnat och han suckade. En känsla av trolöshet grep honom, som om han förställt sig inför detta kraftpaket, men det var väl en del av polisarbetet, att anpassa sig utan att ge upp sin integritet eller professionalism. Ändå kände han en oro, som om han missat något väsentligt.

KAPITEL 2 I

Måndag 12 maj, kl. 07.30

– Ali. Ali.

Pojken uttalade sitt namn högt som om det vore främmande. Hur många i världen heter Ali? Kunde de inte ha kommit på något annat, mer fantasifullt? Om alla Ali skulle samlas i ett land så räckte det till hela Sverige och mer därtill. Han log inför tanken på hur trångt det skulle bli.

– Hej, Ali, sa han, först på svenska, därefter på persiska.

Hur många är vi?

– Hello, Ali. Hello, my name is Ali. I am from Sweden. I am fifteen years old.

– Vad sa du?

Mitras rop från köket återförde Ali till verkligheten.

– Ingenting, skrek han. Jag tränar engelska.

Mamman lämnade köket och ställde sig i dörren till hans rum.

– Engelska, sa hon och såg på honom.

Ali kände hur han rodnade.

– Det är bra, sa Mitra, engelska måste man kunna.

Hon gick in i hans rum och slog sig ner på sängen.

– Vad fint att du följde med morfar igår, sa hon. Det var längesen jag såg honom så nöjd. Ska ni åka dit igen?

– Inte vet jag. Varför heter jag Ali?

– Din farfar hette Ali. Varför undrar du?

– Om jag hette nåt annat, skulle jag vara nån annan då?

– Nej, skrattade modern.

– Bestämde ni det tillsammans?

– Det var väl mest din pappa..., sa Mitra dröjande. Han tyckte mycket om sin far och när vi fick en son så var det naturligt på nåt sätt.

– Om jag var svensk, vad skulle jag heta då?

Mitra skrattade till men tystnade lika fort.

– Vilken fråga! sa hon.

– Men allvarligt, jag vill veta.

– Det går inte att svara på. Du är född i Iran.

– Är jag iranier?

– Det är klart att du är.

– Även om jag bor hela livet i Sverige?

– Ja, jag vet inte vad man blir, sa Mitra. Man är en människa som försöker hitta ett hem.

Ali såg på henne som för att utröna om det i svaret fanns något dolt budskap, en metod som morfadern använde sig av och som Ali upptäckt att Mitra tagit efter alltmer.

– Om jag dog, vad skulle du göra då?

Pojkens fråga fick Mitra helt ur fattningen, som om hon träffats av en stenhård högerkrok. Han ångrade sig omedelbart, men orden gick inte att ta tillbaka. »Var det så här hon såg ut i fängelset«, tänkte han.

– Du dör inte, sa Mitra hest. Säg aldrig så.

– Jag menade...

– Jag struntar i vad du menar, säg aldrig så!

Mitra började gråta och Ali förstod att det var sådana tårar som hon gråtit under den svåraste tiden.

– Mamma, sa han tafatt.

– Det är för många som har dött, sa hon. Jag har bara dej.

Han såg skräcken i moderns ögon, det ofattbara som för några ögonblick behärskade henne, så olikt den styrka hon normalt visade.

Hon reste sig, gick fram till sonen, lutade sig över honom och kramade hans stela axlar. Hennes andedräkt var varm och doftade av kryddorna i hennes te.

– Min Ali, sa hon.

Hon lättade på sitt grepp men behöll händerna på hans axlar. Han stirrade rakt fram men skymtade det smala guldarmbandet runt hennes handled.

– Jag vet inte vad du tänker på, sa hon, men var försiktig med ditt liv.

– Är du mobbad? frågade hon sedan plötsligt.

Han skakade på huvudet.

– Det är ingen som kallar dej för saker?

– Nej, jag lovar, vem skulle det vara?

– Ge aldrig upp din vilja, sa hon.

»Ett typiskt Mitrauttalande«, tänkte Ali.

– Var uppriktig mot alla, fortsatte hon och händernas grepp hårdnade. Du är Ali, du ska växa upp till en man.

– Och män är uppriktiga?

Ett leende skymtade i hennes ansikte.

– Du är då en blandning, sa hon och släppte taget. Nu kan du väcka morfar.

Ali gick ut till den gamle, vars ansikte liknade ett torkat fikon mot de vita kuddarna. Hadi gillade att ligga med huvudet högt, han sov alltid halvsittande. Den tunga andhämtningen skapade ett pipande ljud. Ali tvekade, han tyckte om den sovande morfadern. Anblicken av hövdingen gjorde Ali lugn, sömnen såg så rofylld ut, som om Hadi förberedde sig på döden, som om han tränade på att somna in och nu befann sig i något behagligt förstadium. Det var en hemsk tanke att morfadern skulle dö, men samtidigt fylldes Ali av en önskan att Hadi skulle få ett vackert slut på sitt långa mödosamma liv.

Om livet innan fredagsnatten känts osäkert så framstod det nu som än viktigare och skörare. Varje sekund måste levas rätt. De som levt längre än han bar så mycket liv i sig. Han hade plötsligt insett, under timmarna då han handlingsförlamad låg på sängen, att det var en tyngd att leva. Dittills hade det mesta varit om inte sorglöst, så ändå självklart, men nu var Ali rädd både för att leva och för att dö.

Känslan av hot från Mehrdad hade sjunkit undan. För Ali var kusinen mindre viktig sedan han upplevt dennes rädsla. Det var som mellan repen: såg man rädslan i motståndarens blick hade man vunnit. De vilda, okontrollerade attackerna parerades lätt.

Vad spelade det för roll om han levde eller dog? Nu när han upptäckt att livet nästan bara bestod av att hålla döden stången. Tankarna korsade varandra och hans huvud hotades att sprängas av alla motsägelser.

Rädd var han, rädd att förlora Hadi och Mitra. Hur skulle han kunna leva om han blev ensam? Han hade inga andra. Hos bondfamiljen stod fotona på de levande barnen och barnbarnen tätt tillsammans på en byrå. Hemma hos Ali föreställde fotona de döda.

Han ägde ingenting. Den korta promenaden på den smala byvägen, innan han träffade på Mehrdad, hade fått honom att förstå det. Bakom glädjen att känna gruset under sina fötter och upptäckten av en färgburk på en sten fanns insikten att ingenting av allt detta var hans.

Han hade bara mamman och morfadern, deras drömmar och historia. Hans egna drömmar liknade hästskiten han trampat till smulor. Han ville bli boxare, komma med i landslaget, men för vem? Skulle han boxas för Sverige?

Ali såg på sin morfar. Den blanksvarta mustaschen rörde sig i takt med andetagen. »Du får gärna sova«, tänkte han, »men dö inte.« Han sträckte ut handen och i samma ögonblick slog Hadi upp ögonen. Det fanns ingen nyvaken förvåning eller gammelmansförvirring i dem, bara klokhet.

Ali ville kasta sig över morfadern, krama honom och tala om för den gamle att han aldrig fick dö.

– Hur gammal är du nu, min Ali?

– Femton.

– Bra, sa morfar. Mår du bra?

– Jadå.

– Bra, upprepade Hadi. Nu är du snart en man.

De såg på varandra som om de ingått en pakt.

Efter frukosten, som Ali trott skulle bli en plåga men som istället dominerades av morfaderns goda humör och moderns skratt, var avslutad reste sig Ali från bordet. Mitra som börjat duka av gjorde en ansats att hejda honom med en rörelse och ett par ord som dock drunknade i Hadis skratt åt sitt eget skämt.

Ali såg Mitras avsikter men backade ut ur köket. Han ville inte sitta kvar, kunde inte, av rädsla för att skratten skulle ersättas med allvar. Ibland var det som om Hadi och Mitra mitt i glädjen erinrade sig något riktigt sorgligt.

Han gick till sitt rum. Han visste att de satt kvar och åt några kakor som en av kvinnorna i trappen kommit upp med. Det var en kort och krum kvinna från Syrien. Hon var kristen och talade en svårförståelig blandning av svenska och arabiska. Ibland stapplade hon uppför de många trappstegen med en färggrann burk i handen. Varför hon kommit den här gången visste inte Ali, men hon brukade snattra några obegripliga ord, lämna över sötsakerna och därefter tystlåten sitta en kort stund vid köksbordet innan hon inledde den mödosamma nedstigningen till sin egen lägenhet.

Ali var alltför mätt för att orka slå några slag på päronbollen, men blev ändå stående med huvudet tätt intill det doftande lädret som om det varit ett kärt husdjur.

– Ali, vill du inte ha en kaka, ropade Mitra, dom är jättegoda.

– Nej tack, skrek Ali, och betraktade sig själv i spegeln.

Han formade munnen till några ord som ljudlöst lämnade hans läppar: Hur ska jag göra? Antingen höll han tyst och försökte leva med händelsen, som mamman och morfadern gjorde med det hemska som hänt i hemlandet, eller så pratade han med någon. Morfadern var den förste och egentligen den ende han kunde tänka sig, men ovissheten om hur denne skulle reagera fick Ali att tveka.

Han kunde gå till polisen, tala om vad han sett. Ali stirrade in i spegeln för att försöka tyda sig själv, som om det i hans bleka, yttre drag kunde avläsas om han hade styrka nog att tjalla på kusinen. »Kan man göra det«, frågade han spegelbilden, »och blir jag då en annan?« Det var här han så gärna ville ha vägledning av morfadern.

Hur Mehrdad och hans familj skulle reagera visste Ali, han skulle bli fredlös i mångas ögon om han tjallade, men vad skulle hans egen familj säga?

Telefonen ringde. Ali gick fram till fönstret. Det regnade, öste ner, piskade asfalten, forsade fram mot rännstensbrunnarnas galler. En hukande man såg ut att springa för sitt liv. Ali föreställde sig att varje vattendroppe var en liten bomb. Mannen hade inte en chans.

– Det är till dej, ropade Mitra från köket.

– Vem är det?

– Vet inte.

Ali stod kvar. Han kom att tänka på Arnold och Beata Olssons kor. Det regnade på dem också.

– Ali!

– Jag kommer, sa han lågt.

Mannen nådde det utskjutande taket framför sexans port, stannade till och såg mot skyn, som om han ville fråga himlen varför den släppte lös denna häftiga attack. Ali kunde se att han plötsligt skrattade till.

– Ali! Telefon!

Sakta gick Ali och hämtade den bärbara telefonen i hallen, återvände till sitt rum och svarade.

– Ali, det är jag, din kusin.

– Du är ingen kusin, avbröt Ali direkt.

– Lyssna! Jag vill säga dej nåt. Det är viktigt.

– Jag lägger på.

– Lyssna! Det var inte jag. Allvar nu. Jag bara var där.

– Tror du jag är dum? Ljug inte.

– Sanning, det var inte jag, säkert. Jag lovar.

– Du är helt dum i huvet, sa Ali och knäppte av samtalet.

Ali kände sig som om han genomfört ett långt träningspass.

– Du får skynda dej till skolan, skrek modern från köket.

KAPITEL 22

Måndag 12 maj, kl. 13.35

Ann Lindell kom att tänka på Ottossons ord om övergripande ansvar. Hon log medan hon stirrade på sina anteckningar som om det i de spridda kråkfötterna kunde skönjas någon helhetsbild. Tvärtom, glaskrossningen på Drottninggatan, mordet på Sebastian Holmberg och så nu mordbranden spretade åt alla håll, hotade att bryta sönder roteln. Så kändes det. De dignade redan under mängder av utredningar i röda mappar, och så nu detta. Hon var inte ens riktigt klar med vad alla kollegerna gjorde, så hon började med att skriva upp deras namn och fyllde sedan i vad hon trodde att de sysslade med.

Därefter sorterade hon rapporterna, de utskrivna vittnesmålen, resultaten från de tekniska undersökningarna och tipsen från allmänheten gruppvis. Efter en halvtimme låg pappren och akterna ordnade på skrivbordet.

– Översikt, sa hon och reste sig.

Någonstans i denna röra låg svaret. Eller? Lindell började vandra runt i det minimala rummet men upptäckte snart att det bara gjorde henne yr, så hon stannade och sköt upp vädringsfönstret så mycket det gick. Det doftade regn men luften var mild.

Hon hade läst en uppgift som lät spännande. Det väntade gav sällan några idéer även om hon visste att det trägna sammanställandet av uppgifter var det som många gånger ledde till resultat. Det var det översikt handlade om, men hon hade sedan länge upptäckt att så fungerade inte hon. Flera av kollegerna, inte minst på tekniska, bet sig fast i fakta som kamphundar och släppte inte taget förrän de skakat fram sammanhang, kokat ihop alla papper till en slutsats.

Lindell ville ha oväntade infall. Det var oftast en svaghet, men ibland gick det vägen och då med en hastighet som förvånade både henne själv och omgivningen.

Nu hade hon sett något. Taxichauffören, Martin Nilsson, hade ringt en tredje gång. Det var Franzén, den underskattade slitvargen, som skrivit en rapport, och hon läste igenom den en andra gång: »Nilsson hade den akutella natten kört Trädgårdsgatan söderut och där, i höjd med Fågelsångens konditori, gjort en iakttagelse«, började Franzéns utskrift.

Lindell log åt stavfelet. »Akut« var ordet. Taxichauffören hade sett en ung pojke, »troligen av utländsk härkomst«, som verkat påtagligt upprörd. Han hade dunkat med handen på en moped och just när Nilsson passerat kräkts våldsamt. Nilsson hade saktat in och sett på pojken. »Han såg inte berusad ut, bara 'förtvivlad och väldigt ledsen' och Nilsson hade varit på vippen att stanna, men fortsatt mot Svandammen, där han tog österut.«

»Varit på vippen«, upprepade Lindell tyst. Moped, invandrarkille, förtvivlad, spytt. Den »akuta« natten. Hon lämnade fönstret och gick fram till Uppsalakartan på väggen. Hon ville se gatornas rutmönster framför sig. »Översikt«, mumlade hon och följde med fingret Trädgårdsgatans sträckning från Drottninggatan mot Svandammen.

Enligt Martin Nilsson hade klockan varit närmare halv två. Lindell försökte föreställa sig hur fredagsnatten i centrum sett ut, men insåg att det var meningslöst. Hon grep telefonen och ringde Munke på ordningen. Medan signalerna gick fram fiskade hon upp rapporten om vad som hänt natten mellan fredag och lördag, polisens rörelser och åtgärder, samt vad den yttre spaningen givit efter det att larmet gått 01.21. En berättelse om det som fyllde Upsala Nya Tidnings måndagsutgåva, men här mer detaljerad och sann.

Hon hörde hur samtalet kopplades vidare till en telefonsvarare med en uppmaning att tala in ett meddelande.

Ett par minuter senare ringde Munke upp.

– Jag ger fan i att svara ibland, inledde han och Lindell hörde på hans stämma att den av alla förväntade hjärtinfarkten kom allt närmare.

– Jag behöver överblick, sa Lindell, eller det är Ottosson som tycker att jag behöver det. Du är rätt man för det.

Det var den perfekta repliken. Kort och kärnfull, inga onödiga ursäkter eller sliskigt smicker, men något sockrad. Munke föll direkt.

– Jag tittar upp, sa han, la på och steg in hos Lindell en minut senare.

Han tog en översikt över rummet och tillståndet på skrivbordet, slog sig ner utan ett ord och såg på Lindell med sina utstående, blodsprängda ögon.

– Överblick, sa han och fnös. Hur är det med Otto?

– Som vanligt, sa Ann.

– Du då?

– Som vanligt.

– Kritiskt, med andra ord.

Lindell skrattade till. Munke var den hon behövde.

– Jag har läst vad som hände under natten mellan fredag och lördag. Vad är din åsikt?

Munke svarade inte direkt, utan lutade sig bakåt och fick ett skärskådande uttryck i ansiktet.

– Jag tror det var det gamla vanliga. Fyllebråk, tjafs med ungdomar och nånting som gick åt helvete fel, mer än vanligt fel. Du har läst rapporten?

Lindell nickade.

– Då vet du att vi hade bråk utanför Fredmans, Flustret och Birger Jarl. Inget allvarligt egentligen. Det brukar sluta med lite gap och skrik, vi får lugna ner och skilja åt, skjutsa till Ackis eller bullret, ibland suga in nån eller kontakta sossarna, ja, du vet.

»Sossarna« var Munkes benämning på de sociala myndigheterna.

– Vad var det som gick så in i bänken snett? fortsatte han. Vi har snackat om det förr, att det inte var nån ensam nattvandrare som fick fnatt, utan ett helt gäng. Vilka? Jag trodde först att det var den bengaliske tigern och hans pack.

– Vem?

– Tigern. Det var Hjulström som myntade det. Han ser fan i mej ut som en tiger. Det är en kille från Sävja. En smidig jävel, ser bra ut och kan bli totalt galen, bindgalen, om det slår över i skallen på'n.

– Jaha, sa Lindell, fascinerad av den frenesi med vilken Munke drog på. Är det han?

– Icke sa nicke. Han höll till på hemmafronten, stod och gapade nere vid den nedlagda Konsumbutiken i Sävja, det är klart som korvspad. Han passade väl på att sno några mobiltelefoner och trakassera folk i största allmänhet, men i centrum var han inte.

– Nähä, sa Lindell.

– Det är som ett satans krig och det gäller att kartlägga fiendens rörelser. Vi vet att det var ett gäng invandrarkillar på stan. Det var som sagt bråk på Birger Jarl.

– Du tror att det är … invandrare?

Lindell höll på att säga »utlänningar«, men rättade sig i sista stund. Munke la upp sin högerhand på en av buntarna på skrivbordet och fingrade omedvetet på pappren, lät det korvliknande pekfingret bläddrande löpa över aktens ena hörn.

– Så enkelt är det inte, sa han oväntat eftertänksamt. Ofta är det blandade gäng med både svenskar och invandrare.

– Integrering, sa Lindell.

Munke log stillsamt, lyfte handen från skrivbordet och gnuggade den potatisstora näsan. »Karln är som ett helt smörgåsbord«, tänkte Lindell.

– Det kan ha börjat där, sa han. Jag vet inte riktigt vad som hände, men jag har en känsla av att det var ett stort gäng. Jag har inget konkret, men såvitt jag förstått var det den enda ansamlingen som hade förutsättningarna för att utvecklas till ett bråk eller skadegörelse av den här storleken, men vi har kanske missat nåt.

– Har du snackat med Sammy om det här?

Munke skakade på huvudet.

– Jag håller på att sammanställa en rapport, sa han. Det finns en del grejer jag inte blir klok på.

– Typ?

Munke tvekade, såg på Lindell och drog samman ansiktet i en grimas.

– Våra egna rörelser den här natten, sa han till slut.

– Vad menar du?

– Det finns en del oklarheter, sa Munke.

– OK, sa hon, bråket vid Birger Jarl, vad rörde sej det om?

– Vi har vakternas version och enligt dom kom ett gäng, gapade och skrek och ville in, men nekades inträde. Dom var för unga, sa den ena vakten, men jag tror inte att det var huvudsaken.

– Och den var?

– Det var mest invandrarkillar.

– Och dom släpps inte in?

– Lite så är det nog, sa Munke, men jag skriver ihop en grej.

»En grej från Munke«, tänkte Lindell, »det blir spännande.« Hon såg på honom men han hade tydligen sagt sitt.

– Har det med ordningen att göra? kastade hon fram.

– Jag vet inte, sa Munke och verifierade i samma stund Lindells antagande att det handlade om ordningspolisens agerande under fredagsnatten.

Hon ville komma närmare men visste inte hur. Var hon oförsiktig skulle Munke tystna. Det fanns sedan gammalt en om inte animositet, så i alla fall ett slags konkurrensförhållande mellan rotlarna, och Lindell insåg att Munke, som tillhörde det gamla gänget, aldrig skulle kasta skit på kolleger i uniform. Därför blev hon orolig. Munkes halvkvädna visor avslöjade hur orolig han var.

– Du behöver inte säga nåt i det här läget, men påverkar det utredningen vill jag självklart få reda på det, på ett eller annat sätt.

Munke betraktade henne utan att förråda vad han tänkte. Efter några ögonblicks tystnad slog han sina labbar till händer på knäna, kanske i ett försök att bagatellisera det hela eller helt enkelt för att lätta upp stämningen. Han reste sig snabbt och ansiktet förvreds i vad som skulle vara ett leende. Lindell for upp ur sin stol.

– Är det din grabb? sa han och pekade på fotot på väggen.

– Ja, det är Erik. Hemma i Ödeshög.

– Är det hemma det?

– Nä, det kan man inte säga, men mormor och morfar bor där.

– Själv har jag åtta barnbarn, sa Munke och log ett sällsynt leende. Lindell log tillbaka. Munke gick mot dörren.

– Det är många trådar, sa han något kryptiskt med handen på dörrhandtaget. Det är inte lätt att veta hur vi ska gå fram.

– Så sant som det är sagt, sa Lindell och rodnade nästan inför sin klichéartade kommentar.

Munke log igen, tog ett par steg in i rummet och sträckte fram handen. Det var en gest som hon inte väntat sig. »Vad är det han försöker med?« tänkte hon.

Han grep hennes hand och skakade den ivrigt. »Det är inte sant«, tänkte Lindell, »Munke som goodwillambassadör för ordningen. Antingen är han uppriktigt bekymrad och grunnar på hur han ska tackla det eller så vill han mörka.«

– Vi ses, sa Munke, det var intressant att få ett snack.

– Javisst, sa Lindell.

– Det underlättar, sa Munke.

Lindell nickade och försökte prestera ett leende. Munke lämnade rummet och stängde dörren med största försiktighet, som om han lämnade en sjuksal.

Lindell sjönk tillbaka i stolen, överväldigad av den ofullkomliga informationen. »Våra egna rörelser på fredagsnatten«, hade Munke sagt. Vad betydde det i klartext? Hade ordningspoliserna underlåtit att göra något eller hade de gjort något som de inte borde ha gjort?

Hon plockade fram rapporten som handlade om mordnattens händelser, läste den igen, men la den ifrån sig inte ett vitten klokare. Pyromanens härjningar i Svartbäcken var den stora händelsen som drog till sig de flesta resurserna. Sammanlagt sex radiobilar hade varit i elden. Avspärrningar hade snabbt upprättats på Gamla Uppsalagatan och mitt för Länsförsäkringars kontor på Svartbäcksgatan. En patrull med hund hade också skickats till området öster om järnvägsspåren ifall pyromanen valde att försvinna den vägen.

Nio omhändertaganden hade gjorts, nattvandrare som befunnit sig i rörelse i området. Samtliga hade vid kontroll visat sig vara fridsamma medborgare. Över hundratrettio fordon hade stoppats. Till och med en nattbuss hade genomsökts.

Lindell kollade tiderna. Det första larmet om brand kom två minuter över midnatt. Tretton minuter senare kom nästa larm och då insåg brandförsvaret och polisen att en pyroman var i farten och all tillgänglig personal dirigerades till området.

En radiobil befann sig i Eriksberg för att lösa upp ett lägenhetsbråk och var tvungna att stanna kvar. Den patrullen hade lämnat Granitvägen 00.38 och styrt mot centrum och Svartbäcken. Det var Lund och Andersson. Lindell bläddrade i pappren och konstaterade att de var de två kolleger som först var på plats på Drottninggatan efter larmet 01.21 om glaskrossning. De kom fram dit 01.28.

Lindell stirrade på siffrorna, drog åt sig blocket och kastade ner alla tidsangivelser. Hon anade att Munke satt med en liknande kartläggning. Lindell hade bett KUT att upprätta en tidsaxel över nattens händelser. Nu satt hon med sin egen axel.

Munke hade pratat om »rörelser på stan«. Det var inte mycket till rörelser. Så gott som all personal var ju aktiv i Svartbäcken. Den enda rörelse Lindell kunde utläsa var Lunds och Anderssons.

Hon var frestad att ringa Munke igen men insåg att det skulle vara kontraproduktivt. Skulle hon kunna gå vidare utan att det märktes? Tveksamt. Det fanns alltid någon som tyckte att det var spännande att krim-Lindell visade ordningspolisens förehavanden ett så närgånget intresse, och som därför skulle sätta igång pratet.

Hon fick vänta ut Munke. De »oklarheter« han pratat om fick han presentera själv. Men varför ägnade Munke överhuvudtaget tid åt sådana funderingar? Vilken påverkan hade dessa »rörelser« på utredningen av Drottninggatan?

Lindell reste sig, obeslutsam och obehaglig till mods. Hon kunde inte fatta sambandet. Återigen fick hon idén att ringa Munke men avvisade tanken på nytt.

Var det Lund och Andersson som Munke haft i tankarna? Vad hände när de lämnade Eriksberg 00.38, fyrtio minuter före larmet om centrum? Åkte de direkt till Svartbäcken? Det var väl rimligtvis deras instruktioner?

Det var uppenbart att svaren på frågorna inte fanns i pappershögarna på hennes skrivbord. Lund och Andersson visste förstås och Munke kanske anade något. Normalt skulle han ha blivit vansinnig om han beordrade ner en bil till Svartbäcken och det dröjde omotiverat länge innan de dök upp. Skulle hon prata med Ottosson? Nej, det vore att missbruka Munkes förtroende. Ottosson skulle inte heller kunna tillföra något, bara bli bekymrad.

Lindell gick fram till kartan på väggen. Fortfarande kunde hon hitta gator som hon inte kände igen. Granitvägen i Eriksberg kunde hon placera, liksom Stiernhielmsgatan. Mellan dessa punkter låg centrum. Vilken väg tog Lund och Andersson? En variant var Norbyvägen fram till universitetsbiblioteket Carolina Rediviva. Därifrån fanns det två alternativ: antingen Slottsbacken ner, tvärsigenom centrum till Svartbäcken, eller så förbi Martin Luther Kings plan, S:t Olofsgatan ner, kanske Sysslomansgatan norrut, fram till Råbyleden. Lindell skulle ha valt det senare.

– Eller, mumlade hon och följde gatorna med fingret: Norbyvägen, förbi Gamla kyrkogården fram till Råbyleden. Javisst, det var den snabbaste vägen.

Kollegerna Lund och Andersson hade inte valt något av dessa alternativ.

KAPITEL 23

Måndag 12 maj, kl. 14.10

Ju mer han läste, desto mer tilltog känslan av instängdhet. Han reste
sig och öppnade fönstret. »Skulle jag hoppa«, tänkte han och betrak-
tade beläggningen tio meter ner. Grå betongplattor omgivna av rader
med smågatsten, visserligen vackrare men lika dödligt hårda. »Vad
skulle få mig att kliva ut genom fönstret och virvla som en docka ge-
nom luften? Skulle jag hoppa även om järnspjut var nerdrivna i mar-
ken med spetsar som skulle tränga igenom kroppen som knivar?«

Sammy Nilsson rös och stängde snabbt fönstret, som om han var
rädd för att lockas att kasta sig ut, men blev stående kvar med pannan
mot den svala fönsterrutan. I en halvtimme hade han läst. Han hade
tänkt att han skulle ta hem materialet, men efter att ha bläddrat i
pappershögen och sett ett fotografi på en ung kvinna som självmed-
vetet men ändå mycket sorgset såg in i kameran, började han läsa och
kunde inte sluta. Telefonen hade oupphörligen ringt och till slut
hade han lagt av luren och satt mobilen på ljudlöst läge.

Kvinnan, eller snarare flickan, var kanske sexton, sjutton år, klädd i en blå och vit klänning. Den högra armen pryddes av ett armband. Så levande på fotot. Nu var hon död, liksom flera av sina arbetskamrater och vänner i Mirpur. Sammy prövade namnet. Mirpur. Det lät sött, mjukt och vänligt, men stod för brand och död, hård betong vars yta var översållad med döda, döende och skadade flickor, stängsel på vars spetsiga krön andra unga flickor sprattlade som ljustrade fiskar.

De hade hoppat för att komma undan röken och värmen. Inlåsta på fjärde våningen omgivna av eld. Hur många hade dött? Han hade säkert läst uppgiften men kom inte ihåg. Var det tjugofem?

Vreden gjorde att Sammy Nilsson inte kunde läsa mer. Han lämnade rummet och gick ner till fiket men stannade i dörren då han såg polismästaren göra en av sina sällsynta visiter bland fotfolket. Någon skrattade i bakgrunden, en annan av kollegerna skojade med killen i kassan och polismästaren steg runt, nickade, log och bytte några ord med sina underordnade.

Sammy hade inte så mycket emot sin högste chef, bara han höll sig borta från verksamheten. Det fanns de som menade att mäster för sällan tog del av vad som hände och var dåligt insatt i det dagliga polisarbetet, men det bekymrade numera inte Sammy Nilsson. Efter förlängningen av polismästarens förordnande i vintras, trots protester från både facket och lokalpolitiker, hade en viss trötthet lagt sig över poliskollektivet. Ingen pratade längre speciellt engagerat om ledningen. Kritiken hade tystnat för att de inte orkade bry sig. De hade ett arbete att sköta.

Sammy dröjde i dörren. Olsson från knarket passerade och frågade hur läget var.

– Det knallar, sa Sammy. Själv då?

– Jodå, sa kollegan och försvann.

Sammy såg efter Olsson med en känsla av overklighet och gick sedan tillbaka till sitt rum. Det han ville tala om gick inte att tala om. Han kunde inte lita på sina egna ord, sin sinnesrörelse. Bilden av den unga flickan från Bangladesh förföljde honom. Det var som om en spetsig järnten körts in i hans egen kropp.

Han förstod inte riktigt varför han blivit så berörd. Han som sett så mycket elände. Sörjande som han fått slita från deras kära som var bortom all hjälp. Förtvivlade människor som tagit sina liv på de mest plågsamma sätt. Han som försökt trösta offer för övergrepp, märkta för livet. Ändå kunde ett foto från ett främmande land påverka honom så starkt.

Han visste av egen erfarenhet att överdrivet engagemang grumlade blicken och försvårade arbetet, ändå kunde kan inte slita sina tankar från Nasrin, innebränd i kommunens invandrarmottagning, och hennes namnlösa syster, innebränd i en textilfabrik utanför Dacca.

Han satte på ljudet på mobilen igen och upptäckte att han missat två samtal. Det ena hemifrån och det andra från ett okänt nummer. Han ringde hem.

KAPITEL 24

Måndag 12 maj, kl. 15.25

Oroliga fötter hördes utanför cellen. Någon skrek. Marcus Ålander försökte urskilja vad det gällde men väggarna var för tjocka. Han låg på britsen, som han i princip hade gjort sedan han hämtades till arresten på lördagskvällen, och studerade den bastanta dörren, grågrön till färgen och med en tittglugg på dess övre halva.

Han visste att om han slöt ögonen skulle han in till minsta fläck och obetydligaste märke kunna redogöra för dess utseende. Knappt två kvadratmeter kommunal dörr. Bakom den friheten och hitom den en brits som gav ifrån sig en lukt som påminde om något han känt på ett sunkigt vandrarhem utanför Neapel.

Han skulle kunna rita en karta över dörren om nu det skulle tjäna någonting till. Nu var dörren inpräntad, memorerad in i minsta repa.

Ett tag hade han suttit på den golvfasta pallen men blivit rädd. Väggen kom för nära. Låg han på britsen var det dörren som utgjorde blickfånget. Dörren var vägen till friheten. Väggen bakom pallen och det lilla skrivbordet var döden, den drog hans huvud till sig. Skulle han kunna krossa sitt huvud mot väggen?

Han ringde på arrestvakten för första gången. Vakten kom nästan omedelbart, vilket förvånade Marcus.

Dörren svängde upp. Marcus fyllde sina lungor med den inströmmande luften. »Man skulle vara ett luftdrag«, tänkte han.

– Jaha, sa vakten.

– Jag vill gärna prata med nån, sa Marcus.

– Nån av utredarna?

– Jag vet inte, sa Marcus.

– Hur ska då jag veta, sa vakten trött och avvaktade.

– Nä, vi skiter i det, sa Marcus.

Vakten slog igen dörren med en uttråkad min men verkade inte speciellt missnöjd. Han var van vid betydligt besvärligare klientel.

Marcus kröp ihop och försökte minnas Neapel men tänkte oavbrutet på Ulrika. Vad gör hon nu? Han mindes deras tid tillsammans. Ulrika och han hade rest upp till hans mamma i Norrbotten för att fira jul. Mamman och hon hade aldrig träffats tidigare. Det blev en katastrof och de hade lämnat Nyträsk redan på annandagen, trots att de hade planerat att stanna ytterligare tre dagar. Det fanns inga tågbiljetter så de hade fått hyra in sig på ett pensionat i Älvsbyn.

Det var väl där det tog slut. Egentligen. På det kalla och dragiga pensionatet, med en gravt alkoholiserad ägare som spelade dragspel halva natten, hade Ulrika anklagat Marcus för att vara elak mot sin mor.

Marcus reste sig hastigt från bristen, drabbades direkt av yrsel och var tvungen att sätta sig ner igen.

– Du bryr dej inte om henne, hade Ulrika sagt. Hon är ju faktiskt din mamma.

Ulrikas ansikte blev fel. Till tonerna av någon femtiotalsklassiker som ljöd från undervåningen skred hon till verket, plockade ner och sönder Marcus känslor för sin mor. Han hade först skrattat, därefter tystnat och slutligen gått till motattack.

De sov oroligt medan ett intensivt snöfall förvandlade Älvsbyn till ett vitt helvete. Innan han somnade kände han ilskan växa. Vad visste hon om hans mamma? Och när han vaknade vid fyratiden hade ilskan, pådriven av illasinnade drömmar, vuxit till raseri.

Han hade stigit upp och betraktat den öde gatan utanför. Det drog från fönstret och han slet till sig täcket, svepte det om sig och försökte förstå. Emellanåt vände han sig om och betraktade Ulrika som oroligt rörde sig i sömnen och gnisslade tänder.

Så mycket energi som brändes till stoft den där natten. Tog det slut där? Han visste inte och hade inte frågat Ulrika i fredags kväll. Det var först nu han kom att tänka på natten i Älvsbyn. Händelserna där blev svaret på hans undran. Den otäta träkåken, ett missfoster till pensionat, tog musten ur dem. Med sina kalla golv och buktande väggar, sin knarriga säng och fattiga lukt, släckte pensionatet deras kärlek. Han visste att om de övernattat i det mysiga härbret hemma hos hans moster i Lansjärv eller legat nerbäddade mellan renfällar i jaktstugan, så hade inte de onda tankarna kommit. Livet blev fult i Älvsbyn och Ulrikas ansikte fel.

Han hatade sin mamma och insikten om detta fick honom att stiga upp från britsen och skrika rakt ut. År av förtvivlan släpptes ut ur hans kropp.

Han ringde på vakten.

– Jag vill erkänna, sa han när dörren slogs upp.

Vakten betraktade honom noggrant.

– Jaså, sa han, oväntat likgiltigt. Vad vill du erkänna?

– Allt, sa Marcus.

– OK, sa vakten och slog igen dörren.

Han ringde omedelbart vakthavande som i sin tur kontaktade Ola Haver.

Ola Haver tog den minimala hissen upp till arresten. Frendin såg förväntansfull ut. Haver skrev in sig utan att säga ett ord. Frendin slog igen pärmen med en smäll. »Vad ful han är«, tänkte Haver illojalt, när han betraktade det snaggade bakhuvudet och den rödprickiga nacken.

– Vad tror du? sa han.

Frendin stannade till, vände sig om och såg på Haver med ett snett, men inte speciellt vänligt leende.

– Det är han, sa vakten. En mammas pojke som fått ångest, gudbevars.

– Har han varit jobbig?

– Du vet hur dom är, sa Frendin.

– Nej, jag vet faktiskt inte det, sa Haver och Frendin återupptog sin promenad.

»Ditt arsel«, mumlade Haver medan Frendin kikade in genom dörrens titthål.

– Packad och klar, sa han och slog upp dörren.

Marcus låg på britsen med ögonen slutna men Haver såg att han inte sov. Dörren stängdes bakom honom.

– Hur är det?

Marcus öppnade ögonen och såg på polismannen med en blick som Haver så väl kände igen. Ensamheten och isoleringen hade slagit sina klor i den misstänkte. Blicken förändrades med varje timme i en liten cell och syret tycktes inte räcka till. Kroppen snörptes samman och den molande smärtan i magtrakten lämnade ingen intagen ifred.

– Det är...

Han satte sig upp.

– Vad heter du? Jag minns inte.

– Ola Haver.

Marcus nickade.

– Du ville prata.

Ynglingen suckade.

– Jag slog nog ihjäl Sebastian, sa han efter ett tag.

– Nog?

Marcus nickade.

– Vill du att vi åker ner och tar ett prat i mitt rum istället?

En ny nick.

KAPITEL 25

Måndag 12 maj, e.m.

Under måndagseftermiddagen spreds i Salabackar, Tunabackar och delar av Kvarngärdet ett flygblad. »Kaos i Uppsala« var rubriken och det illustrerades med en bild av Drottninggatan, troligen tagen tidigt på lördagen.

Undertecknarna var »Uppsalabor mot ohejdad invandring«. Inga namn eller telefonnummer. Trycket var prydligt, svenskan felfri och layouten proffsig.

Det mest uppseendeväckande var en infälld dödsruna med ett svart kors och med Sebastian Holmbergs personuppgifter och ordet »Varför?«.

Reaktionen blev stark och omedelbar. Många ringde till lokaltidningen och polisen fick snabbt in tre anmälningar om hets mot folkgrupp. Andra som gillade budskapet följde uppmaningen längst ner på bladet och satte upp det på anslagstavlor och i butiker i de olika stadsdelarna.

En bosnisk familj på Gärdets Bilgata fick sina planteringar förstörda. Någon hade hällt diesel över vårkragarna och penséerna. Tre somaliska medborgare var tvungna att springande ta sig ifrån Torbjörns torg efter att ha attackerats av stenkastande ungdomar. Munke, som blev uppringd av Kommunikationscentralen, beordrade radiobilar att patrullera i de aktuella områdena och om möjligt slita ner uppklistrade flygblad.

När sedan en ung pojke med kurdisk bakgrund slogs blodig vid Gränbyskolan och tvingades uppsöka sjukhus med en fraktur på ena handleden, kallades det till krismöte. Deltagare var rotelcheferna på våldet och ordningen, Liselott Rask från informationen och en handfull andra.

Ingen av de i förväg uppgjorda aktionsplaner som polisen hade upprättat stämde riktigt med händelseutvecklingen. Man fick improvisera. Patrullerna förstärktes och utökades, extrapersonal beordrades ut till kvällstjänstgöring, kontakter togs med lokala media och kommunens ansvariga för invandrar- och integreringsfrågor.

Klockan 18.30 utbröt slagsmål på Gamla Torget mellan två ungdomsgäng. En femtonårig pojke greps för vapenbrott då han hade en stilett nerstucken i skoskaftet. Bråket upplöstes först när två polispatruller kom dit. Stämningen var hotfull och glåporden haglade mellan husen. Krögaren på Kung Krål klagade högljutt över förstörda bord och stolar, som användes som tillhygge av ungdomarna. En äldre man, en engelsk gästföreläsare av indisk härkomst som passerade på väg till sin institution, stod chockad vid Föreningssparbankens vägg. Någon hade spottat honom i ansiktet.

När situationen lugnat sig kom rapporter om nya oroligheter vid Nybron och utanför Centralstationen. Sirener från utryckningsfordon ljöd, upphetsade människor sprang, upprörda röster hördes, rykten spreds om bråk och blodspillan.

Uppsala var en stad i upplösning.

KAPITEL 26

Måndag 12 maj, kl. 15.30

Det var en av dessa stunder då Mitra skulle resonera med Ali. Han kände reglerna. Den här gången hade hon pratat om sin egen tid på universitetet i Teheran. Ali hade hört en del men den här gången berättade Mitra att hon varit så gott som färdig läkare då hon hämtades av säkerhetspolisen. Hon beskrev den medicinska fakulteten och den professor som inte bara var hennes lärare utan också en vän. Han försvann spårlöst strax innan Mitra själv fängslades.

Dagarna i Teheran, solskensdagarna, kunde vara utgångspunkten för livet, men lika ofta var det cellens mörker, trängseln, lukten av skräck, de orena kropparnas odör och den ovissa väntan som krökte deras liv in i en bestämmande bana.

Ali cirklade i den banan som en satellit kring moderns magra gestalt. Han iakttog henne. Skräck i andra generationen utan den första generationens solskensdagar. Vad hjälpte det att hon berättade om glädjen när punkten alltid kom att sättas efter ett sorgset ord?

– Ali, vad vill du göra?

Han försökte le, han visste att hon tyckte om hans leende.

– Jag vet inte.

– Du måste läsa, det vet du.

Hon visste, och han visste att hon visste, att Ali inte hade den ro som krävdes. Detta med nödvändigheten att studera hade reducerats till en formel som modern uttalade för att omgärda Ali med goda ord och hopp.

– Varför packar du mat på Arlanda när du är läkare?

Mitra såg ner i golvet som om hon blev generad av hans fråga. Hon dröjde med svaret.

– Du skulle ju kunna vara doktor och vi skulle bo i en villa nånstans, fortsatte Ali.

– Det blev inte så, sa modern.

– Varför tog du aldrig körkort? Vi skulle kunna åka ut på landet.

Han såg framför sig bondgården han och morfadern besökt, hur familjen svängde in på gårdsplanen och togs emot av bondfamiljen.

– Du tyckte om utflykten med morfar?

Ali nickade.

– Jag skulle vilja bo på landet, sa han och ångrade omedelbart sina ord. Han visste att varje önskan från hans sida skulle skapa nya tankar och kanske bekymmer för henne.

Men Mitra log.

– Det kan du väl göra när du blir stor, sa hon och det lät som om det vore möjligt, ja, rent av troligt, att Ali skulle kunna bo i en röd stuga på landet med en grusväg utanför, träd och buskar och fåglar som pilade fram genom luften. Ali kunde föreställa sig hur det såg ut. För första gången i hans unga liv kunde han se en bild som var hämtad någonstans utanför honom själv och det liv hans familj levde.

Mitra var precis på väg att säga något som Ali skulle ha tyckt om att höra, det såg han på det leende som förberedde hennes ord, men hon avbröts av telefonen.

– Det är en hemsk signal, sa Mitra och sträckte sig efter telefonen på väggen.

Ali förstod genast vem det var. Mitras inledande artighetsfraser på persiska och hälsningen till modern. Språnget som Mitra och Ali hade gjort avbröts. Till synes obesvärat räckte hon över luren till Ali, men han såg hennes tvekan. Anade hon något? Lika väl som han läste henne var hon den som kände honom bäst. Hon var som en sådan där blomma som Ali hade sett hemma hos sin kompis Alejandro, som vid minsta beröring drog samman sina blad, lika känslig var hon.

– Det är Mehrdad, sa hon, hans mor är sjuk.

Det kunde bara betyda en sak: hon låg som förlamad i sängen, oförmögen att ta sig upp. Mehrdad var oskadliggjord, han måste vakta på sin mor.

Allt detta hann Ali lättad tänka när han sträckte sig efter luren. Han satt kvar vid bordet. Mehrdad skulle aldrig mer få göra honom rädd.

– Ali, du mår bra?

En osannolik inledning och Ali svarade av farten lika artigt.

– Jag har sett honom, fortsatte Mehrdad.

Mitra reste sig och började plocka undan från bordet.

– Vem?

– Han som gjorde det. Vi måste träffas. Vi måste prata.

– Är din mamma sjuk?

Mehrdads andetag hördes likt en döendes i örat på Ali, eller som han föreställde sig en förlorad människas krampaktiga försök att få luft för att förlänga livet med ytterligare några sekunder.

– Jag har sett honom, upprepade Mehrdad, jag lovar. Han var typ så nära mej och jag bara stod där, vad skulle jag göra?

– Vad menar du?

– Han kände igen mej, han såg mej, jag lovar.

Mehrdad hade höjt rösten och Ali var rädd att modern skulle uppfatta hur upphetsad han var.

– Du måste hjälpa mej! Jag kan inte gå ut, du kan!

– Vad ska jag göra åt det?

Här övergick Mehrdad till persiska och Ali fick känslan av att det var ett medvetet drag från hans sida, precis som när modern gick från persiska till svenska. Det gjorde hon när det gällde allvarliga saker, Alis framtid i det nya landet eller frågor som rörde hans beteende i skolan.

Mehrdad hade sett en man i en bil på parkeringsplatsen på Gottsunda centrum. Han hade tyckt att det var något bekant med honom men var inte säker på varifrån. När mannen några minuter senare steg ur bilen och började gå i riktning mot Mehrdad och hans kompisar, så visste han. Det var mördaren. Tio meter bort. Han såg ilsken ut, gick med snabba steg och tittade upp när han passerade gänget med ungdomar, fick syn på Mehrdad och hejdade sig för ett kort ögonblick.

– Han kände igen mej, det såg jag, återtog Mehrdad på svenska. Han stirrade på mej som ett spöke.

Ali reste sig från köksbordet och gick in på sitt rum, medan Mehrdad tjatade om att han var igenkänd.

– Du måste hjälpa mej.

– Hur då?

Mehrdad hade inget svar.

– Hur såg han ut?

– Han hade jobbarkläder på sej, sa Mehrdad, upplivad av att Ali inte avvisade honom. Såna där grå byxor med stora knän och så nån jacka som dom har.

– Arbetskläder?

– Precis! Han satt i bilen och sen steg han ur.

– Ja, du sa det.

– Jag tänkte att han jobbade på den stället.

– *Det* stället heter det, sa Ali.

– OK, det stället. Jobbarstället. Det var en sån där bil.

– Stod det nåt på bilen?

– Det var en rulle matta på. Som man rullar ut, du vet.

– Rulle matta?

– En sån man rullar. På golvet, fattar du?

– Du tror alltså att han jobbade med mattor?

– Visst, varför skulle han annars sitta i en sån bil och ha stora knän?

– Det stod inget namn på bilen?

– Jag kommer inte ihåg.

– Vänta ett tag, sa Ali och la ifrån sig telefonen, gick ut i hallen och hämtade telefonkatalogen. Han slog upp »golv« i gula sidorna.

– Lyssna, sa han, om jag räknar upp lite ställen så kanske du känner igen namnet.

Ali läste upp namn efter namn, men Mehrdad kände inte igen något av dem. Ali kom på att han räknade upp företagen i Alunda och Enköping. När han kom till Uppsalaområdet greps han av den spänning som Mehrdads andetag och ivriga kommentarer vittnade om.

– ... Lauréns Golv och Vägg, Lenanders Måleri och ...

– Nej, det var ingen målning, sa Mehrdad.

– ... Linné Golv, Mellansvenska ...

– Nej, nej, inte det!

– SSK Golv AB ... Sporrongs Golv ... Stigs Golv.

– Ja, det är det. Stigs Golv, så stod det.

– Är du säker?

– Bombis, Stigs Golv, sa Mehrdad och Ali hörde hur han svalde.

Han visste inte hur han skulle bedöma Mehrdads prat om att golvmannen i Gottsunda var mördaren från Drottninggatan. Var det påhitt? Ali trodde innerst inne inte det. Mehrdad hade för dålig fantasi för att komma på något så sammansatt och det var något i Mehrdads röst som övertygade Ali om att han talade sanning, men samtidigt ville han inte bli indragen.

– Det här är värsta grejen, fortsatte Mehrdad, han vet vem jag är.

– Det kan du inte säga. Han såg ju dej bara men han vet inte vem du är. Men du får skylla dej själv. Du skulle aldrig ha gått in i affären.

Mehrdad drog ett djupt andetag.

– Du tror mej, sa han.

– Ja, sa Ali efter en lång paus, du är dum i huvet men kanske ingen som mördar.

Ali kände ingen lättnad, bara en stor trötthet. Han ville inte ha Mehrdads andetag i luren och hans angelägna och inställsamma röst. Mehrdad pratade på om hur han och mördaren hade stött samman utanför bokhandeln på Drottninggatan. Mannen hade kommit utstörtande och nästan sprungit omkull Mehrdad.

– Jag blev nyfiken, sa han.

»Du blev en likplundrare«, tänkte Ali och kände det som om han alltmer höll på att bli insnärjd i en händelsekedja han ville göra sig fri ifrån. Åsynen av den mördade liggande i en blodpöl hade förföljt honom och han ville inte ha den fortsättning på dramat som Mehrdad bjöd in till. Ali ville inte veta mer, bara glömma.

– Jag har inte tid, avbröt han Mehrdads tirader.

– Du måste hjälpa mej!

– Med vad?

– Ta reda på vem han är, sa Mehrdad. Vi måste veta.

– Varför det?

Mehrdad svarade inte. Ali anade att det var rädslan som drev Mehrdad. De kunde stöta ihop igen. Han hade stigit ur en bil utanför Gottsunda centrum och kanske bodde han i området. Risken att han återigen fick syn på Mehrdad var stor, då kusinen hängde i centrum så gott som dagligen.

– Han har dödat, sa Mehrdad tyst.

– Du har snott saker, sa Ali.

– Det är inte samma sak.

– Du snodde från en död, sa Ali med eftertryck.

Mehrdad snyftade till.

– Det känns taskigt, sa han, och det var det närmaste han skulle komma en ursäkt, anade Ali. Men du måste hjälpa mej, fortsatte Mehrdad, han vill säkert döda mej också.

– Jag måste sluta nu, sa Ali.

– Ring mej, sa Mehrdad bönfallande.

KAPITEL 27

Måndag 12 maj, kl. 15.45

Marcus Ålander gick genom korridoren. Haver betraktade hans rygg-tavla och påminde sig en amerikansk film om fångar i dödscellerna, människor som suttit i åratal i väntan på att domen skulle verkställas. En svart man, dömd för dubbelmord, oskyldig enligt hans eget förme-nande, berättade att han givit upp och längtade efter injektionen med gift. Under inspelningen av dokumentären fick mannen så ett datum utsatt. Haver erinrade sig hans vandring i den långa korridoren, om-given av fängelsepersonal och en präst, på väg mot döden. Vid entrén till den sista stationen, där kameran inte längre fick följa fången, vände sig den dödsdömde om och gav tittarna ett mångtydigt leende.

Men Marcus såg sig inte om. Han gick med kippande sandaler mot Havers rum där Bea redan väntade. Haver höll upp dörren, Marcus steg in och började omedelbart gråta, som om han under vandringen från arresten hållit sig men nu kunde slappna av och låta känslorna välla fram.

Haver stängde dörren försiktigt och gick fram till fönstret för att fälla ner persiennen, mest för att vinna tid. Marcus stod mitt i rummet. Bea, som suttit vid skrivbordet, hade rest sig och gick fram till honom.

– Hur är det? Känns det bra att få prata lite, sa hon.

Marcus nickade.

– Det var så konstigt alltsammans.

– Sätt dej, sa Bea.

Haver stod kvar vid fönstret. Plötsligt anade han varför Ann Lindell blivit så upprörd över Marcus. Det fanns ett uttryck av snipighet i hans ansikte, och till och med nu, när han förkrossad slog sig ner på stolen, snorande och snörvlande, gav han ett snorkigt intryck. Bakom de finlemmade dragen fanns en nästan aristokratisk attityd av överlägsenhet. Sådant var Lindell känslig för, det visste han sedan tidigare. Vad var det hon sett? Vad hade hon sagt? »Han är för sorgsen«, och Haver hade kopplat ihop yttrandet med Lindells egen situation, men det kunde väl inte vara hela sanningen? Ledsna människor såg de dagligen. Lindells privatliv hade sett lika erbarmligt ut i ett par års tid.

– Jag kanske mördade honom, jag vet inte, inledde Marcus efter en stunds förväntansfull tystnad från de båda poliserna.

– Kanske? sa Bea.

– Det var så rörigt.

– Berätta vad som hände den där kvällen, sa hon uppmuntrande. Ta det i den takt du vill.

Marcus såg på henne med en svårtydd min som om han blint förlitade sig på allt vad hon sa och samtidigt misstrodde hennes avsikter.

Haver kände Beas blick, han borde slå sig ner. Att stå snett bakom en person man förhör skapar ingen bra stämning.

– Jag vet att Ulrika älskar mej, innerst inne gör hon det, men han bröt sej in på nåt sätt. Han var en dålig människa, han bara klampade in i våra liv.

Haver satte sig på stolen bredvid Marcus.

– När började han klampa in?

– Jag vet inte. Ulrika sa ingenting. Det var först där vid ån som jag fick reda på nåt.

– Vad sa Sebastian?

– Att han skulle till en ny tjej han träffat.

– Och du förstod att det var Ulrika? sa Bea.

Marcus nickade och fortsatte sedan, nu något ivrigare.

– Vi hade det bra. Vi snackade om att åka till Portugal i sommar. Hon har nån kompis som bor där. Sen gör hon bara slut. Jag fattar inte.

– När ni träffades vid ån, var Sebastian hånfull på nåt sätt? Visste han om att Ulrika var din tjej?

– Det tror jag inte.

– Så du bara slog till honom och han fattade ingenting?

En ny nick.

– Han försökte inte ge igen?

– Nej.

– Han sprang iväg och du förföljde honom. Vad tänkte du?

– Att jag skulle spöa honom.

– Brukar du slåss?

Havers fråga fick Marcus att lyfta på huvudet.

– Nej, sa han med eftertryck.

– Men nu slog det slint, du kände dej bedragen, och så sprang du efter. När fick du tag i honom?

– En bit upp på gatan. Jag vet inte. Han försökte slita sej loss. Det var nån pelare där. Han knuffade till mej och jag ramlade. Jag har blåmärket på ryggen kvar än. Han vevade till på nåt sätt och sprang.

– Sa ni nånting till varann?

– Nej, jo, kanske jag sa nåt om att Ulrika var min …

– Sen då? Vart tog Sebastian vägen?

– In i affären, tror jag. Han tog upp nåt glas från fönstret och hotade mej så här, sa Marcus och höll upp handen och både Haver och Bea kunde föreställa sig scenen, två unga män, andfådda och med hjärtmusklerna arbetande på högtryck, stående mot varandra likt stridstuppar med adrenalinet pumpande.

– Han skulle skära mej, skrek han, om jag kom närmare.

– Gjorde du det?

– Jag försökte springa runt en hylla, eller välta den, jag minns inte så noga. Han bara skrek hela tiden. Jag minns inte sen ...

Marcus Ålander föll snyftande ihop. Haver la en hand på hans rygg.

– Du ville slå honom igen? sa han. Du var riktigt förbannad.

Marcus kropp skakade.

– Han hade inget med oss att göra! Hon älskar mej!

– Han höll ett vasst fönsterglas i sin hand, hotade att skära dej. Fanns det nåt du kunde komma åt Sebastian med, slå honom med?

– Jag kommer inte ihåg, sa Marcus med mycket tunn röst.

– Vad minns du? undrade Bea.

– Blodet.

– Var det mycket blod?

Marcus nickade.

– Vad hände sen? Föll Sebastian ner på golvet?

– Jag vet inte. Det sprang folk på gatan och skrek att polisen kom. Jag stack nog. Jag vet att jag gick vid ån, sen, efteråt.

– Du ville hoppa i?

Marcus nickade.

– Jag tänkte gå upp till Ullis, men ...

– Om vi återgår till bokhandeln, sa Haver, när ni står mitt emot varann, sa Sebastian nånting, förutom att han hotade att skära dej med glaset?

– Han sa att jag var en galning, att han skulle anmäla mej och så där.

– Till polisen?

– Jag vet inte, han bara skrek en massa saker.

– Du ville få tyst på honom?

Marcus vände på huvudet och betraktade Haver. Det av tårar uppsvällda ansiktet såg nollställt ut, med hakan hängande och munnen öppen i ett fånigt uttryck och ögonen grumlade av förvirring.

– Vad tror du? sa han tonlöst.

»Du slog ihjäl Lisbet Holmbergs enda barn«, tänkte Haver när han mötte Marcus blick. De såg på varandra, inte med hat men med ett avstånd som fick Haver att rysa. Senare skulle han försöka förklara för Ann Lindell vad som hände mellan honom och Marcus de där ögonblicken men misslyckades totalt. Det fanns inte ord, eller Ola Haver hade i alla fall inte de orden som krävdes. Han upplevde det som en lucka, en ofullkomlighet, i hans poliskunnande, en blind fläck i hans seende.

– Slog du honom med nånting? sa Bea och bröt den statiska stämningen.

– Jag vill bara dö, sa Marcus.

KAPITEL 28

Tisdag 13 maj, kl. 08.15

– Vad ska vi tro, sa Ottosson bekymrat.

Ola Haver och Beatrice Andersson gav varandra en snabb blick innan Ola mer i detalj redogjorde för Marcus Ålanders erkännande.

– Han är virrig men jag tror på hans story. Han har alla dom kännetecken som ger en mördare, en dråpare som sakta men säkert kommer till insikt om vad han gjort.

– Han har förträngt det som hände, sköt Bea in. I början förnekade han ju att han överhuvudtaget hade slagit till Sebastian på gatan, sen kröp det fram. När vi sen fick fram vittnen att han sprungit efter Seb så erinrade han sej det också. Jag tror inte att han ljög egentligen. Det klarnade vartefter. Nu har han kommit till butiken och jag tror att vi kommer att få fler detaljer så småningom.

– Stolen var avtorkad, sa Ottosson, stämmer det med en förvirrad mördare som slagit ihjäl nån i hastigt mod?

– Han är inte korkad, sa Haver. Han står där och inser att han dödat och reflexmässigt så försöker han skydda sej, ser sej om, försöker tänka klart för att klara sej undan.

– Som i ett äktenskap ungefär, sa Bea.

– Jodå, det har vi ju sett tidigare, sa Ottosson.

Han lutade sig tillbaka i stolen och blundade. Ola och Bea anade att han i tankarna erinrade sig gamla fall med uppskakade människor, som givit ett nästan kaotiskt intryck men som ändå förmått handla rationellt och kallblodigt.

– Han är ångestfylld så det räcker, sa Haver. Det är knappt att han håller ihop.

Ottosson slog upp ögonen.

– Behöver han en läkare? sa han.

– Vi har faktiskt skickat efter en präst. Han ville prata med nån utomstående, sa han, och jag föreslog sjukhusprästen. Han är bra. Det gick Marcus med på. Han blev nästan upprymd.

– Jaså, han blev ivrig då, sa rotelchefen. Jaha du, jag pratar med Ann och Fritzén, det lutar väl åt ... Vi har ju mycket på fötterna.

– Vad är du tveksam över?

– Det är en ung grabb, sa Ottosson, det är klart man funderar.

När Ola och Bea gått reste sig Ottosson och gick fram till tavlan med skärgårdslandskapet. Den hängde ovanför besökssoffan. Han hade ropat in den på en bonnauktion i Norrtäljetrakten för många år sedan och fått den billigt. »Det är underligt«, hade han sagt till sin fru, »att rospiggarna inte var mer köpsugna.« Hon menade att de nog var så trötta på sitt eget landskap att de ville ha något annorlunda än samma gamla klippor och hav. Det trodde inte Ottosson ett ögonblick på. Hembygden ville man ha överallt, även på väggen.

Efter en kortare tid i vardagsrummet hängde nu målningen på jobbet. Efter något år hade han förstått varför han fått den billigt. Det fanns något mörkt och hotfullt över tavlan, för bakom den skenbara idyllen med skär, en vresig tall och några obestämbara fåglar svävande i lufthavet fanns en ton av osäkerhet. Det var väl det lokalbefolkningen sett.

Vari låg hotet? Var det de mörka molnen som skymtade i fjärran eller var det kanske den förvridna furans ensamhet, vars topp var deformerad, kanske spjälkt av blixten?

Ottosson stirrade på tavlan och känslan av vanmakt och vankelmod förstärktes.

– Du hade väl kunnat måla dit ett örnbo åtminstone, muttrade han missnöjt, återvände till skrivbordet och ringde Lindell.

Ann Lindell svängde in bakom Birger Jarl och parkerade bilen bakom Slottskällan. Platserna var reserverade så hon tog fram skylten med »Polis« och la den i vindrutan och ställde sig på en tom plats. Ett par män, stående mitt på planen, den ene med en rulle ritningar under armen, tittade upp när hon smällde igen bildörren. »Han kommer säkert att gnälla«, tänkte hon och i samma ögonblick ringde telefonen. Ottosson. Hon tvekade men beslöt sig för att inte svara.

Hon såg sig nyfiket om. Backen bakom henne var ett slagfält, här hade danskar och svenskar drabbat samman för många hundra år sedan. Det hade hon läst om i tidningen. Under utgrävningarna hade man funnit mängder av benrester. Några skallar hade stulits och det hade blivit en brottsplats.

Vakterna på Birger Jarl hade högst motvilligt gått med på att träffa henne på sitt arbete. De hade jobbat sent och brukade sova länge, men Lindell hade sagt att alternativet var att de fick ett hembesök av polisen.

De två såg ut som om de vore hämtade ur ett skämtprogram på teve. Jonathan Borg var lång och muskulös, snaggad och tatuerad på armarna medan Daniel Blom var kort, ljus med en osannolik hockeyfrilla. Lindell hade svårt att hålla sig för skratt när hon fick syn på dem.

Borg var den som pratade. Rösten var släpig och oengagerad. Han såg på henne uppifrån med ett svagt nedlåtande flin på läpparna.

Han redogjorde korthugget för rutinerna, påminde än en gång om att de hade jobbat halva natten.

– Är det mycket bråk? frågade hon och vände sig mot Daniel Blom som iakttagit henne från sidan men inte sagt något.

– Det är lite bus på kvällarna, fredag och lördag är värst, så klart, men vi har väl inga större problem, sa han.

Han var inte direkt inställsam, men hade ändå ett uttryck av samhörighet som Lindell upplevt att vakter och väktare la sig till med när de pratade med poliser.

– Vilka är det som bråkar?

– Två typer, sa Borg direkt, fulla studenter som just flyttat ifrån mamma och så dom nya svenskarna, som det så vackert heter.

Den magre skrattade till. Ett väsande och glädjelöst strupljud.

– Vad gör dom?

– Gapar om att dom vill komma in fast det är fullt, pissar på gatan, slänger flaskor, hånglar, bråkar med varann, antastar förbipasserande ...

Borgs lista tycktes inte ha något slut.

– Våld?

– Nej, sällan. Det är mest munväder. Det är värst när det är stora gäng, då är det alltid nån som vill impa på dom andra.

– Som i fredags?

– Precis, sa Blom och log.

– Ni vet ju vad som hände senare på kvällen, med glaskarneval på Drottninggatan och ett mord, sa Lindell med sänkt röst och vakterna slöt sig lite närmare kring henne.

Borg nickade.

– För jävligt, sa han bara.

– Det var några kolleger här i fredags. Det är gamla rävar, ni känner säkert igen dom, men ni var ju här hela tiden. Vad såg ni?

De tittade på varandra. Blom svarade. Det hade varit i princip lugnt tills ett gäng kom vid tolvtiden. De hade inte släppts in. Några kanske hade åldern inne men de flesta var runt femton, sexton år.

– Nya svenskar mest, sa Borg.

– Vad gjorde dom?

– Fråga dina kolleger.

– Jag vill ha er bild eftersom ni, som sagt, var här hela tiden.

– Det hände väl inget särskilt. Det var en av dom som var lite speciell, om man säger så.

»Rappa på«, tänkte Lindell, alltmer irriterad, och såg på klockan.

– Han var den äldste, som nån jävla klanledare. Han skulle bara in.

– Hur gammal?

– Svårt att säga.

– Ni ville inte se leg?

– Jo, men det kan ju vara falskt.

»Hur dum får man vara«, tänkte Lindell och såg på den magre Blom, som spottat upp sig alltmer.

– Han kom alltså inte in trots att han var gammal nog, konstaterade Lindell.

– Dom klär ju sej lite udda, om du förstår.

Lindell skakade på huvudet. När ingen av dem fortsatte blev hon tvungen att fråga vad »udda klädsel« var på Birger Jarl.

– Han hade bland annat en sån där sjal som dom har på teve, dom där självmordsbombarna, du vet.

– En palestinasjal?

– Det var väl inte bara det, sa Borg svävande.

– Blev han förbannad?

– Han skrek lite om rasism och sånt, du vet.

– Ja, jag vet, sa Lindell. OK, vad gjorde mina kolleger åt det?

– Dom sa åt dom, ja, du vet, stick, så där. Dom gapar mest men sen när snuten kommer …

– Killen med sjalen kan väl anmäla er för diskriminering?

– Skojar du? Dina polare sa åt blatten att anmäla sej i Turkland.

– Var det turkar?

– Det vete fan, sa Borg med eftertryck. Vi behandlar alla lika.

– Kan ni förstå att han blev förbannad? Ni hade inte fullt och han var gammal nog, men ändå släpps han inte in.

– Vi har ju vissa principer.

– Som, sa Lindell blixtsnabbt.

– Asså, det är ju ohållbart om vi skulle mixa …, började Borg, men Blom avbröt honom.

– Vi känner våra gäster, det är mest städat folk. Det här är ett seriöst place och då måste man göra vissa prios.

– Prioriteringar alltså, sa Borg och nickade.

– Sen kom ju dina kolleger en ny sväng men då hade det lugnat sej. Det är inte många som tänker på oss, hur vi har det, sa Blom med eftertryck.

– Det är inge lätt jobb, fyllde Borg i.

– Vad sa du, kom mina kolleger tillbaka? Samma polispatrull?

– Javisst, det gillade vi, att ni bryr er.

– När var det?

– Ja, vad tror vi, sa Blom, som inte märkte något av Ann Lindells spänning, efter ett nån gång.

– Ja, det måste det vara, sa Borg ivrigt, Leo hade precis gått. Han skulle dejta nån vid ett.

Vardagsrasismen kände Lindell igen. De där små orden som kom smygande. Ibland kom hon på sig själv med att hysa klart rasistiska uppfattningar. Hon skämdes men brukade ursäkta sig med att fördomar alltid frodas och att hon själv inte var opåverkad av tidens strömningar.

Hon gick sakta tillbaka till bilen, beklämd av vad hon hört.

– Turkland, mumlade hon och såg sig om. Vakterna stod kvar på trottoaren. Borg skrattade. Blom gjorde en slags pantomim och Borg skrattade ännu mer. Var det åt henne? Hon ökade på stegen. Hon kom att tänka på Klara, en flicka från en liten by utanför Ödeshög, och hur de retat henne för att hon var »knäpp«. Klaras misstag var att hon stammade och att hon var »bonnig«. Det räckte för att skapa ett helvete. Ann hade varit en i den jagande flocken och hon rodnade vid minnet.

Ann såg Klara många år senare på ett torgmöte i Vadstena, då hon utan stamning och med en frejdighet hon aldrig visat i skolan talade sig varm för djurens rätt. Klara hade känt igen henne, det märktes på det sekundsnabba leendet, och Ann skämdes retroaktivt, men blev också på ett egendomligt sätt förargad över leendet och Klaras frimodighet. Hade det varit bättre om hon slagit ner blicken så som hon gjort tjugo år tidigare?

Ann hade förutsatt ett sådant beteende men när den mobbade slutade vara offer och blev en agerande människa som inte bad om ursäkt för sig själv, blev Ann på ett dunkelt sätt misslynt. »Stå där och gapa om djurens rätt«, minns hon att hon tänkte. Klara av alla människor.

Samma känsla kunde hon få när en invandrare kritiserade någon företeelse i det svenska samhället. »Ska du säga«, kunde hon tänka, som om en Carlos eller Muhammed inte hade rätt att vara kritisk.

Det var märkliga irrgångar och Ann aktade sig för att lufta sina tankar. I en tidigare utredning där hon mött en peruansk flykting hade hon ansträngt sig för att inte falla in i ett schablonartat tänkande. Hon ville tänka omvänt och berättade långa passager av hans vittnesmål högt för sig själv, som om det vore hennes egen berättelse, och fann då att perspektivet försköts.

Ricardo hade lärt henne mycket, inte bara om Peru och hur det kändes att vara en »svartskalle« och flykting, utan också hennes sätt att arbeta som polis hade förändrats.

Hans historia var så osvensk och hans berättelse så full av kollisioner med hennes egen bakgrund och värdeskala att hennes tänkande inte längre blev detsamma. Det var så hon känt det, som om hennes omloppsbana rubbades.

Ricardo hade varit en helt ung man men hans ord ägde en sällsam bärighet för Ann. Han var inte bara flyktingen med den hemska bakgrunden utan fastmer en ingång till en ny syn på sig själv och samhället omkring henne. Allt detta hade hon insett långt senare.

Nu stod hon på en plätt av Uppsala, med barnröster från Svandammen, med tusentals lik under sina fötter och fågelsång från Slottsbacken, och hon visste att utredningen tog ett språng. För vad hade vakterna sagt, att Surahammar-Andersson och Lund vid ettiden återkommit en andra gång till Birger Jarl. För Ann Lindell var det en nyhet och säkerligen för Munke också. Här hade hon svaret på hans undran om »deras egna rörelser på stan«.

Det besöket fanns inte registrerat, det var Lindell övertygad om. Klockan ett. 01.21 kom larmet från Drottninggatan. Ann hade tidigare stått vid Uppsalakartan och försökt lista ut vilken väg de tagit. Nu visste hon, övertygad om att de passerat centrala stan på väg till Svartbäcken. Vad hade de sett? Varför hade de inte slagit larm? Vandaliseringen måste väl ha satt fart just vid den tiden.

– Äckel, mumlade hon, men tydligen så högt att arkitekterna ryckte till.

– Jag menar inte er, sa hon.

– Det får vi hoppas, sa den ene. Kan vi hjälpa till, kanske?

– Tack, jag tror inte det.

– Är du polis?

– Bra gissat.

– Ska jag vara ärlig så kände jag igen dej från pressen.

Ann Lindell blev generad. Det blev hon varje gång hon påmindes om reportaget i en av de mest lästa damtidningarna. Aningslöst hade hon låtit sig intervjuas. Pikarna på jobbet kom alltmer sällan men bland allmänheten hade tydligen porträttet av den ensamstående kriminalpolisen gjort ett djupt intryck.

– Besökte du våra hänsynsfulla grannar?

Lindell nickade.

– Ni var ju här i fredags också. Det var ett jäkla liv.

– Jobbar ni så dags?

– Vi hade en liten tillställning, sa den äldre av de två.

– Jaha, och vad såg ni, eller hörde? sa Lindell och tog ett par steg närmare männen.

– Först var det bråk på Flurran och sen drog dom hit. Det var det gamla vanliga. Skrik och skrän och ölburkar i häckarna. Panten ger en skaplig kaffekassa, sa den yngre och skrattade.

– Det är Rogers jobb att plocka burkar på måndagarna, sa den andre.

– Jag fattar inte, om dom vill ha kul kan dom väl gå in och lyssna på musiken och ta sej en pilsner, sa Roger, som valde att inte spinna vidare på burktemat.

– Dom är för unga, sa Ann Lindell, och har dom åldern inne så får dom ändå inte komma in för att dom heter Muhammed och har en palestinasjal.

Arkitekterna såg förvånat på henne, inte så mycket för orden som för det sätt på vilket hon spottade fram dem. De var svarslösa, kanske generade över Lindells plötsliga utbrott.

– Så är det, sa hon, jag har just pratat med två gårdvarar som vaktar nöjespalatset.

Hon körde ut på Nedre Slottsgatan och följde den norrut, troligen samma väg som gänget tagit på fredagen, och kanske polispatrullen ett tag senare.

Hur såg gänget ut? En löst sammansatt grupp av ungdomar mellan femton och tjugo år, några kanske berusade, alla uppretade, på jakt efter något, oklart vad, gapiga, skyddade av gruppens massa, avidentifierade och övertygade om att just den här kvällen var den viktigaste i deras liv.

Ann mindes hur laddad varje lördagskväll var när hon själv var tonåring i den lilla östgötska håla som de ville omvandla till en karnevalsplats. »Vad var det vi sökte efter«, tänkte hon medan hon svängde in på Drottninggatan. »Kärlek kanske, att fatta varför vi levde och hur vi skulle kunna leva.«

Hon bromsade in för att efter några meter stanna helt. En bilist bakom henne tutade ilsket. Ann Lindell svängde in på Trädgårdsgatan. Hon försökte intensivt att minnas hur det kändes för över tjugo år sedan. Själv hade hon inte varit speciellt utlevande och inte utmärkt sig i gänget. Hon var en av dem som hängde på och iakttog. Konkurrensen var vad hon mindes bäst, att känna sig påpassad för hur man klädde och sminkade sig och lojaliteterna som skiftade.

En gång var hon med om något mer allvarligt, en händelse som till och med blev rubriker i lokalpressen. Under en ovanligt händelsefattig kväll krossade någon en bilstrålkastare. Ann kunde fortfarande minnas ljudet av splittrat glas som föll ner på gatan. Den följdes av en till, ytterligare en och sedan var det hela igång. Tidningen skrev om hundratals krossade lyktor.

De saknade motiv. Lindell deltog inte själv aktivt men protesterade heller inte. Hon lät det ske, på ett gåtfullt sätt lockad av det puffande ljudet när glasen sprack och upphetsad av den glädjelösa spänningen att dra från gata till gata med en enda mission: att förstöra.

Först nu såg hon parallellen mellan fredagens händelser och sina egna upplevelser i Ödeshög. Hon kände hur rodnaden steg på kinderna.

Ungdomsgänget utanför Birger Jarl hade blivit provocerade av rasistiska vakter och två kolleger och det räckte för att sätta igång händelsekedjan. Vari låg provokationen i Ödeshög? Att de var unga i ett samhälle som de upplevde inte tyckte om ungdomar? Eller var det Magnus, som Ann var hemligt förälskad i, som startade det hela? En enda strålkastare räckte för att få det destruktiva maskineriet att rulla.

Vad skulle det bli av ungdomarna på Drottninggatan? Oddsen var väl sämre, det insåg hon. Ödeshög i slutet av sjuttiotalet var väsensskilt från Uppsala 2003.

Ödeshög och dess innevånare kände hon utan och innan och hon hade inga problem att följa moderns långa referat om händelseutvecklingen, eller sätta sig in i hur och varför saker och ting hände i den sömniga orten. Hon kände det yttre men också det inre landskapet.

När det kom till Uppsala var det sämre. Hon kunde orientera sig men staden framstod många gånger som enbart geografi, en gatuplan, där buset, Karl Waldemar Andersson, våldsbenägen och en notorisk småtjuv, eller Barbro Lovisa Lundberg, heroinmissbrukande prostituerad, framstod som klippfigurer infällda i ett landskap av kända adresser.

Hon kunde läsa Östgötakorren och direkt se mönstret, den fysiska såväl som den mentala bakgrunden till rubrikerna, medan hon i Upsala Nya Tidning såg skenet av en stad som hon aldrig lärt känna riktigt.

Kände någon av kollegerna den del av staden som de nu konfronterades med? Berglund och Ottosson var hejare på det gamla, traditionella buset och de miljöer de stigit upp ur, eller snarare sjunkit ner från, det hade Lindell konstaterat i mängder av utredningar. Men när det kom till Muhammed och Dacca så var det ett kartblad i en atlas, en platt bild av en främmande terräng.

Ann Lindell gissade att det var Birger Jarl-gänget som krossat Drottninggatan och det var ju också Munkes analys. Men hur skulle hon komma i närstrid med dem? Hon erinrade sig taxichaufförens samtal med Sammy om invandrarkillen som stått utanför Fågelsångens konditori. Hade han varit delaktig och hur skulle de kunna hitta honom?

Hon startade bilen och rullade den enkelriktade gatan ner medan hon önskade att hon kunde förflytta sig några dygn tillbaka i tiden. »Här börjar vi«, tänkte hon och log, och kände för första gången under utredningen en slags optimism.

På väg till Savoy, hennes tillflykt när hon behövde fundera, förstod hon att hon måste ta striden med Munke. Hon var inte rädd för honom men kände en underdånig respekt för den erfarne kollegan. Hade det varit någon annan som uttryckt sig så diffust om »rörelserna på stan« så hade hon gått på hårdare.

Nu hade hon mer på fötterna. Lund och Surahammar-Andersson hade sölat på stan, det var uppenbart, men betydligt intressantare var att de rört sig i centrum under den kritiska tiden kring ett.

Munke fick säga vad han ville men Lund och Andersson måste grillas. Pusslet måste läggas. Nu kände hon till vakterna och deras resonemang. Ordningspatrullen var den andra parten och för att nå den tredje parten i dramat, ungdomarna, måste hon och Munke ta konfrontationen med kollegerna.

Hon slog sig ner vid stambordet på Savoy. På fatet framför henne låg en prinsessbakelse. Hit skulle hon kunna gå med Erik när han blev lite äldre.

Edvard då? Som vanligt poppade han upp. Skulle de någonsin ta en fika tillsammans? Hon kom på att han rest till Thailand. Den gamla kända spänningen återkom i hennes kropp. Hon stack skeden i den gröna marsipanen men stannade upp i rörelsen. Kan vi leva så här? Hon såg sig om i lokalen som var tom sånär som på en äldre man försjunken i tidningen.

»Varför frågade han mig om jag skulle följa med? Var det på djävulskap? Nej, det var inte likt Edvard.« Hon tänkte tanken: Edvard och hon själv på en främmande strand. Hon släppte skeden. En stillsam glädje sköt upp inom henne. En liten låga brann där inne och hon ville så gärna hålla den vid liv. Gång på gång återkallade hon bilden av Edvard och hon på en kilometerlång strand. Sol som balsam mot kroppen, havet som rullade in och vad mer? Hon hade svårt att föreställa sig ett tropiskt klimat. Det var fjärden på Gräsö som återkom. Hon sköt undan fatet med bakelsen.

Vad var det som hände? Förändringen blev rent fysisk. Hon rörde oroligt på sig, svalde, kikade på mannen några bord bort, men han läste med samma intensitet som tidigare.

Ann Lindell reste sig och lämnade Savoy med en dubbel känsla av att allt var förlorat och att allt var möjligt. Edvard var möjlig. Plötsligt, för första gången på ett par år, framstod han inte bara som en drömbild, ett återsken från en gången tid fylld av smärta och svek, utan som en realitet, en faktiskt fysiskt levande människa som det gick att prata med, betrakta öppet och i smyg, röra vid och älska.

Solens strålar träffade henne med en våldsam kraft. Gatans ljud, skolungdomarna som cyklade förbi, ett yngre par som svängde upp mot konditoriet, ett handfull hantverkare som steg ur ett par bilar, livligt samspråkande, allt fick henne att stanna upp för några ögonblick.

– Maria, vänta, hörde hon någon skrika. Lindell vände sig om och fick se en tonårsflicka leende vänta in sin kompis.

– När börjar dansen? hörde Ann henne säga, och hon önskade att hon var en av flickorna på cykel, på väg till dansen.

Två damer med rollatorer kom knallande i bredd och tog upp hela trottoaren. Lindell steg åt sidan.

– Per-Ove kör ju så gärna, sa den ena damen.

– Men det var omtänksamt, sa den andra.

»Människor«, tänkte Ann Lindell. »Jag är mitt bland människor.«

KAPITEL 29

Tisdag 13 maj, kl. 09.30

Edvard lämnade hotellets öppna reception, gick nerför en trappa och det brände till under fötterna.

Han flinade ett lycksaligt leende och satte kurs på strandlinjen. Temperaturen var trettiofyra grader i skuggan. Han trodde att det var det varmaste han upplevt i hela sitt liv.

Sanden blev allt svalare ju närmare han kom havet. Han såg sig omkring. Leendet ville inte lämna hans läppar. Ett par, hand i hand, korsade hans väg. Han såg efter kvinnan. Hennes hud var gyllenbrun och hon bar en djupt röd bikini. Mannen vid hennes sida skrattade till. Hon släppte hans hand och sprang några steg, vände sig om och sa något. Mannen sprang ifatt henne och la armen runt hennes axlar.

Edvard blev stående. Han tänkte på Gräsö. Där var det stenblock, taggiga havtornssnår och hällar. Och han mötte sällan någon. Definitivt ingen vacker kvinna i röd baddräkt. Stötte han ihop med någon var det antingen Lundström eller ungraren och ingen av dem var speciellt attraktiv.

»Jag får se upp, så att jag inte framstår som en fluktande lantis«, tänkte han. Redan i Phuket hade han fått en kommentar av ett svenskt par han pratat med. De hade sagt något om prostitutionen och ensamma män som åkte ner för att köpa sig sex. Han trodde i och för sig inte att de menade honom personligen, men faktum kvarstod att han var ensam man i en ålderskategori som ofta sökte sällskap bland tjugo, trettio år yngre thailändskor.

Vattnet var ljumt och han fortsatte ut, stannade innan shortsen blev blöta och backade några steg för vågornas skull. Friheten att stå vid ett hav berusade honom. Han återupplevde några av de mest befriande stunderna han haft på Gräsö. Horisonten gick samman med havet i en blågrön nyans. Ett par långbåtar tuffade i fjärran. Han visste att han om ett par dagar skulle veta om de var på väg in eller ut, för här skulle han vandra, studera människorna och de farkoster som passerade och lära sig deras rutiner. Det var väl med de thailändska fiskarna som med Lundström, de hade sina tider.

Mentalt var han fortfarande kvar i Roslagen. Intrycken var för mäktiga. Allt var nytt, men han visste redan att han skulle trivas på ön Lanta.

Ett halvdussin hundar jagade runt på stranden och framförallt fäste han sig vid en svartvit tik som liknade en spets. Hon sprang till synes oberörd av de övriga, stötte ihop med någon av de andra hundarna men inlät sig inte i något tumult, utan fortsatte vidare. Ibland la hon sig ner som för att vila, med huvudet mellan tassarna, eller på sidan med benen utsträckta, oberörd av de förbipasserande thailändarna som samlade musslor eller barnen som lekte.

Han gick närmare och satte sig på huk bredvid henne. Tiken öppnade ett öga men slöt det omedelbart. Edvard skrattade till. Hon var totalt avslappnad, ständigt på semester.

Han gick vidare längs strandlinjen, glad att han kommit iväg. Han mötte en hel grupp turister, fransmän trodde han, som gestikulerade och talade i munnen på varandra.

Plötsligt blev Edvard betryckt och för en gångs skull släppte han taget. Oftast höll han tillbaka när han kände att de onda tankarna kom smygande. De hade snärjt honom tillräckligt många gånger och han hade bestämt sig för att bli en annan människa, friare, för det gamla kvarnhjulet som malde i hans inre skapade bara elände.

Han såg tillbaka. Hunden hade rest sig och larvade iväg i samma riktning som han själv. Den mötte fransmännen men brydde sig inte om deras framsträckta händer och försök till kontakt. »Kom hit«, tänkte Edvard, »följ med mig istället.« Han avvaktade tills spetsen kommit fram helt. Då började han springa och spetsen följde efter, till en början tveksamt men sedan allt hastigare. Tiken sprang om Edvard, stannade efter ett tiotal meter och inväntade honom, lät Edvard passera innan den själv satte fart igen.

Så höll de på tills stranden övergick i blocksten och där slog sig Edvard ner. Han svettades och pustade i värmen. Hunden la sig vid hans fötter och Edvard kände en mycket stor tacksamhet mot sin nyfunna vän. »Räddad«, tänkte han.

De såg på varandra. Edvard berättade om att hundarna i hans land oftast fick gå i koppel. Han talade om att han kommit till Thailand ensam men att det fanns en kvinna i Sverige som hette Ann Lindell.

– Hon kunde inte följa med, sa han och hunden såg på honom med sina förståndiga ögon.

– Jag älskar henne, fortsatte han och förvånade sig över att han tog de orden i sin mun. Det var så länge sedan han använt ordet »älska« att det kändes högtidligt och främmande, som om det inte vore giltigt för honom.

Hunden reste sig och släntrade sorglöst iväg utan att säga ett ord. Kvar satt Edvard med fötterna i vattnet och stirrade ut över det Andamanska havet likt en strandsatt som väntar på att bli räddad.

Hotellet hette »Golden Bay« och bestod av ett fyrtiotal små hus helt nära stranden. Edvard hade fått nummer elva och var mycket nöjd med allting, inte minst personalens avspända hållning. Där fanns Mr

Job, som fungerade som något av en arbetsledare, och Miss Sunny, som trots sina tjugofyra år var en veteran på anläggningen.

Edvard slog sig ner och pratade med personalen, hörde efter om deras arbetsvillkor och löner. Kocken kom ut, en ung man med intensiva mörka ögon och tjusarlock i pannan, och deltog i samtalet. Han skrattade och pratade om fisk.

Till lunch åt Evard röd snapper. Det bekymrade personalen att han var ensam och de försökte tussa ihop honom med något sällskap, men Edvard förklarade sig fullständigt nöjd.

Han ljög, för visst iakttog han de övriga gästerna en smula avundsamt. Han skämdes för sin ensamhet. Den lyste omkring honom i detta land av skratt och samtal. På Gräsö var det ingen som höjde på ögonbrynen för att han knallade omkring ensam eller for ut i båten med vitfåglarna som enda sällskap.

När han var framme vid desserten kom en kvinna fram till hans bord.

– Får jag slå mej ner?

Edvard nickade.

– Hur visste du att jag var svensk?

Hon pekade på snusdosan på bordet.

Han hade inte sett henne tidigare. Hon var svenska, från Norrtälje visade det sig, och reste ensam omkring i Thailand och Malaysia.

Edvard blev glad, gladare än vad han ville visa. Han skrattade mycket den kvällen och såg på henne i smyg när hon angrep den helstekta snappern på sin tallrik. Han trodde att hon var knappt fyrtio. »Som Ann«, tänkte han, men där slutade också likheterna.

Marie Berg var mörk och nästan lika lång som Edvard. Hon hade ett lustigt sätt att tala, korta smattrande meningar, likt kulsprutekärvar, som lika hastigt tystnade, medan hon intensivt betraktade Edvard och väntade på ett svar eller en kommentar. Det tog en stund innan han vande sig vid intensiteten.

– Du är inte som Viola, sa han vid ett tillfälle och Marie såg för första gången lite överraskad ut.

– Jag bor med henne, sa han och Marie log osäkert.

– Och hon är inte som jag?

– Du är inte lika rynkig. Hon är runt nittio. När hon pratar med mej så vänder hon sej mot skåpluckorna i köket. Det är samma sak med Viktor, hennes särbo som hon aldrig har varit tillsammans med men som alltid funnits där.

Edvard såg ut över havet. För en gångs skull avvaktade hon.

– Dom är som släkt, sa han, och jag kommer att sakna dom otroligt mycket. Det är som Albert, min farfar, som blev nästan hundra år, han betydde enormt mycket.

– Har du inga yngre polare?

Marie Berg attackerade och avväpnade Edvard med sitt direkta sätt. Efter ett par Singha till hade han berättat allt, som han själv upplevde det, allt om sitt liv.

Han anade att hon var sugen på samtal efter sitt ensamma kringflackande, glad över att ha hittat en landsman utan ressällskap, men visst var han en smula smickrad över hennes intresse.

De bestämde sig för att utforska stranden tillsammans.

Han betraktade henne, iklädd ett par vida, knälånga byxor hon köpt i Penang, och ett minimalt linne med de små brösten fullt synliga när hon böjde sig fram för att plocka snäckor.

Han lyssnade på henne när hon berättade att hon var singel sedan ett par år. Hon hade en son som var nitton och som pluggade första året på Tekniska högskolan i Luleå.

Han tänkte på henne på kvällen när de dragit sig tillbaka till sina respektive bungalows, log åt hennes entusiasm över de vänliga människorna de mötte på sina promenader. De hade träffat på en fiskarfamilj som redde näten. De satt en bit upp på stranden, i skuggan av några tamarindträd, och plockade mångfärgade fiskar och skaldjur ur sina bristfälligt lagade nät.

Edvard tog kort med Viktors gamla kamera. Marie hade skrattat åt femtiotalskameran med det bruna fodralet och Edvard hade surmulet förklarat att optiken var helt oöverträffad. Han hade själv skrattat när Viktor hade erbjudit honom kameran men nu försvarade han den antika tingesten med samma argument som Viktor gjort.

Marie lekte och pratade med barnen. En av tonåringarna kunde lite engelska och hon förhörde sig om deras skolgång, vad de fick betalt för fisken och mängder med andra frågor. Det blev ett samtal där alla la sig i och den tonårige pojken fick fullt sjå att översätta.

Edvard hällde upp en skvätt gin han köpt på flyget, spillde i lite tonic och mådde bättre än på mycket länge. Han var inte längre ensam. Marie fanns ett par hus längre bort. De skulle träffas igen.

KAPITEL 30

Tisdag 13 maj, kl. 10.10

Mehrdad såg ner på sina händer. De var betydligt större än Alis. Han vred dem som om han omsorgsfullt gnuggade in tvål. Överhuvud- taget hade han, alltsedan Ali kom in i rummet, rört sig oroligt, flyttat sig från sängen till skrivbordet, fingrat på saker, rest sig igen för att några sekunder senare slå sig ner på sängen. Ali satt på golvet, lutad mot en garderobsdörr. Han kände sig alltmer obehaglig till mods. Det var inte bara Mehrdads oro utan också det faktum att han skol- kade från skolan igen. Mitra skulle hålla en lång föreläsning om hon fick veta att han gått hem till Mehrdad istället.

– Vad ska jag göra med hans saker?

Ali förstod att Mehrdad menade den mördades tillhörigheter.

– Ge dom till polisen, sa han.

Mehrdad såg på honom med en tom blick.

– Eller hans föräldrar, fortsatte Ali obarmhärtigt, han måste väl ha släktingar.

Mehrdad drog åt sig en kudde och kramade den, pressade den mot kroppen.

– En mamma och en pappa.

Ali njöt av att plåga kusinen. Han hade rånat en död människa och skulle få lida för det. Ett visst mått av personlig hämnd fanns också hos Ali. Mehrdad hade hotat honom. Nu hade Ali något att påminna Mehrdad om. Han som annars brukade kommendera sin omgivning, nu var han i underläge.

– Alla svennar har en morsa och en farsa, sa Mehrdad buttert.

– Inte alla. Jakobs pappa är borta.

– Inte som våra. Hans farsa finns ju nånstans.

– Tänker du ofta på din pappa? undrade Ali, som plötsligt tyckte synd om Mehrdad.

– Mamma pratar med honom varje dag, sa kusinen. Jag hör hur hon snackar om mej också. Hon berättar för Mustafa vad som händer. Jag tror hon är sjuk i skallen.

– Det kanske är det som får henne att orka leva, sa Ali, med den där kloka tonen som Mitra brukade använda. Hon är som morfar, fortsatte han, pratar med döda.

Mehrdad såg uppmärksamt på honom.

– Har du tänkt på att det dör folk hela tiden, sa han. En del tar livet av sej, bara så där lugnt.

Ali ville inte prata om döden, men Mehrdad fortsatte trots Alis demonstrativa suck.

– Såna som vi också, tonåringar, som bara bestämmer sej.

Ali reste sig.

– Tror du det gör ont?

– Jag vet inte, sa Ali, men vad ska du göra? Med hans saker, menar jag.

– Du måste hjälpa mej, fattar du? Om morsan fick reda på det här så dog hon direkt.

Ali kunde föreställa sig Nahids förtvivlan om polisen stod utanför dörren och frågade efter rånaren Mehrdad. Han hade rätt, hon skulle inte klara sig en dag utan förhoppningen att hennes son skulle bli en människa med framgång.

Nahid hade blivit av med jobbet på Arlanda som Mitra ordnat, enbart av den anledningen att hon var så orolig för sonen. Stup i ett hade hon gått ifrån för att ringa Mehrdad. Hon kom ofta för sent och ibland dök hon aldrig upp. Till slut hade basen tröttnat. Mitra tiggde och bad att väninnan skulle få stanna men det hade inte hjälpt.

– Nahids oro sprider sej, sa basen och det stämde. På cateringfirman jobbade mest invandrarkvinnor, många med likartad bakgrund som de två iranskorna, och de påverkades av Nahids ständiga prat om sin döde man och sonen. De hade alla söner och döttrar att dra försorg om.

– Jag vill inte bli inblandad, sa Ali.

– Det är du redan. Vi är dom enda som vet vem mördaren är, fattar du? Han är skitskraj för oss.

– En mördare är inte rädd, sa Ali.

– Varför tror du man mördar? Han är skraj, avgjorde Mehrdad.

– Men inte för oss.

– Vad tror du han tänker på?

Mehrdad gav Ali några sekunder att tänka innan han fortsatte.

– Han tänker på att jag känner igen honom.

– Vad ska du göra åt det?

– Om vi visste vad han heter så kunde vi ringa polisen, sa Mehrdad.

– Och hur ska du förklara vad du gjorde i affären?

– Jag behöver inte tala om för dom vem jag är. Jag ringer ...

– Anonymt, fyllde Ali i.

De såg på varandra. Nahid hostade i rummet bredvid. Mehrdad lystrade och reste sig från sängen. Obeslutsamheten lyste om honom och plötsligt tyckte Ali mycket synd om honom.

Mehrdad satt tyst vid Alis sida, såg uppmärksamt ut genom bussfönstret som om de var på en guidad tur. De steg av på Bergsbrunnagatan och startade sökandet. Efter en kvarts virrande mellan olika företag hittade de »Stigs Golv«, eller snarare en pilskylt som pekade in mot en gårdsplan.

210

Det var först nu som Ali på allvar trodde på sin kusin. Golvfirman fanns, de kunde till och med skymta bilen som Mehrdad pratat om. »Golvmannen« fanns. Om han sedan var mördaren var en annan sak.

De gick förbi och sneglade in på gården. Grinden stod öppen och de kunde se en barack, en sopcontainer och en massa metallskrot utanför ett företag som hette »Allt i pumpar«.

– Det är inte nån stor fabrik, sa Ali.

– Desto bättre, sa Mehrdad.

– Hur ska vi göra?

Mehrdad såg svarslös på honom. Ali visste att det var han som fick stå för planeringen.

– Vi kanske ska vänta på andra sidan gatan, kastade han fram, och se om han dyker upp.

– Vi syns, sa Mehrdad.

– Jag kan gå in på gården, sa Ali plötsligt. Jag kan låtsas att jag letar efter en prao-plats.

Mehrdad grep honom i armen.

– Han är farlig.

– Han känner inte igen mej.

– Vi är lika, sa Mehrdad.

Ali såg på kusinen och tänkte att de var allt annat än lika, men han förstod vad Mehrdad menade.

– Jag provar, sa han, ignorerade protesterna och korsade gatan.

En tankbil passerade tätt bakom hans rygg och han kände doften av något främmande ämne. Vinddraget från fordonet virvlade runt i hans hår. »Så lätt är det att dö«, tänkte han, och gick in på gården.

Utanför Allt i pumpar stod två män och diskuterade. De såg likgiltigt på Ali, den ene tände en cigarett och sa någonting som fick den andra att skratta. Ali tyckte om männen, deras förtroliga sätt, han hörde några ord som han inte visste vad de betydde.

Ali tyckte om hela gatan med dess ljud och aktivitet. Hadi hade berättat om gatan i Shiraz där morfaderns äldre bror hade en reparationsverkstad för mopeder. Hadi beskrev dofterna, arbetsljuden och

hur männen, svarta av olja och sot, ropade till varandra över arbets-
bänkarna.

Ali såg sig omkring som om han letade efter något. Baracken där
Stigs Golv var inhyst såg sliten ut, väggen var flagnad och en bit av
takpappen hade lossnat och rörde sig i vinden som en flagga. Firma-
bilen stod parkerad med bakdörrarna vidöppna.

Containern var till bristningsgränsen fylld av skrot. Ali kunde
skymta blanka plåtbitar och rostiga rör. »Den borde tömmas«, tänk-
te han, och i samma stund backade en containerbil in på gården. En
man stack ut sitt huvud genom en vikdörr, steg ut på gården och vin-
kade åt chauffören. Denne log bara. Han visste ju vad som skulle gö-
ras. Tusentals gånger hade han backat till och behövde ingen som
gestikulerade. Det var i alla fall så Ali tolkade hans min.

Chauffören klev ur, hakade av lyftanordningarna och fäste dem i
containern. Han rökte med njutningsfulla drag och allt han gjorde
såg lätt ut. Han höll upp någon sekund, tog ett nytt bloss och log mot
Ali. Därefter drog han fram ett grönt nät från bilens underrede. Ali
följde hans rörelser och märkte inte mannen som kom gående över
gårdsplanen.

– Vad fan gör du här?!

Chauffören vände på huvudet. Ali for runt och såg in i ett par
mycket blå ögon. Mannen var arbetsklädd och bar knäskydd. Knäna
såg fyrkantiga ut och tyget var slitet och missfärgat. Instinktivt ville
Ali springa sin väg, men han fann sig och stammade något.

– Va?

– Jag letar efter en grej.

– Vadå för grej? Du snokar bara.

Han högg tag i Alis axel och gav samtidigt chauffören en blick.

– En verkstad, typ.

Ali kände hur svetten rann på hans kropp och hur magen hotade
att vändas ut och in.

– Här finns ingen verkstad.

– För motorcyklar, sa Ali.

Mannen knuffade honom i riktning mot grindhålet.

– Ge fan i grabben, sa chauffören plötsligt.

– Vi har haft så mycket skit här, sa golvmannen.

– Jag ska på prao, sa Ali.

– Jo, mors, det är lika bra du sticker.

Han borde gå men stod kvar. Han hade haft en mördares hand på sin axel och känt hans andedräkt. För visst var det mördaren?

– Det är ingen idé, sa chauffören och nickade mot golvläggaren som gick mot baracken. Ali förstod inte riktigt vad han menade, men löstes ur försteningen och gick sakta mot gatan. Han hörde hur dörren till baracken slogs igen och stannade och såg sig om. Chauffören fortsatte med sitt. Ali gick tillbaka och lite närmare så att containern skulle skymma honom.

– Känner du honom?

Chauffören skakade på huvudet.

– Han är inte slug. Han brukar gapa på mej när jag är här, sa han.

– Jobbar han på Stigs Golv?

– Stämmer. Varför frågar du?

– Hur många jobbar där?

Chauffören svarade inte utan började dra nätet över lasten.

– Håll i här, sa han, men Ali förstod att det egentligen inte behövdes. Två, sa mannen i förbigående och gav Ali en hastig blick. Varför undrar du?

Ali tvekade. Han behövde chauffören, det insåg han. Någon som kunde hjälpa honom.

– Han har varit elak mot en tjej jag känner, sa han.

– Tjej? Din syster?

Ali nickade.

– Vad har han gjort?

Chauffören blev ryckig i sina rörelser, såg mot baracken, rundade bilen, drog i nätet och fäste det på den andra sidan. Ali stod kvar och höll i en repstump. När chauffören kom tillbaka var hans ansiktsuttryck förändrat.

– Nej, kärleksbekymmer rör inte mej, sa han. Det där får du fixa själv. Hur gammal är din syster?

– Tjugosex, drog Ali till med.

Chauffören tittade på Ali innan han gav lasten en sista blick och steg upp i hytten. Ali tog några steg närmare.

– OK, sa föraren, tack för hjälpen.

– OK, sa Ali, men just när bilen rullade iväg skrek han till.

– Han har mördat!

Lastbilen stannade.

– Vad sa du?

– Det där om min syster var inte sant. Jag har ingen.

– Mördat, vad fan menar du?

Chaufförens ansikte uttryckte förvåning och kanske också rädsla. Ali visste inte hur han skulle börja.

I samma stund kom golvmannen gående, mörk i synen och med sikte på Ali. Chauffören såg honom också och öppnade bildörren, men Ali sprang. Ute på gatan såg han Mehrdad ett tjugotal meter bort, gestikulerande med båda händerna. En grupp kvinnor som passerade tittade roat på honom.

»Vi är bortgjorda«, tänkte Ali och sprang vidare, passerade den förvånade Mehrdad och skrek till honom att de var upptäckta. Mehrdad stirrade mot grinden innan även han började springa.

– Jag såg honom, fick Ali andfått fram.

De sprang som de aldrig gjort förut, nerför gatan, korsade järnvägen och kom in i en liten park. Ali saktade in och stannade, lutade sig mot ett träd och när han förmådde tala berättade han för Mehrdad vad som hänt.

– Kanske han hörde när den där gubben i lastbilen sa »mördat«. Jag vet inte, men han var rätt så nära.

Mehrdad såg häpen på honom.

– Berättade du för lastbilsgubben att golvmannen var en mördare? sa han vantroget.

– Han trodde inte att jag hade en syster, det lät så overkligt.

– Men måste du berätta allt?

Ali sjönk ner på marken med ryggen mot trädet.

– Han verkade schyst och det kändes så knäppt att ljuga.

– Tänk om dom snackar med varann, sa Mehrdad, då får han ju …

– Han visste väl redan att du sett honom.

– Jo, men inte att vi letar efter honom.

Stora regndroppar började falla. Pojkarna såg upp och sedan på varandra. De satt med ryggarna mot varsitt träd. Regnet tilltog i styrka men trädkronorna skyddade dem från det mesta av blötan. Ali upplevde det som befriande att han fick något annat att tänka på, men så fort han sneglade på Mehrdad återfördes han till verkligheten. I kusinens ansikte lyste bara en jagande oro. Några hundra meter bort fanns en mördare som kanske var beredd att mörda igen.

– Vi måste gå till polisen, sa Ali efter en lång stund av tystnad.

– Aldrig, sa Mehrdad direkt, som om han suttit och väntat på just de orden. Dej gör det inget, men tänk på morsan.

– Jag var också där, sa Ali.

– Det är inte samma sak.

– Du är rädd att snuten ska tro att det var du.

Mehrdad nickade.

– Det är ingen som tror på en svartskalle, sa han, och jag tror inte på polisen.

Ali visste. Så länge Mitra hade predikat, och det var hela hans liv, hade Ali hört hur polisen fört bort hans far och många andra. Det var de goda människorna som försvann, de tysta och likgiltiga lämnades ifred, medan mördarna och torterarna upphöjdes till hjältar, åkte i fina bilar och hade råd att köpa dyr mat.

– Men vi är i Sverige, sa han.

– Alla kommer att hata oss ännu mer, sa Mehrdad. Vi slog sönder alla fönster och så dör den killen. Det är klart att dom skyller på oss.

– Vad ska vi göra då? Om vi tar reda på vem golvmannen är, vad ska vi göra sen? Döda honom?

– Jag tänkte …, sa Mehrdad, men tvekade att fortsätta när han såg Alis min.

– Du tänkte byta, att både vi och han ska hålla tyst.

Kusinen nickade men mötte inte hans blick.

– Så han ska vara fri och inte åka i fängelse?

– Det är inte vår grej, sa Mehrdad tyst.

Ali ville inte vara med längre. Han ångrade att han överhuvudtaget hade låtit sig dras med. Mehrdads plan var vansinnig och dessutom kände han sig lurad. Mehrdad hade inte pratat om något avtal med golvmannen. De skulle bara ta reda på vem han var och Ali hade förutsatt att de sedan skulle anmäla honom.

Han hade lockats av spänningen att finna en mördare men jakten hade nu utvecklats till något helt annat. Skulle han överge Mehrdad och gå till polisen själv?

– Vi håller väl ihop, sa Mehrdad, som om han läst Alis tankar.

Ali reste sig. Han frös.

– Vi sticker, sa han och utan att invänta Mehrdad började han gå. Han visste att om han följde järnvägsspåret kom han ner på stan.

Han vände sig om och såg att Mehrdad hade rest sig upp och spanade bakåt varifrån de kommit. Ali stannade, ville ropa någonting, men när han såg kusinens tveksamhet mumlade han bara något om hur idiotisk Mehrdad var, att han aldrig ville se honom mer.

När Ali steg upp på banvallen stack solen fram och han kände sig genast bättre till mods. Han ville gå långt, följa rälsen mil efter mil, lägga Uppsala bakom sig och komma fram till en plats där Iran och Sverige möttes, där båda språken gällde, där det ena inte var finare än det andra.

Morfar Hadi skulle få en egen stol, en bekväm för hans knarriga kropp, och från den spana ut över slätter och berg. Mitra skulle vara doktor och inte behöva slava på Arlanda. Hon skulle bota människor. Ibland skulle det räcka med att hon pratade med de sjuka, vidrörde deras ansikten, så där som hon gjorde förr, för att de skulle bli friska.

»Alla skulle packa sin egen mat«, brukade hon säga, »i alla fall skulle de som flyger hit och dit veta hur vi har det, vi kvinnor från jordens alla hörn.« Ali fick ibland för sig att Mitra trivdes på jobbet och det kunde han inte fatta. Ena stunden tyckte hon om jobbet för att i nästa andetag klaga på någon dum chef.

Ali ökade takten, la sliper efter sliper bakom sig, förvissad om att han vid spårets slut skulle få veta allt om sin framtid. Han ville springa men något höll honom tillbaka. Det skulle se ut som om han flydde från någonting när han i själva verket gick något till mötes.

Spåret slutade i en stoppbock. Ali såg sig förvirrat omkring. Han kände inte igen sig. »Uppsala östra« stod det på en rostig skylt som hotade att ramla ner vilken sekund som helst. En gammal, sprucken kruka stod på perrongen. Ali slog sig ner på dess kant.

– Väntar du på tåget, sa en man som kom genande över spår och perrong.

Ali försökte le men sa ingenting.

– Då får du allt vänta. Det sista tåget gick på sextiotalet, sa mannen vänligt och hastade vidare.

Ali reste sig. Han visste att polisstationen inte låg långt borta. Skulle han gå dit och berätta allt? Han såg sig om efter Mehrdad som fortfarande inte dykt upp. Ali spanade över spårområdet. Ingen Mehrdad.

Hade kusinen gått tillbaka för att prata med golvmannen och föreslå honom ett avtal? Ali hoppade ner på spåret och gick några steg tillbaka innan han la sig ner och tryckte örat mot rälen. Det hade han sett att de gjorde i en film. Stålet kylde. Mehrdad syntes eller hördes inte till.

KAPITEL 31

Tisdag 13 maj, kl. 13.20

Lindell svepte in genom dörren, tvärstannade mitt i rummet och ursäktade sig för att hon var sen. Haver, Sammy Nilsson, Beatrice Andersson och Ottosson såg förvånat upp.

– Jag har tänkt, sa hon med en så självsäker ton att rotelchefen sköt upp sina glasögon i pannan och betraktade henne lite noggrannare.

– Jaha, sa han, och är vi privilegierade nog att få ta del av resultatet?

– Nej, sa hon, men började omedelbart att skratta.

Bea och Haver såg på varandra.

– Tids nog, la hon till. Jag ska prata med Munke först. Han är ute på stan just nu.

– Munke, varför det?

– Det är nåt skit vi måste reda ut, sa Ann Lindell. Nåt nytt från raskriget?

– Vad fan är det? sa Sammy. Har du käkat nåt olämpligt?

218

Lindell skakade på huvudet.

– Allvarligt talat så tror jag inte på Marcus erkännande, sa hon och slog sig ner.

– Jaha, sa Haver, och vad grundar Fröken Tankeskärpa det på?

– Eller snarare så här: jag tror att bilden är mer sammansatt. Det hände saker på stan den där fredan som vi inte har kläm på.

– Mycket ovanligt, sa Sammy.

– Den här fönsterkrossningen, fortsatte Lindell, den har liksom kommit bort.

– Ett mord och en mordbrand har liksom kommit emellan, sa Haver.

– Men vi måste se helheten. Bråken nu på stan handlar ju inte bara om mordet. Jag tror att nassarna vinner sympatier mest på grund av vandaliseringen, folk är förbannade över att halva stan slås i spillror. Ska vi komma nån vart måste vi börja nysta där. Vad hände och varför hände det?

– Och? sa Haver med en suck.

Lindell gav honom ett snabbt ögonkast innan hon ångade på.

– Klart är att det var ungdomar som gjorde det. Vi har ett trettiotal vittnesmål om det nu.

– Ja, vi har ju avskrivit teorin om att det var en bussutflykt från PRO, sa Haver.

Ottosson satte upp handen.

– Jag tror, jag vet, att ett gäng ungdomar, mest invandrare, nekades tillträde till Birger Jarl, behandlades illa av vakterna men också av kolleger till oss, blev ursinniga, drog vidare och lät ilskan gå ut över Drottninggatan.

– Kolleger?

– Jag kommer till det, sa Lindell men tvekade om hon skulle berätta allt innan hon hört vad Munke hade att säga. I den röran dör Sebastian, men hur? Vi vet att Marcus klappade till och förföljde honom, men sen?

– Han är häktad nu, sa Ottosson, skäligen misstänkt för mord, alternativt dråp.

– Vi har motivet och troligen Sebastians blod på hans kläder, men framförallt ett trovärdigt erkännande, sa Haver.

– Hur trovärdigt är det?

Ottosson sjönk tillbaka på stolen. Sammy Nilsson tittade i taket. Haver suckade igen.

– Varför tvivlar du?

– Stolen, sa Lindell. Skulle han torka av stolen?

En plötslig oro grep henne. Det var stolen som spökade, men det var också något mer.

– Vi har tragglat det fram och tillbaka, sa Haver. Marcus säger att han kanske torkade av den. Han minns inte och vi måste nog vänta tills vi får hela förloppet, kanske vi aldrig får det, men vi har haft svagare fall än det här. Och det är väl bra att det är en viting som gjorde det. Tänk om det hade varit en invandrarkille, vilket satans liv det skulle bli.

– Det livet har vi redan, sa Sammy. Tre överfall igår kväll. Ni hörde om pizzakillen?

Lindell nickade.

– Det där med kolleger, sa Ottosson.

– Lund och Andersson var ju på Birger Jarl och dom kanske vräkte ur sej nåt olämpligt, sa Lindell lugnt.

– Kanske, sa Haver. Och om så vore?

Lindell tittade på honom.

– Jag vet inte, sa hon till slut, jag får prata med Munke.

Hon kände det kompakta misstroendet och hon hade sig själv att skylla. Hon borde inte snacka så mycket. Hon förstod att de tyckte att hon gick bakom deras ryggar, skvallrade med ordningen och inte la allt på bordet.

Lindell slog ut med armarna och försökte anlägga en likgiltig min, vilket retade Haver ännu mer. Hon såg hur han var nära att explodera men en blick från Ottosson satte stopp för vidare diskussioner.

– Branden, sa Ottosson kort.

– Tre iakttagelser av intresse, sa Sammy Nilsson, påtagligt nöjd med att byta ämne. En nattrumlare, en ung kille, såg en cyklist med en ryggsäck på Timmermansgatan. Han beskriver honom som runt fyrtio, med en liten mössa på huvudet och sen det intressanta, en hästsvans som sticker fram ur mössan.

– Vem har mössa så här års? sa Bea.

– Det är kyligt på nätterna, sa Ottosson. Vi hade minus vid stugan häromnatten.

– Samma hästsvans dyker upp i nästa vittnesmål. Det är en mack-ägare som är ute och spanar. Han var väl rädd för nya pyromaner. Han hade just gått från jobbet, det var vid halvfemtiden på natten, och han tog en vända med bilen runt kvarteren bakom macken. I hörnet Gamla Uppsalagatan och Auroragatan ser han en kille som cyklar i ilfart upp mot Svartbäcksgatan. Ingen mössa men däremot hästsvans. Däremot kan han inte erinra sej nån ryggsäck.

– Han hade blivit varm, sa Bea.

– Den tredje, sa Lindell.

– Det är intressant, sa Sammy. Ett tidningsbud på Ringgatan möt-te en man gående med en cykel. Han leder alltså cykeln bredvid sej. Tidningsbudet säger nåt om punka men karln ser ner i marken och bara stövlar på utan att svara.

– Hästsvans?

– Ja! Dessutom, fortsatte Sammy ivrigt, det bästa, han luktade bensin.

Lindell kunde inte annat än le åt kollegans triumfatoriska min som om han lagt fram en full hand på bordet.

– Ringgatan, sa Ottosson eftertänksamt. Var nånstans?

– Strax innan Konsumbutiken, sa Sammy. Det betyder att häst-svansen cyklar från Svartbäcken mot Luthagen.

– Eriksdal, sa Ottosson.

– OK, Eriksdal. Han får punktering och tvingas gå. Han knallar österut. Var hamnar man då? Antingen i Eriksdal eller längre bort mot Tiundaskolan eller Stabby. Jag tror han bor där nånstans, avslu-tade han.

Sammy plockade fram en mapp ur väskan.

– Och han luktar bensin, sa Bea. Det är nästan för bra för att vara sant.

– Jag körde ut namn på knäppgökar i områdena som kan vara aktuella, sa Sammy. En del har jag fått från Friberg. Det rör sej om kända nassar. Men ska jag vara ärlig så tror jag att inte Säk har råkoll på läget.

Lindell lutade sig fram över bordet.

– Har du läst deras rapport? fortsatte Sammy och vände sig till Lindell.

– Har inte haft tid, sa hon snabbt och kände sig dum. Hon skulle ha tagit sig tid, hon borde ha läst rapporten även om Fribergs analyser sällan var speciellt uppseendeväckande.

– Efter en viss sållning är det tretton stycken kvar, återtog Sammy. Namn efter namn, med personnummer och meritlista. Lindell kände igen några av namnen. Någon enstaka hade hon hört.

– Hur vill du göra? undrade Ottosson.

– Bli dörrknackare, sa Sammy direkt. Jag tänker knalla runt som försäljare och erbjuda nåt löjligt som ingen vill ha. Då får vi pejl på hur dom verkar och ser ut.

– Vad ska du sälja? frågade Bea roat. »Svensk kriminalhistoria« i fem band?

– Nånting ditåt. Nä, jag tänkte be brorsan om hjälp. Han är säljare.

– Varför denna teater, sa Ottosson med ett leende. Vi kan väl höra dom på plats, åka hem till dom? Det är smidigare och går snabbare.

– Jag tycker också att det verkar lite larvigt, sa Lindell.

– OK, sa Sammy, om vi hittar hästsvansen, vad händer då? Kanske vi kan få en positiv identifiering från tidningsbudet, jag säger kanske, och från nån mer. Då kan hästsvansen neka, påstå att han låg hemma och sov sött. Han har slängt alla kläder han hade på sej. Vi har inget som kan binda honom till mordbranden. Och även om vi får napp, att han sitter med hundra liter bensin hemma, en karta över flyktingmottagningen och en dagbok där han skrivit ner allt, so what? Jag tror att det här är organiserat, brand och flygblad. Om vi ligger lågt, spårar hästsvansen och sätter bevakning på honom, då kanske vi kan lägga vantarna på fler.

Ottosson såg på Sammy, tittade sedan på Lindell.

– OK, sa han, kör ditt säljartrick. Det kanske blir nyskapande.

Den informella samlingen fortsatte med att Bea redovisade en sammanställning av oroligheterna på stan. Efter flygbladsutdelningen, som följts upp i Gränby och Löten, hade stan exploderat i en kedja av händelser som alla hade invandraranknytning.

Ett tjugotal invandrare hade utsatts för våld, hot om våld och/eller skadegörelse. Fem butiker hade fått sina fönster sönderslagna. En skola hade ställt in undervisningen på eftermiddagen och haft en temadag dit polisen bjudits in. Valet hade fallit på en av hundpatrullerna. Det var ett något ovanligt drag men elevernas reaktion hade varit positiv.

Bea menade att situationen var under kontroll men fruktade att den kommande helgen skulle bli besvärlig.

Efter hennes redogörelse blev det tyst. Sammy samlade ihop sina papper. Lindell försökte föreställa sig ett gäng som samtidigt, liksom hon och hennes kolleger, satt och vände och vred på situationen. De hade initiativet. Polisen fick agera i spåren av det uppblossande våldet och förödelsen.

– Vilka har organiserat det här? sa hon.

– Ja, säg det, sa Sammy. Säk har en parallell utredning, men att det är nån grupp som ligger bakom det, det är en sak som är säker.

– Det blir som i USA, sa Ottosson.

Lindell hade hört kommentaren tidigare men trodde inte på liknelsen. Sverige var ett annorlunda land. Färre vapen i omlopp och en, trots alla nerdragningar, större beredskap och medvetenhet hos de sociala myndigheterna och skolan. I Atlanta eller Detroit skulle det ha blivit skjutningar och grövre våld, det var hon övertygad om.

Hon ångrade att hon använt ordet »raskrig« för det var att delvis dölja vad det handlade om. Flera hade påpekat att det inte var fråga om rena invandrargäng utan minst lika ofta var svenska ungdomar de mest aktiva i de blandade gängen.

Lindell var övertygad om att det handlade om situationen i skolan och i hemmen, och att synen på droger tycktes ha förändrats. Hon hade stött ihop med Olsson på knarket och han var upprörd över förslaget till gratis utdelning av sprutor och den alltmer liberala synen på »lättare knark«.

– Snart har vi väl coffee-shops på Stora Torget, sa han med en bitterhet som Lindell inte hade sett tidigare.

– Ge inte upp, sa hon och Olsson hade skrattat.

– Jag är luttrad, sa knarkveteranen, jag har sett alla turer, men den här maffian är mer skenhelig än på mycket länge.

– Ann! Hoho, sa Ottosson.

– Va?

– Jag frågade om du hört nåt från tekniska?

– Inte ett dugg. Jackan ligger kvar på SKL. Ryde vill inte ringa och tjata, då blir dom bara ännu grinigare och jag törs inte fråga Ryde för då blir han ännu grinigare.

– Obduktionen.

– Inga konstigheter, fullt frisk men inslagen skalle, om det är Sebastian ni pratar om. Bangladesharna vet jag inget om.

– Det är inte klart, sa Sammy.

Samlingen upplöstes och de gick var och en till sitt med blandade känslor. Lindell var skuldmedveten över att hon inte förmått tala klartext om Lunds och Surahammar-Anderssons ofullständiga rapportering.

Haver och Bea var ilskna för att Sebastian var deras och Lindells tvivel kastade en skugga över deras arbete.

Sammy gick med tankarna på de tre förkolnade kropparna. Han hade inte klarat att vara med vid obduktionen och nu efteråt ångrade han det. Han ville veta allt om dessa människor och tyckte att det var svagt att han inte förmått sig till att stanna kvar till slutet. På något sätt kände han det som om han svikit dem, de som fått utstå så mycket.

Ottosson gick in till sig övertygad om att den gnutta optimism de kunde känna över knäppgöken med hästsvansen när som helst kunde ersättas med ett bakslag. Han hade blivit så pessimistisk det senaste året, tyckte han själv. Tidigare var det han som muntrade upp de övriga men nu längtade han mest till stugan i Jumkil. Häggen blommade som bäst, hade hans fru rapporterat.

KAPITEL 32

Tisdag 13 maj, kl. 15.20

Återigen stod Ann Lindell framför Uppsalakartan. Liksom förra gången väntade hon på Munke. Den gamle räven hade inte varit lika tillmötesgående, han hade låtit sträv i rösten och varit rent av ovillig att träffa henne. Han påstod sig ha för mycket att göra. Lindell visste att situationen på stan drev upp det yttre befälets blodtryck till farliga höjder.

»Har vi tappat kontrollen«, tänkte hon, och lät blicken löpa över gator och kvarter. Hon kände sig som en general framför ett avsnitt av fronten, såg hur fienden, efter den första stridskänningen, omgrupperade sig, förde fram förstärkningar och ryckte närmare de egna befästningarna och linjerna.

Det var ibland så KUT-chefen Morenius uttryckte sig, i militära termer. Lindell hade aldrig tyckt om det, men ursäktat honom med att han hade ett förflutet inom armén. Nu tänkte hon i liknande banor. Krig pågick mot en inre fiende som hon inte kunde sätta

namn på. Hon vägrade att, som en del av kollegerna oförblomme-
rat gjorde, utnämna ungdomsgängen till fiender. Hon försökte
förstå, men kartan var inte till stor hjälp. Den fungerade enbart
som ett fönster.

Hon vände sig om och tittade på skrivbordet som för att få en syn-
bar bekräftelse på omfattningen av kraftmätningen. Bordet dignade
under högar av papper och mappar, de flesta rödmärkta. Nere på ar-
resten satt folk som hördes eller borde ha hörts. På gatorna gick
långt många fler som borde tas in. Kanske i första hand av polisen
men väl även av andra myndigheter.

Vid den traditionella kulturnatten förra året hade Ann tagit Erik
med sig i vagnen och promenerat runt i centrum. Hon trodde sig
kunna få en fin upplevelse av staden med den mängd av aktiviteter
som stod till förfogande. Hon hade fått en chock.

Strax efter åtta hade hon träffat ett par kolleger från ordningen
som berättade att de var på väg till Slottsbacken.

– Gå upp dit får du se hur kulturella vi är, sa den ene.

Hon tog barnvagnen, gick Drottninggatan upp och in i parken. På
gräsmattorna satt och halvlåg ungdomar, en del berusade, andra bara
gapiga. »Snorungar«, tänkte hon och fortsatte. Ju längre upp i par-
ken hon kom, desto mer tilltog fylleriet. Hon såg ett par tonårsflick-
or, enbart klädda i tunna linnen, som spydde ikapp mot ett träd. En
tredje flicka, kanske fjorton år, stod bredvid och grät.

Lindell stötte ihop med kollegerna igen.

– Vi måste åka till Stadsparken, sa de, det är ännu värre där.

Den kvällen våldtogs två flickor i Slottsbacken. Den ena var tret-
ton år gammal.

Chockad och bedrövad gick hon hemåt. Erik var på bra humör
och pratade oavbrutet i vagnen.

Hon avbröts av en knackning på dörren. Munke steg in. Han såg
tröttare ut än vanligt. Ann Lindell visste att hon måste hålla tand för
tunga. Munke var lättretad när han hade den nyansen i ansiktet.

– Bra att du kunde komma, sa hon och gick rakt på sak, för Munke var inte den som kallpratade i onödan. Jag har fått en del upplysningar som gör mej bekymrad. Jag tror att du har liknande tankar som jag.

Munke sa ingenting, men suckade tungt. Det tog en stund innan han installerat sig i besöksstolen. Han såg ner mot dess underrede som om han misstrodde stolens förmåga att bära honom.

– Lund och Andersson rapporterade inte fullständigt från fredagskvällen. Deras resa från Eriksberg till Svartbäcken liknade mer en punktorientering genom stan än en snabb förflyttning. Du måste ha undrat där du stod och försökte fånga en mordbrännare på natten.

Fortfarande ingen reaktion från kollegan.

– Jag vet att dom passerade Birger Jarl en andra gång och det strax före ett, fortsatte Lindell oförtrutet.

Hon såg inte direkt på Munke utan låtsades leta i högarna med papper.

– Dom betedde sej mindre snyggt där, men det som är viktigare är att dom troligen passerade Drottninggatan på väg till Svartbäcken ungefär samtidigt som glaset började klirra, eller vad tror du?

Munke såg på henne. Det tog några sekunder innan han svarade.

– Du har forskat med andra ord, sa han till slut.

– Jag åkte ner till Birger Jarl och pratade med vakterna och sen tittade jag på kartan, sa Lindell lugnt, väl medveten om att minsta ord som hamnade snett kunde få Munke förbannad. Vad jag kan förstå måste det ha gått till så.

– Kan så vara, sa Munke.

– Vad hände på Drottninggatan? Varför rapporterade dom inte?

– Glaskrossningen kanske inte hade kommit igång.

Lindell såg upp från pappershögen och gav Munke en blick som för att visa vad hon trodde om det. Munke såg på sina händer men sa ingenting. Frågan kvarstod: varför inte ett ljud till Kommunikationscentralen?

Det finns ögonblick i en utredning som i efterhand känns som helt avgörande. Det här var ett sådant. Lindell kände det rent fysiskt. Munkes olycksbådande tystnad, han som annars aldrig satt svarslös, rörde som en kall hand vid hennes inre. Hon undertryckte en rysning. Det molade i magen och ländryggen och det var inte den gamla kända mensvärken utan en förnimmelse hon kände igen från några få tillfällen tidigare. Senast var när hon under MedForsk-utredningen stigit in i en kvinnas hus på landet. Dörren var öppen, huset övergivet och där i den knarrande trappan upp till övervåningen hade hon anat, ja, varit övertygad om att svaret fanns där uppe.

Munke hostade till. Det hade bara gått ett fåtal sekunder men det kändes som sekler av oviss väntan. Skulle han mörka? Om Munke bestämde sig för att lägga locket på skulle det vara så gott som omöjligt att få klarhet i vad som hänt. Han hade kraften, auktoriteten att understödja en falsk redogörelse. Lund och Andersson skulle kunna beslås med misstaget att de inte rapporterat att de besökt Birger Jarl en andra gång, vilket var en mindre förseelse. De skulle kunna kritiseras för den sällsynt slöa förflyttningen genom stan, men det var heller ingenting som skulle belasta dem alltför mycket.

Om trion Lund-Andersson-Munke bestämde sig för en version så var det den som skulle gälla. Punkt slut. Inte ens med Ottossons stöd skulle hon vinna den striden.

– Ja, det är lite underligt, sa Munke eftertänksamt.

Hon tyckte att han log ett nästan omärkligt leende. Självfallet förstod han hennes oro och spända förväntan.

– Dom förnekar allt, om man säger så. Jag vill gärna tro dom, det är två gamla rävar som jag kamperat ihop med under många år, långt innan du kom till stan.

Han reste sig plötsligt och ställde sig med händerna i sidorna som om han stod i begrepp att skälla ut Lindell.

– Jag vet inte längre vad som händer, sa han och Lindell tyckte att han upprepade vad hon själv och andra sagt den senaste tiden. Det är inte likt dom två, fortsatte Munke, inte som jag känner kollegerna. Dom har varit plikttrogna, dom tillhör det gamla gardet som bladade runt och verkligen fick lära sej hantverket från grunden.

»Kom till sak«, tänkte Lindell. »Att vara gammal i gården är ingen garanti.«

– Kanske är dom trötta, det är vi lite till mans, återtog han efter att ha satt sig igen, men jag tror faktiskt att dom misskötte sej.

Lindell kände en stor värme sprida sig i kroppen.

– Hur då?

– Det är uppenbart. Jag pratade med dom, som sagt, och båda två hävdar enstämmigt att dom körde raka spåret från Eriksberg till Svartbäcken men att dom stannade till på Birger Jarl för att kolla läget.

– Och Drottninggatan?

– Dom tog inte den vägen, säger dom, och det är väl inte otroligt. Dom hävdar att dom körde Islandsbron ner mot Kungsgatan och sen vidare.

– Två erfarna poliser åker genom centrum, sa Lindell, det är bara så, eller hur?

– Det är inte säkert, sa Munke, mot bättre vetande.

– Vi har ett vittne som såg en polisbil på Drottninggatan vid ettiden, sa Lindell. Till en början gjorde vi bedömningen att hon tog miste men jag pratade med tjejen själv. Hon ringde först i morse. Det hon tyckte var konstigt var att polismännen inte gjorde nåt utan bara fortsatte. Dom stannade till mitt på gatan ett tag men sen försvann dom snabbt.

Munke stirrade på henne.

– Trovärdig?

Lindell nickade och kände en slags tacksamhet mot kollegan. Han trodde henne på hennes ord och bedömning. Han, den väldige Munke, som alla aspiranter och många kolleger fruktade, tog hennes ord och nick för gott.

– OK, sa han, det kan inte ha varit några andra. Då ljuger dom. Hur länge har du vetat det här?

– Sen i förmiddags. Det är bara jag, la Lindell till när hon såg Munkes min. Vad jag grubblar över är att det var så folktomt.

– Det är inte konstigt, sa Munke. Tänk dej själv läget, en hord drar fram, gapar och skriker, skrämmer upp folk, hotar och lever rövare, det räcker för att tömma en gata. Sen börjar dom gå lös på skyltfönstren. Då försvinner dom sista. Den där tjejen, var kom hon ifrån?

– Hon hade besökt en kompis och kom ut på gatan precis när polisbilen kom rullande.

– Var stannade den?

– Mitt emot Ekocaféet, sa Lindell.

Munke böjde på huvudet och tog sig åt pannan. När han sedan tittade upp upptäckte Lindell ett nytt drag hos honom, ett försvarslöst, naket uttryck, som om han sårats av en mycket nära vän.

– Kanske tio meter från bokhandeln där vi hittade Sebastian, sa hon.

– Jag vet, sa Munke tyst.

Han reste sig igen. Den väldiga kroppshyddan fyllde hela rummet. Två svettblommor hade vuxit ut under armarna.

– Vet Ottosson om det här?

– Ingen vet, sa Lindell, mer än du och jag.

– Du är en satans snut, sa Munke.

Lindell förstod att det var ett gott betyg. Hon upplevde det som om hon fick kompensera Lunds och Anderssons brister. Slutsumman i kåren måste alltid bli densamma. Den måste vara duglig, något annat alternativ fanns inte för den i förtid åldrade polismannen.

– Vad ska vi göra?

– Jag tar ett snack med Lund och Andersson. Vill du vara med?

Lindell önskade inget hellre men skakade på huvudet. Munke log ett snett leende.

– Som sagt, du är en snut, sa han.

– Du med, Holger, och det har jag alltid tyckt.

Han log men utan någon större entusiasm. Han sträckte, liksom förra gången, fram sin jättelika näve.

KAPITEL 33

Tisdag 13 maj, kl. 20.45

– Vad gör du?

– Letar efter en grej, sa Sammy inifrån garderoben.

– Om det är filmerna så har jag lagt dom i garaget, sa Angelika med ett skratt.

Filmerna hade länge varit en källa till skämt. Två banankartonger med gamla superåttor från sextio- och sjuttiotalen som Sammy Nilsson med jämna mellanrum plockade fram för att titta igenom med tanken att bestämma vilka han skulle föra över på videoband. Problemet var att han aldrig fick den tid som krävdes, så lådorna åkte fram och tillbaka. Nu hade de återigen hamnat i garaget.

– Här är den, sa han och slet fram ett plagg ur en låda.

– Ska du på pyjamasparty?

– Nej, den ska väck.

– Vadå väck?

– Slängas, sa Sammy och Angelika såg på honom att han menade allvar. Vet du hur såna här nattlinnen produceras?

Sammy hade pratat om Nasrin och hennes syster, om textilfabrikerna i Bangladesh och de vidriga omständigheter som kvinnorna levde under.

– Jag kan ana, sa hon, men det är väl synd att slänga. Den där lådan var tänkt till Mariannes ungar.

– Jag vet, sa han, men inte den här. Det är så förljuget.

Angelika betraktade Pocahontas-figuren och log. Hon mindes julen när de köpte den, men det var ändå ingen stor sak för henne.

– Vet du hur länge en kvinna i fabrikerna som syr Disneykläder måste jobba för att få ihop till en timlön för Disneydirektören?

Angelika skakade på huvudet.

– Tvåhundratio år. Fattar du, tvåhundratio års slit motsvarar en timlön.

– Har du inte läst fel? Det är ju inte möjligt.

– Det är så, sa Sammy och kramade samman pyjamasen till en boll. Det står på nätet också.

– Var det det du satt med halva natten?

– Jag lärde mej mer igår kväll än vad jag har gjort framför dumburken på flera år. Att dom inte kan visa sånt på teven istället för en massa dynga.

Han gick ut i köket, öppnade skåpdörren och slängde med ett välriktat kast bollen i sophinken, stirrade några ögonblick på Pocahontas infantila men ändå smått förföriska leende, innan han sakta stängde dörren.

– Jag mejlade också till Michael Eisner, direktör på Disney, sa han.

– Och vad skrev du?

– Det var ett sånt där färdigskrivet protestbrev på nätet.

– Ska du demonstrera också?

Sammy svarade inte.

– Berätta, sa hon.

Han gav henne ett snabbt ögonkast innan han slog sig ner vid bordet.

– Tar du fram en öl?

– Det kan feminist Nilsson göra själv. Jag kan breda några mackor.

Sammy reste sig småflinande och innan han tog fram ett par öl hämtade han en bunt datautskrifter från skrivbordet.

– Här, sa han medan Angelika skar upp bröd, finns det vittnesmål som tar upp saker vi så sällan talar om. Kan du förstå hur människor har det?

Han bläddrade fram ett papper. Över hans axel såg Angelika ett foto på en ung kvinna. Sammy läste texten om igen som han säkert hade gjort kvällen innan. Hans läppar rörde sig i takt med att han avverkade rad efter rad. Då visste Angelika att han var koncentrerad. Så där brukade han se ut när han studerade utredningsmaterial han tagit hem för läsning.

– »I have never had the chance to see a movie, to ride a bicycle or to go on a vacation«, läste han högt. Det tror fan det. Hon jobbar ju sju dar i veckan, från åtta på morron till tio på kvällen.

Angelika ställde fram tallriken med smörgåsar. Sammy grep en omedelbart. Hon slog sig ner vid bordet. Smulor från brödet föll över fotot på Lisa Rahman.

– Vet du vad hon tjänar?

Angelika skakade på huvudet.

– 14 cent i timmen. Vad är det? En krona kanske. Dom blir slagna på arbetet. Aldrig lediga. Hon kan äta kyckling varannan månad. Hon går upp klockan fem varje morron. Delar en vattenpump och fyra kokplattor med hundra andra.

Han läste brottstycken ur texten, trummade med pekfingret på pappret och såg upp på Angelika om han hade hennes uppmärksamhet.

– Dom syr våra kläder, avslutade han och Angelika såg ryckningarna i hans ansikte. Det var detta hon älskade hos sin man. Sammy Nilsson, den tuffe, många gånger sarkastiske och ibland sexistiske polisinspektören, som rördes till tårar av en okänd människas öde.

Han drog i sin T-shirt och upprepade orden.

– Dom syr våra kläder och dom är tonåringar.

Han borstade bort brödsmulorna och slätade ut pappret med handen. Angelika tyckte det såg ut som om han klappade Lisa Rahmans allvarliga ansikte.

– Det var en sån tjej som dog i branden, sa han. Hennes syster omkom i en fabriksbrand för några år sen. Jävlar vad jag vill sätta åt dom där nazisterna.

Angelika nickade. Hon ville säga något men visste inte riktigt vad.

– Vad jag är glad i dej, sa hon till slut.

Han såg upp från pappren, den koncentrerade minen löstes upp i förvåning och kanske också osäkerhet över vad hon menade. Hoppet från Bangladesh med »svettfabrikerna« till deras eget köksbord, dukat med öl och kvällsmacka, blev för ett ögonblick för stort.

Deras blickar möttes. Hon la sin hand på hans. Med den andra handen tog hon bort en smula som fastnat i hans mungipa.

– Jag kan inte med det, sa han. Förstår du, vetskapen om att ... Vi går fram i livet så jävla okunniga. Det var ju bara en slump att den där Falkenhjelm gav mej en pappershög att läsa.

– Det var nog ingen slump, sa Angelika.

– Jag har blivit så jävla förvirrad den senaste tiden. Det händer så mycket. Jag har tänkt på det, när jag möter nån på gatan så vet jag inget om den personen. Jag ser in i ett par främmande ögon. Den människan kanske bär på nåt som berör mej, förstår du. Det är svårt att förklara. Som det här med pyjamasen. Den här bruden, sa han och knackade på fotot av den unga textilarbeterskan, har ju faktiskt med vår dotters gamla pyjamas att göra.

– Jag minns när vi köpte den, sa Angelika. Du tyckte att den var gullig.

– Det tyckte jag inte alls.

– Har du pratat med Falkenhjelm om det här?

Han skakade på huvudet.

– Det är det också, vet du, jag är en utredande polis. Snackade jag om det här på jobbet så skulle dom bli oroliga.

– Varför då?

– Det fattar du väl, man får inte engagera sej för mycket. Det här är överkurs.

– Det är överkurs för dom flesta, sa Angelika. Hur många printar fram tonvis med papper om Bangladesh från nätet? Jag vet knappt var det ligger.

– På klotet, sa Sammy. På samma eländiga klot som vi knallar omkring på.

– Ska vi lägga oss och läsa?

– Jag skulle vilja bjuda den där bruden på bio och köpa ett helt gäng med kycklingar till henne, sa Sammy.

– Du mejlade till Disney-direktören.

– Det skiter väl han i.

– Men inte Lisa Rahman, sa Angelika.

KAPITEL 34

Tisdag 13 maj, kl. 20.55

Ali gick ner till centrum. Det stora samtalsämnet var fortfarande fredagen. Alla i gänget var inte närvarande, det hade varit ovanligt få de senaste kvällarna, och det skapade en osäkerhet. Någon kanske inte skulle stå emot trycket och tjalla, tänkte de alla. Det behövdes så lite, några ord till fel person, för att stenen skulle börja rulla och de allesammans skulle bli indragna. Bland ungdomarna i centrum och på skolan visste så gott som alla vilka som hade varit med, eller skulle ha kunnat vara med. Rykten spreds, det pratades om att polisen snart skulle slå till, att de visste precis vilka som deltagit. Några blev ännu mer högröstade och nonchalanta, andra tystnade och vågade inte gå ner till centrum.

Först drev de runt utanför butikerna och när de blev utkörda därifrån drog de vidare. Ali följde med. Han ville prata om det som hänt men hade ingen att tala med. Han kunde heller inte gärna berätta om vad som skett utanför bokhandeln fast han så gärna ville.

Han gick hem, missnöjd med sig själv och trött på kompisarnas skrävel. Bråken som det pratades om så mycket hade inte spridit sig till Gottsunda, men det fanns en slags beredskap bland gängen, en tillbakahållen ilska och spänning som vid minsta provokation kunde explodera i våld.

En del av kompisarna pratade vitt och brett om hur de beväpnat sig och visade med förtjusning hemmagjorda vapen som de dolt i kläderna. Någon hade till och med ett skjutvapen.

När han sneddade över gatan framför det hus där Mehrdad bodde stannade han. Kusinen hade inte synts till och de hade inte ringt till varandra. Ali anade att Nahid var dålig igen och att Mehrdad satt vid hennes säng.

En bil passerade, en annan tutade och Ali steg upp på trottoaren. Skulle han gå upp till Mehrdad? På något vis kändes det som om han och Mehrdad var klara med varandra och han gick vidare.

En bil stannade till vid parkeringsgaraget. Ali passerade några meter framför bilen. Föraren kröp ihop i framsätet.

Bilen rullade sakta runt hörnet, bromsade men fortsatte sedan omedelbart, bromsade in igen, som om föraren inte riktigt kunde bestämma sig. Ali var framme vid genomfartsvägen, lät ett par bilar passera innan han korsade den. Innan han försvann bakom parkeringslängorna såg han sig om och registrerade bilen som nu hunnit fram till korsningen. »Varför kör han inte«, tänkte Ali, innan han gav Mehrdads hus en sista blick.

KAPITEL 35

Onsdag 14 maj, kl. 09.30

Birger Andersson anställdes på ordningspolisen högsommaren 1967 och ett av hans första uppdrag blev att, tillsammans med en låssmed, forcera en dörr till en självmördares lägenhet på Verkmästargatan. Stanken var obeskrivlig och flugorna många.

Han brukade tänka på den händelsen när det körde ihop sig. Det kan aldrig bli värre än det här, hade han tänkt stående framför den ruttnande kroppen. Han talade numera aldrig om flugorna, den dödes upplösta, vaxartade hud och det patetiska avskedsbrevet där olycklig kärlek angavs som skäl till självmordet. Det kom att bli annat som överskuggade händelsen. Den kom att bli ett uppdrag av många.

Ibland när han träffade någon som hette Olsson brukade han erinra sig hur han och kollegan stod utanför dörren och hur han gissade vad initialen »G« stod för. »G. Olsson« lyste med benvita bokstäver på brevinkastet och när han öppnade dörren spreds stanken i trapphuset. Han rabblade alla namn på G han kunde komma på för att undvika att kasta upp.

– Spy inte, sa hans kollega Bosse Wickman, med avsmak i rösten inför nykomlingens bleka nuna.

Mannen framför honom hette Olsson. Han hade slagit sin fru. För vilken gång i ordningen visste ingen, allra minst fru Olsson.

Han inriktade sig på henne, en knappt femtioårig kvinna som mest liknade en strykrädd hund. Det en gång mörka håret var nu gråbrunt och så tunt att svålen lyste rosa mellan de glesa testarna. Till svar på hans fråga vad som hänt skakade hon bara på huvudet, oförmögen att säga ett enda vettigt ord. Hon hade gråtit. Hon hade bönfallit sin man att sluta, men det hade han gjort först efter att han blivit för utmattad för att kunna fortsätta misshandeln.

Det var grannarna som ringt. Bråket hade pågått i en timme innan Lund och Andersson var på plats.

– Det är inget att tala om, fick hon fram till slut. Han tappar humöret när han dricker.

– Du måste göra en anmälan, sa Andersson.

– Hon bet mej, sa Olsson.

– Håll käften, sa Lund.

– Han blir arg ibland, men det går över, sa hon och ansträngde sig för att sluta skaka.

Lund tog in mannen i köket och drog igen dörren efter sig men kvinnan talade ändå med en mycket låg röst och med blicken ständigt riktad mot dörren.

Andersson visste hur det skulle sluta. Paret Olsson skulle försonas inför polismännen, ingen anmälan skulle göras och de skulle frustrerade lämna lägenheten.

– Det hade varit bättre om den jäveln hängt sej, sa Andersson när de återigen satt i bilen.

– Vad menar du?

– Olsson som Olsson, sa Andersson kryptiskt och petade i växeln.

Han ville inte tala med sin kollega och inte heller dela samma bil med Lund. Alltsedan fredagsnattens händelser hade han helt tappat lusten att gå till jobbet och övervägt att sjukskriva sig men det tog emot. Han hade inte varit borta från jobbet sedan början av nittiotalet och var stolt över sin statistik, son till en verktygsmakare som inte haft en enda sjukdag på trettiotvå år på bruket i Surahammar. Dessutom skulle det bli så många frågor.

– Fan vad du har blivit knepig, sa Lund.

Andersson tvärnitade.

– Du ska jävlar i mej inte prata om knepig, väste han.

Kollegan, som varit helt oförberedd på den snabba inbromsningen och kastats framåt mot vindrutan, tittade på Andersson, såg hans blick och försökte le medan han satte sig tillrätta, men leendet fastnade i en krampartad grimas.

De stirrade rakt fram. Båda visste vad den andre tänkte, att det aldrig skulle bli som förr, att de aldrig skulle kunna dela radiobil med samma glädje som tidigare. De hade varit oskiljaktiga i flera år, det stadigaste paret på ordningen. Från och med den olycksaliga fredagskvällen var de nödvändiga banden för att kunna fungera som en enhet för alltid brutna.

– Vi har alla våra knepigheter, sa Lund till slut, badflickan till exempel, men det kanske du inte vill prata om.

Andersson vred sakta på huvudet och under en sekund möttes deras blickar som för att bekräfta att här tog det slut. De hade inget alternativ. Samarbetet måste upphöra.

KAPITEL 36

Onsdag 14 maj, kl. 09.40

Ali gick mot fönstret men vände sig om på halva vägen och synade golvet som om han trodde att det skulle vara nernött mellan sängen och fönstret.

Det fanns ingenting på gården som avvek från det normala. Ändå var någonting förändrat, eller var det bara i Alis huvud som gården framstod som trängre eller mörkare?

Oron i kroppen var inte den där tillfälliga spänningen som han kände i boxningslokalen när Konrads ögon bevakade hans rörelser eller obehaget i skolan när lärarens knappt tillbakahållna uppgivenhet och ilska fick honom att svettas och staka sig på orden.

Nej, det var ett hot som vilade över gårdsplanen. Lägenheten kändes någorlunda säker, men där utanför fanns mördaren. Ali hade sett honom och kunde föreställa sig hans vrede och händer. Bodde han i Gottsunda? Mehrdad trodde det. Ali visste inte vad han skulle tro.

Bara för att golvmannen blev avsläppt utanför centrum betydde det inte att han bodde där.

»Jag är en rädd människa«, tänkte han. Det hade han erfarit de senaste dagarna. Rädslan inifrån kände han igen, men nu fanns också ett hot utifrån.

Ali förstod att det var Mitras oro han ärvt, eller kanske var det bara hans egen rädsla för att göra henne ledsen. Hon hade upplevt så mycket sorg att han inte ville lägga ytterligare bekymmer på hennes axlar.

Hon skrattade ibland men bakom skrattet fanns rädslan för framtiden. Han var framtiden och hon bevakade honom som en hök.

Ett par flickor i hans egen ålder gick över gräsmattan. Den ena kände han igen. »Det är min gård«, tänkte han, »här växer jag upp. Jag känner henne, hon känner mig. Vi kommer att minnas varandra. Träden längs parkeringen är de träd som sett mig bli äldre och jag har sett dem bli större för varje år utan att jag egentligen tänkt så noga på det.«

Ali visste inte hur han skulle formulera den känsla som vuxit sig allt starkare de senaste dagarna. Han såg noggrant ut över gården och registrerade minsta detalj som om det vore första gången han såg cykelställen, papperskorgarna och planteringarna. Hörde han hemma här?

För första gången i sitt liv upplevde han det som om han kunde bestämma något. »Jag finns här, det jag säger betyder något. Ali pratar, Ali vill.«

– Jag är Ali, sa han högt och fick för sig att flickorna hörde, för de vände sig om och tittade mot huset. Jag är Ali och jag bestämmer att jag ska bli en glad människa, att Mitra ska vara glad, att morfar ska leva länge och att han ska dricka många koppar kaffe i böndernas kök.

Han rös till inför storheten som låg framför honom.

– Jag borde gå till skolan, sa han och ställde sig helt nära fönstret så att orden bildade en flyktig imma på glaset.

Morfaderns snarkningar från rummet bredvid gjorde honom lugnare, om än bara för ett ögonblick. Han gick tillbaka till sängen och la sig ner, men for omedelbart upp, tittade sig i spegeln och slet åt sig väskan.

Han lämnade lägenheten och gick mot busshållplatsen. Det var en sådan där dag då människorna log mot varandra. Värmen höll i sig och maskinerna som sopade upp sand for som bålgetingar och snodde runt gathörn och refuger.

Ali gick i snabb takt. Morgonens vankelmod hade ersatts av en beslutsamhet som fick honom att ta ut stegen. Han ångrade att han inte frågat Mitra kvällen innan om bensinpengar. Då skulle han ha kunnat åka moped och kommit i tid till skolan.

Han gick i en skola nere på stan som Mitra hade trott skulle passa honom bättre. Hon hade haft idén att om han under dagarna försvann från Gottsunda så kanske han skulle få nya kompisar. Det var en förhoppning som kommit på skam. Han var en främmande fågel på den nya skolan, men det spelade honom ingen roll. Han var inte mobbad, de flesta kände till att han tränade boxning och det räckte för att avskräcka eleverna från att mer handfast ge sig på Ali. Men det fanns andra sätt och Ali hade aldrig kommit in i gemenskapen. Han brydde sig inte. Han visste på förhand att han aldrig skulle göra succé i någon skola. Det var bara Mitra som närde drömmar om en bildad son.

Han tittade runt omkring sig på gatan. Den här gången fanns ingen Mehrdad som likt en skuggfigur cirklade i Alis omgivning. Fler och fler ställde sig vid hållplatsen. En av hans kompisar passerade på moped och Ali vinkade. I korsningen ner mot höghusen stod en bil och Ali kände igen den direkt från dagen innan. Kompisen svängde. Bilen stod stilla. Gatan var fri. Den borde köra men stod kvar, precis som kvällen innan. Ali blev alltmer övertygad om att det var samma bil.

Det var som om en kloförsedd hand grep tag i honom. »Det är han«, tänkte han och såg sig om som om han sökte efter en flyktväg. »Vad vill han mig? Tror han att jag är Mehrdad? Tror han att jag är vittnet som kan fälla honom?« Tusen tankar rusade genom hans huvud. Bussen närmade sig. Ali försökte urskilja konturerna på den man som satt i bilen men avståndet var för stort. Bussen bromsade in och bilen försvann ur synfältet. »Jag kan sticka nu«, tänkte han, »hoppa över häcken och försvinna«, men han mer eller mindre trycktes upp på bussen av de övriga passagerarna.

Han satte sig längst fram och såg sig om. Bilen stod kvar men så fort bussen startade rullade den efter. Golvmannen förföljde honom, det var han nu helt övertygad om. Ali svettades. Bussen stannade vid nästa hållplats och Ali reste sig men sjönk lika snabbt tillbaka på sätet, obeslutsam om hur han skulle möta hotet.

Resan blev en mardröm. Han fick idén att sitta kvar, följa med till ändhållplatsen och åka tillbaka samma väg. Bilen skulle följa honom, det förstod han, men han skulle få tid att fundera ut något.

Han tänkte på Mitra och hennes berättelser om förföljelse och flykt, om hur hon och hennes kamrater försökte hitta på nya sätt att överlista den hemliga polisen. De olika grupperna utväxlade meddelanden genom ett sinnrikt signalsystem och ständigt nya platser för lämnande och hämtande av informationer och instruktioner. Mitra berättade att de beblandade sig med folk, gärna sökte upp marknader, tågstationer och idrottsevenemang för att där sätta sig i förbindelse med varandra.

Hon skulle ha varit med. Mitra skulle ha hittat på något. Morfadern skulle peka med käppen, stöta den i golvet och inte tveka att använda den som tillhygge för att skydda sitt barnbarn.

Men Ali var ensam. Han vände sig om på sätet och kikade men det fanns ingen han kände i bussen. Främmande människor iakttog hans bleka och svettfuktiga ansikte. Det var som om han krympte inför deras blickar, som om det vore hans fel att han var jagad av en mördare. Vid busshållplatsen hade de sett vänliga ut, nickat till varandra och flera hade spontant pratat om vädret. Nu såg de fientliga ut. De skulle säkert kasta av honom om han började prata om att han var förföljd och att han behövde skydd.

Den mekaniska rösten i högtalaren räknade ner hållplatserna.

Folk steg av och på. Ali förblev som fastklistrad på sin plats. Han vågade inte vända sig om igen men var övertygad om att den vita bilen fanns tätt bakom bussen.

»Han vill tysta mig, så klart. Han tror att jag är Mehrdad. Han tycker väl att alla svartskallar är lika. Eller så tror han att jag är Mehrdads sammansvurne och att jag vet allt. Det gör jag«, slog det honom, »jag vet allt. Om jag berättade det för polisen så skulle han åka fast.«

Bussen hade kommit in till stan. Ali blev alltmer desperat. Om han skulle till skolan måste han stiga av vid nästa hållplats. Han reste sig med väskan i handen, mer av gammal vana än som resultat av ett medvetet beslut. Skolböckernas tyngd överraskade honom. Han tänkte för ett ögonblick lämna kvar väskan i bussen men då skulle Mitra bli ursinnig.

När de närmade sig hållplatsen fick han syn på en annan buss vars siffror han kände igen. Det var den linje som han och morfadern åkt med till bondfamiljen. Ali tyckte sig till och med känna igen chauffören.

När dörrarna gled upp var Ali den förste att kliva av. Han sprang ut i gatan och blev stående på mittremsan medan bilarna tutade ilsket. Så blev det en liten lucka i trafiken och han kastade sig till andra sidan.

Ali snubblade in i bussen. Han vågade inte se sig om utan koncentrerade sig på chaufförens ansikte som om han där sökte ett svar på hur han skulle göra. »Ska jag berätta allt«, tänkte han, innan en kvinna bakom höjde rösten och frågade om han skulle gå på bussen eller stå där och blockera ingången.

Ali öppnade munnen som för att säga något till chauffören men inga ord kom över hans läppar. Han stammade till.

– Det är bäst att du flyttar på dej.

Ali slog sig ner direkt bakom chauffören. Den plötsliga ingivelsen att byta buss kanske inte hade varit någon lysande idé, men det var det bekanta ansiktet som hade fått honom att bestämma sig. Nu hade han i alla fall någon att ty sig till.

Han skulle missa skolan igen. Snart ringer de hem och Mitra får reda på att han skolkar mest varje dag. Om de nu bryr sig. Ali hade märkt hur lärarna alltmer släppte greppet om honom. De var nästan likgiltiga om han kom till skolan och huruvida han läst läxorna eller inte bekymrade dem inte alls. Det var som om han redan sorterats bort i deras tankar. Men när han fick »G« på matteprovet hade läraren tagit honom åt sidan och sagt något uppmuntrande. Han var bra. Han försökte. Det såg Ali i hans blick. »Om man kunde samla alla snälla människor«, tänkte han, »så skulle vi lära oss.« Mitra kunde prata om hur kroppen var uppbyggd, det visste hon allt om, blodkärl och celler. Matteläraren Melker kunde prata om trianglar och diagram. Morfadern skulle prata om hästar.

Han ville tänka på alla goda människor. Chauffören kanske visste något som stod i böckerna? Då kunde han berätta om det. Han kanske var läkare eller professor i något. Det hade Mitra sagt: att många av busschaufförerna var duktiga, kunde saker som ingen trodde att de kunde.

Ali rabblade upp alla snälla människor han träffat. Listan blev inte överdrivet lång men det tog tid att tänka på varje person. Bussen skramlade på. Någon pratade högljutt längst bak.

Han försökte föreställa sig morfadern, att han satt bredvid honom, med keps och käpp och rocken knäppt ända upp till hakan.

Vad gjorde han på den här bussen? Kunde han sitta kvar tills det blev tomt på folk och sedan berätta allt för chauffören?

Efter en kvart hade de lämnat stan bakom sig. Han tittade bakåt. Fem personer kvar och strax bakom bussen en vit bil. Ali blundade. Han behövde kissa.

KAPITEL 37

Onsdag 14 maj, kl. 11.15

Holger Munkes andra samtal med Lund och Andersson utspelade sig i det lilla biblioteket ovanför cafeterian. Munke stördes inte av sorlet en trappa ner men det gjorde däremot Andersson. Det påminde honom om hans kolleger, att han hade åsidosatt sina plikter och sin lojalitet, och allt för Lunds skull, vars lugna och avspända min retade honom mer än Munkes frågor.

– Ta det en gång till, sa Munke.

– Vi åkte från Eriksberg och ...

– Ja, det har du sagt, avbröt Munke och för första gången höjde han rösten. Andersson tänkte att den hördes ända ner till fiket. Flera av kollegerna visste att trion satt där uppe och en del var säkert skadeglada. De hade sett befälets min och visste att det inte var någon vänskaplig picknick de tre var ute på.

– Du ska förklara för mej varför ni inte omedelbums åkte ner till Svartbäcken och mordbränderna, fortsatte Munke.

– Det var ju ett kritiskt läge på Birger Jarl, sa Lund. Det hade varit bråkigt och vi ville stämma av, helt enkelt kolla upp situationen. Det ska man väl inte få skit för? Vi gör vårt jobb och det vet du, Holger.

– Ni hade order att åka direkt.

– Jovisst, blandade sig Andersson in i samtalet, men det tog inte så mycket längre tid.

– Om man inte passerar Drottninggatan, sa Munke.

Lund och Andersson gav varandra en snabb blick.

– Vi stannade inte där, sa Lund.

Andersson sköt iväg stolen från bordet som om han skulle gå.

– Nej, och det är ännu märkligare, sa Munke.

– Vi kom inte riktigt överens, sa Lund med ett lugn som fick hans radiobilskollega att mot sin vilja beundra honom. Vi såg ju hur det såg ut. En av oss ville stanna och en ville fortsätta.

– Och vad ville du?

– Det spelar ingen roll. Vi åkte vidare till Svartbäcken. Det var ju ordern.

– Ni meddelade inte centralen, konstaterade Munke och Andersson började ana konturerna av den ångvält som skulle passera över honom och Lund.

– Nej, precis när vi skulle göra det, så kom du in på radion och skällde som fan. Kommer du ihåg det?

– Självklart. Jag var förbannad och det är jag fortfarande, sa Munke.

– Vi valde feglinjen, det håller jag med om. Du får väl skriva en rapport.

– Det kan du ge dej fan på! Hur många år har du kvar till pensionen, sa Munke och vände sig till den helt passive Andersson.

– Det är några, sa han tyst.

– Varför stannade ni?

– Det gjorde vi väl inte, sa Lund och för första gången under samtalet lät hans röst inte lika säker.

– Vi har ett vittne, så sitt för fan inte och ljug mej rakt upp i ansiktet.

– Vi var inte överens, som sagt, sa Andersson, och Ingvar klev ur för att kolla, men så bestämde vi oss för att åka vidare.

– Det låter som om ni var ute på en semestertripp med fritt val. Ni har ett jobb. Såg ni nånting, gjorde ni några iakttagelser? Gatan var ju sönderslagen! Va?! Ni är ju för helvete poliser.

Munkes ansiktsfärg påminde alltmer om bokryggarna som stod i hyllan bakom honom.

– Vi såg ingenting av vikt, sa Lund.

– Ingenting av vikt, utbrast Munke. Jag vill ha en skriftlig rapport och det ska ni veta, att jag kommer inte lägga fingrarna emellan. Ni är fan i mej en skam för kåren. Ni är suspenderade så länge.

– Det kan väl inte du besluta om, protesterade Lund.

– Adjö, sa Munke och föraktet för de två kollegerna, som han känt i trettiofem år, lyste som oförtäckt hat.

Tystnaden i cafeterian var monumental. Inte ens Flink från Länstrafiken, som alltid höll låda, sa ett ord när Lund och Andersson kom ner. Johnsson från span flinade. Lund mumlade något. Johnsson flinade ännu bredare.

– Hörrudu, din jävla lapp, sa Lund obehärskat, du vet väl att din kärring knullar svartskallar när du jobbar.

Johnsson stelnade till och alla såg på honom att han visste.

– Ta en tur till Flustret nån kväll så får du se, spädde Lund på med, men du kan väl inte få upp den längre så ...

Johnsson kastade sig över Lund men två av kollegerna var snabbare och höll honom i ett järngrepp.

Ann Lindell som stod i fikakön tillsammans med Berglund och Haver iakttog storögt bråket. Det var sällan det bråkades offentligt. Självklart kastade kolleger skit på varandra, som på alla andra arbetsplatser, och mellan de olika rotlarna fanns det motsättningar som ibland gav upphov till slitningar. Det här var något annat. Två kolleger som rykte ihop i cafeterian.

Alla kände till bakgrunden. Alla kände Munkes närvaro på biblioteksbalkongen. Han syntes inte men kanske fanns han kvar där uppe och hans röst hade ljudit högt. Lunds och Anderssons miner gav syn för sägen: de var ordentligt tillplattade och flera var påtagligt nöjda med vad de fått höra och vad de såg.

Blickarna vändes mot biblioteket men de flesta anade att Munke smitit ut den andra vägen. Vad ingen förstod var varför Lund och Andersson valde att exponera sig så direkt. Kanske var det ett försök att vinna sympati? De var veteraner som blivit utskällda av ett befäl. Men de misstog sig å det grövsta. De hade misskött sig på ett sådant sätt att skit skulle falla på hela kåren. Det var aldrig populärt. De skulle alla få klä skott för Lunds och Anderssons misstag.

Lindell gick fram till Lund.

– Du snackade en massa skit på Birger Jarl, sa hon, och ännu allvarligare: du och Andersson uppmuntrar till lagbrott.

– Stick åt helvete, vräkte Lund ur sig och gick med snabba steg mot dörren till Kommunikationscentralen.

– Du får ett helvete, sa Lindell leende.

Hon och Haver följde efter Lund, som stegade på allt hastigare.

– Jävla fitta, kastade han ur sig.

– Nej, nu jävlar, sa Haver, nu får du ge dej!

– Ni var så satans fega att ni inte ville ingripa på Drottninggatan, sa Lindell. Det kan ha kostat Sebastian Holmberg livet.

– Du har ingen aning om vad som händer på stan, sa Lund, med handen på dörrhandtaget. Det är lätt för dej att gapa.

– Var det för många som skrek »snutjävlar«? Fick du inte upp batongen?

– Ottossons krimhora, sa Lund, skulle vi gå efter kvalifikationer så fick du putsa bilar i garaget.

Lindell log igen. Hon såg desperationen i hans ögon när han slank ut genom dörren. Haver såg på Lindell.

– Varför, var det enda Haver sa.

– Jag ville provocera honom, sa Lindell och såg efter Lund.

Hon var mer skakad än vad hon visade. Det var första gången hon på allvar drabbat samman med en kollega. Visst kände hon tyngden av Lunds många år på polisen. Sin frustration delade han med många, liksom argumentet att det bara var kollegerna i uniform som visste hur det verkligen stod till på stadens gator och torg.

– Det var rätt onödigt, sa Haver.

– Vi måste få reda på vad som hände, eller hur? sa Lindell. Det fanns en patrull på plats. Dom såg eller hörde nåt som fick dom att dra iväg. Här finns kärnan i mordet på Sebastian Holmberg. Du har ett erkännande och är nöjd med det, men jag tror att bilden är mer komplicerad än så.

– Vad tror du hände?

– Jag vet inte, sa Lindell och såg plötsligt okoncentrerad ut. Hon flackade med blicken över cafeterian, gav Haver ett snabbt leende och tog några steg mot dörren, vände sig sedan om och såg åter på sin kollega.

– Jag tror att Lund och Andersson blev hotade och inte pallade trycket. Varför skulle dom annars sticka från en brottsplats, en sönderslagen gata? Kunde Marcus ha stått för det hotet? Knappast.

Hon slank ut innan Haver hunnit replikera. Han såg efter henne. När han vände sig om upptäckte han att hela cafeterians uppmärksamhet var riktad mot honom. Det var inga ovänliga blickar, bara ren och skär nyfikenhet. Självklart hade de sett Lunds obehärskade utfall och hur Lindells sammanbitna min ersattes av ett brett leende.

Det kändes inte bra, det var lite orättvist, nu när han hade ett erkännande. Ottosson hade berömt hans och Beas insats. Alla visste att medan han suttit i förhör med Marcus hade Lindell ugglat på sitt rum eller skenat på stan.

Nu skulle Lindell springa till rotelchefen och lansera nya teorier och som vanligt skulle hon ha Ottossons öra.

KAPITEL 38

– Kan du stanna här?

Ali upptäckte att han nästan missat uppfarten till bondgården. Busschauffören sneglade på honom och såg inte lika glad ut som förra gången, men han bromsade in bussen.

– Vi får sätta upp en hållplats här för dej och din morfar, sa han.

– Ursäkta, sa Ali, men jag måste av.

– Det är OK, sa chauffören och nu log han.

– Kan du göra en sak för mej? Stå kvar en liten stund så att jag hinner springa lite. Den där vita bilen är ingen snäll bil.

– Den som har legat efter oss, menar du?

Ali nickade.

– Du vill få lite försprång?

En ny nick. Busschauffören tvekade någon sekund, tittade i backspegeln och såg på Ali igen.

– Vad vill han?

– Jag vet inte, sa Ali efter en sekundsnabb tvekan. Snälla.

– Har du gjort nåt dumt?

Ali skakade på huvudet.

– Han är ...

Här var det nära att Ali berättat allt.

– Ska vi stå länge här, skrek den enda passageraren som var kvar i bussen.

Bussdörren gled upp och Ali kastade sig ut, såg sig inte om utan sprang uppför den svaga stigningen mot bondgården som skymtade bakom träden. När han hunnit ett femtiotal meter hörde han hur bussen körde iväg. Hundra meter kvar till grinden. Han sprang för livet. Han tänkte på Mitra. Han hoppade över ett vitt staket, snubblade över en grästuva och blev liggande, plötsligt paralyserad av skräck, innan han for upp igen och såg sig om för första gången.

Bilen, mördarens vita bil, var nära, så nära att Ali kunde se förarens ansikte. Det var mannen från golvfirman. Ali sprang, rundade en dunge med träd och kände en sötaktig doft i luften.

Boningshuset var helt nära. Gruset sprutade under hans fötter. En katt försvann skrämt iväg in i ett buskage. Ali nådde dörren samtidigt som han hörde bilen köra in på planen framför ladugården. Han bankade på dörren, slet i handtaget. Låst.

Han stirrade på den bruna dörren. »Det är inte sant«, tänkte han. »De är hemma, de måste vara hemma.« Han sprang fram till fönstret och kikade in i det kök där han och morfadern haft så trevligt. På bordet stod en tillbringare med en röd vätska, kanske saft, en kaffekopp och ett fat med skorpor.

Han rundade husknuten med förhoppningen att Arnold eller Beata skulle stå där, men där fanns bara en flock skator som skränande flög upp ur äppelträden. I det ögonblicket kom han på att han glömt mobiltelefonen hemma. Han hade lagt den på hallbordet för laddning och där låg den kvar.

Han sprang vidare, osäker på vart han skulle ta vägen, men med sikte på den smala remsan av skog som stack ut som en tarm i åkern närmast gården. Skatorna skrattade åt honom. Bilder av mamman och morfadern fladdrade förbi. Han förbannade Mehrdad som dragit in honom i detta.

Väl ute i den späda grödan såg han sig om på nytt. Golvmannen kom ut mellan träden och Ali såg hur han fastnade med byxorna i taggtrådsstängslet när han försökte ta sig över.

Skogsdungen dominerades av tät granskog men i diket stod kraftfulla alar i vars grönska Ali försvann. Grenar piskade mot hans ansikte men okänslig för smärtan fortsatte han längre in, hoppade över en multnad trädstam och mossiga stenblock och koncentrerade sig på att inte falla ner i håligheterna.

Han andades häftigt och var tvungen att stanna ett ögonblick. Han kröp ihop bakom en sten och lutade huvudet mot den mjuka mossan. Doften som steg upp gjorde honom nästan yr. En gång hade de haft orientering i skolan i ett skogsområde som liknade det här. Den gången hade han varit orolig för att inte hitta tillbaka till gruppen. Nu var han skräckslagen i en främmande skog. Här fanns inga lärare som kunde sätta igång en skallgångskedja. Nu var han ensam med en mördare tätt bakom sig. En man som säkert skulle kunna mörda igen.

Han kom att tänka på Konrad, boxningstränaren. Vad skulle han ha gjort? Framförallt behållit sitt lugn, trodde Ali. Konrad lät sig inte hetsas. Ali försökte kontrollera andningen och tog djupa andetag, strök undan svetten ur ansiktet och kikade upp bakom stenen. Ingen golvman syntes till, men han fanns där, det var Ali övertygad om. Kanske tryckte han också spejande bakom en sten? Var det så att han upptäckt honom och nu väntade på bästa tillfälle att fånga in honom?

Ali smög sig hukande vidare. Den mustigt gröna mossan gjorde hans steg ljudlösa. Han reste sig till hälften, sköt undan några grenar och kom in i något som liknade en grotta. Han fick idén att klättra upp i granen. Där uppe skulle han vara väl dold. Han drog prövande i en gren som var nästan lika tjock som hans underarm.

Med några snabba rörelser var han uppe i granen. Kådan kladdade mot hans händer. Han såg neråt och det svindlade till.

Någonstans hördes trevande steg. Mördaren var helt nära. Han andades ansträngt. Ali stängde munnen och drog sakta in luft genom näsborrarna och andades ut lika försiktigt.

Förföljaren hade stannat och Ali hörde hur han mumlade något tyst för sig själv. Ali slöt ögonen. Det doftade jul. Det var först de senaste åren de haft julgran. Morfadern hade till en början varit motståndare till traditionen men sedan blivit den mest pådrivande för att skaffa en så ståtlig gran som möjligt. I minst en vecka gick han runt på olika försäljningsställen innan han fann någon som dög.

Mördaren hostade till. De häftiga andetagen hade upphört.

– Jag vet att du är här, din jävla svarting, ljöd det plötsligt genom skogen.

Ali ryckte till och var rädd för att tappa balansen. Skräcken fick hans kropp att skaka.

– Du ska få lära dej, fortsatte mannen, hur det går när man snokar.

Ali hörde hur mördaren tog några steg. Han var säkert bara några meter från granen. En gren knäcktes.

– Jag tar dej, skrek mannen och Ali förstod att han gått iväg ett stycke, men så återkom rösten närmare igen.

– Jag tar dej.

Den här gången var stämman lugnare och mer obeveklig. Ali fick för sig att mördaren vädrade efter honom som ett vilt djur efter sitt byte. Han kunde se hans ansikte framför sig: de lysande ögonen och tänderna blottade i ett grin som vittnade om hat på gränsen till dårskap.

Ali snyftade. Mannen skrattade till, nästan fnittrande. Ali hörde hur mördaren slog undan grenarna och därefter det triumfatoriska vrålet när han fick syn på Ali fem, sex meter upp, famnande den grova stammen.

– Din jävla apa, sa mannen och började omedelbart att klättra uppför stammen.

Ali försökte ta sig högre upp men förmådde inte, paralyserad som han var inför faran som närmade sig. Ali såg de stora händerna som grep tag i gren för gren.

– Låt bli mej, skrek han och kände hur han tömdes på kraft, men när han drog efter andan för ett skri var det istället som om han fylldes av en sällsam kraft, som fick honom att vildsint sparka neråt.

Kanske var det Konrads ord och förmaningar som fick hans kropp att reagera. Han försvarade sig med rädslan som bränsle, sparkade mot mannens händer och spottade som en vildkatt. Plötsligt stampade han till på mannens fingrar. Han tjöt av ilska och smärta, lugnade sig sedan för några sekunder och såg på handen där blodet rann över de söndertrasade fingertopparna.

– Jag ska strimla dej, väste han och böjde sig ner och plockade upp en mattkniv ur en av de många fickorna på arbetsbyxan.

Ali förflyttade sig millimeter för millimeter längre ut medan han höll sig fast med händerna i grenen ovanför sig. Under hans fötter bågnade grenen alltmer. Han var tvungen att släppa taget med händerna, men fick omedelbart grepp om en lägre sittande gren, som genast gick av. Ali tappade balansen för ett ögonblick men lyckades återvinna den genom att hugga tag i en tredje gren. Han balanserade högt ovanför marken. Händerna var sönderstuckna av vassa barr.

Mannen rörde sig försiktigt uppåt, med kniven riktad mot Alis ben. Han sparkade till men missade. Han försökte med ytterligare en spark men hans utsatta läge gjorde att kraften blev för dålig. Han var tvungen att klättra ännu längre ut. Mannen var tyngre och grenarna skulle inte bära honom. Ali såg också hur han stannade upp i rörelsen och tvekade att följa efter.

Ali hade nu kommit så långt ut att han kunde se genom grenverket. Kanske hade bondfamiljen kommit tillbaka till gården, tänkte han och skrek ut sin nöd.

Grenen gungade under tyngden och han hasade obevekligt längre ut medan mannen återupptagit sitt klättrande uppför. Han kunde nu hålla sig intill stammen, oåtkomlig för Alis sparkar.

Ali skrek till när grenen definitivt gav efter och han handlöst föll mot marken.

Han landade i ett tjockt mosstäcke. En sten strax intill hans huvud vittnade om den änglavakt han haft. Trädkronan gungade ovanför honom. Han förstod att mannen var på väg ner.

Det tog någon sekund innan Ali återfick fattningen, men det var för sent. Mördaren stod lutad över honom. Han log. Mattknivens skarpa blad blänkte till. Ali låg blickstilla.

Himlen var blå. Det doftade av mossan. I fjärran hördes ljudet från en traktor men i övrigt var allt stilla. Luften dallrade av värme.

De såg på varandra. Mannen log.

– Man springer inte ifrån mej, sa han.

– Morfar kommer att döda dej, sa Ali.

– Jaså du, sa mannen.

»Jag måste prata«, tänkte Ali, men tystnade inför leendet. Han fingrade i mossan. Under det gröna täcket kände han konturerna av en sten. Han grävde djupare ner med handen.

– Vad fan har du med mej att göra?

– Jag vet inte ... Det är min kompis som ..., stammade Ali.

– Skyller du ifrån dej, va? Det är typiskt såna som ni.

Han kunde röra stenen. Nu kände han dess vikt.

– Om du gör mej illa så kommer min kompis att tjalla.

– Det tror du?

Mannen skrattade till. Han lyfte kniven och höll upp den framför sig.

– Ser du fläckarna på bladet?

Ali stirrade på kniven men såg inga fläckar. Bladet blänkte.

– Din kompis pratar inte så mycket längre.

Ali förstod plötsligt. Mehrdad hade gått tillbaka till Stigs Golv för att underhandla fram en överenskommelse om ömsesidig tystnad. Mehrdad hade svikit honom.

Låren, hälarna, de vältränade magmusklerna, senorna i nacken, allt förenades i en enda gemensam rörelse när Ali grep stenen, lyfte den och kastade den med all sin samlade styrka mot mannen som hotade hans liv.

Stenen, stor som en kattskalle, träffade mannens högra kind. Han for baklänges, tappade balansen och stöp bakåt, där han blev sittande med ett smärtfyllt och förvånat uttryck i ansiktet.

Ali kom på fötter och sprang. Ett skri av vrede och smärta fick honom att för ett ögonblick se sig om. Golvmannen stod på alla fyra, likt en kortdistanslöpare i startblocken. Blodet rann över ansiktet. Ali sprang vidare. Det plaskade om hans fötter när han forcerade ett alkärr där han kastade sig fram över tuvorna. Ett par skogsduvor flög skrämt upp.

En euforisk känsla av återvunnen frihet gav honom oanade krafter. Han tyckte sig flyga fram över stubbar och stenar och han sköt undan hindrande grenar och sly med en proffsboxares effektivitet och snabbhet.

Han sprang utan mål och med en enda vilja pulserande i det vilt pumpande hjärtat: att återse Mitra och morfadern. Han visste det inte själv, men under de snabba sprången som förde honom allt djupare in i en främmande skog föddes en ny Ali. Det var en tyngd som inte vägde något som bemäktigade sig hans unga kropp. Han lämnade oron bakom sig. För varje språng blev han starkare. Ingenting kunde skada honom. Han kunde springa till helvetet och återvända, bepansrad med en oövervinnelig vilja att lyckas i det liv som låg framför honom.

Efter ett par hundra meter stannade han till, böjde sig fram med händerna vilande på en gren och flämtade. Han räknade ner och när tjugo sekunder hade gått rätade han på kroppen. Av golvmannen syntes eller hördes ingenting. Kanske han var allvarligt skadad?

Ali fortsatte. Någonstans tog väl skogen slut. Någonstans fanns det väl människor.

KAPITEL 39

Oron kändes i huset. Till och med Lisen, som skötte utskrifter och arkivering, hade ett jagat uttryck i ansiktet. Dessutom hade hon lagt på för kraftigt med smink. Ann Lindell tvekade om hon skulle nämna något om att läppstiftet hade kladdat ut och fick Lisens mun att se ut som ett öppet sår, men hon avstod.

– Här har du sammanställningen på mordbränderna, sa Lisen och sköt en mapp över skrivbordet, utan att ge Lindell en blick.

– Är det allt?

– Räcker det inte?

Lisen tittade upp.

– Nej, jag tänkte ...

– Tänk inte så mycket, sa Lisen och återgick till dataskärmen.

»Herregud, vad alla mopsar upp sig«, tänkte Lindell och stegade iväg utan ett ord till tack, när hon mötte Sammy Nilsson som bar på en attachéväska.

Han hade förberett en dörrknackningsaktion där han skulle föreställa försäljare av en ny sorts kökssvampar med förlängd hållbarhet.

Lindell skrattade åt hans idé.

– Kökssvampar? Kunde du inte komma på nåt flashigare?

– Det ska vara riktigt B, sa Sammy, så att ingen blir intresserad. Det vore väl fan om jag fastnade i varenda dörrhål.

– Var fick du tag i kökssvampen?

– Torgkassen, sa Sammy.

– Tänk om du säljer slut?

– Jag har satt priset till fyrtiosex kronor, två för åttio, sa Sammy och flinade.

Han var den ende som log. Uppträdet i cafeterian hade fortplantat sig genom hela polishuset. Några kanske log skadeglatt i smyg men de flesta var enbart bekymrade.

När hon steg in genom dörren ringde telefonen. Lindell var inte vidskeplig men hon tyckte att det fanns en märklig överensstämmelse mellan hennes entré i rummet och telefonen. Så fort hon steg in, ringde det.

Hon slängde ifrån sig mappen och lyfte luren.

– Hej, mitt namn är Edgar Wilhelmsson från Falkenbergspolisen, sa en röst i andra änden. Lindell som var road av dialekter log när hon hörde den genuina halländskan.

– Jag hör det, sa hon.

– Har vi träffats förr?

– Nej, jag tänkte på din vackra dialekt.

Wilhelmsson skrockade.

– Du är den första som tycker det, sa han. Hörrudu, vi har en tjej som har gått i sjön. Det var nåt ljushuvud bland dina kolleger som tyckte att jag skulle prata med dej. Det är ju ingen märklig grej att folk hoppar i spat, men här fanns det visst en lite rolig koppling, som kanske intresserar dej. Är du kommis på krim förresten? Det är inte så vanligt.

– Hur menar du? Rolig koppling?

– Ja, rolig och rolig, men intressant är den.

Lindell rundade skrivbordet och slog sig ner.

– Ni har ju ett mord, jag såg om det på Aktuellt, det var rackarn vad det går hett till i lärdomsstaden.

– Kopplingen, sa Lindell sammanbitet.

Hon orkade inte vara social och lyssna på denne halländske rundpratare.

– Sebastian, hette han så? I vilket fall så dränkte sej hans mor igår.

Lindell satt tyst en stund och var glad att även kollegan gjorde det.

– I Halland? sa hon till slut.

– Hon flöt i land vid Glommen, sa Wilhelmsson och för första gången la han sordin på sin energiska röst. Nån timme efter att vi fiskade upp henne så fick vi en rapport om en bil vid Skomakarhamnen. Den hade stått där ett dygn. Det var en hundägare som ringde. Han tyckte att det var mystiskt.

– Skomakarhamnen, upprepade Lindell. Brukar det inte stå bilar där?

– Nej, inte på det viset. Inte ett dygn på samma ställe. Det är egentligen ingen hamn. Det heter så efter gammalt.

– Nåt brev?

– Nej, ingenting. Allt var orört i bilen vad vi kunde se. Bilnycklarna hittade vi i hennes byxficka, likaså plånbok och vad vi tror är husnycklar.

– Lägenhet, sa Lindell mekaniskt.

– Jaja, sa hallänningen.

– Inget våld?

– Inte vad vi kan se hittills. I morron vet vi mer.

Det var Bea som skött förhören med Lisbet Holmberg. Lindell hade träffat henne bara en gång och då slagits av hur långsamma hennes rörelser var. Hon rörde sig likt en sengångare i köket och lika långsamt hade hennes tal varit.

Lindell var inte förvånad över att en kvinna som förlorat sitt enda barn tog livet av sig.

– Varför hos er? Vi har vatten här också.

– Hon är född strax utanför stan. En kollega kände faktiskt igen henne. Hon hade blivit lite kraftigare men det syntes att det varit en snygg dam.

»Snygg dam«, upprepade Lindell tyst för sig själv.

– Själv väger jag hundrafjorton kilo, sa Wilhelmsson.

– Det är alltså obduktion i morgon?

– Just det. Vi får ta hit en knäppländare från Halmstad. Det är knappt man fattar vad han säger. Han är tysk. Schlinger eller Schwinger heter han. Nåt sånt.

»Tänk så mycket skit vi pratar«, tänkte Lindell.

– Men han är bra, återtog kollegan efter att ha smakat på det tyska namnet.

– Gör ni en ordentlig utredning på bilen också? Även om det är ett solklart självmord så lägg ner lite möda, sa Lindell.

– OK, no problem. Jag slår en pling i morron.

– Och du, sa Lindell, jag är inte kommissarie.

– Du kan bli, sa Wilhelmsson.

De avslutade samtalet med att byta mobilnummer. Lindell försökte föreställa sig hur Lisbet Holmberg i en mycket långsam takt vadat ut i Västerhavet.

Hon återvände alltså till Falkenberg för att ta livet av sig. Varför? Var det så simpelt att hon helt enkelt ville dö i sin barndomsmiljö? Kanske Skomakarhamnen betytt något för henne?

Lindell skrev eftertänksamt ner sina frågor i kollegieblocket och ringde sedan Haver. Hon var glad att det inte handlade om Marcus Ålander.

Fastighetsskötaren var en gammal man, säkert åttio år, trodde Lindell. Hans omsorgsfullt tvinnade mustasch guppade upp och ner när han omständligt redogjorde för de olika hyresgäster som de senaste trettio åren bebott Lisbet Holmbergs lägenhet. Han tycktes ha ett extraordinärt minne för namn och årtal.

»Så här kommer Berglund att vara om drygt tjugo år«, tänkte hon, och försökte lotsa mannen uppför trapporna. Han stannade på vartannat trappsteg och vände sig mot Lindell för att ordrikt komplettera bilden av husets historia. Haver såg han inte åt.

– Lisbet är en fin människa, sa fastighetsskötaren. Det var för sorgligt med sonen. Och nu är hon försvunnen, säger ni. Ni är väl poliser? Är inte fröken väldigt ung för det?

– Nej, snarare för gammal, sa Lindell. Nu tror jag att vi vill in i lägenheten.

– Ja, det är så sant. Givetvis.

Han skramlade med den jättelika nyckelknippan och öppnade med en hastighet som förvånade de båda poliserna. Mannen gjorde en ansats att följa med in men Haver satte upp en hand.

– Vi kikar själva, sa han, om det är nån information vi behöver så kontaktar vi dej. Du tycks vara en levande uppslagsbok.

– Jag har glömt mycket, sa mannen, men det är dom gamlas rätt att begrava det man vill i glömska.

Lindell och Haver steg in i lägenheten. Lindell gick mot sovrummet och Haver mot köket med en automatik som upparbetats under flera års samarbete.

Sovrummets väggar var förvånansvärt nog målade i en mörkt blå ton. Det stämde inte med Lindells bild av kvinnan. Golvet var skinande ljust. Det gav en märklig kontrast. I ena hörnet stod en bäddad dubbelsäng med två broderade kuddar på det prydligt sträckta överkastet. Mot väggen stod en femtiotalsbyrå och en gammal trampsymaskin som fungerade som bord. På bordsskivan låg ett brev.

Lindell förstod omedelbart att det var Lisbets avskedshälsning. Hon petade upp fliken med en penna och lirkade fram det dubbelvikta arket.

– Ola, här är det, ropade hon.

Haver kom omedelbart.

– Vad skriver hon? sa han utan entusiasm.

– Det förväntade, sa Lindell, att livet inte är värt att leva utan Sebastian. Sen kommer förklaringen till varför hon valde att åka »hem«, som hon uttrycker det. Sebastian avlades på stranden vid Skomakarhamnen. Hör hur hon avslutar: »Jag hatar denna stad som tog min son ifrån mig. Uppsala är som ett främmande land och har alltid varit det. Nu reser jag hem till den strand där min älskade Sebastian blev till. Vi möts igen.«

Haver slog undan blicken.

– Det är för sorgligt, sa Lindell.

Hon läste texten en gång till tyst för sig själv. Enkelt, rakt och målmedvetet, skrivet av en kvinna som hade kraft nog att sätta sig i bilen och åka genom halva landet för att dränka sig.

– Jag skulle vilja se den där stranden, sa hon.

– Hon beskriver Uppsala som ett främmande land, sa Haver. Jag har aldrig tänkt på det så. Har du, jag menar du som är inflyttad?

– Jag kan förstå vad hon menar, sa Lindell.

– Jag hittade också en grej, sa Haver och gick tillbaka till köket. Lindell stoppade försiktigt tillbaka brevet, fundersam över vad Ryde skulle säga, och följde efter.

– Här, sa Haver och pekade in mot soppåsen under diskbänken.

Lindell lutade sig ner och kikade. Haver hade uppenbarligen inte rört något. Överst låg ett inramat fotografi där glaset var spräckt. Lindell tittade på Haver och plockade sedan upp det. Fotot föreställde Lisbet och en man. Båda log.

– Lisbet kanske hade ett förhållande med någon, sa Haver och pekade mot den lapp som satt kvar på kylskåpsdörren.

Hon vände sig mot kylskåpet. »Ring Jöns« stod det.

– Varför slängde hon fotot? sa hon.

– Hon ville väl städa.

– Det finns säkert massor att städa bort innan man tar livet av sej, men hon valde att slänga fotot.

– Hon sparade inte ens ramen, sa Haver.

– Hon har fått den av honom, med fotot monterat i ramen, avgjorde Lindell.

– Han har säkert lämnat andra spår efter sej, sa Haver.

– Jag vill ha tag i den här killen, sa Lindell och studerade fotot.

– Märkligt, fortsatte hon, det är nåt bekant med honom. Även om det inte betyder nåt, så vill jag ha ett snack. Jag får prata med Bea. Lisbet och hon kanske pratade mer om deras förhållande.

– Varför är det viktigt? Hon har tagit livet av sej och vi har inga problem att förstå varför, eller tror du att det är ett riggat självmord?

– Nej, nej, absolut inte, men jag vill prata med mannen. Han kanske kan ge oss information om Sebastian.

– Bea har som sagt bara hört Lisbet.

– Hade Lisbet nån kontakt med Sebastians pappa?

– Kanske nån gång om året, men Lisbet misstänkte att sonen ibland ringde pappan, eller om det var han som ringde upp. Fadern fanns aldrig med som ett levande begrepp i umgänget mellan mor och son.

– Så märkligt, sa Lindell.

– Ska du säga, utbrast Haver spontant. Jag menar ...

– Jag förstår vad du menar, sa Lindell.

Haver tittade på henne. Han visste vad hon var ute efter. Små, små korn som kunde kastas in i maskineriet för att ifrågasätta den process som pågick för att definitivt binda Marcus Ålander vid mordet på Sebastian.

– Leta rätt på karln, du, sa han och öppnade kylskåpsdörren. Är du sugen på käk? Det finns en grön kyckling här. Mögelmarinerad och klar.

Lindell såg inte åt kylskåpet utan försvann tillbaka till sovrummet. Hon var upprörd över Ola Havers nonchalans men beslöt sig för att inte bry sig. Känslan av att de bedrev två parallella utredningar förstärktes dock alltmer. Det var inte bra, det insåg hon, och det kändes märkligt eftersom roteln så gott som alltid hade marscherat i takt, dragit åt samma håll. Nu vaktades det på ord och spydigheterna trillade ur munnen på kollegerna. Det var inga hätska frontalangrepp, men de små sticken ömmade när förtroligheten var bruten.

– Vill du knalla, skrek hon, så kan jag gå igenom lägenheten?

– Jaha, sa Haver, som ljudlöst hade kommit och ställt sig i dörren, du vill göra det här själv?

– Nej, jag tänkte att du hade annat, sa Lindell spakt.

– OK, sa han, jag åker tillbaka. Ska jag skicka hit Ryde?

– Det kanske inte är nödvändigt, sa hon mot bättre vetande.

Det var plötsligt som om inga rutiner kändes viktiga längre. Visst borde Ryde eller någon av de andra teknikerna komma till lägenheten, men Lindell upplevde det som om det hon sysslade med egentligen inte tillhörde utredningen, eller snarare, det angick inte Havers utredning.

– Dom har ju varit här en sväng, sa hon.

– Men då gällde det Sebastian, sa Haver.

»Det gör det fortfarande«, hade hon på tungan, men hejdade sig.

– OK, det kanske vore bra, sa hon i ett försök att överbrygga klyftan mellan de två.

Haver gav henne en nick och lämnade lägenheten. Lindell stod en kort stund och tänkte igenom vad som sagts. Hon borde köra med öppna kort. Det vore bättre att ta ett rejält snack än att tassa runt på det här viset. Hon underkände Marcus som mördare, dock inte utifrån några sakliga skäl, han hade alltför mycket emot sig för att man på allvar skulle kunna ifrågasätta häktningen. Det var enbart byggt på en känsla hon fått och så länge den tveksamheten fanns fick hon ingen ro.

Hon såg på klockan. »Dags för Eriks mellanmål«, tänkte hon och log. Hon kunde se honom framför sig, till vänster om Anita med skeden i hand och den där blicken som fick alla vuxna att smälta. Hade hans far sådana ögon, hon mindes bara hans håriga mage och smått äckliga andedräkt, eller varifrån kom glittret?

Hon öppnade garderobsdörrar och drog ut byrålådor. Lisbets klädsmak var inte Anns. Å andra sidan skulle nog de flesta säga att Ann Lindell inte hade någon smak alls. Inte så att hon klädde sig smaklöst men det fanns ingen genomtänkt idé bakom hennes kläder. Hon tog det som låg överst eller närmast. När hon försökte tänka i kombinationer och färger blev hon förvirrad och tveksam.

I de tre översta lådorna i byrån fanns inget av intresse. Den understa lådan innehöll däremot hemarkivet med räkningar och försäkringsbrev, lösa papper, kvitton, några fotopåsar och en bunt med brev.

Lindell la ut allt på golvet och började studera. Fotona tog hon först. Den kasserade mannen i soppåsen fanns med på flera kort. Några föreställde Lisbet och honom vid mer festliga tillfällen, restaurangbesök och tillställningar, andra var från svampskogen eller på dem tillsammans i en roddbåt. Sebastian fanns också med. På en bild stod han och mannen tätt tillsammans. Bakgrunden var en rödmålad vägg. Sebastian log men såg inte speciellt lycklig ut. Lindell fick uppfattningen att leendet var frammanat.

Uppenbart var att mannen förekommit i Lisbets och Sebastians liv under en längre tid. Sedan kom mordet, därefter soppåsen och avskedsbrevet och slutligen självmordet.

Lindell ringde Beatrice men hon svarade inte.

Hon satt på golvet med Lisbets personliga papper utspridda framför sig. »Om jag skulle ta livet av mig, så skulle jag först bränna alltsammans«, tänkte hon. Nu hade hon inte så många privata papper att bränna. En packe brev från Rolf, några vykort som hon av någon anledning sparat och ett enda futtigt brev från Edvard.

Hon bläddrade vidare i pappren med förhoppningen att hitta den ratade mannens namn. Till slut fann hon det hon sökte. På ett hyreskontrakt som rörde en stuga i Hunnebostrand fanns tre namn. Lisbet Holmbergs och uthyrarens underskrift och så en tredje, troligen skriven av en vänsterhänt människa. Förnamnet var Jöns men efternamnet var oläsligt. Det var ett kort namn, mest som en krumelur med en snodd på.

Någon gick i trappan. Lindell lystrade och hoppades att det var Ryde. Han var duktig på olika skrivstilar. Man kunde ge honom den mest kluddiga och oläsbara namnteckning och han tydde den obehindrat. Han hävdade att det var en färdighet han övat upp under sin ungdom då han extraknäckte på posten.

Stegen fortsatte förbi lägenheten. Lindell stirrade på namnteckningen. På ett odefinierbart sätt blev hon alltmer övertygad om att namnet var betydelsefullt, att mannen bakom pennan kunde leda utredningen vidare. Varför och hur visste hon inte. Kanske var det ett önsketänkande. Hon insåg att hon inte hade så mycket att ta på. Haver skulle skratta åt hennes grumliga förnimmelser om att namnet hade någon betydelse. Ottosson skulle inte avfärda hennes aningar men bli bekymrad.

Återigen gick det i trappan. Var det vaktmästaren som var nyfiken? Lindell la ifrån sig hyreskontraktet och reste sig, gick ut i hallen och ställde sig vid dörren och lyssnade. Stegen hade upphört. Hon avvaktade en halv minut innan hon gick ut i köket och försiktigt kikade genom fönstret.

På gatan nedanför gick en man med målmedvetna steg. Han var medelålders och en kal fläck på skulten lyste vit. Plötsligt höjde han handen och började halvspringa. Ann Lindell hakade upp fönstret för att kunna följa honom bättre. Han sprang vidare. Lindell lutade sig ut.

Längre fram på trottoaren vände sig en kvinna om. Hennes ansikte sprack upp i ett stort leende och hon gick mannen till mötes. De omfamnade varandra, länge stod de tätt tillsammans.

Lindell stängde fönstret och gick ut i hallen, på ett märkligt sätt upprörd över att hon bevittnat en så kär återförening mellan en man och en kvinna. Hon tog upp telefonen igen och ringde Ryde, trots att hon visste att han hatade samtal över mobilen.

Han skulle komma strax, lovade han. Lindell slog sig ner vid Lisbets köksbord, såg på klockan och insåg att hon aldrig skulle hinna hämta Erik på dagis i tid. Hon tog till nödlösningen: Tina och Rutger, som hade en pojke på Eriks avdelning. Klas och Erik var bästisar och Ann hade tagit hand om Klas vid flera tillfällen, delvis med baktanken att Tina och Rutger skulle ställa upp för henne när hon behövde hjälp.

Erik led väl ingen nöd men känslan av att försumma honom fick Ann Lindell att dröja innan hon knappade fram Tinas nummer.

KAPITEL 40

Onsdag 14 maj, kl. 15.30

Mannen som öppnade såg förväntansfullt på Sammy Nilsson, men mörknade i synen när han fick syn på den gulröda svampen.

– Jag ska inte ha nåt, sa han.

– Det är en fantastisk svamp, två för åttio kronor, sa Sammy Nilsson.

Mannen stirrade på svampen och sedan på Sammy Nilsson.

– Är det så jävla illa, sa han. En sån där köpte jag i affären för en tia häromdan.

– Det var inte samma sort.

– Det kan du ge dej på att det var. Tror du jag är dum?

Sammy Nilsson flinade. Mannen såg helt oförstående ut. Han drog med handen över flinten.

– Är det dolda kameran? sa han och kikade över huvudet på Sammy.

– Inte alls, sa Sammy.

Sven-Gösta Welin drog igen dörren med en smäll.

Sammy drog upp ett papper ur bröstfickan och satte ett kryss. Dittills hade inventeringen givit noll. Ingen på listan överensstämde med beskrivningen. Ingen bar hästsvans eller hade långt hår.

Han var fortfarande på gott humör, kanske mest för att han gjorde något. Resonemangen på polishuset tröttade honom. Som fejkad dörrförsäljare kunde han intala sig att han gjorde nytta. Det var åtta stycken mindre att misstänka. Återstod fem. Om inte heller dessa var långhåriga så var det tretton färre de behövde intressera sig för. Han bortsåg från möjligheten att mannen med hästsvans hade klippt sig. Då skulle han få sälja svamp i några decennier framåt.

När Sammy Nilsson berättade om sitt arbete för goda vänner och släktingar var det många som förvånades över hur rutinmässigt det var. Sammy gjorde heller ingenting för att framställa det mer glamouröst eller spännande än det i själva verket var. Många gånger innebar polisarbetet ett envetet, rutinmässigt och tröttande kontorsarbete, läsande av rapporter och stirrande på en dataskärm.

Nu fick han i alla fall frisk luft. Spänningen att stiga in i en trappuppgång, se efter på tavlan om det sökta namnet fanns med och sedan möta personen livs levande, var betydligt mer givande än att nöta stolen på Salagatan.

Att han sedan lekte försäljare och bar en tvättsvamp i handen gjorde det hela lite komiskt. Det hade Sammy ingenting emot. Det skulle bli en bra historia som det gick att brodera ut.

Den nionde mannen bodde en trappa upp i ett äldre hus som rymde fyra lägenheter. Han var snaggad. Den tionde som hade en enrummare i ett av punkthusen på Tiundagatan var oformligt fet, och Sammy betvivlade att han överhuvudtaget skulle kunna ta sig upp på en cykel.

Men han var fortfarande optimistisk. Han gick mot Stabby Allé där elvan och tolvan bodde. De var nitlotter båda två. Den ene hade blivit påkörd av en bageribil och bar nackkrage och hade gipsad arm och den andre, en man som dömts för misshandel av sin fru i slutet på nittiotalet, tog emot Sammy Nilsson med öppna famnen. Han ville inte köpa någon svamp men däremot frälsa honom.

Den siste på listan var inte hemma. Det tyckte den närmaste grannen inte var så konstigt då nummer tretton flyttat till västkusten för tre månader sedan. Lägenheten disponerades sedan dess av en systerdotter till mannen.

Sammy promenerade Börjegatan ner. Solen sken och mildrade något missnöjet han kände. I väskan låg de osålda svamparna och i fickan en broschyr från Livets Ord. Det som förundrade honom mest var att alla varit hemma, förutom då nummer tretton.

Han skulle köra en dubbelkoll på honom. Att han flyttat till västkusten behövde inte betyda att han inte befunnit sig i Uppsala natten för mordbranden. Systerdottern hette Paulina Fredriksson och läste till agronom. Det kunde inte vara så svårt att få tag i henne. Hade hon bebott lägenheten den natten så föll väl nummer tretton också.

Han passerade konditori Savoy. Han visste mycket väl att det var Lindells favorithak. Själv hade han aldrig besökt det. Kanske kunde han lära sig lite om Ann genom att fika där?

Han hade i alla fall gjort sig förtjänt av en kopp kaffe. Det skulle också vara lite lustigt om Ann satt där.

Han möttes av applåder på konditoriet. De var dock inte ämnade för en strävsam polis utan för ett äldre par som beställde tårtor. Personalen och en handfull kunder applåderade det faktum att paret varit gifta i sextio år och nu skulle fira.

Sammy rördes när han såg de gamla. Han tänkte på Angelika. Skulle de stå där om ett halvt sekel och beställa fem tårtor?

Kvinnan log försiktigt. »Hon måste vara över åttio«, tänkte Sammy Nilsson. Hennes leende var en ung flickas. Hon var generad över uppståndelsen. Mannen såg mer självmedveten ut. Han la ut texten, berättade att de gift sig i Åkerby kyrka för en viss pastor Åkerblom.

– Åkerman, sa hans fru.

– Kyrkan har ju ett snett torn, fortsatte mannen utan att ta notis om inpasset, men det beror inte på oss.

– Det var under kriget, sa kvinnan. Erik låg i beredskapen, det var inte för lustigt.

– Nej, det var lusigt, sa mannen och skrattade.

Sammy Nilsson vände sig om för att ta en nummerlapp men före honom sträcktes en hand fram och rev loss kölapp nummer 14. Sammy tittade på mannen som trängt sig före. Han log. Sammy log generöst tillbaka.

De gamla pratade på. Applåderna hade ersatts av ett otåligt trampande.

– Snart har ni varit gifta i sextioett år, sa en lustigkurre i kön.

Sammy tittade på bakverken i fönstret. Ett par barn stod på trottoaren utanför och kikade in i skylten. Den ene pekade på munkarna och Sammy Nilsson bestämde sig för en äppelmunk. När han sedan höjde blicken från barnen fick han se en man stiga in i en bil. Mannen hade hästsvans.

Sammy trängde sig fram mellan konditorikunderna, kastade upp dörren och sprang ut. Bilen åkte iväg västerut och försvann ur hans synfält. Han sprang genom uteserveringen, hoppade över det låga staketet, trängde sig genom berberisbuskar med sylvassa taggar och kom ut på trottoaren.

Bilen var ett trettiotal meter bort. Han tog upp telefonen och ringde Kommunikationscentralen.

Det fanns två bilar som rullade i de västra stadsdelarna, den närmaste på Skolgatan och den andra i Stenhagen. Tyst gick han i tankarna igenom gatusträckningen och bestämde sig för var bilen skulle kunna dyka upp. Självklart var det en chansning.

– Låt Stenhagen rulla in mot stan, på med ljusen, sa Sammy upphetsat, håll utkik efter en blå Opel av äldre modell, registreringsnummer okänt. Skolgatan åker upp mot Hum-C och kör upp mot Råbyleden. Finns det nån bil österut? I så fall kan den komma Råbyleden från det hållet.

Ju mer han tänkte på alternativa vägar desto klarare insåg Sammy Nilsson hur lätt det var för en Opel att slinka emellan den glesa spärr de kunde sätta upp.

Han knäppte av samtalet, andades ut och blev stående. Det äldre paret kom gående. Sammy studerade de olika butikerna. Var kunde hästsvansmannen ha kommit ifrån?

Han började med banken och gick omedelbart fram till kassan, lutade sig fram och visade sin legitimation. Kunden, som han milt puffat undan, betraktade honom storögt. Kassörskan såg för ett ögonblick skräckslagen ut innan hon lugnades av Sammy Nilssons fråga.

– Har ni haft besök av en kille med hästsvans alldeles nyss? För tre minuter sen.

Kassörskan skakade fåraktigt på huvudet. Kunden stirrade fortfarande på Sammy Nilsson. Den andra kassörskan, övertygad om att det handlade om ett rån, hade rest sig upp.

»Sitt still, håll dig till instruktionen«, tänkte Sammy, plötsligt mycket irriterad över att allt gick så långsamt.

– Det handlar inte om banken, sa han onödigt högt. Jag är polis och söker en man med hästsvans som befann sej här utanför.

– Honom har jag sett, sa en yngre kvinna.

Sammy vände sig om.

– Han var inne på UNIK och köpte snus alldeles nyss. Han tjafsade för att den sort han ville ha var slut.

– UNIK?

– Butiken i hörnet, sa kvinnan.

– Har du sett honom tidigare?

– Nej, aldrig.

– Tack, sa Sammy och lämnade banken lika hastigt som han stormat in.

Kvartersbutiken låg ett trettiotal meter bort. Innehavaren kom mycket väl ihåg mannen.

– Han brukar vara här, sa han på bruten svenska. Idag var han arg.

– Vet du vad han heter?

– Många går här. Jag känner många men inga säger sina namn. Dom säger: ge mej cigaretter eller vad kostar chipsen? Dom flesta är...

– Hur ofta brukar han vara här?

– Rätt ofta. Han köper snus och ibland lite mat.

– Hyr han film?

– Kanske.

– Då finns han i ert register.

Expediten nickade. Sammy suckade tungt.

– Jag kommer igen, sa han och lämnade butiken.

Han ringde Kommunikationscentralen igen. Det var Baldersson. Det kändes bra, han var lugn och sansad. Dittills hade ingen blå Opel synts till.

– Du är säker på att det var en Opel, sa Baldersson. Vi har haft korn på en blå Mazda med två män.

– Opel, sa Sammy kort.

Han avslutade samtalet och ringde omedelbart Lindell. En plan hade tagit form i hans huvud och han ville få Ann med på noterna.

– Vi utrustar killen i affären med en mobiltelefon med bara ett nummer inlagt, till en bil som står parkerad på gatan. När hästsvansen kommer in så trycker han på uppringning. Det är busenkelt.

– Det finns många med hästsvans, sa Ann Lindell.

– Hur många känner du? sa Sammy.

Lindell flinade.

– Frågan är om vi kan få loss en bil? Är det öppet dygnet runt?

Hon visste mycket väl vilken butik det handlade om. Lätt att övervaka var den också, då entrén låg väl synlig i ett hörn. Att placera ut en bil var inga problem. Det skulle inte se det minsta märkligt ut. Det stod alltid parkerade bilar längs gatan.

– Till tio, sa Sammy. Dom kan inte nobba oss en bil. Fan, det är ju det enda vi har att gå på.

»En hästsvans«, tänkte Lindell, men lovade att prata med Ottosson. De avslutade samtalet. Villrådigt stod Sammy Nilsson på trottoaren. Så gärna han ville sätta tänderna i pyromanen. Det var sällan han engagerat sig så personligt i ett fall. Det var som om de tre brända kropparna inte ville lämna hans näthinnor. På ett märkligt sätt upplevde han det som om han svikit dem bara genom det faktum att han överhuvudtaget inte känt till deras existens. Han visste att det var en löjlig tanke, för hur skulle han kunna hålla koll på alla, känna förhållandena i alla världens länder och engagera sig?

Han hade köpt Pocahontas-pyjamasen i god tro men kände sig nu lurad. Så var det. Han var lurad. Disney hade bluffat honom. Satt dit en känd figur som log så sött, när Pocahontas egentligen borde gråta för sina jämnåriga systrar i det fjärran och okända Bangladesh.

Sammy Nilsson avskydde att bli lurad. Mobilen ringde. Det var Baldersson. Fortfarande inget nytt från radiobilarna.

Taggar från buskaget hade trängt in i Sammys lår och händer. Det sved. Han stirrade på de små svarta sylarna i handflatorna. Angelika älskade att pilla bort stickor. Nu var kvällen räddad.

KAPITEL 41

Onsdag 14 maj, kl. 16.45

Ann Lindell funderade på hur hon skulle få tag på Lisbets särbo, Jöns med det okända efternamnet. Även om Lisbet både bokstavligen och bildligt hade kasserat honom så måste han ju självfallet få reda på att hon tagit livet av sig.

Dessutom trodde Lindell, eller kanske snarare hoppades, att han skulle kunna ge några informationer som kunde komplettera bilden av Sebastian.

Han verkade vara en omtänksam man. Lindell hade funnit ett brev ställt till Lisbet, skrivet förra hösten från Gävle, där han uppenbarligen befunnit sig i arbetet, för längst ner i brevet hade han skrivit att det var sista gången han for iväg på långvariga uppdrag utanför Uppsala.

Han skrev hur mycket han älskade henne. De hade tydligen diskuterat köp av ett hus. Jöns skrev om »kåken«, att det inte skulle bli några problem med lånen. Längst ner stod en hälsning till Sebastian.

Ann slog sig ner vid köksbordet. Solen sken in genom fönstret och hon lutade sig fram och fällde ner persiennen. Hon hade sett en långprognos i tidningen. Någon tysk meteorolog hade förutspått en varm sommar.

Semestertiden var den värsta perioden på året. Hon upplevde hur alla planerade sina somrar och resor hit och dit medan hon själv var oförmögen till framförhållning. Hon visste vad det berodde på: Edvard. Han bodde i ett sommarparadis och helst av allt skulle hon vilja vara på Gräsö. Tanken på ön blockerade hennes initiativ och hon gissade att det fick bli Ödeshög en vecka. Erik skulle i alla fall få sitt lystmäte vad det gällde lekar. Morföräldrarnas uppmärksamhet var total när det gällde barnbarnet. Ann kunde inte komma ihåg att de ägnat henne så mycket intresse under hennes egen barndom.

Efter Ödeshög fick hon se vad det blev. Kanske Edvard skulle ringa igen? Vad hon föraktade sig själv! Som en passiv höna satt hon och väntade.

Hon såg på mobiltelefonen. Kunde hon ringa till Thailand? Vad skulle han säga? Vad var klockan i Thailand? Hon log för sig själv, plötsligt förvissad om att han hade menat något med samtalet från Nybron. Han skulle inte ha ringt om han fortfarande var förbannad på henne.

»Så var det«, tänkte hon och skrattade till. »Han fick syn på mig och fick en förevändning att ringa.« Att plocka upp telefonen på Gräsö var för stort. Det påminde om det gamla livet. På bron kände han sig friare. Hon önskade att dagarna gick fortare. Fjorton dagar, det gick väl att vänta. De hade varit åtskilda så länge.

– Vad onödigt, sa hon högt.

Hennes privata tankeutflykter avbröts av Eskil Ryde som klampade in i lägenheten.

– Jaha, inledde han, jag slapp i alla fall ta hand om kroppen.

– Det där snacket om att du ska sluta, sa Lindell, som erinrade sig hans reaktion när de stod framför Sebastian Holmberg, vad är det om?

Ryde svarade inte utan gick fram och kikade ut genom fönstret.

– Fin utsikt, sa han.

– Snacka inte bort det, sa Ann Lindell.

– Jag är trött, sa Ryde och hela hans gestalt bar syn för sägen.

Ryde hade åldrats snabbt den senaste tiden, kanske inte så mycket vad det gällde det yttre, men hans tal hade blivit långsammare och hans rörelser mer sävliga. Han var inte längre lika rapp och kollegerna fick ibland intrycket att han var ointresserad.

– Det är snart semester, sa Lindell. Du kanske behöver ett break.

Ryde drog på munnen.

– Det blir då det, sa han och såg sig om i köket.

Det slog Lindell att han kanske var sjuk.

– Det där brevet, sa han.

– I sovrummet, sa Lindell och reste sig.

Ryde tog på sig glasögonen och höll fram hyreskontraktet framför fönstret. Lindell såg hur hans läppar rörde sig, så kikade han på henne över glasögonen och log.

– Jag hade en äldre jobbarkompis, »Tuppen« kallades han. Han fortsatte som trappslusk och slutade väl som nån slags förman. Han hade tagit det här namnet på 2,7 sekunder. Jag klarade bara hälften av namnet och det på 3,1 sekunder.

– Han var bra, med andra ord, sa Lindell, och vad står det?

– ND, sa Ryde, utan tvekan slutar det på »nd«.

Nu började Lindell ana varför Jöns hade verkat bekant.

Ryde tog av sig glasögonen och betraktade henne.

– Vad är det?

– Jag kan ha helt fel, men jag tror att Munke har en del att reda ut.

– Jaha, sa Ryde avvaktande.

Holger Munke tillhörde inte hans direkta favoriter inom kåren.

– Ola kommer att bli vansinnig, sa hon och lämnade rummet.

Ryde såg för en gångs skull häpen ut och följde efter henne. Hon stod i köket, framför diskbänken och rotade i soppåsen.

– Jag tar med mej fotot, sa hon.

– Vad har du på gång?

– Jag vet inte, sa Lindell, men det är nåt sattyg som skvalpar runt, nåt surt elände, som nån vill dölja.

Hon stannade i köksdörren, såg på Ryde och log förvånansvärt stort.

– Jag hörde Fredriksson säga att nyheter är sånt som nån vill dölja. Jag kommer snart med en nyhet, kanske fler, sa hon och nickade. Och det finns dom som inte kommer att gilla det.

– Vilka då?

– Det får du se, sa Lindell och log.

Ryde sa ingenting, frågade ingenting mer, han bara nickade och önskade henne tyst lycka till.

Efteråt skulle Eskil Ryde med beundran i rösten, och det var sällsynt, berätta om de där ögonblicken i Lisbet Holmbergs kök, hur Ann Lindell fick blicken. Ryde kallade det för Johansson-blicken, efter en legendarisk krimmare på Uppsalapolisen. Han och Ryde hade arbetat tillsammans under flera år och Johansson var en av de få kolleger som klarade sig helskinnad efter att ha hamnat under teknikerns granskande lupp.

KAPITEL 42

Hur stor var sannolikheten att »Hästsvansen« skulle återvända till närbutiken i hörnet av Ringgatan och Börjegatan den närmaste tiden? Den frågan hade Sammy Nilsson ältat för sig själv innan han, tillsammans med Ljungberg och Ask från span, inledde planläggningen av övervakningen.

– Vi kanske ska börja i morgon? sa Ljungberg, en flegmatisk skåning som Sammy hyste stort förtroende för.

– Han kanske vill hyra en rulle i kväll, sa Ask. Vad är det på teve?

– Vi sparkar igång så fort som möjligt, sa Sammy. Även om han inte ska till butiken så kanske han i alla fall passerar korsningen. Jag tror inte att han har egen bil. Han hoppade in i den blå Opeln på passagerarsidan. Han har setts på cykel.

– Om det nu är han, sa Ask.

– Ligger det nån busshållplats i närheten? undrade skåningen.

– Bussen stannar på andra sidan Börjegatan, sa Sammy. Vi kan ha översikt över den också.

– Han kanske brukar stiga av längre bort på Börjegatan?

– Ska vi snacka med Uppsalabuss? föreslog Ljungberg. Chaufförerna kör väl samma linjer och dom kanske har sett en man med hästsvans?

– Vi kunde ta en rundringning till alla bostadsrättsföreningar och höra om det bor nån långhårig typ i fastigheten, föreslog Ask. Såna där ordföringar brukar hålla råkoll, i alla fall på hästsvansar.

Idéerna flödade. Sammy var i sitt esse. Ljungberg och Ask understödde.

I en lägenhet, några hundra meter från polishuset, satt tre andra män och planerade. Liksom de tre poliserna var männen optimistiska. De hade fått blodad tand efter de senaste dagarnas utbrott av våld med rasistiska förtecken.

Den äldste av dem, Ulf Jakobsson, »Wolf« för den inre kretsen, som gärna tog på sig rollen som ideolog, höll låda och beskrev terrorns mekanismer, fast han använde sig inte av ordet terror. Han föredrog begreppet »desintregation genom ultimata aktioner«. Den formuleringen var han särskilt nöjd med.

– Vi lever under tyranner, sa han, och dom förstår bara våldets språk. Vi väljer inte kampmedlen, det gör fienden åt oss. Reaktionerna på våra agitationsflygblad visar att vi ligger i fas med opinionen. Dom hederliga svenskarna tror på vårt budskap och är nu också beredda att handla.

– Det är mest k-k-ids, sa Rickard Molin, som bråkar på p-pizzerior.

Han var i trettioårsåldern och stammade något. Det bekymrade honom. Det kunde vara ett tecken på tveksamhet och en kämpe betänker sig inte, han handlar. Han kompenserade sitt stammande med våldsretorik och en förkärlek för stickvapen.

Wolf tittade på honom.

– Har du några andra förslag?

Molin skakade på huvudet.

Den tredje i församlingen, »Kampgruppen« som de föredrog att kalla sig, var jämnårig med Molin. De hade varit klasskamrater och var uppvuxna i samma kvarter i Salabackar. Bosse Larsson var liten till växten, mörk och bar påtagliga bevis på ett alltmer besvärande alkoholberoende.

– Jag tror på en aktion snabbt, sa han. Vi har inte tid att sitta här och slappa.

– Min idé är suverän, sa Wolf. Ni kan tänka er hur reaktionerna blir. Först Drottninggatan, det var bara att tacka och ta emot, och sen Gamlis. Det kommer att bli ett jävla liv.

– Men en kyrka, invände Bosse Larsson.

– Just därför, sa Wolf, just för att det är så stort, så jävla extra.

Larsson sa ingenting men det märktes att han var tveksam.

– V-vi skriver en hälsning också, så fattar alla v-vilka som gjort det, sa Molin.

– Precis!

Wolf skrattade till.

– Så får talibanerna sej en omgång. Ni kan ju tänka er.

Han kunde se det hela framför sig. Gamla Uppsala kyrka, symbolen för kristenhetens seger över hedendomen, i lågor. Där den kristna kyrkan byggdes ovanpå asatemplet.

– Om vi håller oss i närheten, sa han, så kan vi slå till just när konserten avslutats.

– Det finns en h-h-hamburgerbar i Gamlis, sa Molin.

– Det är en svartskalle som har den, sa Wolf.

– Jonas bor ju i Nyby. Vi kan väl häcka där, sa Bosse Larsson.

– Vi kan inte lita på honom, sa Wolf snabbt.

– Men du sa ju att folket ...

– Det här är en specialgrej som fordrar hundra procent. Jonas måste mogna. Nej, vi åker ut vid halv tio. Dom kommer igång sju. Det är tio gäng som ska gapa, låt säga att dom har en kvart var, då blir det lagom att vi rullar härifrån strax efter nio.

– Hur ska vi vara klädda?

– Vanliga kläder, så klart, sa Wolf. Vi måste smälta in.

– Jag gillar inte att min bil ska synas där ute, sa Molin. Kan vi inte hyra en bil?

– För dyrt, sa Wolf.

»Ska den säga«, tänkte Molin, men sa ingenting. »Han som alltid snålåker på mig.«

– Kan vi inte bränna ner moskén efteråt?

Wolf och Molin stirrade på Bosse Larsson.

– Som en hämndgrej, menar jag, sa han.

Wolfs ansikte sprack upp i ett sällsynt leende.

– Helt OK för mej, sa han.

Han gillade inte att det var Bosse som kommit med förslaget, men insåg snabbt de propagandistiska fördelarna. Rädsla och hämnd hade han lärt sig var de främsta drivkrafterna för en framgångsrik utveckling.

De skildes åt efter att ha bestämt att Molin skulle fylla dunkar med bensin på olika mackar. Bosse Larsson skulle rekognoscera i Gamla Uppsala. Wolf åtog sig att skriva ihop en samling insändare att fördela på ett halvdussin personer och dessutom prata med Jonas om att förbereda tryckningen av nya flygblad.

Det var vår i Uppsala. Ingen överdriven värme ännu, men Ulf »Wolf« Jakobsson gladde sig åt solen som genomstrålade björkarna på S:t Olofsgatan. Han nynnade på en gammal Ove Törnquist-låt, »Dagny, kom hit och spill ...«, och gick i snabbt tempo mot centrum.

Han bar på något stort. År av meningslösa resonemang och trätande hade nu ersatts med direkt aktion. När han var ung trodde han på snabba förändringar. Han mindes den första aktionen, då var han sjutton år, mottagandet av den amerikanske ambassadören Jerome Holland på Arlanda. Kommunistsvinen var där med sina plakat. Han kom särskilt ihåg en stor svart neger. Själv höll han i en jättelik banderoll som välkomnade ambassadören till Sverige. Det var mitt under brinnande krig i Vietnam och kommunisterna hade fått härja ostört i flera år.

Det kändes lite märkligt då ambassadören också var neger, men han kom i alla fall från ett land som bekämpade de röda gulingarna.

Demokratisk Allians präglades av prat. De flesta rekryterades från Högerns ungdomsförbund och var vana vid ändlösa diskussioner. Flera av medlemmarna återsåg han senare i teve och tidningar. En hade till och med blivit riksdagsman.

Wolf tröttnade snabbt och lämnade organisationen. I ett tiotal år var han helt passiv för att sedan, i mitten på åttiotalet, engagera sig i BSS. Där var det lite bättre fart, med uppseendeväckande gatuaktioner och spöande av svartskallar.

1992 åkte han till England och deltog i militanternas träningsläger. Det blev vändpunkten, även om han hade svårt för de vrålande huliganerna som var rörelsens svans, men också dess rekryteringsbas.

Han kände hur entusiasmen från ungdomstiden återvände. Han blev stark och än mer övertygad. Rasismen var en positiv ideologi, inget man behövde skämmas för eller linda in i grumligt snack om det mångkulturella samhällets svårigheter.

De engelska och belgiska kämparna drevs av en helt annan oförsonlighet än de svenska mespropparna. Han trodde att det berodde på kommunisternas propaganda på dagis och i skolorna. Svenskarna blev för veka.

Han gick visserligen med i Ny demokrati, men det parlamentariska käbblet föraktade han, även om en del uttalanden var lite kul. Det där om lejonen som åt upp negerbarn gillade han bäst. Ian och Bert beredde mark men skulle det verkligen hända något så dög det inte att enbart gapa från en talarstol.

Den nya känslan av makt, för visst var det auktoriteten hos en stark ledare han erfor, fick honom att se på människorna med andra ögon. Från att tidigare ha blivit upprörd varje gång han såg en svartskalle, framförallt om de skrattade eller pratade högt, upplevde han nu bara sin egen överlägsenhet. Han stod över dem, så enkelt var det. De vidbrända individerna såg ut som människor men var det inte. De kunde gärna få tjattra i sina hemländer men på Uppsalas gator skulle det vara fritt.

Han kunde till och med sträcka sig så långt som att ge dem en slant till biljetten hem. Bara de försvann. De hade pratat om det i Ny demokrati men fegheten fick partiet att inte driva frågan så hårt. Han brukade leka med tanken hur staden skulle se ut om alla försvann.

»Ni är döda«, tänkte han när han mötte en svartskallefamilj mitt emot restaurang Kings Street. Han stirrade på dem och tänkte bort dem från Uppsala.

Sedan räknade han dem. Från Kungsgatan till skivbutiken i Fenixhuset mötte han trettiosex människor som han trodde inte var svenskar. »Vad mycket mer luft det skulle bli om de skickades iväg«, tänkte han.

Han köpte Carolas nya skiva. Niggermusiken på gågatan hatade han. Han avskydde det där bandet som stod där varenda dag och slog på trummor, i synnerhet när han såg att förbipasserande stannade till, lyssnade och la en slant i gitarrfodralet.

KAPITEL 43

Onsdag 14 maj, kl. 17.45

Efter uppträdet på biblioteket hade Munke isolerat sig på sitt rum. Ett samtal från polismästaren, som beklagade det inträffade och klandrade Munke för att han inför öppen ridå skällt ut två dugliga kolleger, gjorde Munke alltmer betryckt.

– Du har dessutom ingen befogenhet att suspendera dom, sa den högste chefen, och det vet du mycket väl, Holger. Du får be om ursäkt.

»Aldrig«, tänkte Munke, »hellre slutar jag.«

– Det var en stressad situation den där natten. Det är möjligt att omdömet sviktade, fortsatte polismästaren i en något försonligare ton, och vi får titta på det, självklart, men nu måste vi sätta kollegialiteten högt. Det är en tid av stora påfrestningar.

Efter samtalet la Munke av luren. Han ville tänka. Det som bekymrade honom mest var hans oförmåga att ta itu med situationen. Han visste att det inte nyttade något att skälla men den känsla av förvirring som drabbat honom de senaste dagarna förlamade hans handlingskraft. Visst var det korkat att gapa så att mängder av kolleger hörde det, men någonting hade brustit på biblioteket. Munke förstod att det inte enbart handlade om Lund och Andersson och fredagsnattens händelser. Det var den totala bilden.

Han såg på sina händer, spärrade ut de kraftiga fingrarna och knöt sedan nävarna. »Jag tappar greppet«, tänkte han. Han räknade tyst ihop sina tjänsteår inom staten, först som volontär på regementet, stamanställd och därefter alla åren på polisen i Uppsala. Även om han gick i förtid skulle han ha en skaplig pension. Värre skulle det bli att stå ut med passiviteten hemma. Alla visste det, inte minst Munke själv, att han var beroende av arbetet. Sjukskrivning och semester gjorde honom otålig och nervös.

En försiktig knackning på dörren väckte honom ur hans tankar. Han stirrade på dörren. Var det polismästaren som kom för att diskutera vidare, han hade hotat med det, så var risken stor att Munke skulle säga upp sig direkt. Han reste sig till hälften, tvekade någon sekund men skrek sedan ett rungande »stig in«, och sjönk tillbaka på stolen.

Ann Lindell kom in i rummet, stängde dörren bakom sig, nickade och slog sig ner.

– Jaha du, sa Munke godmodigt men kraftlöst, här kommer min krimjänta.

Lindell slog ner blicken.

– Ska vi starta eget? Folk gör ju det när dom är missnöjda på jobbet.

– Hur menar du? sa Lindell.

– Det är bara skitsnack, sa Munke.

Han såg genast att Lindell hade viktigare saker att resonera om.

– Du hörde väl också serenaden från biblioteket?

Lindell nickade.

– Jag tror jag har nåt, sa hon, och la upp ett foto på skrivbordet. Känner du igen den här killen?

Munke sköt ner glasögonen från pannan och studerade kortet på Lisbets ratade man.

– Nej, sa Munke, men visst är han bekant. Vem är han?

– Jöns heter han, sa Lindell.

– Efternamn?

– Vet ej, men jag tror det slutar på »nd«. Det är i alla fall vad Ryde tror.

– Har Gunilla tittat på det?

Gunilla Landmark var anställd på SKL men satt i huset sedan flera år. Hon var expert på handstilar och bistod inte bara Uppsalapolisen med analyser av brev och textfragment, utan fick även uppdrag från hela landet.

– Nej, det är Rydes uppfattning.

– Hur är han viktig?

– Det är Lisbet Holmbergs ex-särbo, om man kan säga så.

Lindell förklarade var Haver hade hittat fotot och att hon gärna ville komma i kontakt med mannen, att hon trodde att han kunde kasta ett nytt ljus över mordet på Sebastian.

– Jaha, och vad får dej att tro att jag kan hjälpa dej?

– Du känner igen honom, säger du, och det gjorde jag med. Men varför? Jag tror att det är en släkting, kanske bror, till nån vi båda känner.

Munke satte på sig glasögonen igen. Tystnaden i rummet fick Lindell att se sig om. Munkes arbetsrum var ett av de mest opersonliga som fanns. Inga privata saker eller blommor som prydnad eller påminnelse om att det fanns ett liv utanför polishuset.

– Du sa att hans namn slutar på »nd«?

– Ja, kort namn med »nd« på slutet.

Det var som leken »tjugo frågor«, tyckte Lindell. Hon greps av otålighet och var på vippen att säga vad hon trodde, men Munke förekom henne.

– Lund, sa han, och såg upp.

Lindell nickade.

– Jag tror att det är polisinspektör Lunds bror.

– Du menar att han polade med Sebastians mamma?

– I alla fall till helt nyligen. Hon hade slängt fotot i soppåsen. Det tyder väl på att det är slut. Är det en tillfällighet att han är Sebastians styvfar och att brodern passerar förbi mordplatsen?

Munke satt tyst. Lindell visste att han mycket väl förstod vart hon ville komma.

– Jag kallar upp Lund och Andersson, sa han till slut.

– Är det så klokt? Jag kan ta det.

– Nej, avgjorde Munke.

Lindell skulle ha kunnat protestera. Den okände mannen var aktuell i en mordutredning och det var hennes bord.

– Jag vill vara med, sa hon och Munke log till svar.

Han grep telefonen med sin jättehand. Ingenting av den tidigare håglösheten kunde märkas.

– Vet Haver om det här?

Lindell skakade på huvudet. Munke la tillbaka luren, men lyfte den omedelbart igen när han såg Lindells min.

Lund och Andersson hade lämnat polishuset.

KAPITEL 44

Onsdag 14 maj, kl. 18.10

Ulf Jakobsson trodde inte på någon annan än sig själv. Ändå bad han till Gud. Han såg ingen motsättning i detta och inte heller i sin önskan att bli bönhörd. Attentatet mot kyrkan måste bli en succé.

Han mumlade tyst för sig själv. Bussen stannade vid Luthagsleden och han slog upp ögonen. Vad han tyckte om lindarna. Till och med den smått risiga måbärshäcken längs leden var vacker, mest för att den blev grön så tidigt och varslade om att en ny säsong var i antågande.

Hade det inte varit för spänningen inför kvällen så kunde Wolf ha varit tillfreds. Han älskade våren och nu tycktes den äntligen sätta ordentlig fart.

Under nio år hade han varit säsongsanställd på kyrkogårdsförvaltningen. Det gav livet en behaglig rytm. Att komma igång i april med uppsnyggningen efter vintern skänkte honom en stor tillfredsställelse. Det fanns de som föraktade hans arbete, att underbetald gå på en kyrkogård och plocka med blommor måste väl vara själsdödande, men de visste inte vad de pratade om. De döda var tacksamma att någon brydde sig och de efterlevande var nöjda med att det var pyntat och fint på gravarna.

Det var rofyllt och fritt. Han fick vara ute. Det trevligaste var utplanteringen av sommarblommorna. Numera fick han ensam ansvara för en del av den gamla kyrkogården. Hans favoritblommor var stjärnöga och grusnejlika.

Han log för sig själv när han tänkte på det beröm han fått för sina rabatter och hur han planterade upp gravarna som förvaltningen skötte. Om nu bara det onda i ryggen kunde ge sig så skulle han komma tillbaka lagom till sommarblommorna.

Bussen svängde in på Ringgatan och han erinrade sig hur han härom natten fick punktering strax efter järnvägsövergången. Han upplevde det som en hämndaktion att glasbiten låg utanför svartskallens kiosk.

En äldre kvinna ropade till. Hon hade glömt att trycka på knappen för avstigande.

– Stanna, skrek Wolf, och busschauffören tvärstannade.

– Damen ska av, sa Wolf.

– Tack för vänligheten, sa hon och stapplade av.

– Det var så lite, sa han.

I rondellen vid Börjegatan var trafiken intensiv och bussen fick vänta. Wolf stod vid dörren. Han kastade en blick genom vindrutan och fick genast syn på den civilklädda polisen som kom ut från närbutiken, såg sig om, gick ner för trappan och steg in i en mörklackerad Saab. Bilen blev kvar vid trottoarkanten. Varför åkte den inte? Bussen fick fri väg och svängde.

– Jag tar nästa hållplats, skrek Wolf.

Det var en ren reflex från hans sida. Kanske det var en slump att polisbilen stod där men han ville inte bli sedd. Det kunde också vara så att de spanade efter honom. Det fanns inget mer idiotiskt än att underskatta polisen. Det hade hans engelska vänner lärt honom. Folk i gemen var för godtrogna. De såg polisen som en godmodig figur som stod i gathörnet och lotsade folk rätt, men Wolf visste bättre.

Han visste att han blivit iakttagen efter branden i Svartbäcken. Tidningsbudet som han mött hade sett undrande på honom. Den upprymda känslan från brandplatsen blandad med stressen över punkteringen fick honom ur balans och kanske märktes det på honom?

Det var en ren tillfällighet att han kände igen polismannen. I vintras hade han övervakat ett torgmöte. Mötesdeltagarna hade protesterat mot USA:s planer på en invasion av Irak och Wolf hade lyssnat av nyfikenhet, mest för att studera ansiktena på de protesterande.

Efter mötet hade en man gått fram till ett par uniformsklädda poliser. Wolf hade med ens förstått att de var kolleger. Det syntes på deras sätt att prata. Han hade ställt sig helt nära och uppfattat en del av konversationen. Den civile polisen hade talat på skånska och sagt något om att det trots allt gått lugnt till.

Han såg sig om. Bilen stod fortfarande kvar. Han steg av bussen vid nästa hållplats, gick i snabb takt in på Stabby Allé, korsade några gårdar, hoppade över staket och häckar och kom fram bakom konditori Savoy. Saaben stod på samma ställe. Bredvid skåningen kunde han urskilja ytterligare en man. Wolf blev övertygad om att de spanade efter honom.

På ett sätt blev han lugn. Det faktum att de stod där visade att de inte kände hans identitet och inte visste var han bodde. De hade väl antagligen bara tidningsbudets vittnesmål och placerat sig utanför närbutiken med förhoppningen att han skulle passera. Det slog honom att de kanske hade flera bilar ute för spaning och han drog sig hastigt in på gården igen.

Skulle planen för kvällen gå att fullfölja? Det fanns ingenting som talade emot det. Han tog upp mobiltelefonen och ringde Rickard för att ändra mötesplats. Det vore idiotiskt om han plockade upp honom utanför bostaden.

Han sa ingenting om att han var övervakad. Det skulle bara göra Rickard nervös.

– Ta med en sax också, avslutade han samtalet.

– Sax? Varför det?

– Du hörde, en sax. Jag ska bli en annan, avslutade han och skrattade till.

KAPITEL 45

Onsdag 14 maj, kl. 18.15

Ali såg svalorna mot himlen. Med hastiga knyck och långa, svepande bågar for de fram genom lufthavet. Ett tag var han tvungen att blunda då han tyckte att träden överföll honom. Han låg väl dold i ett rum skapat av fem mäktiga granar. Utmattad hade han krupit in och lagt sig ner i mossan.

Han rös till, genomfrusen av det fuktiga underlaget. Hade han skakat av sig golvmannen? Kanske hade han tröttnat efter smällen han fått. Ali ville tro det men var inte övertygad. Han undrade hur mycket klockan var. Hade Mitra kommit hem från jobbet? Hade hon börjat undra?

Rädslan ersattes alltmer av en känsla av overklighet, som om det inte var han själv som låg i mossan och kände den sötaktiga doften från den omgivande vegetationen.

Främmande djur, små svarta insekter, gick i mossan med en självklarhet som inte stod i proportion till deras storlek. De var inte rädda, bara på sin vakt. Ali försökte föreställa sig en liten skalbagges uppfattning av omgivningen. »Vad vackert det måste vara«, tänkte han, »att vandra omkring i denna djungel.«

Myrorna var ivrigast. De pilade runt med ryckiga rörelser, till synes ständigt upptagna. Han kom att tänka på Mitra. En gång hade han följt med henne till jobbet och han mindes hur hon förändrades när hon kom dit. Delvis var det rocken hon bar, men framförallt var det den snabbhet med vilken hon plockade i ordning brickorna med mat.

»Hur länge ska jag ligga här? Hur länge är jag fast i skogen?« Han fantiserade om att han blivit en skogsmänniska, att han nu var tvungen att stanna kvar och försöka reda sig bäst han kunde. Magen knorrade. Han slet loss en bit av mossan och luktade på den.

Plötsligt hördes ett knakande ljud. Han la handen framför munnen och försökte andas försiktigt genom näsan. En gren knäcktes. Ali hörde hur någon flåsade. Ali pressade kroppen mot marken och förbannade sin plan att återigen gömma sig bland granar. Självklart skulle mördaren leta i den täta vegetationen. Fler grenar bröts. Ali såg sig om efter en sten, en gren eller vad som helst som han kunde använda som ett vapen.

Han lyssnade och stirrade på myrorna som obekymrade om faran stressade på med sitt. Ljudet av den främmande kom allt närmare. Det hördes som ett smackande ljud och Ali såg framför sig hur golvmannen närmade sig, på något sätt medveten om att Ali dolde sig bakom granarna.

Han reste sig försiktigt, klar över att han var fångad i en fälla om han stannade kvar. Utan att ha fattat något beslut trängde han sig mellan grenarna och kastade sig ut.

En vettskrämd älg störtade iväg. Ali sjönk skakande ner på knä. Älgen sprang med väldiga kliv men stannade ett tiotal meter bort och vände på huvudet.

Ali betraktade den väldiga älgkon. Den var det största djur han någonsin sett i verkligheten. Han visste att älgen kallades för skogens konung och nu förstod han varför. Kon lyfte sitt ena framben och sparkade med klöven. Ali reste sig, beredd på att bli attackerad. Så med ens vände den tunga kroppen i en enda svepande rörelse och lufsade bort och försvann i snåren.

Ali gick vidare. Han var upphetsad men också stärkt av mötet med älgen. Det var som om de mötts, mätt varandra och skilts åt, båda medvetna om den andres värdighet. Så ville han tolka älgens blick.

»Kan någon skada mig nu«, tänkte han och travade på. Skogen glesnade alltmer och han kom upp på hällar täckta med en sträv, vit mossa och rankiga tallar som ängsligt klamrade sig fast i det tunna humuslagret. Han snubblade på en rot, ramlade omkull och blev liggande.

Vinden slet i tallarna och drev ner torra barr som likt fnösketorr snö virvlade i luften. Han orkade inte resa sig men tog sikte på en skreva i berget där han kravlade ner och kröp ihop. Han hörde en hackspetts skrik som i en dimma innan han somnade.

KAPITEL 46

Onsdag 14 maj, kl. 18.05

Postadressen sa Lindell ingenting mer än att det var på landet, men Munke visste var kollegan Andersson bodde. De åkte Vaksalagatan ut under tystnad. Munke svettades kraftigt och Lindell vevade ner sidorutan.

Hon tänkte på att det här var vägen till Gräsö, Edvards väg. Hur många gånger hade hon inte åkt här fylld av förväntan och glädje.

Hur hade han det? Hon hade kikat i tidningen och sett att temperaturen låg på omkring trettio grader i Bangkok. Hon visste inte var han var. På en ö säkert. Hon hade frågat Bea om hon besökt Thailand och fått en lyrisk och målande beskrivning av det paradisiska landet.

Sammy som avlyssnat samtalet hade avbrutit henne med en fråga om det fanns textilfabriker där och Bea hade för en gångs skull bragts ur fattningen och stod svarslös.

– Ja, sa Sammy, sweatshops, du vet.

Utredningen av mordbranden hade förändrat Sammy. Han hade blivit mer retlig, satt framför datorn, ringde mängder av samtal och hetsade alla i sin omgivning. Han drog fram med buntar av utskrifter från datorn och skickade mejl med förfrågningar kors och tvärs.

Han hade pratat i en timme med en Svenningsson från Göteborg som var expert på beteenden hos mordbrännare och på morgonen hade han kommit in till Lindell och begärt att nya grepp måste provas i spaningarna efter mannen med hästsvans.

– Har du några förslag? undrade Lindell.

Sammy la fram en fullskriven A4 på hennes skrivbord. Elva punkter. Problemet var att varje punkt krävde personal som de inte förfogade över.

– Nu ska vi snart svänga, avbröt Munke hennes tankar.

De körde in på en smal grusväg. Munke vevade ner sitt fönster och stack ut handen och grep efter några blad.

– Man skulle ha en stuga vid kusten, sa han.

Lindell kikade på honom. Hur mycket kände han till om Edvard? Förmodligen det mesta.

– Jag hade en på gång, sa hon.

Munke nickade.

– Enslingen på skäret, sa Munke.

Anderssons hus var ett omgjort gammalt torpställe. Syrenhäckar ramade in den nätta tomten. Gamla fruktträd, knotiga av ålder och kräfta, stod som tungsinta gamla soldater på pass och blomlister och ett litet växthus kompletterade bilden av en idyll insprängd i skogen. En fågtlalåt som Ann Lindell inte hört sedan sin tid på Gräsö dominerade ljudbilden. Hon lämnade grusgången för att få känna gräs under fötterna.

Andersson stod i öppningen till en fallfärdig bod. Han hade blåbyxor på sig och några verktyg i handen. Han såg inte på något sätt förvånad ut, utan log faktiskt, la ifrån sig verktygen och gick dem till mötes.

– Jag trodde nog att du skulle dyka upp, sa han och tittade på Munke. Lindell gav han inte en blick. Ska vi slå oss ner?

298

En besvärande tystnad varade några sekunder innan Munke tog till orda.

– Vi har grävt fram lite skit, sa han och lät mest sorgsen. Ingenting av förmiddagens vrede märktes hos den gamle slagbjörnen.

Andersson nickade.

– Det flyter upp, sa han. Vill du ha nåt?

Både Lindell och Munke skakade på huvudet.

– Du känner Lund bra, återtog Munke, bäst av alla. Vad hände?

Lindell såg hur Andersson noga övervägde svaret. Han gungade till i hammocken, såg bort mot boden han lämnat och sedan på Munke. Hans ögon var djupt blå. Solskenet lyste upp hans ena ansiktshalva och Lindell såg en helt annan människa än den uniformerade veteranen på ordningen.

– Vad som hände? Jag vet faktiskt inte och ett tag ville jag inte veta.

– Har du ändrat dej?

Det var som om Andersson först nu la märke till Lindell. Han såg på henne. »Kom inte med skitsnacket om att du satt i en radiobil när jag gick omkring i blöjor«, tänkte hon, plötsligt uppretad av hans saktfärdighet och glisande leende.

– Egentligen inte, sa han, men jag inser att allt är så sjukt att det måste upp till ytan.

– Du och Lund agerade som två fullblodsrasister på Birger Jarl den där kvällen.

– Det är din tolkning, sa Andersson.

– Jag har pratat med vakterna, sa Lindell.

– Det gör vi på varenda pass.

– Drottninggatan, sa hon, angelägen om att det inte skulle urarta till en munhuggning, varför stack ni, det är huvudfrågan.

– Jag vet inte, upprepade Andersson, men Lund ville det.

– Och du protesterade inte?

– Vad har han för hållhake?

Munkes fråga kom som ett piskrapp. Lindell förstod plötsligt. Andersson log mot sitt befäl, som om han ville visa sin uppskattning över Munkes slutledningsförmåga. Intrycket förstärktes när han flyttade blicken till Lindell. Leendet ändrade karaktär och fick ett drag av försmädlighet.

– Björklinge 1997, sa Andersson helt kort.

Munke nickade.

– Du minns?

En ny nick.

– Vad hände? sa Lindell.

Andersson såg på Lindell. Hon hade svårt att uthärda hans blick. Det var som om han släppt taget. Hans ömsom djupt sorgsna min, då han såg uppgiven och gråtfärdig ut, och ömsom nästan uppsluppna leende, tydde på en ambivalens som vittnade om hur flyktig han var. Osäkerheten om vart samtalet skulle leda gjorde henne nervös och hon vände bort blicken och tittade på Munke. Han satt orörlig med svetten samlad i hårfästet.

– Vi fick in en anmälan. Det var en lördagskväll i juli. Inget ovanligt. Ett gäng ungdomar förde ett satans liv vid en badplats i Björklinge. Grannarna blev störda och ringde. Lund och jag fick pallra oss iväg men det tog en stund för vi hade lite annat. Visst var det livat men vi bedömde det som att det inte var nån större fara. Lund bad grabbarna lugna ner sej, dra ner volymen på musiken och så där. Under tiden tog jag en sväng. Det var en vacker kväll. Sjön låg alldeles blank.

Andersson tystnade och Lindell anade att han i minnet återkallade synen av Långsjön för knappt sex år sedan.

– Hon kom från ingenstans. Hon grät. Jag trodde först att hon steg upp ur sjön men kläderna var torra. Långt, ljust hår och jag minns hur jag tänkte på Eva, min fru, vi träffades när hon var sexton och hon såg ut så där, så där ljus, vet du, så att det nästan skimrade. Efter henne kom ett par grabbar larvande. Riktiga bondknölar som just stigit ur epatraktorn eller gödselspridarn. När dom fick syn på mej gjorde dom nitti grader och försvann. Tjejen sa att dom varit taskiga. Det var det enda hon sa, taskiga.

Andersson tystnade. Munke och Lindell väntade, Munke till synes viss om vad som komma skulle medan Lindell kände en allt större otålighet.

Bilden av flickan i sjökanten återförde henne till Gräsö. Hon visste vad det var för känslor som låg och lurade. Allt fanns ju där, elementen med de erotiskt laddade bilderna: ljummen kväll i juni, vatten, kroppar, kanske fåglar som ropade på avstånd, myggor som kom iande, förväntan, men samtidigt förstod hon att Anderssons historia inte skulle bli särskilt idyllisk så hon hade inga större problem att trycka undan känslan av Edvard och deras gemensamma upplevelser på Gräsö.

– För att göra det kort, vi snackade med grabbarna, det blev lugnare och vi rullade iväg. När vi kört en bit kom flickan rusande ut ur buskagen och ställde sej framför bilen. Jag steg ur och pratade med henne.

– Vad ville hon?

– Bli skjutsad hem, sa Andersson tonlöst.

– Och du nobbade?

Andersson nickade.

– Vi hade ju en del annat, sa han och Lindell förstod att det var en lögn.

Andersson tystnade igen. Munke tittade på honom med en förundrad blick.

– Flickan blev våldtagen, sa han sedan med en hes stämma. Tre gånger. Dessutom slagen.

Andersson blev allt blekare.

– Dom körde in en trädgren i anus på henne, fortsatte han obarmhärtigt.

Andersson drog ett djupt andetag och såg mot huset till.

– Jag pratade med föräldrarna, sa Munke och hostade till. Dom var jordbrukare. Flickan var enda barnet. Jag kan inte säga att dom skällde. Tvärtom. Dom satt som levande döda bredvid flickstackarn på sjukhuset.

Nu mindes Lindell.

– Hon dog, va?

– Ja, hon hoppade.

– Sa hon att hon kände sej hotad? Du avvisade henne trots att hon var skräckslagen?

Lindells frågor gav ingen pardon.

– Efter ett par veckor pratade jag med Lund, sa polismannen, som snart inte längre skulle vara polis. Jag talade om vad flickan hade sagt. Jag måste ju prata med nån.

Han höjde rösten och orden steg upp med en ackumulerad förtvivlan ur hans plågade kropp.

– Och sen har Lund tjatat om det här?

Andersson gav Munke en snabb blick.

– Nej, sa han, Ingvar är inte sån. Det var först i fredags han påminde mej.

– Han var väl också delaktig?

– Inte som jag, sa Andersson. Det var ju jag som snackade med tjejen.

– Ni blev som kvitt, sa Munke.

Andersson nickade. Munke reste sig. Andersson såg skrämt på honom.

– Om du tror att jag ska slå ihjäl dej så tar du fel, väste Munke. Jag ska plåga dej långsamt så att döden kommer som en befrielse. Du mördade en flicka och gjorde ett hederligt bondpar olyckliga för resten av deras liv. Vet du att pappan sköt sej ett år senare?

Munke stegade iväg. Lindell satt kvar och iakttog resterna av en kollega. Han hade gjort en felbedömning, nonchalerat en ung flickas utsatta läge, eller ännu värre, han hade insett att hon kunde bli trakasserad, kanske våldtagen, men av ren slöhet vägrat henne skjuts.

– Vad var det som hände på Drottninggatan?

Andersson gungade till i hammocken men sa ingenting.

– Gör inte saker och ting värre, sa Lindell och förundrade sig över att hon kunde hålla sig lugn.

– Det var ett jävla liv, det förstår du. Lund kliver ur. Han har sett nåt, jag vet inte vad.

– Gick han in i bokhandeln?

Andersson nickade.

– Vad gjorde han där? Sa han nåt?

– Nej.

Andersson lyfte blicken och såg på Lindell.

– Inte mer än att vi skulle dra.

– Du undrade inte varför han ville åka därifrån? Jag menar, det var ju uppenbart ...

– Jag litade på honom, avbröt Andersson henne. Jag hade inget val. Det här är mitt Björklinge, sa Ingvar, så det var bara att rulla iväg.

– Du anade ingenting om vad som hänt i bokhandeln? Han antydde ingenting?

– Nej.

Lindell trodde på hans ord, reste sig och gick mot bilen.

Om utfärden till Andersson präglats av knappa ord och privata funderingar så blev tillbakaresan mot Uppsala en resa under total tystnad.

Lindell hade självfallet sett och hört talas om kolleger som misskött sig, några hon kände hade fått lämna jobbet, men det hon hört av Andersson översteg allt hon dittills upplevt. Ju närmare de kom stan desto mer förbittrad blev hon. Hon visste att förbittringen var livsfarlig, för bakom den lurade likgiltigheten.

– Två svin mindre, sa Munke plötsligt.

– Du menar Lund och Andersson, sa Lindell fåraktigt.

– Vilka annars?!

– Lindell och Munke, sa hon.

– Det var inte roligt, sa Munke.

– Det ska utredas, sa Lindell. Innan dess vet vi ingenting.

– Skitsnack, sa Munke.

Visst var det skitsnack och det visste hon. Skulle Lund och Andersson få stanna kvar inom polisen så måste både hon och Munke gå.

Plötsligt såg hon väderkvarnar framför sig som en inre bild, och hon kunde inte fatta varför. Jättelika kvarnvingar som piskades av vinden.

Det haglade också, med hagel stora som snöbollar. Det var en nattlig dröm som flöt upp, insåg hon, och hon letade i minnenas vrår efter sammanhang, men bilderna flöt undan lika hastigt som de kommit.

Hon hummade till och Munke vred på huvudet.

– Nu tar vi Lund, sa han. Kör mot Gottsunda.

Hon svängde vänster och accelererade på Fyrislundsgatan.

– Det är femtio här, sa Munke.

– Det skiter jag i, sa Lindell, och ökade farten ytterligare.

Ingvar Lund bodde på markplanet. Någon, säkert fru Lund, tänkte Lindell, hade pyntat utanför dörren, ställt upp vita plastkrukor med penséer i olika färger.

– Det skär sej, sa hon och pekade.

Munke kommenterade inte blommorna, Lindell fick för sig att han varken såg eller hörde, utan riktade hela sin uppmärksamhet mot dörren.»Maj-Britt och Ingvar Lund« stod det i snirklig stil på en lackerad träplatta.

Munke stegade fram och ringde på utan att tveka en sekund. Lindell avvaktade några meter bakom. Tänk om han har tjänstevapnet hemma, for det genom hennes skalle. Det vore ett brott mot regelverket, men Lund var den typ av polis som skulle kunna ...

Munke muttrade och tryckte åter sitt tjocka pekfinger mot ringknappen.

– Jag hatar såna där spelverk, sa han.

Persiennerna var fördragna. Lindell misströstade och började planera återtåget när dörren öppnades försiktigt. Återigen kom en minnesbild farande. Den här gången från utbildningen. Motattack från polisens sida vid demonstration som hotade att urarta i kravaller.

Maj-Britt Lund såg definitivt inte ut som någon demonstrant. Ett blekt, mycket trött ansikte stack ut genom dörrhålet.

– Är det du, Holger? Har det hänt nåt?

– Nej, sa Munke snabbt. Är Ingvar hemma?

Kvinnan skakade på huvudet.

– Jag ska jobba i kväll, så jag försökte ta mej en tupplur.

– Har han varit hemma nånting sen i morse?

– Vad är det som har hänt?

– Ingenting!

Lindell såg sig om, orolig för att Munke skulle bli helt vansinnig. Det gick väl an att få ett spel på polishuset men i ett bostadsområde var det direkt olämpligt.

– Inbilla mej nåt, sa den luttrade polisfrun och spottade oväntat framför dörren. Hon missade Munke med en halv meter och en pensékruka med några centimeter.

– Var kan han vara?

– Inte vet jag. Är han inte hemma så är han på jobbet, sa kvinnan, så brukar det vara. Det ska väl du veta.

– Har ni en stuga?

– Det skulle va nåt det! Kan du se honom sitta i en sommarstuga?

– Kom med några förslag, sa Munke otåligt.

– Kanske hos Stickan. Ingvar hjälper honom ibland. Stickan har hur mycket jobb som helst.

Lindell hade inga problem med att höra den nöjda tonen i hennes röst. Kanske hade de pratat om att Lund kunde sluta som polis?

– Vem är Stickan?

– En kompis.

– Vad jobbar han med?

– Det får ni fråga Stickan om. Jag håller inte så noga reda på allt.

– Är det hans bror?

– Nej du, dom är galna båda två men bröder är dom inte.

Munke såg på henne med den där blicken som fick aspiranterna att transpirera.

– Får vi komma in?

– För att kolla om Ingvar står bakom ändan på mej? Aldrig.

– Fyllkärring, sa Munke med eftertryck och vände på klacken.

Maj-Britt Lund skrattade till och drog igen dörren med en smäll. Munke stannade till, stirrade några ögonblick ner i marken, som om han övervägde att ta sig in i lägenheten med våld, men gick sedan mot bilen. Lindell hakade på, överrumplad av ordväxlingen.

– Hon är en jävla tattare, sa Munke. Hennes farsa var likadan. Lindgrenare, du vet.

Lindell kände inte till några Lindgrenare, men sa ingenting och öppnade bildörren.

– Var letar vi, sa hon, när de körde iväg från Gottsunda.

– Vi sätter bevakning på Lunds lägenhet, sa Munke. Kanske han häckade där inne i alla fall. Nej, ändrade han sig direkt, det skulle förvåna mej. Ingvar är inte den typen som springer hem och trycker i hålan.

– Stickan, sa Lindell.

– Brorsan, sa Munke. Vi ringer Andersson, han måste ju veta. Lund och han har ju åkt ihop så länge.

KAPITEL 47

Marie hade bestämt sig för att stanna kvar några dagar till. Annars hade hon tänkt åka till Koh Samui där några vänner till henne firade tioårig bröllopsdag.

– Låt dom vara ifred, hade Edvard uppmanat henne.

De gick ner till baren vid stranden. Ett gäng ungdomar kom varje sen eftermiddag ner till stranden och spelade fotboll. Ibland anslöt sig några turister men de stod sig slätt mot de snabba och tekniska thailändarna.

Edvard tyckte att spelet var rent på ett sätt som man sällan ser i Sverige. Det skrattades och lattjades, till och med att motståndarna applåderade när det andra laget gjorde ett snyggt mål.

Kocken kom ut och ställde sig på altanen. Han spanade ut över havet. Edvard fick för sig att han talade till något slags havsväsen och tackade för fiskarna som nu, i väntan på middagsgäster, låg på lit de parade på en isbädd.

– Vad vacker han är, sa Marie.
– Han har underbett, sa Edvard.
Hon skrattade.
– Är du sotis?
Edvard drack en klunk ur ölflaskan.

Senare på kvällen åt de svärdfisk och på natten älskade de för första
gången. Bungalow nummer elva. På altanen låg den svartvita spet-
sen. Där hade hon legat varje natt sedan hon och Edvard bekantat sig
med varandra.
Marie hade vita trosor. De glänste som siden i skenet från bad-
rumsbelysningen. Hon slog av luftkonditioneringen och drack upp
det sista av mineralvattnet ur flaskan. Allt med en naturlighet som
om de delat rum och säng i flera år. Hon tog av sig trosorna med en
snabb rörelse och kröp ner bredvid Edvard.
– Du är finlemmad, sa han och Marie skrattade gott.
– Du är grovlemmad, sa hon.

Hon låg på rygg och han strök hennes hår, kinder och axlar, nervös
inför tanken på att han var kär, eller kunde bli det. Han var också för-
undrad över att en så fantastisk och vacker kvinna kunde finna nöje i
att älska med en lantis. Han sa det också och hon lyfte på huvudet
och betraktade honom.
– Du är en lantis på Lanta, sa hon och log. Du är bra för mej.
– Vi är bra för varann.
– Säg inget mer, sa hon och blundade, och framförallt, underskat-
ta dej inte själv.
Han hade varit orolig att det inte skulle fungera för honom men
allt hade gått bra. Han kände sig lycklig, kanske mest för att han lyck-
ats tillfredsställa henne. Om hon nu inte låtsats. Han ville inte fråga.
»Det är riktigt jävla B«, hade hans vän Fredrik förklarat, »att efteråt
fråga en kvinna om hon är nöjd. Måste man fråga har det inte varit
någon höjdare.«
– Stanna hos mej, viskade Edvard tyst för sig själv. Han hade sökt

sällskap, velat befria sig själv med hjälp av andra, vunnit en tiks vänskap den första dagen och nu en kvinnas.

Visst, tankarna på Ann fanns där. Om inte hela tiden, så mycket ofta. Han mätte Marie mot Ann men intalade sig att jämförelserna måste upphöra. Han hade nämnt Ann, men inte mer.

Marie hade å sin sida talat desto mer om sina misslyckade förhållanden. Han tyckte inte om det men lät henne prata på, nöjd över sin generositet. Han tänkte att hon väl hade ett behov av det och så länge hon höll honom sällskap fick hon pladdra om nästan vad som helst. Han hade upptäckt att han var dödligt rädd att vara ensam på denna ö, att i fjorton dagar vandra omkring med ensamhetens märke stämplat i pannan.

Nu ville han inte höra något mer om hennes tidigare förhållanden. Nu ville han drömma lite. Han visste att de båda skulle återvända till Sverige, han till Gräsö och hon till Norrtälje, men så länge de befann sig på Lanta ville han bara leva i ruset av en kvinnas röst och doft.

Det märkliga var hur lätt han anpassade sig till Marie. Med Ann hade han ofta varit osäker på hur han skulle agera och vad han skulle säga. Marie brydde sig inte om hans tystnad. Han tänkte att han inte varit så enstavig på Lanta. På de dagliga långpromenaderna hade han pratat med en iver som han inte upplevt sedan tiden då han var fackligt aktiv.

Kanske var det miljön som fick honom mer avspänd, eller kanske hade han helt enkelt blivit klokare?

KAPITEL 48

Onsdag 14 maj, kl. 19.30

De stod utanför Stigs Golv. Baracken var låst. Inte en själ syntes till, men inifrån en verkstadslokal hördes ljud av människor i arbete.

De steg in till Allt i pumpar. En äldre man såg upp. Han log. »Äntligen«, tänkte Lindell.

– Jaha, är det pumpen, sa mannen och slog av en kompressor.

Munke log tillbaka.

– Det är väl den också, sa han, men nu är vi på jakt efter Stigs Golv.

– Ni är poliser, va?

– Ann Lindell från krim och det här är Holger Munke från ordningen, sa Lindell och pekade på kollegan.

– Angenämt, sa mannen, i alla fall hittills.

– Vad heter du?

– Ossian Nylund.

– Du känner till Stigs Golv?

– Jodå, Stickan känner man ju.

– Vet du hur man får tag i honom?

– Försök på mobilen. Jag tror dom jobbar fortfarande. Dom ligger efter som vanligt.

– Dom?

– Det är Stickan och Jöns.

– Jöns Lund?

Ossian Nylund nickade. Han tog av sig kepsen och slängde den med en nonchalant rörelse på en arbetsbänk. Lindell tyckte att han gav ett ungdomligt intryck trots att han måste vara pensionsmässig.

– Brukar hans bror vara här?

– Jaså, ni letar efter en kompis. Jodå, polisen brukar vara här.

– Har du mobilnumret till Stickan?

– Står på tavlan där, sa Ossian och pekade.

Lindell gick fram till anslagstavlan och hittade omedelbart visitkortet från Stigs Golv. Hon knappade in numret med stigande spänning.

Stig svarade omedelbart. Någon skrattade i bakgrunden. Hon presenterade sig och förklarade att hon sökte efter Jöns Lund. Någonting sa henne att hon var nära.

Munke såg på henne. Ossian hade gått bort till en vask i ena hörnet av lokalen och tvättade händerna. Lindell kom att tänka på Sebastian Holmbergs mor när hon hörde hur vattnet porlade.

Stickan pratade på.

– Inte sen igår? sköt hon in.

Munke tog ett steg närmare. Lindell nickade åt honom. Ossian Nylund såg på dem medan han torkade händerna på en trasa. Plötsligt slogs dörren upp och alla tre ryckte till och stirrade på den kraftiga vikdörren. Munke gick fram, kikade ut och stängde den omsorgsfullt och gav Ossian Nylund en blick. Efteråt sa den gamle reparatören till sin fru att det kändes som om den jämnårige polisen sökte något i hans ögon. Han visste att det var larvigt. Vad skulle det vara? Kanske var det Munkes senare öde som fick honom att erinra sig den där snabba blicken?

– Nå, sa Munke, när Lindell knäppt av samtalet.

Hon såg åt verkstadsarbetaren till och vände sig sedan mot Munke.

– Jöns har arbetat hos Stig i elva år. Ingvar hjälper till ibland. Idag kom inte Jöns till jobbet. Stig har ringt både hemnumret och mobilen men ingen svarar. Jöns lever ensam, men har en flamma, som Stig uttryckte det.

– Hade han nån aning om var Jöns kan hålla hus?

– Nej, då hade han ringt dit, sa han. Dom ligger tydligen rejält efter.

– Visste han att »flamman« var Lisbet Holmberg?

– Nej, Jöns har inte berättat så mycket.

– OK, hur lägger vi upp det, började Munke, men tystnade. Kanske slog det honom hur okonventionell deras arbetsmetod var. En krimmare och en ordningspolis på en slags privat odyssé över staden.

– Vi kanske ska prata med Ottosson?

– Det vore nog idé, sa Lindell och kunde trots allvaret inte undertrycka ett leende.

– Var bor Jöns?

– I Gottsunda, inte långt från broder Ingvar, sa Lindell.

– Dom bor nära varann. Står dom varann nära?

– Det lät så på Stig.

Ossian Nylund hostade till.

– Jag ska slå igen nu, sa han, om ni ursäktar. Det har varit en lång dag.

– Självklart, sa Lindell, vi ska åka.

– Fick ni nån klarhet?

– Jo, tack, sa Munke.

– Det var bra, sa Ossian och såg ut att mena det.

Munke och Lindell åkte tillbaka till polishuset. Lindell log inombords. Hon tyckte om det här. Jakten, sökandet efter människor och ledtrådar. Hon tyckte om att ha Munke vid sin sida. Det var en ny erfarenhet. Säkert hängde det samman med irritationen som funnits mellan Ola Haver och henne, inte minst vad det gällde utredningen av Sebastians våldsamma död. Han hade fel, det var hon övertygad om. Hon hade rätt och det gillade hon. Och hon hade rätt tillsammans med Munke, det kanske var det bästa, den gamle stöten som så få kunde samarbeta med.

Det var löjligt, men hon hade på något sätt blivit godkänd av den gamle och det kändes viktigt, mer väsentligt än om Ola Haver och Bea tyckte att hon struntviktig seglade vid sidan om.

Ottosson och Fredriksson satt inbegripna i ett resonemang om dill. Fredriksson beklagade sig.

– Det är jordloppor, sa Ottosson.

– Men år efter år, sa Fredriksson misslynt.

– Loppor är också människor, sa Ottosson.

Han såg ut att vara på ett utomordentligt humör. Fredriksson samlade ihop sina papper, som var den ursprungliga anledningen till hans besök, och lämnade rummet efter att ha nupit Lindell i armen. Hon såg sig förvånat om men Fredriksson smet ut genom dörren utan att säga något.

Hon såg mot den stängda dörren.

– Han vann sextiosex tusen på hästar i förra veckan och så klagar han på jordloppor, sa Ottosson.

– Va? Spelar han på hästar?

– Fredriksson är en gambler, det visste du inte. Han är med i ett sånt där bolag.

»Så mycket känner man till om sina arbetskamrater«, tänkte Lindell. »Natursvärmaren Allan Fredriksson på Solvalla, helt otänkbart.«

– Det roliga är att han är vettskrämd för hästar, fortsatte Ottosson. Jaha, vad har ni på hjärtat?

Lindell drog hela historien. Det tog tjugo minuter. Ottosson visade inte en min. Munke såg bara hängig ut.

– Nu vill vi ha spaning på bröderna Lund, avslutade hon. Dessutom vill jag att vi tar in kollega Andersson och sätter ytterligare press på honom. Han kanske vet mer även om jag tror att han talade sanning.

Ottosson såg på Munke, som till slut nickade.

– Det är knappt med folk, sa Ottosson, den invändning hon visste skulle komma. Sammy och en hel skvadron med kolleger letar efter den okände med hästsvans. Det kanske är ett stickspår, men det är det enda vi har.

– Jöns Lund är det enda jag har.

Hon såg på Ottosson vad han tänkte: de hade också en mördare som faktiskt erkänt.

– Blodet på Marcus jacka är Sebastians, sa han. SKL har behagat höra av sej. Nytt distriktsrekord.

– Det var väl väntat, sa Lindell, men oavsett hur det är med det, så kan vi få klarhet i vad som hände på Drottninggatan och hur det hände.

– Eller menar du att vi ska släppa Lund och Andersson helt?

Munkes inhopp kom helt oväntat.

– Nej, sa Ottosson med en ovanlig emfas i rösten, det ska vi inte, men jag vill inte att vi ska korsa varandras spår.

– Sandemose, sa Munke. Det är en författare, la han till, när han såg kollegernas miner.

– Bra, sa Ottosson, jag trodde det var nån på ordningen.

Munke kunde inte annat än le.

KAPITEL 49

Onsdag 14 maj, kl. 20.00

Klockan åtta fick Ljungberg och Sammy avlösning. De hade inte sett något av intresse utanför närbutiken i hörnet av Ringgatan och Börjegatan och definitivt ingen man med hästsvans.

Sammy misströstade. Han hade roat sig med att ringa upp vicevärdar i de bostadsrättsföreningar som stod listade i telefonkatalogen. Av fjorton tänkbara hade han fått kontakt med hälften, men kammat noll. Alla, samtliga män, hade varit mycket tillmötesgående, men inte kunnat erinra sig någon man med hästsvans.

– Men vi har en kärring som trakasserar grannarna med religiöst svammel, sa en av vicevärdarna medan en annan klagade på ungdomar som spelade boll på gårdens gräsmattor.

»Tiderna förändras men vicevärdarna är desamma«, tänkte Sammy.

Ljungberg skulle åka till en släkting och hjälpa till med en havererad båtmotor. Sammy borde åka hem men hade svårt att koppla bort hästsvansen.

Han ringde vakthavande, Berra Edquist, och fick veta att det förekommit nya bråk på stan mellan invandrarungdomar och svenska ungdomar. Insatserna från kommunen, skolor och polisen hade säkert haft effekt men än svallade känslorna och bråk uppkom av minsta anledning. En barnfamilj med libanesiskt ursprung hade utsatts för glåpord och mannen i familjen hade svarat med att ge en fjortonårig pojke stryk på öppen gata. Han satt nu anhållen för misshandel. Hans enda argument var att han ville skydda sin familj.

– Jag klarade bomberna över Beirut, hade han sagt, men mina barn ska inte behöva uppleva att dom blir kallade en massa saker som dom är oskyldiga till.

– Det ligger nåt i det, sa Edquist till Sammy.

– Inga nya flygblad?

– Inte vad vi vet.

Sammy tackade för upplysningarna och la på. Han promenerade på Ringgatan, vek in på Vindhemsgatan och fortsatte Eriksgatan ner. En ung flicka kom vinglande på cykel. Hon hade tre tunga Konsumkassar på styret. Hon steg av framför ett grönt hus där Sammys bil stod parkerad.

– Jobbigt, sa Sammy.

Flickan log men sa ingenting. Hon plockade av kassarna och lutade cykeln mot väggen.

– Du, sa Sammy, har du sett nån med hästsvans här i området?

Flickan tvekade, såg nästan generad ut, men samtidigt väldigt nyfiken.

– Är du polis?

Sammy nickade och log. Flickan ställde ner kassarna på marken.

– Det är en gubbe som brukar gå förbi här. En gång plockade han plommon från dagisträdet. Då blev jag arg. Dom var inte riktigt mogna heller.

– Dagisträdet?

– Ja, sa flickan och pekade bakom hans rygg.

Han vände sig om. Där stod ett plommonträd med mängder av kart som delvis hängde ut över trottoaren.

– Det var förra året, skyndade sig flickan att säga.

– Jag fattar det, men har du sett honom den senaste tiden?
– Ja, jag ser honom rätt ofta. Jag går på Tiundaskolan.
– Vet du var han bor?
Flickan skakade på huvudet.
– Nej, men det måste väl vara i närheten.
Sammy log.
– Tack, det var nyttig information.
Tonåringen såg plötsligt generad ut igen.
– Jag vill också bli polis, sa hon. Är det svårt?
– Nej, sa Sammy.
– Är det farligt?
– Ibland. Men det är bra, vi behöver vakna tjejer.
Hon log, plockade upp kassarna igen och försvann in genom dörren. Sammy såg efter henne, plötsligt övertygad om att han skulle få tag i mordbrännaren.
Han steg in i bilen, ringde Angelika och meddelade att han skulle vara hemma om en kvart.

Ann Lindell hade handlat, hämtat upp Erik hos Tina och Rutger och stod helt håglös i köket när telefonen ringde. Hon såg på klockan. Hon lät det ringa. Var det jobbet så ringde det strax på mobilen. Var det mamma i Ödeshög så skulle hon ringa senare.
Erik gick omkring i vardagsrummet och försökte låta som en helikopter. De hade läst en flygbok på dagis.
– Är du hungrig, skrek Ann, trots att hon visste att Erik inte skulle svara. Hon hade fått för sig att Erik hade talstörningar. Han pratade så lite. På dagis var personalen helt oförstående när Ann tog upp problemet. Där pladdrade han tydligen på.
Hon lagade spaghetti, ett säkert kort. Medan vattnet kokade upp slog hon sig ner vid köksbordet, där resterna av frukosten stod kvar och den olästa morgontidningen låg hopknycklad.
Hon vecklade ut den med mekaniska rörelser, slätade till sidorna och skummade samtidigt igenom rubrikerna, men sköt den ifrån sig när locket på kastrullen började skramla.

Hon tänkte på Ingvar Lund. Var fanns han? Ett förnyat besök i hans bostad hade inte givit något resultat. Samma sak hos brodern, Jöns. Ingen öppnade. Om Lindell fått bestämma skulle de ha skaffat sig tillträde till lägenheten, men han var inte misstänkt för något brott så utsikterna att få tillstånd för en husrannsakan var mycket små.

Enligt bilregistret ägde Jöns Lund en sex år gammal Mazda. Lindell hade personligen travat igenom parkeringarna som låg närmast hans bostad och snurrat runt på den stora parkeringsplatsen utanför Gottsunda centrum. Ingen vit Mazda.

Erik kom larvande.

– Getti, sa han.

– Getti, sa Ann och drog samtidigt av en bit hushållspapper från rullen och böjde sig ner över sonen.

– Fräs, sa hon och han snöt sig lydigt.

»Bara han inte blir förkyld«, tänkte hon. Så kom hon på en sak, hakade ner telefonen och ringde vakthavande.

– Hej, det är Ann Lindell, hur är det?

Hon fick den vanliga ramsan. Nya bråk på stan men inget allvarligt. Sammy och Ljungberg hade inte fått napp. En polisbil hade kört i diket vid Alsike. Edquist skrattade gott. Nej, nej, inga personskador och inga skador på rådjuret de väjt för.

– Hörrudu, sa Lindell energiskt.

– Ja, hörrujag, sa Edquist.

– Du vet Ingvar Lund, har du sett till honom?

– Nej, borde jag det?

– Kanske inte, men om du hör eller ser nåt om Lund, slå mej en signal hem. Mitt i natten om det så är.

– Han är för gammal för dej, sa vakthavande.

Hon blev ilsken men lät honom inte märka något.

– Hur gammal är du då? frågade hon istället och blev i samma ögonblick förbannad på sig själv att hon föll in i jargongen.

Edquist bara skrockade.

– Jag är för trött, sa han.

Nu var det ute att Lindell var på jakt efter Lund. Alla skulle spekulera om varför och hon visste att morgonen därpå skulle minst ett halvdussin teorier florera i polishuset. Hon brydde sig inte, trots att Munke och hon bestämt att de skulle ligga lågt så länge.

– Getti, sa Erik vid hennes fötter.

– Getti, upprepade hon och lyfte upp honom i famnen. Snart är det getti. Ska vi duka?

Skulle hon ta ett glas rött? Det kanske var dumt, för det blev lätt ett andra glas.

KAPITEL 50

Onsdag 14 maj, kl. 20.35

Ali sov tungt men kliade sig när ett djur spatserade över hans ansikte.

Han låg i fosterställning och drömde om Hadi, hur morfadern gick bland citronträd, oändliga rader av träd som dignade av frukt. Han gick och gick till synes utan mål på den utsträckta slätten vars slut man endast kunde ana i form av snöklädda berg i bakgrunden.

– Jag är på väg hem, sa morfadern.

Han svängde sin käpp i luften. Stegen var lediga och Ali förstod att han fått förnyad kraft någonstans ifrån. Kanske var det en ung morfar, eller så var det åsynen av de lysande gula citronerna som fick Hadi på ett så strålande humör.

– Solen hänger av sej sina smycken i träden, sa morfadern.

Han försvann i fjärran och Ali visste att han aldrig mer skulle få se honom. Han försökte springa ikapp men benen bar honom inte. Han kom upp i stående ställning men så fort han skulle ta ett steg vek sig benen under honom.

Med ansiktet tätt intill den torra och steniga marken skymtade han morfadern allt längre bort tills han till slut försvann i fjärran.

Ali vaknade med ett ryck. En skalbagge kröp på hans kind och han fäktade äcklad bort den, satte sig upp och såg ut över den glesa tallskogen, men var fortfarande kvar i drömmens värld. Han skulle inte ha blivit förvånad om han fått se morfadern komma gående över hällarna.

Långsamt kom verkligheten ifatt honom. Han var frusen och hungrig. Innan han reste sig tittade han sig omkring. Det var helt tyst. Det var fortfarande ljust men han förstod att klockan var mycket. För tredje eller fjärde gången trevade han efter mobiltelefonen, innan han kom ihåg att han lämnat den hemma.

Solen hade försvunnit bakom träden och kylan som ätit sig in i hans kropp fick honom att huttra.

Han klev upp ur den skreva där han sovit och tog några obeslutsamma steg men blev osäker på vart han skulle gå. Han försökte erinra sig hur han sprungit men förstod att han bara med stor tur skulle hitta tillbaka samma väg. Och var det så bra att försöka ta sig till gården? Kanske golvmannen passade på honom någonstans på tillbakavägen. Borde han inte försvinna ännu längre bort?

Kvällskylan fick honom att sätta fart. Han bestämde sig för att gå mot den nedåtgående solen. I en kvart travade han på. Magen knorrade och stegen blev alltmer osäkra. Plötsligt stannade han och började gråta.

Det var inte rättvist. Det borde ha varit Mehrdad som tvingades gå i skogen. Själv borde han sitta hemma vid köksbordet och lyssna till morfaderns prat och Mitras frågor. Aldrig mer skulle han beklaga sig över hennes oro. Aldrig mer ...

Han lyfte huvudet. Någonstans hörde han det svaga ljudet från en maskin eller traktor. Det svaga bullret kom i vågor. Han sprang några steg, stannade och lyssnade. Ditåt var det, nej, åt det hållet. Han for runt och kunde inte bestämma sig men ljudet gav honom hopp och förnyade krafter.

Han fortsatte. Om han höll samma kurs, mot den punkt där solen gick ner, så gick han i alla fall inte i cirkel. Det gjorde folk som gått vilse, det hade han hört.

Efter några minuter återkom ljudet, nu lite starkare. Han sökte sig upp på en liten höjd och därifrån skymtade han en öppning i vegetationen. Ett fält.

Han hasade ner från hällen och sprang vidare. Det var med en känsla av stor befrielse, som om han sluppit ut ur en labyrintisk mardröm, han lämnade skogen bakom sig och steg ut i det frodiga gräset. Han sjönk ner. Marken var fuktig. Ljudet från traktorn hade upphört men på andra sidan vallen såg han en körväg som försvann bakom några glest bevuxna kullar. Han gick mot vägen. Den måste väl leda någonstans.

Efter tio minuters promenad fick han syn på gården. Det var Arnold och Beata Olssons bondställe. Han kände igen det direkt, inte minst för det höga tornet, och han grät av lättnad.

Han såg ingen rörelse på gården. Fönstren var mörklagda. Mellan honom och gården låg ett fält. Han började gå men stannade efter några meter, plötsligt medveten om att han exponerade sig helt öppet. Om golvmannen lurade i närheten skulle han direkt få syn på honom. Han sprang tillbaka och hukade sig i diket.

Ilskan över att behöva tveka nu när han var så nära fick honom att slå med händerna i marken. Han spanade och försökte urskilja detaljer i den allt dunklare omgivningen. Ett surrande ljud hördes och Ali tittade sig omkring men såg ingenting. Vad var det? Ett nytt surr hördes, den här gången lite mer ihållande, som från ett hastigt snurrande hjul. Oron började krypa i hans kropp. Det smärtade i magen.

Det obestämbara ljudet tystnade och återkom som en viskande spökröst, och fick honom att trycka sig ännu djupare ner i diket.

Skymningen sänkte sig alltmer över fältet och den omkringliggande skogen. Gården bäddades in i djupa skuggor. Surrandet återkom, gång på gång. Ali ville skrika och överrösta det. Surr-surr-surr. Ali spanade mot himlen. Vad var det Arnold Olsson hade sagt? Dödsfåglarna? Så var det, fast han trodde inte på det. Nej, det var bondgumman, Beata, som hade kallat den så. Dödsfågeln, som när den slog sig ner på ett hustak varslade om att någon i huset skulle dö inom kort.

Ali vågade inte titta mer för om man såg genom något slags hål i fågelns vingar så kunde man bli tokig, det hade Beata också sagt. Arnold hade skrattat och Ali trodde inte på det. Det påminde om morfaderns prat om tecken. Skrock kallade Mitra det, fast Ali hade märkt att hon också trodde på tecken. En gång hade han ställt ett par nyinköpta skor på köksbordet och Mitra hade blivit upprörd, inte för att skorna smutsade ner, utan för att det betydde otur.

Fågeln, han försökte erinra sig dess namn, flög surrande över honom. »Ge dig av«, mumlade han tyst, »stick åt helvete.« Men han ångrade sig genast, för det förde med sig olycka om man gjorde fågeln arg.

Nattskärra, så hette den, helt oväntat kom han på det. Nattskärran. Surr-surr-surr. Han önskade att han var som Arnold som tog det lätt och skrattade åt allt sådant prat. Han gick till och med ut på våren för att lyssna på den.

Surr-surr-surr. Till och med äggen var farliga. Den som rörde dem blev blind, påstod Beata.

Det var snart natt. Nattskärrans tid. Ali reste sig. Surrandet ovanför honom blev allt intensivare. Han fick för sig att de hatade honom, för det måste väl vara flera fåglar? Han väntade sig att bli attackerad uppifrån och hukande sprang han mot gården. Surr-surr-surr. Himlen fylldes av det spinnande, rullande hjulet.

Han visste inte hur de såg ut men förstod att de måste vara stora med kraftiga näbbar. Han tänkte på gamar han sett i ett naturprogram på teve. Han sprang allt snabbare. Surr-surr-surr. Han föll, rullade runt i det fuktiga gräset och blev liggande. Det glimmade till ovanför honom, var det ett öga eller en näbb? Kom de nu? Han försökte resa sig men upptäckte att benen inte bar. Han snyftade och kröp samman, la armarna runt huvudet. De fick inte ta hans ögon. Han skrek. Surr-surr-surr. Det var som om fåglarna virvlade runt hans huvud. Snart skulle de angripa honom med sina näbbar och klor.

Arnold Olsson bar pojken två hundra meter. Beata stod vid stängslet och skrek frågor men Arnold hörde inte eller så förmådde han inte svara. Han andades tungt.

Han la ner Ali på gårdsplanen.

– Det är ju han … invandrarpojken, sa Beata förvånat.

– Det är han, pustade Arnold.

– Är han skadad? Vad gör han här? Varför skrek han?

– Vad i helvete, jag vet lika lite som du, fräste Arnold. Se till att få upp dörren.

– Det är väl inte han som har åkt med bilen?

– Öppna dörrn! Han är ju genomkall, pojken.

De la honom på kökssoffan. Beata gick efter en filt som hon bredde ut över Ali. Han var vid medvetande men blicken var oseende. Därefter slog hon på spisen medan Arnold obeslutsam blev stående framför Ali. Han fixerade bonden med en grumlig blick.

– Hur mår du?

– Fåglarna var efter mej.

– Vilka fåglar?

– Nattskärran, sa Ali tyst.

– Va?

– Han sa nattskärran, sa Beata.

– Varför kom du hit?

Ali snyftade.

– Låt'en vara, sa Beata. Han ska ha en kopp te med honung först.

Arnold slog sig ner vid köksbordet.

– Såg du nattskärran?

Ali nickade.

– Ett öga stirrade på mej.

Beata vände sig om, såg på pojken och därefter på mannen.

– Vi får ringa, sa hon. Du ser väl att pojken är vettförskrämd. Han kan ju knappt prata. Plåga han inte med en massa frågor.

– Ringa vart?

– Greger.

Jordbrukarparet hade just kommit från sin son som bodde någon kilometer bort. Han fyllde år och de hade firat honom. Inget stort kalas, han fyllde ojämnt, bara några syskon till Beata och Arnold och ett halvdussin kusiner med respektive.

– Dom sitter och groggar nu, sa Arnold buttert.

Beata förstod att han var missnöjd över att han själv inte fick vara med.

– Först bilen och sen det här, sa hon, det är nåt jäkelskap på gång. Vad sa dom, polisen?

– Att det säkert finns en naturlig förklaring.

– Men varför här? Här finns det ju inget. Du sa väl att vi haft inbrott?

– Det har vi ju inte, invände Arnold.

– Inte vi men andra.

– Nu får du ge dej.

Men Arnold gillade inte tanken på den vita bilen. Olåst var den också. Han hade öppnat dörren och kikat in. Det låg en gammal väska i framsätet och i baksätet en trälåda med ett hänglås.

– Nu vet jag, utbrast han. Det är en äggsamlare! En sån där som snor fågelägg. Det är därför nattskärrorna är så förbannade. Han försöker stjäla deras ägg.

– Då blir han blind, sa Beata. Då irrar han omkring där ute.

– Ska vi ringa igen? sa Arnold och Beata gick fram till pojken, såg på honom och vände sig sedan till mannen, gjorde en menande rörelse med huvudet.

De gick in i det lilla kontoret. Beata drog igen dörren efter dem.

– Han kanske är i maskopi med äggtjuven? Hur skulle dom annars veta att det finns ovanliga fåglar här? Vi pratade ju om nattskärror när pojken var här med sin morfar, och så har han sladdrat om det.

– Kan jag väl aldrig tro, sa Arnold, men Beata såg att hennes ord gjorde intryck.

– Och så hämnas dom nu. Hans kompanjon kanske ligger sönderhackad uppe på mon.

Arnold såg på henne i halvdunklet. Hennes röst var densamma

som de senaste fyrtio åren men det var något i klangen som han inte kände igen och som han inte tyckte om.

— Nu går vi in till pojken och frågar hur allt hänger ihop, sa han.

KAPITEL 51

Onsdag 14 maj, kl. 21.10

Gisela Wendel brydde sig inte om avspärrningen utan kröp in under flaggspelet. Hon hade rundat högen och gick upp på baksidan, dold för kördeltagarna och publiken. Hon ville så gärna ha ett foto och den bästa platsen, för att verkligen få med alla och bevara det mäktiga intrycket av nio olika körer från Sverige, Baltikum och Afrika.

Över tvåhundrafemtio sångare och kanske tusen personer i publiken utgjorde en anslående syn från den östra högen. Någon fick syn på henne och pekade. Hon höjde kameran och tog ett foto. Och ytterligare ett.

Gisela rördes över synen, allra helst då kören från Ghana stämde upp med en mäktig sång om fred och frihet. Deras färgglada kläder lyste i den nedåtgående solen. Kvinnornas stämmor ljöd över det historiska landskapet. Här hade enligt sägnen människooffer förrättats. Nu lovsjöng man gränslös kärlek och omtanke.

Hon ville stanna kvar på högen, men tog för syns skull några steg tillbaka och satte sig ner, delvis dold, men ändå med fri utsikt över scenen.

Kören från Ghana sjönk liksom tillbaka och in i en manskör från Estland och de unga männen steg fram, stämde upp en sång och de afrikanska kvinnorna ackompanjerade dem med sina händer. Då och då steg ett tjut upp från kvinnorna.

Publiken gungade i takt. Gisela Wendel grät av rörelse.

Trehundra meter därifrån körde Rickard Molin in mellan Disagårdens byggnader. Han svettades kraftigt. Bosse Larsson hoppade ur.

– Här blir bra, sa han, men Molin var inte nöjd.

– V-vi syns från vägen.

Han litade inte på kamratens omdöme.

– Nej, för fan, kom igen nu.

– Vi står här, avgjorde Wolf.

Molin stängde av motorn. Ljudet från konserten hördes ända dit.

– Det är fan vad dom gapar, sa Bosse Larsson. Såg ni att det var en massa negrer där också.

– Håll k-käften din jävla f-fyllskalle, sa Molin. Hjälp till istället.

De tog en dunk var, sammanlagt fyrtiofem liter bensin, och banade sig väg genom det höga gräset upp i backen bakom kyrkan.

– Fan, det har regnat, sa Larsson.

– Det är dagg, sa Wolf och log för sig själv.

En halv säsong hade han arbetat på kyrkogården i Gamla Uppsala men inte trivts. Det var för smått. Han kom aldrig undan. Arbetslaget var för litet, alla kände alla för väl. Wolf ville gå för sig själv. Han skrattade till. Nu skulle de få jobb. Han kunde se utryckningsfordon köra sönder gräsmattor och nyfikna snubbla över häckar och trampa ner planteringar.

De avvaktade bakom några träd. Bosse Larsson hackade tänder. Rickard Molin såg sammanbiten ut. Wolf tänkte på reträtten.

Han ville inte åka fast. Han ville leva länge i frihet. Det här var bara början. Aldrig tidigare hade han känt en sådan optimism. Han visste att han aldrig skulle få någon maktställning, på sin höjd basa över sådana som Molin och Larsson, men han skulle vara en föredömlig frontkämpe. När historien skrevs skulle man minnas Ulf »Wolf« Jakobsson.

Den sista i den långa raden av körer avslutade sitt program. Wolf kommenderade fram sina kamrater. Hukande, på rad, sprang de fram mot kyrkan. Wolf ville skrika som en stormsoldat.

– Det brinner, skrek Gisela Wendel. Hennes rop överröstade tillräckligt mycket av sorlet nedanför henne för att tystnaden gradvis skulle breda ut sig över folkmassan. Folk hyssjade åt varandra, även de som inte hört Giselas skrik.

Allt fler såg sig oroligt omkring. Någon började springa. Flera följde efter. Gisela skrek och pekade. Huvuden sträcktes, människor sprang undan. Körerna splittrades och upplöstes. Många ramlade i den mjuka marken. En kvinna skrek till. Någon hade trampat på hennes axel.

Gisela såg hur människor knuffades fram och tillbaka som om en osynlig hand rörde om i en jättelik gryta. De i utkanten sprang undan. En barnvagn välte.

KAPITEL 52

Onsdag 14 maj, kl. 21.15

Holger Munke sorterade papper. Han hade hämtat en sopsäck från städförrådet och gick igenom de pappershögar som samlats, inte bara den senaste tiden utan sedan år tillbaka. Han röjde sitt rum och papper försvann ner i säcken med en hastighet som förvånade honom själv.

»Varför har jag sparat allt detta«, tänkte han och var tvungen att gå efter en säck till. Han satte sig på skrivbordsstolen och stirrade med glosiga ögon över sitt rum, å ena sidan omedveten om vad han höll på med, men å andra sidan plågsamt klar över att han städade ur sitt liv som polis. Han reste sig med tanken att han inte skulle tänka.

Det var papper som slängdes, hela pärmar tömdes och vräktes ner i säckarna. Klockan var efter nio på kvällen och hans fru hade ringt två gånger. Munke brukade jobba över. Hans fru var van och tyckte ibland att det var skönt när han dröjde sig kvar på jobbet. Hon kände väl till vad alternativet var: en orolig och vresig man som ändå hade tankarna på arbetet. Då var det bättre att han höll sig på polishuset. Att hon ringt två gånger var däremot ovanligt. Han anade att hon hört något i hans röst. »Hon är klok som en pudel«, tänkte han, »och hon förstår att det är något på gång.« Asta Munke var den människa han satte högst av alla och det av en enda anledning: hon hade stått ut med honom i trettionio år.

När den andra säcken också var fylld gick Munke ner till Kommunikationscentralen. Det var Edquist.

– Det är lugnt?

– Jovars, sa Edquist och såg upp. Du är kvar?

– Jag städar lite, sa Munke tankspritt och Edquist betraktade honom lite närmare.

– Hur är det? sa han.

– Du hörde väl?

– Svårt att undvika, sa Edquist.

En av telefonerna ringde och han suckade, lyfte luren och pennan. Munke såg på sin kollega. Han njöt av scenen. Edquist var en duglig polis som tog folk på ett bra sätt.

– Sysslomansgatan, sa du det? Hur många?

Edquist hummade och noterade i sitt block.

– Det ska vi ordna, sa han vänligt och la på.

– Vad var det?

– En tant som sett tre blottare vid Finn Malmgren-statyn.

– Det ligger på, sa Munke och kastade ett öga på Edquists block.

Han såg det omedelbart. Bland alla kråkfötter lyste namnet som i eldskrift. Munke drog åt sig blocket samtidigt som en ny signal hördes. Edquist tog blocket och Munke såg hur Edquists haka bokstavligen föll.

– OK, sa han snabbt, kyrkan, jag fattar. Finns det folk inne i kyrkan? Är brandförsvaret på gång?

Han antecknade fast det egentligen inte behövdes men pennan gick av sig själv. Han kastade på luren.

– Gamla Uppsala kyrka brinner, sa han förbluffad.

Munke stirrade på honom. Edquist slog genast larm.

– Hur många är det som rullar i kväll?

Munke visste men frågade ändå. Edquist svarade inte. Han pratade oavbrutet med kolleger i radiobilar.

När han gjort det som absolut måste göras slet han fram pärmen med telefonnummer.

– Du, sa Munke, det står ett namn i ditt block, Jöns Lund, varför? Edquist såg förvirrat på Munke.

– För i helvete, sa han, hörde du inte? Kyrkfan brinner. Det var en rejäl smäll och nu brinner koret. Fattar du? Gamlis.

– Jag fattar, sa Munke, men nu vill jag veta varför namnet finns i ditt block. Vad gällde det?

Edquist tittade på sina anteckningar. Han kände Munke alltför väl för att negligera frågan.

– Det gällde en bil på en bondväg nånstans i Dalbytrakten, åt Hammarskog till. En bondgubbe trodde det var inbrottstjuvar.

– Var det en vit Mazda?

– Har det med Gamlis att göra?

Munke skakade på huvudet.

– Har du adress och telefon, sa han.

– Jag hinner inte nu!

– Adress och telefon!

– Det står i blocket. Kolla själv.

Munke slet åt sig blocket medan Edquist upphetsat pratade i två telefoner samtidigt. Han kände inte igen adressen, Solberga Backe.

För ett ögonblick studerade han vakthavandens åtgärder där han kallade på all tillgänglig personal, uppdrog åt andra att ringa in folk och meddelade olika personer enligt det körschema som fanns för extraordinära händelser. Han gjorde det bra, Edquist, fattas bara, tänkte Munke.

Normalt sett skulle han ha dragits med i aktiviteterna, men han kände sig oväntat ointresserad. Att Gamla Uppsala kyrka stod i lågor måste betecknas som en uppseendeväckande händelse och skulle leda till uppståndelse långt utanför Uppsalas gränser. Fast ännu visste de inte hur allvarligt det var, det kunde vara någon unge som tänt på innehållet i en papperskorg.

Munke tog upp mobiltelefonen och ringde numret som stod antecknat i blocket. Sju signaler lät han gå fram innan han knäppte av det.

– Jobbar Liljenberg?

– Jag vet inte, kolla själv, sa Edquist irriterat.

Han slet åt sig polisens egen adresslista, slog upp kollegans nummer. Sven Liljenberg svarade direkt.

– Tjenare, det är Munke, ursäkta att jag stör, men du är ju från Dalby. Vet du var Solberga Backe ligger?

– Självfallet, sa Liljenberg.

Om han var förvånad över Munkes påringning så lät han det inte märkas.

– Arnold Olsson, säger det nåt?

– Bonde. Hans grabb bor en bit bort. Greger och jag är skolkamrater. Han spelade bandy för Sirius vill jag minnas, nej, det var Vesta, han var riktigt ...

– Bra, bra, avbröt Munke. Lindell och jag kommer förbi om åtta, tio minuter och plockar upp dej. Du får guida oss. Gå ut på gatan.

– Men brorsan och jag spelar schack, sa Liljenberg, dock utan någon större kraft bakom orden. Han visste att Munke skulle komma även om så drottningen av Saba var på visit.

De avslutade samtalet, eller snarare: Munke knäppte av kollegan, för att ringa Lindell.

Han fick vänta sex signaler innan hon svarade.

– Kasta dej i bilen och kom. Jöns Lunds bil är lokaliserad till Dalby. Står övergiven på en bondgård.

– Men jag har en son som ligger och sover, sa Lindell.

– Har du ingen granne?

– Ingen som kan passa Erik.

– OK, jag skickar dit Asta.

– Vem är Asta?

– Min fru. Vi bor fem minuter från dej om du inte visste det förr. Hon har tagit hand om mängder av ungar.

– Nej, det funkar inte.

– Asta är barnsköterska.

– Det är inte det.

– Vad fan, utbrast Munke, vill du inte vara med när det börjar brinna till?

– Jag har druckit vin.

Munke var organiserad nykterist. Det visste alla. Han stod tyst i några sekunder.

– Jag ringer Asta. OK?

– OK, sa Lindell och la på.

– Trodde väl det, sa Munke för sig själv.

– Det brinner som fan, sa Edquist.

– Håll grytan kokande, sa Munke och smet iväg.

Edquist stirrade vantroget efter honom.

KAPITEL 53

Onsdag 14 maj, kl. 21.35

Jöns Lund steg fram ur skuggorna. Vinden slet i de åldrade fruktträdens mossöverdragna grenar. Han lutade sig mot ett äppelträd. Smällen han fått av stenen hade gjort honom mer omtöcknad än vad han först insett. Blodflödet hade upphört men det värkte i det uppsvullna ansiktet. Han förstod att han såg för jävlig ut.

I flera timmar hade han skenat omkring som en skogstokig. Pojkfan hade överlistat honom. Han svor över sig själv och sin egen dumhet. Han skulle ha strimlat honom direkt.

Plötsligt såg han Sebastians ansikte framför sig. Det var han men ändå inte han. Den blodiga näsan, de vilda ögonen och munnen som skrek ut förolämpningar, gjorde honom till en annan.

– Morsan älskar inte dej, hade han gapat. Fattar du det, ditt jävla äckel?! Du yrar om ett hus på landet, en familj. Glöm det! Jag är inte med i din jävla familj! Inte mamma heller. Vet du vad hon säger? Att din är för liten.

Sebastian hade skrattat obehärskat, snörvlat med blodet droppande från den sönderslagna näsan, hetsat honom och drivit in spjut i hans bröst.

Varför sa han så? Lisbet älskade honom. Det hade hon sagt. Han ruskade på huvudet som för att skaka av sig minnesbilderna från bokhandeln.

Sebastian hade vänt Lisbet mot honom. Säkert hade han snackat skit hela tiden. Det förstod han. Nu var Sebastian död. Nu hade Lisbet ingen annan. Att hon gjort slut betydde ingenting. Hon skulle komma tillbaka, det visste han.

Han sökte sig fram på gården. Lampan ovanför dörren till ladugården spred ett matt sken över planen. Han tvekade, sprang försiktigt till en mäktig ask som stod mitt framför bostadshuset, kikade fram och försökte urskilja något. Det lyste i fönstren men gardiner och blommor omöjliggjorde någon insyn.

Han kröp hukande närmare. »Kanske har dom hund«, tänkte han. Han var dödligt rädd för hundar. Väl framme vid köksfönstret tittade han försiktigt in. En äldre man stod mitt i köket. Han såg upprörd ut. En kvinna ställde sig vid hans sida. Jöns Lund såg att de pratade, inte med varandra utan med en tredje person. Det äldre paret vände hela sin uppmärksamhet mot en del av köket han inte kunde se. Var det pojken? Hade han sökt skydd här? Han hade ju sprungit hit så rimligen var han bekant med stället. Varför skulle han annars ha stigit av mitt ute på landsbygden?

Lund kröp vidare till nästa fönster. Det doftade timjan och han förstod att han kröp i ett kryddland.

Han kikade försiktigt in genom fönstret. Där låg pojken, delvis skymd av ett bord. Han hade en filt över sig.

– Vad gjorde du här?

Ali stirrade på Arnold Olsson. Det fryntliga uttrycket i hans ansikte, som Ali tyckt så mycket om vid det senaste besöket, var ersatt med en återhållen vrede. Ali trodde att mannen skulle explodera när som helst.

– Svara! Jag vet att du förstår.

– Jag var jagad, sa Ali.

– Va?!

– Han var jagad, sa Beata och la armen på mannens axel.

– Sen kom fåglarna. Jag sprang och sprang, snyftade Ali.

– Har ni plockat ägg?

Ali såg helt oförstående ut.

– Ägg? Du vet väl vad ägg är?

Ali nickade.

– Bilen. Vems är bilen?

– Golvmannens, sa Ali.

Bondparet tittade på varandra.

– Nattskärran, sa Beata.

– Lägg av, fräste Arnold. Vad menar du?

– Det var golvmannen som jagade mej. Han är en mördare.

De stirrade på honom med oförställd häpnad.

– Nu ringer jag Greger, sa Beata.

I samma stund slogs dörren till farstun upp. Jöns Lund insåg hur djävulskt hans ansikte måste framstå när han såg bondparets skräckslagna miner. Det var inte bara chocken över hans oväntade entré utan mer anblicken av det såriga och uppsvällda ansiktet, med det levrade blodet som en mörkbrun kaka över kinden.

Ali skrek. Beata skrek. Arnold kände hur något högg till i bröstet. »Nu får jag infarkt«, tänkte han, grep tag i bordskanten och knäade.

– Håll käften, skrek Jöns Lund, gick fram till Beata, tog tag i hennes hår och slet till. Kvinnan for omkull på golvet. Hon hörde kraset från benet som knäcktes och erfor den enorma smärtan från höften. Arnold vinglade till, försökte hejda Lund, men misslyckades. Istället fick han ett kraftigt slag över nacken och ramlade framstupa över bordet. En vas slogs omkull.

Det gick på ett par sekunder. Beata, på gränsen till medvetslöshet, såg som i dimma hur den unga pojken hoppade upp från soffan. Den bruna filten for som ett segel genom rummet. Mannen med det sönderslagna ansiktet kastade sig över pojken. Allt blev en väldig röra, stolar slogs omkull, hyllan med samlingen jultallrikar lossnade från väggen och åkte i golvet med ett våldsamt brak. Beata såg sin man göra ett försök att resa sig men han sjönk ihop och segnade ner vid sidan av bordet. Hon försökte sträcka ut sin hand men armen lydde inte och hon förlorade sig i medvetslöshet.

Jöns Lund hade fått tag om Alis ena arm, drog honom mot sig och kopplade ett järngrepp runt den vilt fäktande pojken.

– Nu är du fast, din sate, flämtade Lund.

Han tryckte ner pojken mot golvet, dunkade hans huvud mot de breda furuplankorna, ställde sig upp och satte foten på hans nacke och tryckte till. Ett gurglande ljud steg upp från Alis strupe.

Han böjde sig fram och slet ut en kökslåda, rafsade bland knivar, bestick och soppslevar, drog ut flera lådor och hittade slutligen det han sökte, en rulle tejp.

Han surrade Alis handleder bakom ryggen. Pojken gnydde och försökte vända sig men Jöns Lund tryckte till honom med knät mellan skulderbladen.

– Nu är det slutkastat, sa han.

Såret på kinden hade gått upp och han kände försiktigt på sårkanterna. Från köksbordets kant rann blomvattnet och blandades med mördarens blod på golvet.

Han surrade sedan ihop Arnolds händer. Gubben verkade helt borta och Lund trodde för ett ögonblick att han var död, men Arnold Olsson stönade till och slog upp ögonen.

– Ligg still, sa Lund.

– Beata, mumlade Arnold innan han återigen blev medvetslös.

Lund kastade en blick på kvinnan.

– Det är ingen fara med henne, sa han och skrattade till. Hon är bara ovanligt tyst.

»Kärringen är slut«, tänkte han. Beata Olssons huvud låg i en sned vinkel mot kroppen. Det ryckte i hennes ben.

Lund såg sig om i köket. Det såg ut som om en tromb hade dragit fram. Det skulle se ut som att bondparet rånmördats. Ingenting skulle kunna knyta honom till platsen.

338

Han reste på en av stolarna och slog sig ner. En klocka slog någonstans i huset, annars var det helt tyst.

– Så här skulle vi kunna bo, sa han.

För ett ögonblick slogs han av tanken att Lisbet och han skulle kunna flytta in i huset. Bara Ali och bondparet försvann, och man städade upp lite grann.

Han reste sig, oroad av tanken på Lisbet. Kunde han ringa? Vad skulle han säga? Han var övertygad om att hon skulle ändra sig, bara det fick gå en liten tid. Hon var hans stora kärlek, den första människa han förmått sig att älska. De var ju lyckliga.

– Visst är vi lyckliga, sa han. Ali stönade till nedanför hans fötter. Lund böjde sig ner, tog Ali i armhålorna och drog ut honom i farstun, gick tillbaka och synade köket en sista gång. Gubben låg helt orörlig. Det ryckte till i bondgummans ben och sedan blev allt stilla. »Vad ful hon är«, tänkte han och stängde dörren.

Jöns Lund var övertygad om att gamlingarna skulle dö. Han skrattade till.

– Då är det bara du kvar, sa han till den oformliga kroppen på gårdsplanen, sen blir det som förr.

Lund hämtade bilen och körde in den på planen, fick upp Ali sittande i baksätet, tippade honom bakåt och tryckte sedan omilt in benen och slog igen dörren.

Han såg mot himlen. Stjärnorna lyste. Vinden hade avtagit. Han tog ett djupt andetag och fyllde lungorna med syre. För en sekund eller två glömde han bort var han var. Det brukade vara så. Han hade vant sig. Gråtattackerna hade i alla fall upphört. På målerifirman där han jobbat tidigare kunde det hända att han bara föll i gråt, vid minsta motgång blev han förtvivlad. Basen hade sagt åt honom att söka på hispan. Erlandsson, den gamle, som nu själv satt på Ulleråker, hade sagt något om att det bara var så, man grät, strök färg och grät.

Han trivdes bättre som golvläggare. Visserligen kom yrseln ibland men han slapp känslosamheten.

Han kom till sans, såg sig om och satte sig i bilen.

Beata Olsson hörde ett ljud. I hennes förvirring lät det som pumpen i mjölkrummet. Hon slog upp ögonen. Glasögonen hade hon tappat och hon såg bara sin man otydligt där han låg som en säck på golvet. Hon lyckades vrida på kroppen och sträcka ut den funktionsdugliga armen och röra vid honom. Hon trodde att han andades.

Smärtan i nacken och höften fick henne att stöna till, men hon försökte dra sig fram på golvet med en enda tanke i huvudet: »Jag måste ut till kontoret.« Beata var tung i kroppen men år av slit i djurstallet och i slåttern hade skapat en seg bondkvinna som inte gav upp för en bruten höft och en bruten arm.

Hon sökte med handen över golvet för att hitta glasögonen men förgäves och hon gav upp med tanken att hon inte behövde dem. Hon skulle hitta telefonen om hon så vore blind.

Sakta kröp hon över det nersölade golvet. Trasmattan hade åkt ihop till ett stök och det blev ett hinder. Hon sköt undan den, vilade några sekunder och kröp sedan vidare. Hon bet ihop. Hon ville inte göra något väsen. Kanske galningen var kvar på gården.

Pojken såg hon inte till. Vad hade han kallat honom? Golvmannen som hade mördat. Hon förstod inte sammanhangen men visste att Arnold skulle dö om hon inte lyckades kalla på hjälp.

Det tog en minut att ta sig fram till tröskeln till kontoret. Hon var nära att svimma. Illamåendet sköt upp som en sur smak i munnen.

Den bärbara telefonen stod på ett litet bord strax innanför dörren. De hade fått den av Greger. Arnold tyckte till en början att det var larvigt med en telefon som man kunde gå omkring med. Det såg högfärdigt ut, hade han sagt. Han var sådan. Allt det nya misstrodde han, men han hade heller ingen respekt för det gamla.

Hon trevade med handen men nådde inte upp till telefonen. Hon förstod att det var frågan om sekunder innan hon skulle svimma på nytt. Det kändes som om höften hade lossnat från hennes kropp.

Med en sista kraftansträngning lyckades hon dra omkull bordet. Det föll över henne och kanten slog henne över ryggen. Hon skrek till. Telefonen for i golvet. Hon sträckte ut handen och lyckades dra telefonen mot sig. Hon kände med fingret över tangenterna och med ett skakigt pekfinger knappade hon in numret.

– Sväng in här, sa Liljenberg.

Han var påtagligt nervös. På vägen ut hade han fått veta att de letade efter en man som hade anknytning till mordet på Drottninggatan.

– Är du ringrostig? sa Munke obarmhärtigt.

Liljenberg hade sedan drygt tio år tillhört trafikpolisen.

– Nej då.

– Är du bondgrabb?

– Ja, det är en kusin som driver gården nu.

– Det är inget att stå efter. Men det är klart, med lite EU-pengar går det väl, fortsatte Munke och förlorade sig i ett resonemang om kvoter och bidrag.

Lindell förundrades över att Munke så obekymrat kunde prata strunt om jordbrukspolitiken medan de närmade sig den enda ledtråd de hade till bröderna Lund.

Hon satt i baksätet och försökte andas så försiktigt som möjligt så att inte kollegerna skulle känna lukten av vin. Hon hade druckit två glas och kände av alkoholen. Munke körde fort.

– Vad det börjar bli mörkt, sa hon.

Asta Munke hade kommit efter sju minuter, tagit lägenheten i besittning, och utan ett ord besiktigat den sovande Erik, inspekterat den framställda vällingflaskan, och det med en auktoritet som det anstod en barnsköterska med fyra egna barn, åtta barnbarn och trettiofem års arbete på Akademiska sjukhusets barnmottagning.

– Det är lugnt, sa hon och Lindell föll i skratt.

Då log Asta Munke för första gången.

– Det är ett förfärligt språk man får, typ, sa hon.

Bilen sladdade till och Munke svor över dåligt doserade vägar. Ju närmare de kom, desto tystare blev det i framsätet. De susade förbi åkrar och ängar. På håll skymtade ett kyrktorn. Det lyste hemtrevligt i stugor och gårdar.

»Undrar om Josefin Cederéns pappa bor kvar«, tänkte Lindell och spanade upp på den väg hon kört för att besöka den gamle, vars dotter så brutalt mördats vid Uppsala Näs kyrka. Det var den sommaren då hon lycklig kunde återvända till Gräsö och fira midsommar med Edvard, ovetande om att hon var gravid med Erik.

– Nästa vänster, sa Liljenberg och avbröt hennes funderingar. Där uppe i backen bor Greger Olsson, sonen.

– Det lyser, sa Munke. Fan att vi inte ringde honom. Vilka klantarslen vi är.

– Tala för dej själv, sa Lindell och hickade samtidigt till.

KAPITEL 54

Onsdag 14 maj, kl. 21.45

Sammy Nilsson satt med Angelika vid köksbordet. De pratade se-
mester. Framför dem låg några uppslagna resebroschyrer. Telefonen
ringde.

Sammy såg på klockan, reste sig och svarade. Angelika följde hans
rörelser, såg hans min och slog igen broschyrerna.

Han hängde tillbaka telefonen.

– Kyrkan i Gamlis brinner, sa han och lämnade köket.

Åtta minuter senare kom han ut på raksträckan strax norr om Upp-
sala och i höjd med Lilla Myrby såg han skenet över Gamla Uppsala.
Och det var inte bara han, mängder av nyfikna var på väg norrut, dit-
lockade av utryckningsfordonens bröl och lågorna som lyste upp
kvällshimlen.

Han svängde av från E4:an, förvissad om att mannen med häst-
svans slagit till igen. I kurvan vid Disagården var det kaos. Några kol-

leger höll på att spärra av. Ett par bilister hade krockat. En svart Mercedes hade rammat staketet. Ägaren stod vid vägkanten och råskällde på en ung kvinna.

Sammy Nilsson insåg snabbt att han inte skulle kunna ta sig runt, utan lämnade bilen och sprang mot kyrkan. Han vinkade åt en uniformerad kollega och sprang fram till honom.

– Hur är det?

– Det brann som fan när vi kom, sa polismannen.

Han snubblade på orden.

– Satan, sa Sammy.

– Men brandkåren var snabbt på plats. Jag tror att det går att rädda kyrkan. Bengan är där uppe. Han ropade alldeles nyss.

Det sprakade till i den bärbara radion i polismannens koppel. Upprörda röster hördes.

– Några vittnen?

– Jag vet inte. Nu måste jag fortsätta.

Sammy sprang vidare. Han skymtade en skylift mellan träden. Blåljusen vispade i mörkret. Askflagor flög mot skyn.

Förödelsen var mindre än vad Sammy hade befarat. Den norra sidan av kyrkan var skadad men det tycktes som om brandmännen redan lyckats begränsa branden. Han såg Allan Fredriksson som samtalade med ett brandbefäl och sprang dit.

Fredriksson tittade upp och nickade. Brandbefälet pekade.

– Två dunkar har vi hittat. Vi var tvungna att släpa iväg dom för dom låg precis intill fasaden.

– Bensin?

– Ingen tvekan, sa brandmannen.

– Mordbrand igen, sa Fredriksson och ruskade på huvudet.

– Varför är det så mycket folk? undrade Sammy.

– Det har varit körfestival vid högarna, sa Fredriksson. Min grannes dotter är med. Det är körer från en massa håll, nån slags fredstillställning.

– Kan det vara en protest mot festivalen? sa brandmannen.

– Nej, det är hästsvansen som har varit framme, sa Sammy.

Bengan Olofsson kom fram. Han ansträngde sig för att se lugn ut men hans upprörda min röjde honom.

– Vi har ett vittne, sa han med andan i halsen och pekade mot en man som stod under ett träd.

Sammy gick dit direkt.

– Sammy Nilsson, jag är från Uppsalapolisen, presenterade han sig snabbt. Vad såg du?

Den medelålders mannen tittade skrämt på Sammy Nilsson.

– Jag vet inte, sa han.

– Vet du inte?!

– Det var så otydligt men jag tror att det var tre stycken som hoppade in i en bil. Den stod där nere på Disagården. Jag tyckte det var underligt att det stod en bil parkerad där så sent. Jag blev faktiskt lite förbannad.

– Var befann du dej?

– Jag kom med bilen från stan, sa han och pekade, från jobbet. Jag körde långsamt, kurvan är lite farlig. Jag tittade upp mot gården, jag såg ju att det var nåt arrangemang, och då kommer tre figurer springande, hoppar in i bilen och sticker med en jäkla fart.

– Vilken färg på bilen?

– Blå.

– Märke, såg du det?

– Inte en aning, men en liten personbil var det.

– Åt vilket håll körde dom?

– Mot järnvägsövergången.

– Dom svängde alltså höger?

Mannen nickade.

– Kan du beskriva männen?

Vittnet skakade på huvudet.

– Det gick så snabbt, sa han osäkert, men springa kunde dom. Det var inga gamlingar, om man säger så.

Sammy Nilsson tog hans namn och telefonnummer, och gick tillbaka till Fredriksson.

– En blå bil, tre män, svängde höger ut från Disagården, sa Sammy och tog upp telefonen och ringde Kommunikationscentralen.

Fjorton minuter senare greps tre män, men inte av polisen. Det var Jamil Radwans förtjänst.

KAPITEL 55

Onsdag 14 maj, kl. 22.10

Jöns Lund körde söderut men visste inte riktigt vart han skulle ta vägen. Han greps plötsligt av ursinne över pojken i baksätet. Det var hans fel allting. Och hans jävla släkting, den svartmuskiga grisen som pep hela tiden, pissade på sig gjorde han också innan han dog.

– Jävlar om du pissar i min bil, skrek han vänd mot baksätet.

Ali hörde honom men blundade. Han var omtöcknad men förstod att han befann sig i en bil. Ryggen värkte, liksom nacken. Han kunde inte röra huvudet riktigt. Det tog emot. Märkligt nog var han lugn.

– Du trodde att du kunde överlista mej, sa Jöns Lund.

Han kände sig bättre till mods, nu när han var på väg. Han bromsade in. Det slog honom att bondparet kanske skulle överleva. Varför hade han inte slagit ihjäl dem ordentligt?

Han stannade bilen. Ljuset från staden låg som en ostkupa över himlen. Han kände hur trött han var. Ingenting spelade någon roll längre.

Ali snyftade i baksätet. Jöns Lund vände sig om.

– Du och dina polare gjorde ett snyggt jobb på stan, sa han.

– Mehrdad, viskade Ali.

Jöns Lund la i växeln och fortsatte på den smala grusvägen.

– Han har redan börjat lukta, sa han och skrattade till. Han var en liten skit som ... Vad i helvete är det där?

Mitt på vägen skymtade några människor. Ett ögonblick tänkte han sätta full fart men han saktade in och stannade några meter framför de fyra män som avtecknade sig i strålkastarskenet. Lund slog på helljuset.

Han öppnade bildörren och lutade sig ut.

– Flytta på er, skrek han men med en osäkerhet som fick hans röst att skära sig.

Männen tog ett par steg framåt.

– Annars kör jag över er.

– Stå du jävligt still, sa en av männen.

Från det motsatta hållet syntes strålkastarna från en annan bil. Ljusen kom närmare och strax hördes också motorljud.

– Var har du varit?

Lund trevade i fickan efter mattkniven.

– Det har ni inte med att göra!

En av männen lösgjorde sig ur gruppen och gick fram så att han stod alldeles intill den vänstra framskärmen.

– Hur fan ser du ut? sa han förbluffad.

– Vad i helvete är det där? sa Munke.

– Det står en vit bil på vägen, sa Lindell upphetsat, och en massa folk.

– Är det en trafikolycka? sa Liljenberg.

– Flytta på dej! skrek Lund och fick i samma stund syn på geväret som mannen höll längs sidan av kroppen.

Jöns Lund kastade sig ner på sätet, släppte upp kopplingen och gav gas. Skottet kom snett bakifrån, splittrade sidorutan och trängde

348

in i nedre delen av hans nacke, fortsatte ut genom axeln för att slutligen fastna i instrumentpanelen.

Lund föll framåt, bilen krängde till och tog ett skutt ner i diket. Motorn stannade.

KAPITEL 56

Onsdag 14 maj, kl. 22.15

Bosse Larsson, Rickard Molin och Ulf »Wolf« Jakobsson svängde in på parkeringen. Wolf hade skrattat oavbrutet under den fyra minuter långa bilfärden från Gamla Uppsala till moskén. Bosse Larsson hade dragit i sig två starköl på samma tid. Rickard Molin hade stammande försökt beskriva sina känslor men givit upp.

Tre dunkar bensin kvar i bakluckan. De skulle få fart på Uppsala och dess muslimska befolkning.

Wolf såg framför sig det kaos som skulle bli följden av deras raid mot två helgedomar. Han tänkte i termer av gatustrider.

– Kör in där bakom, sa han.

De satt tysta några sekunder. Fortfarande var det en strid ström av bilar på Vattholmavägen. Allt fler nyfikna sökte sig mot Gamla Uppsala. Det gynnade deras sak. Ju fler som såg kyrkan i lågor, desto fler skulle gripas av ilska, en vrede som likt en toppbrand i skogen efter en torr sommar skulle fortplanta sig som en chockvåg genom staden.

När alla svartskallar sedan upptäckte att deras kyrka stod i brand var en konfrontation oundviklig.

Wolf hade förberett nästa steg: massiv flygbladsutdelning, understödd av organiserade attacker på invandrarägda restauranger och butiker. Svartskallarna skulle provoceras att svara. Planen var enkel och hade använts i alla tider. Grundidén var skapande av osäkerhet och hat.

De steg ur bilen.

– Jag måste pissa, sa Larsson.

– Glöm det, sa Wolf, nu tänder vi på och sticker.

– Jag g-gillar inte … , började Rickard Molin.

Wolf tystade honom med en blick, öppnade bakluckan och tog fram en dunk.

Jamil Radwan var uppvuxen i en liten by utanför Betlehem. Under intifadan, det palestinska upproret mot den israeliska ockupationen, hade han tillsammans med sina jämnåriga kamrater protesterat, kastat sten, blivit tagen av armén ett otal gånger och hamnat i fängelse vid fem olika tillfällen.

Hans familj var muslimer till skillnad från de flesta andra i byn som dominerades av kristna palestinier. De levde sida vid sida, kastade sten tillsammans och upprördes alla av den brutalitet som präglade ockupationen. Jamils far och farfar hade ett mindre stycke land, några få dunum på en mager bergssluttning, där de odlade olivträd. Det var knappt att det räckte till att försörja familjen, så Jamils far åkte ofta in till Jerusalem och arbetade på byggena. Det var en källa till motsättningar mellan far och son. Jamil tyckte att fadern understödde ockupationen genom att hjälpa till att bygga hus på den ockuperade Västbanken.

1998 kom Jamil till Sverige och Uppsala, där en syster bodde sedan flera år. Han hade inte varit speciellt aktiv i kyrkan i Betlehem men när han kom till Uppsala blev det naturligt att gå till moskén för att där träffa landsmän.

Den senaste tidens oroligheter och bråk i staden hade diskuterats flitigt. Jamils gode vän Muhammed, en palestinier från flyktinglägren utanför Beirut, föreslog på måndagen att de skulle bevaka moskén, att det dygnet runt skulle finnas frivilliga som höll uppsikt över byggnaden.

Jamil hade hakat på. Inte för att han trodde att det skulle hända något, men känslan av att göra något tillsammans med andra fick honom att ställa upp.

Nu såg han, tillsammans med sina åtta vänner, alla placerade inne i moskén eller i bilar utanför, hur de tre männen körde in på planen, öppnade bakluckan och lämnade bilen med varsin dunk i handen.

Jamil trodde inte sina ögon. Männen försvann bakom hörnet. Jamil och hans vänner lämnade bilen och han ringde till Khaled som befann sig inne i moskén. Khaled hade redan upptäckt männen.

Molin, Jakobsson och Larsson överraskades totalt av den samordnade attacken från två håll. De trängdes upp mot en vägg. Kring dem stod nio män. Ingen var beväpnad med mer än en helig ilska. Tystnaden var total, det var bara den häftiga andhämtningen som hördes.

Jamil fick en förnimmelse av den där dagen då han för första gången stod öga mot öga med bepansrade fordon och stridsvagnar.

– Vad gör ni här? sa Khaled.

Han var enögd efter att ha fått en gummikula i ansiktet.

– V-vi s-ska ..., hackade Molin fram.

Bosse Larsson kissade på sig medan Wolf lugnt tog fram en pistol som han hade nerstucken i bältet bakom ryggen.

– Ska vi leka Irakkrig, sa han och flinade.

Rickard Molin skrattade till, ett nervöst hyeneliknande skratt.

– Jag är Bush och ni är några ökennegrer som springer från hyddorna, sa Wolf.

Khaled satte upp handen.

– Ta bort pistolen, sa han lugnt.

– Skojar du? Har du nåt virus i ansiktet?

Hyeneskrattet ekade mellan väggarna.

– Sätt igång och spring, sa Wolf och viftade med vapnet.

Jamil såg ner i marken, knäade till och tog tag i den närmaste kamraten för att inte ramla omkull.

– Svimmar du? sa Wolf med ett hånflin.

Jamil snappade upp en sten från marken. Den var slät, nästan cirkelrund, stor som en barnknytnäve. Jamil kramade stenen i handen. Khaled såg på sina vänner.

– Ska vi gå?

Ingen av dem rörde en min, ingen sa något.

Khaled lät blicken än en gång svepa över den frivilliga vaktstyrkan, alla män mellan tjugo och trettiofem år. Han tänkte på sin fru och de två barnen.

– Vi går inte nånstans, sa han. Det är ni som ska försvinna.

Bosse Larsson såg skräckslaget på den sammanbitne palestiniern, som inte tycktes fatta vad Wolf var kapabel till.

Wolf flinade till, men inte med samma säkerhet som tidigare.

Jamil kramade den fuktiga stenen i handen. Han tog ett steg bakåt så att han delvis hamnade bakom en av sina vänner. Han låtsades torka av svett från ansiktet, svepte med handryggen över pannan, och med handen lyft drog han tillbaka armen och kastade med en snabb rörelse stenen mot den beväpnade mannen. Allt gick på en sekund, inte mer.

Stenen träffade Ulf Jakobsson i pannan. När han segnade ner på marken var han inte längre Wolf.

Med ett samfällt vrål kastade sig de nio männen över de tre angriparna. Khaled inriktade sig på Ulf Jakobsson, snappade åt sig pistolen som han tappat och satte sig helt sonika över hans bröstkorg. Det smällde till när fyra revben gick av. Hans kusin Adnan kastade sig över Jakobssons ben.

Ulf Jakobsson skrek av smärta. Jamil slog händerna för öronen. Han klarade inte av ljudet av en skrikande människa.

KAPITEL 57

Onsdag 14 maj, kl. 22.20

Munke var den som, trots sin kroppshydda, snabbast tog sig ur bilen och sprang fram till Mazdan. Jöns Lunds huvud låg mot ratten. Ingångshålet från kulan var inte speciellt stort men däremot hade den, när den lämnat Lunds kropp, fläkt upp halva axeln till ett köttigt stycke. På sin väg hade den trasat sönder den sjätte och sjunde halskotan. Jöns Lund skulle aldrig mer kunna röra armar och ben. Han var medvetslös och blödde kraftigt från axeln. I hans knä låg en blänkande mattkniv.

Munke var så inriktad på golvläggaren att han i förstone inte såg Ali i baksätet. Det var först när pojken gnydde till som han upptäckte honom. Han låg i en märklig kroppsställning med benen pressade mot bröstkorgen. Munke tänkte på en simhoppare.

– Hur är det? sa Munke.

Pojken försökte sätta sig upp men misslyckades och sjönk ihop med ett stön.

– Ta det lugnt, sa Munke.

Lindell stod vid hans sida.

– Liljenberg har larmat, sa hon och riktade en ficklampa mot pojken.

– Jöns Lund, sa Munke tyst, Ingvars bror.

– Är han död?

– Nej, sa Munke, men han kommer att få problem, om han överhuvudtaget överlever.

– Har du nån förbandslåda i bilen?

Munke skakade på huvudet, reste sig upp och synade männen på vägen.

– Vem sköt?

– Jag, sa Greger Olsson.

– Lägg ifrån dej vapnet.

Olsson la försiktigt ner studsaren på vägen.

– Jag måste hem, sa han. Den jäveln har misshandlat mamma och pappa. Han började springa i riktning mot föräldrahemmet.

– Låt honom löpa, sa Munke, när han såg Liljenbergs reaktion. Vi plockar upp honom sen. Du kan kika på Lund istället, försöka stoppa blodflödet åtminstone, men dra inte i karlfan. Han har skador i nacken.

Han vände sig mot Greger Olssons kusiner. Ingen av dem hade sagt ett ord. De var som förstenade. En av dem satt i dikeskanten med händerna för ansiktet.

– Berätta, sa Munke, medan Lindell rundade bilen, öppnade dörren på passagerarsidan och lutade sig in i baksätet på den trånga bilen.

– Var du med på Drottninggatan?

Ali såg på henne. Ficklampan som Lindell ställt ifrån sig på golvet i framsätet lyste upp henne med ett spöklikt sken.

– Ja, sa han svagt.

– Känner du igen den här mannen därifrån?

– Inte jag, men min kusin.

– Slog han ihjäl pojken i affären?

– Inte Mehrdad. Det var golvmannen. Mehrdad såg det.

Ali snyftade till.

– Jag vill hem, sa han.

– Du ska få komma hem.

Den tunga lukten av blod i bilen gjorde henne illamående.

– Var finns din kusin, Mehrdad, hette han så?

– Han är död, sa Ali. Golvmannen har mördat honom.

Lindell var tvungen att hämta luft. Hon krånglade sig ur kupén och tog ett par djupa andetag. I luften hördes ett surrande ljud. Hon såg upp mot himlen och anade hur allt gått till.

Två ambulanser kom och strax därefter en polisbil.

Lindell satte sig i dikeskanten.

Munke pratade med kusinerna.

Greger Olsson fann sin far på köksgolvet medan modern låg medvetslös på det lilla gårdskontoret.

Ambulansmännen säkrade Jöns Lunds huvud och han lyftes över på en bår. De två nyanlända poliserna hjälpte Ali ut ur bilen. Han förmådde inte stå på egna ben utan bars till den andra ambulansen av en av polismännen.

I skyn surrade nattskärrorna. Det var vår.

EPILOG

Fjorton dagar senare

På eftermiddagen onsdagen den 28 maj tog Ann Lindell mod till sig och ringde Edvard Risberg.

Det var en timme kvar, sedan hade hon fyra lediga dagar framför sig. Kristi himmelsfärdshelgen. »För tidigt att bli hänryckt men ändå«, tänkte hon.

Ottosson hade tittat in men lämnat rummet bara efter någon minut. »Hur väl känner han inte mig?« Hon log för sig själv. Han såg att det var något på gång som inte hade med jobbet att göra.

Hon funderade över vad han egentligen ville. I över en veckas tid, alltsedan mordet på Sebastian Holmberg klarats upp och Marcus Ålander försatts på fri fot, hade Ottosson betett sig som en äggsjuk höna, besökt hennes rum, varit mer än vanligt angelägen om att söka hennes sällskap. Ett tag trodde hon att det handlade om KKV-kursen som han ville skicka henne på, men hon blev alltmer övertygad om att det var något annat som han gick och grunnade på.

Nästa gång han kom in skulle hon fråga.

Hon slog den sista siffran i det femsiffriga numret till Gräsö. Edvard svarade på tredje signalen. Då hade hon redan hunnit önska att han inte var hemma och därefter ändrat sig, längtat efter att få höra hans röst.

– Gräsö, svarade han glatt.

– Det är Ann, sa hon och blundade.

– Det var jäkeln, sa Edvard, kriminalarn på trå'n.

Det var absolut inte så hon ville bli definierad av Edvard.

– Jag tänkte bara höra hur det var i Thailand, sa hon och hörde själv hur tunn hennes röst lät.

– Bra, sa han med eftertryck, mycket bra, med den röst hon så väl kände, men ändå var det någonting i tonen som gjorde henne orolig.

»Han tycker inte om att jag ringer«, tänkte hon panikslagen. »Hans samtal från Nybron var bara en impuls utan djupare avsikt och mening.«

– Varmt, förstår jag.

– Runt trettio.

– Skönt.

Vad skulle hon säga, eller snarare hur?

– Jobbar du?

– Ja, det är full fart igen.

– Är du ledig nåt i helgen?

Han var tyst någon sekund. Ann svalde och knöt handen på skrivbordet, stirrade på den och visste att här avgjordes hennes liv.

– Ja, vi tar en klämdag, sa han. Gotte ska upp till Hälsingland.

– Du då? Ska du göra nåt speciellt?

– Jag ska till Norrtälje.

Han hade aldrig pratat om Norrtälje tidigare.

– Vad kul, sa hon i en utandning som lät som den siste morens suck. Vad ska du göra där?

Hon fylldes av självförakt över att hon frågade.

– Det är en jag träffade på Lanta ... Du då?

– Jag gör väl nåt med Erik, sa Ann Lindell, och det var knappt att hon förmådde hålla luren mot örat.

– Nu ska jag ner till Viola en sväng, sa han. Ska jag hälsa?

– Ja, gör det, sa Ann.

– Det säger vi, sa Edvard. Hej.

– Hej.

– Jävlar, skrek hon, och slog med knytnäven rakt in i högen med mappar, och utredningsmaterial rörande två våldtäkter och ett postrån spreds över golvet.

Det var en strålande eftermiddag i maj. Livet böjde av i en skarp sväng, krängde till och tog en ny bana.

För Ann Lindell fanns inget annat än att städa upp, lämna polishuset och hämta Erik på dagis. Hon slog igen dörren med en smäll. Ottosson stod längst bort i korridoren.

– Trevlig helg, skrek han. Ta igen dej nu!

Ann satte upp handen till en hälsning och gick som bedövad mot hissen. Hon fick för sig att Edvard gav igen, att det hela var en iscensatt hämndaktion, samtalet från bron, den frimodiga frågan om hon ville följa med till Thailand, men innerst inne visste hon att det inte var sant. Så var inte Edvard. Han var så mycket annat.

– Edvard, viskade hon inne i hissen och stirrade på sitt bleka ansikte i spegeln, och tyckte att hon helt plötsligt blivit mycket gammal.

»Jag vill bli gammal med Edvard«, tänkte hon. Det var så det var tänkt. Minnesbilderna från dagen innan, då hon tillsammans med Ali, hans mamma och morfar besökt Arnold och Beata på sjukhuset, kom för henne. Hon hade rörts till tårar av det gamla bondparet sittande tätt tillsammans på Beatas säng. Arnold såg blek ut men ögonen lyste av värme. Beatas ansikte var avmagrat, hon hade klagat på den dåliga aptiten, men handen som vilade på mannens knä vittnade om en styrka som hade räddat liv, inte bara deras egna, utan också Alis.

Mitra och Hadi gick fram till paret och stod ordlösa vid sängen några sekunder. Mitra försökte säga något men Beata drog med sin fria hand den iranska kvinnan till sig. Ali snyftade, gömd bakom Anns rygg.

När hon kom ut till bilen ringde mobiltelefonen. Var det Edvard som ångrat sig? Hon rotade i väskan, fick fram telefonen och svarade.

– Det är jag, sa Ottosson och Lindell hörde omedelbart att det var något. Jag ville tala om. Asta Munke ringde just. Holger är borta. Infarkt. Kan du förstå?

Ottosson grät. Lindell lutade sig mot bilen och fick övervinna sig själv för att inte skrika rakt ut.

– Jag kommer upp igen, sa hon.

– Nej, sa Ottosson, jag vill nog vara ensam.

Lindell stirrade rakt fram.

– OK, sa hon och knäppte av samtalet.